穿越霸王花

2

孔雀城传奇

黑暗中的鲨鱼 著

重庆出版集团
重庆出版社

图书在版编目(CIP)数据

穿越霸王花：孔雀城传奇 / 黑暗中的鲨鱼著. —重庆：重庆出版社，2009.6
ISBN 978-7-229-00809-3

Ⅰ.穿…　Ⅱ.黑…　Ⅲ.长篇小说—中国—当代　Ⅳ.I247.5

中国版本图书馆 CIP 数据核字(2009)第 098234 号

穿越霸王花——孔雀城传奇
CHUANYUE BAWANGHUA (KONGQUE CHENG CHUANQI)
黑暗中的鲨鱼　著

出 版 人:罗小卫
责任编辑:郑　玲
责任校对:杨　婧
装帧设计:重庆出版集团艺术设计有限公司・蒋忠智　钟丹珂

重庆出版集团
重 庆 出 版 社　出版
重庆长江二路 205 号　邮政编码:400016　http://www.cqph.com
重庆出版集团艺术设计有限公司制版
自贡新华印刷厂印刷
重庆出版集团图书发行有限公司发行
E-MAIL:fxchu@cqph.com　邮购电话:023-68809452
全国新华书店经销

开本:787mm×1 092mm　1/16　印张:19.75　字数:357 千
2009 年 6 月第 1 版　2009 年 6 月第 1 次印刷
ISBN 978-7-229-00809-3
定价:28.00 元

如有印装质量问题，请向本集团图书发行有限公司调换:023-68706683

目录

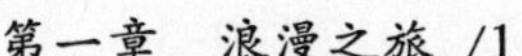

第一章　浪漫之旅

看到端木的神情突然变得非常严肃，严冰也紧张了起来。

“是什么？”严冰沉声问道。

“是狼！”

“肯定吗？”

“没错。是狼群！正在向我们靠拢。”

“戒备，狼群！”严冰高喝了一声。

“不用慌张，我们已经在附近都洒下了驱狼的药物，它们靠近不了我们。”黑暗中，端木的声音让人感受到了镇定的力量。

但是，唯有端木和严冰心中清楚，那些驱狼的药物，恐怕抵御不了桃花度中的狼！因为这些狼不是普通的狼，而是被圣域专门训练出来的狼。

一盏盏绿色的小灯在黑暗中闪动，那是狼的眼睛。天太黑了，根本看不见狼的身影，只能看见一只只绿色的眼睛在黑暗中混乱地移动着。

纯儿透过车窗看着这些狼眼，心中若有所思：

“从它们移动的方位上来看，这些狼好像非常狂躁，显然，它们是在想办法突破那由驱狼药组成的防线，而它们的眼神又有些迷离呆滞，一点儿也不像那天攻击端木的时候那么清澈明亮，这说明了什么呢？”

狼的低沉嚎声已经传来了。

“狼群已经突破了第一道防线！点火！”端木沉声命令。

一声令下，就见旷野中，突然就多了一道圆形的火墙，把商队围在了中央。看来，端木他们在驻扎的时候，就已经用易燃物围起了一道墙，等着发生危险的时候点燃。

烈火倏然燃起，明亮的火光照亮了旷野，在火光的照耀下，隐藏在黑暗中的群狼纷纷现出了身形，纯儿一眼就看见，在狼群中有一张丑陋到了极致的脸——被端木砍伤的那个狼王！果然，就是这群狼！

透过火光，纯儿看得清清楚楚，这些狼像疯了一样，不顾一切地想要冲过火堆，完全不像上一次那么有组织有头脑。

“放箭。”严冰命令道。

人们早就做好了准备，一得到命令，立刻就开始搭弓射箭。可是箭一射出，人们就发出了一片惊恐的喊叫！——射出去的箭竟然纷纷偏离了方向，而且所有的箭都朝着一个方向飞去然后坠落！

这一下商队大乱，一些年长的人已经纷纷跪倒，开始痛哭着祈祷起来。因为这样的情景，和传说中魔鬼出现的时候一模一样。

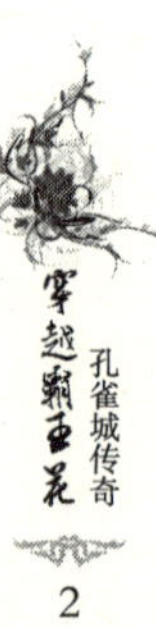

趁着这混乱的时候，有几只狼已经不顾烈火，径直钻过了火焰扑了过来。火苗已经把它们的皮毛引燃了，烧焦了，可是它们一点儿都不在乎，就只管扑上来朝着人和骆驼撕咬。

青壮年们想挥刀和狼搏斗，可是不知道为什么，他们的刀竟然突然之间就变得沉如万斤，他们根本就挥不动这些刀！

地狱的大门终于打开了，人们都脸色灰暗地等待着末日的到来！

人们的心已经乱了，而一直坐在车中观察着这一切的纯儿，却越来越思路清晰：

“阴天，雷声，星月暗淡，丧失理智的狼群，纷纷坠落的箭羽，沉得挥不动的刀……”

纯儿忽然大喝一声，径直跃出了车外。严冰被她吓了一跳，还以为她是被吓糊涂了，厉声喝道：

“纯儿，快回去！还没到最后关头呢，咱们还有希望。”说着话，严冰就一把拉住了纯儿。

“咱们的确是有希望。”纯儿一闪身，轻灵地挣脱了严冰的钳制，飞身上马。同时口中喝道：“这些狼已经发了疯，这里不能用铁器，要用硫黄火石炸死它们。”

话音落处，纯儿已经身先士卒，朝着最近的几头狼冲去，同时，她一扬手，就抛出了两颗装满硫黄的铅丸，铅丸落到了狼的身上，狼被炸得血肉横飞。

看见了纯儿的举动，严冰和端木也明白了过来，硫黄火药本来就是中原的产物，严冰当然随身携带。一时间，旷野中爆炸声裹挟着声声狼嚎，此起彼伏……

等到了东方发白的时候，旷野上终于恢复了平静，只有篝火的灰烬还在冒着缕缕青烟，而空气中则弥漫着浓浓的燃烧皮肉的焦煳味，令人作呕。

商队中的人们都瘫坐在地上，满面乌黑，衣冠不整。离他们不远处，就是堆积如山的狼的残骸，可是，谁都没有心思去收拾一下。这一夜已经把所有人的精力和体力都耗空了。他们，恐怕是第一批从桃花度的魔鬼口中夺回了性命的人。

人们都已经很累了，可是当天色大亮以后，他们不用严冰催促，就纷纷起来收拾行装，大家心中现在都只有一个念头，赶紧离开这个鬼地方。

就连纯儿都不敢再盼着出现什么新鲜事了。她很清楚，昨晚已经把自己暗藏的火器，和商队所储备的火器都用光了，如果再出来一群被地磁影响了脑神经而发疯的豺狼虎豹什么的，他们就只有乖乖地躺下受死了。

还好，接下来的一天总算是平安无事，快到黄昏的时候，严冰隔着车厢喊道：

"纯儿，我们现在就要走出桃花度了。"

纯儿精神一振，探出头来：

"真的？"

"没错，而且还有一个好消息，出了桃花度就有一个客栈，已经在那里经营了很多年了，我们今晚就住到那里。那里的酒很好，菜也不错，还能洗热水澡，我们今晚总算可以好好休息休息了。"

严冰的最后一句话，在商队中引起了一片欢腾，的确，他们已经在外面宿营了很多天了。

严冰说得没错，再往前走不多远，就看到了一个极小的镇子，而这个小小的镇子中，还真有一个规模不算太小的客栈。

说它规模不小只是相对而言的，客栈中本来一个客人都没有，但是商队一住下，立刻就把客栈装了个满满当当。

客栈的老板和严冰是老熟人了，大老远的就迎了出来：

"日头没有下山的时候，我就听人说有一支商队正朝着这边走来了，真没想到，竟然是四公子的商队。要知道是四公子来了，我说什么都要再多准备些菜肴了。"老板一边说着话，一边把严冰迎进了店堂，店堂中已经摆起了好几桌丰盛的酒席。

严冰也笑容可掬：

"已经够不错的了，要不是你的店开在这里，这荒山僻壤的我们到哪里去吃这么多好东西。"

端木也笑道：

“是啊，我们只有每经过这里一次，才能吃到一回你的手艺。不从这里经过的时候，还真是想得慌，你干脆把这间店搬到京城去好了。那样我们吃着也方便。”

老板也笑了：

“这就是端木公子外行了，你别看我在这里的生意红红火火，做出的饭菜，公子吃一回，能想一年，但如果我真搬到京城去，恐怕三天就得关张大吉了。”

“哦？为什么？”

“公子你看，”老板用手一指餐桌：“其实我这里供应的，都是最简单的家常便饭，口味也不一定好，做得也挺粗糙，不过就沾光在这方圆几百里，只有我一家客栈。等客人们走到我这里的时候，嘴里已经淡出了鸟来，只要能吃到热饭热菜就觉得是山珍海味了，可是，如果把我这个客栈搬到京城去，恐怕连贩夫走卒都不屑于来吃我的饭菜呢。”

一句话又引来了一场哄堂大笑，不过笑过之后，人们又都不得不承认，老板说得非常有道理。

严冰把纯儿拉到了自己的身边：

“今晚你一定要多吃一点儿，这么奔波，我真怕把你弄病了。”严冰关切地审视着纯儿的脸色。

纯儿也确实是有些疲倦了，看了看桌上的菜肴，基本都是大盆的烤肉、烧肉什么的，觉得没什么胃口。看着纯儿没精打采的样子，严冰有些担心：

“怎么了纯儿，是不是不舒服了？”

这时老板也走了过来：

“呦，这位小姑娘是……？”

“哦，她是我妹子，我看她脸色不好，怕她是受了风寒。”

“受了风寒好办，”老板脸上洋溢起了温暖的笑容，“我这就让厨房去给小姑娘煮一大碗拉面，然后趁热用辣椒爆炒一下，再来一大碗热腾腾的牛肉汤，小姑娘把它吃下去，保证饭到病除。”

拉面?!纯儿大吃了一惊，心想：“那会儿就有拉面了?!”不过想一想可不是吗?拉面本来就是甘宁地方的传统食物，而他们现在已经进入了甘肃地界了。一想到拉面，纯儿情不自禁地咽了一大口口水，真是太久没吃到过了。

不大工夫，老板就亲自捧出了一个托盘，托盘上放着两个海碗，一个碗里是一碗热腾腾的拉面，老板一边给纯儿上饭一边不住口地介绍：

"小姑娘，你从来没吃过我们这里的爆炒拉面吧。我们的拉面是用高汤把面条煮到七成熟，然后把青椒、红椒、葱头切成大块，放到锅中和面条一起爆炒，快出锅的时候，再加上预先炒熟的牛肉片，不住手地翻炒，直到牛肉片上的油都浸到了面条中，才能出锅。你尝尝。"

纯儿一看，果然，碗中的面条呈金黄色，各种配料更是姹紫嫣红，配在一起格外好看，吃一口，又香又辣，一口面条吃下去，身上立刻就出了一层汗。口味极重的辛香刺激起了纯儿的食欲，纯儿不禁连吃了几口。

看到纯儿这么爱吃自己的拉面，老板不禁眉开眼笑：

"来，再尝尝我的牛肉汤，这是用真正的老汤吊的味儿，把这碗汤喝下去，保证你身上的寒气，就都跑得无影无踪了。"

纯儿一边吃，老板还在一边不停地絮叨着：

"对，吃饭就应该这个样子，你身体太单薄了，你得好好吃饭，长得像我家的丫头那样壮壮实实的，才敢在这戈壁滩上行走。要是像你这么瘦瘦弱弱的，是过不了戈壁滩上的冬天的。这不，我丫头出来了。你瞧。"

纯儿一抬头，果然看见从后面走出了一个姑娘，只见她身材高挑健硕，脸色红润，相比之下，这个女孩子比纯儿整整大了一号。看上去，她也就是十八九岁的年纪，身上穿着一件红色的缎子棉袍，领口和袖口上还镶着皮子，漆黑的头发梳成了一条粗粗的大辫子，一双眼睛顾盼生辉，眼神凌厉逼人。

只见她大大方方地走到了严冰的面前，大声地打着招呼：

"四哥，你来了。"说着话，就自己搬了张凳子坐到了严冰的身边。

"是啊，我一来找不见你，就问你爹，红漠呢？老板说，红漠听说端木公子来了，在后面换衣裳呢。"严冰含笑调侃。

红漠笑了一下：

"四哥就会拿我开玩笑，我知道我爹不会这么说的。"

"哦？为什么？"

"因为我爹整天都在跟我说，人家端木公子是贵公子，看不上我这种野丫头，让我早点儿忘了他，好好嫁人。"说着话，红漠还狠狠地瞥了端木一眼。

端木却似浑然未觉，仍旧低头饮酒。

他那无所谓的态度再一次激怒了红漠，红漠压了压心中的怒火，又看向了纯儿：

“四哥，她是谁，是你的心上人吗？”

“不是，她是我的妹妹。”

“既然她不是你的心上人，那一定就是端木公子的心上人了？”

说完话，红漠就充满仇恨和挑衅地望着纯儿，纯儿对她的敌意感到莫名其妙：

“我为什么非得是谁的心上人不可呢？”

“你们汉人的女子，不是只能跟着自己的心上人一起出门吗？现在，他们既然肯带你走商路，那一定就说明你是他们的心上人。”

说完话，红漠又狠狠地加了一句：

“真不知道你凭什么迷住了端木公子，看你这么瘦，简直就像草原狼一样丑！”

本来纯儿虽然外表才十几岁，可心智已经是一个二十多岁的大人了，是不会跟这么个小丫头计较的。但是红漠的这个比喻太不恰当了，一提到草原狼，纯儿的脑子里一下子就浮现出了那张狰狞的狼脸，这张狼脸还毫无预警地就安在了自己的头上。纯儿一阵作呕，跑到了外面，连隔夜饭都吐了出来。

“哎呀，你这个丫头，小姑娘瘦不瘦碍你什么事了，你真是的。”老板出言责怪红漠。

但是红漠根本就没有听她爹说话，她的眼睛一直在盯着端木，她清楚地看见，在纯儿向外跑的时候，端木的眼中闪过了一丝关切的目光。

红漠的心被仇恨装满了，她恶狠狠地盯着纯儿，如果目光能够杀人，她现在就已经把纯儿千刀万剐了！

天黑透了，纯儿早早地回到了自己房间，想好好洗一个热水澡。当地人都是用一种巨大的木桶沐浴，纯儿坐在木桶里，整个身体都浸泡在热水中。热水缓解了她连日来的疲劳，一阵酸软遍及全身，她整个人都变得懒洋洋的，半睡半醒。可是她的脑子里却一直在想着桃花度的事情。

“如果自己没有猜错的话，那整个桃花度的地下，一定存在着一个巨大的磁场。每当自然环境契合的时候，比方说阴雨天，磁场的作用就会凸现出来，而磁场干扰了野兽的大脑，使它们丧失了理智，变得疯狂，再到了某一特定的时间段，这种干扰达到了顶峰，就发生了昨晚那样的事情。但是，这群狼究竟是怎么来的呢？这是整件事中唯一的疑点了。”

“小姐，我再帮你加点热水？”玉环轻唤道，她刚刚洗完衣服回来。

“不用了，就洗到这里吧。”说实话是没洗够，但是纯儿不忍心让玉环再继续工作了,“你也赶紧收拾收拾,咱们早点休息吧。”

“对了,小姐,刚才我回来的时候,看见端木公子正在咱们的门口徘徊,还问我小姐现在在做什么呢。”

“哦,我知道了。”纯儿早就想到了,自己随机应变打败了狼群这件事,严冰和端木肯定还会要她一个解释的,反正也躲不过去,就干脆接招吧:

“你出去看看,如果他还在,就问问他有什么事情?”

玉环端水出去,刚一出门,迎头就看见端木臻华:

“端木公子,你是找我们小姐吗?”

端木站在月色下,看见玉环端着洗澡水,他不禁有些尴尬,干咳了一声:

“嗯,我想找纯儿说点儿事情,她睡了吗?”

“还没呢。小姐,端木公子找你。”纯儿扬声喊道。

纯儿随即应道:

“端木大哥请进来吧。”

端木走进房门,昏暗的灯光下,纯儿衣衫单薄,正在擦拭着头发上的水迹,浑然去雕饰,整个人看上去温婉、自然,在灯光的映衬下,清新得宛如春天黎明的第一缕晨风,让人怦然心动。端木不禁有些痴了。

“端木大哥,你找我什么事?”虽然认定了端木是为了桃花度中的事来的,但纯儿还是故作不知地问道。

“哦,是这样。今天红漠胡闹了一场,你……没事吧?”

“嗨,没事,她就是小孩子心性,我不在意的。”

“你又吃了点儿东西没有?”

“玉环帮我热了一些咱们自己带的食物。”

端木不说话了,纯儿等了一会儿,见端木还不提桃花度的事,只好又问道:

“端木大哥,你还有别的事情吗?”

端木的目光投向了别处,半晌,才低声说道:

“这间客栈开在这里已经很久了,所有的商人往来商路都会在这里投宿,我也不例外。但我真的只是在这里投宿而已。红漠十五六岁的时候就喜欢纠缠我,但我一直没理过她的。”看纯儿没反应,端木又重重地加了一句:“真的。你能相信我吗?”

说实话,虽然红漠今天对自己非常的不礼貌,但是纯儿并不觉得红漠和端木的事跟自己又有什么关系。在她的眼里,红漠不过是一个乱吃飞醋的小丫头,她不明白，端木为什么还要专门来解释这件事情。但是看端木的样子特别认真，她也只好顺应着说道：

“既然你这么说了，我肯定相信。”

听了纯儿的回答，端木仿佛大大地松了一口气：

“你相信就好，我就是怕你会瞎想，没别的事了。我走了，你早点休息吧，昨天也把你累坏了。”

端木走了，过了半天，纯儿还在莫名其妙，她怎么也想不明白，端木大晚上的跑来，竟然不是为了问昨夜遇险的事，而是为了解释红漠的事，真是奇怪。

纯儿哪里想得到，现在在端木的心中，就算再闯一回桃花度，都比不上解释红漠的事情重要，他真的很怕纯儿误会他。

夜静更深，纯儿和玉环同榻而眠，连日劳顿，她们都累坏了，此刻，两个人都睡得很沉。

忽然，一阵熟悉的警觉直接插入到了纯儿的梦中，纯儿倏然转醒，院子中依旧是一片寂静黑暗。尽管如此，纯儿还是握住了枕头下面的落蕊神针。

就在她握住落蕊神针的同时，院子里突然同时亮起了一片火把，紧跟着一阵嘈杂声传来。

纯儿当时第一个念头就是：“土匪打劫！”

而就在此时，院子里又响起了一个非常嚣张的声音：

“爹，商队的人已经全都被捆起来了，我现在去把那个丑丫头抓来！”是红漠的声音！

纯儿头皮一麻：

“看来自己终于如愿以偿地遇到智慧型的强盗了。”

纯儿心念急转，既然商队里所有的人都遭了暗算，那么说明这伙强盗的人数还不少，如果自己现在一味拼打，就算能闯出去，也救不了大家，既然如此，索性先按兵不动，看看情况再说。

纯儿打定主意，匆忙收拾了几下，往怀里塞了几件东西，房门就被踹开了，红漠领着几个彪形大汉，气势汹汹地冲了进来：

“把她们绑起来！”红漠一挥手。

纯儿暗自点头：

“嗯，看这架势，红漠当女土匪已经有年头了，是个惯犯。”

纯儿和玉环被五花大绑着推出了房门。看纯儿总是盯着自己身上的麻绳看，红漠狠狠地推了她一把：

“看什么看！”红漠叫嚣着，“这绳子是我专门为你准备的，刚刚用药水浸过，一会儿干了就会不停的收缩，一直嵌到你的皮肉里面去，折磨死你！就算是野牛都逃脱不了，你等着受罪吧！”

“野牛逃脱不了，是因为它没当过特警。”纯儿在心中对红漠的嚣张不屑一顾。

红漠等人押着纯儿和玉环一直走到了客栈的最后面，客栈的后面是一排普通的仓房。此刻，正中间的一间仓房门大敞着，屋内灯火通明。纯儿她们俩就被拖进了这间仓房，进去以后，纯儿才发现，原来这间仓房里别有洞天！

仓房就是一间空屋子，屋子的四壁上插着燃烧的火把。而屋子的正中，是一个方形的大洞，一排整齐的台阶一直朝着洞的深处延伸而去。

纯儿她们被大汉们推推搡搡地拾阶而下，洞中黑黢黢的，什么都看不清楚。纯儿在心中默默地推测着：

台阶一直在向下延伸，每一级台阶约三十厘米，已经走了一百多级了，也就是说，除了坡度，她们现在已经在地下三十多米的地方了。纯儿心中暗暗惊呼：

“好大的手笔，这究竟是一股什么样的强盗?！”

石阶终于走完了，纯儿的眼前豁然一亮，他们来到了一个巨大的石头大厅中。大厅是方形的，足足有一百平米，屋顶、墙壁、地板都全部用石头砌成。大厅的四壁上也插着燃烧的火把，把大厅照得一片红亮。大厅的正中，摆着一把椅子，毫无意外的，客栈老板正笑盈盈地坐在椅子上。

而在大厅的两侧，密密麻麻的全是石柱，商队中所有的人都被绑在了石柱上，严冰和端木也不例外。纯儿和玉环也被绑在了其中的两根柱子上。纯儿看见，商队中的很多人此刻还都是昏昏沉沉的，看来人们都中了迷药。

纯儿的心中当下雪亮——老板在饭菜中做了手脚，而自己却因为红漠的闹事，把饭菜都吐了出去，恰好躲过了一劫。

“好了，小姑娘也来了，现在大家都到齐了。”老板笑容可掬地说道。

“四公子。”老板恭敬地唤了一声。

“有什么指教？”严冰终究是有些武功底子，虽然也中了迷药，现在也是四肢无力，但是神智却已经清醒了，所以，现在听见客栈老板叫自己，就淡淡地回话。

纯儿心中惊叹，真没想到，此时此景，严冰还能如此淡定，值得钦佩。

“指教不敢。只是想问问四公子还有什么想说的？”

严冰竟然洒脱一笑：

“落到你手里，是我严冰艺不如人，想我走了十年商路，也认识了你十年，竟然在你这里打了眼，一点儿都没看出来，你竟然是个强盗，说真的，我很佩服你。”

“四公子客气了。这么多年来，落到我手里的商人无数，其中也不乏英雄人物，可是像你这样死到临头，还从容镇定的，我真是第一次遇到，所以，应该说我佩服你才对。”

“好了，”老板忽然脸色一正，“说正经事吧，我把各位请到这里来，当然不是为了表达我的崇敬之情的。”

“这一点我已经想到了。”

“不过，因为我敬佩四公子是个英雄，所以，我可以答应你一个要求。”

“什么要求都可以提吗？”严冰逼问了一句。

“都可以，只要是你现在提出来的，我就会答应。”

“好，君子一言。”

“驷马难追！”

“那好。”严冰深深地吸了一口气，“既然老板您有这份盛情，那我就提了。”

“请讲。”

“我只有一个要求。我想当个明白鬼。也就是说，我想请你明明白白地告诉我，你到底是什么人？这些年你究竟都做了些什么，到底是怎么做到的？”严冰一口气把大家心中的疑问都提了出来。

老板本来一直都笑盈盈地注视着严冰，他满以为严冰会提出来，让老板饶自己一命。可是他做梦也没想到，严冰竟然会提出这样一个要求。老板不由得变了脸色：

“你为什么不让我放了你？”

“因为商队中的人都是我带出来的，他们如果死，我绝不独生。”严冰依旧那么从容优雅。

老板微微点头：

“好，严四公子果然是个人物。难怪商路上，有那么多好手，都心甘情愿地当你的下属，好吧，那我就成全你，让你当个明白鬼。

你刚才问我究竟是谁。其实我是谁并不重要，在这条商路上，我只是一个无名小卒。多年来我一直经营这个客栈，过往的客商，都和我是朋友。但是你们不知道，我还有一项工作，就是打劫，像今晚这样。而之所以人们都不知道在商路上还有我这么一号强盗，就是因为，我不是每支商队都劫。”

“这也是我最奇怪的地方，我们认识很久了，你为什么今天才打劫我呢，我这次并没有带什么特别贵重的货物啊？”

老板呵呵一笑，犹如夜枭：

“那是因为，我只打劫一种商队——就是在桃花度遇险的商队！四公子，你知道为什么这么多年来，每当桃花度的魔鬼出现，从来都没有商队能够逃脱吗？那就是因为有我！即使商队像你们一样，侥幸逃脱了桃花度，也会和你们一样，死在我的手里！我会像今晚这样，在饭里下好迷药，然后很容易就抓住他们，杀死他们。然后把尸体送回到桃花度，这样，人们就都会认为是桃花度的魔鬼杀死了他们！当然，那些没能逃出桃花度的商队，就由我在他们死后，再去收拾他们的那些财物！”

纯儿听得遍体生寒：

“好阴险的强盗！竟然利用这里独有的自然环境来犯罪！”

老板的话还在继续：

“这么多年下来，我已经是商路上最富裕的强盗，却也是最安全的强盗。今天，我杀死了你们，明天，还会有客商把我当成朋友！我会像往常一样，好好地接待他们，静静地等待桃花度的魔鬼再一次出现！”

一直沉默着的端木开口了：

“这么说，地狱的窗口这个谣言，也是你造的了？”

“没错，我需要增加桃花度的恐怖。”

“我想问你一个问题？”端木的眼光突然变得凌厉，“你和圣域到底是什么关系！那群狼是不是你召唤来的！？”

“这不能告诉你！”老板对于端木的逼问猝不及防，脱口而出。

纯儿清楚地看见，当端木提到圣域的时候，老板的眼睛中闪过了一种强烈的恐惧。一下子，纯儿的心中就有了主意。

“你们现在中了我的迷药，根本就使不出力气，其实我不用跟你们费这么多话。我大可以和往常一样，杀了你们就完了，可是，我今天确实是有事想和你们商量。”

看人们都不理自己，老板只好继续自说自话：

“我的那个丫头红漠，非要嫁给端木公子。我也知道，要是放在往常，像端木公子这样的贵公子是根本不会要我们红漠这样的野丫头的，但是现在不同了，现在端木公子是我的阶下囚，而红漠是这里的主子，我们是不是就可以谈谈婚事了？”

“原来你是要跟我谈婚事。”端木微微点头：“那你是准备先杀死我再成亲呢，还是先成亲再杀死我呢？”

要不是现在不能太活跃，纯儿真想为端木的幽默喝彩。

老板也笑了：

“端木公子真会说笑话，如果你和红漠成了亲，你就是我的女婿，我怎么还会杀你呢？”

“那我的朋友们呢？”

老板又发出了一阵笑声，笑得让人毛骨悚然：

“你看，我就知道端木公子是个重情义重朋友的人，所以才会把这些人的命留到现在。要是放在往常，我都是趁他们睡着就把他们的命要了，哪里还会费这么大的周折。”

“那你到底是什么意思？”

“如果端木公子和红漠成了亲，我们就是一家人了，你的朋友也就是我们的朋友，我怎么会杀死朋友呢？再说了，我也知道端木公子你的脾气，如果我杀了他们，你是宁可死也不会答应娶红漠的，所以我为了女儿，可以不杀他们。”

“那如果我娶了红漠，你再杀死我的朋友呢？”

“我保证不会！”

“我凭什么相信你，我们已经知道了你的秘密，你怎么还会让他们活着？”端木的声音霎时变得冷酷了。

老板忽然站了起来，仿佛下定了很大决心似的：

“我跟你说实话吧，这些年我当强盗也当烦了，我挣的钱十辈子也花不完。所以，如果你答应了娶红漠，并且就在这里和红漠成亲，并且用你们波斯的神发誓，一辈子对红漠不离不弃，不再找别的女人，我就一把火烧了这间客栈，咱们远走高飞。”

“你是不是太狠了，成了亲，还得对着我们的神发誓？”

“那当然，像端木公子这么英俊的人物，不管走到哪里，都会有无数女人迷恋的，我得为红漠一辈子的幸福打算啊。”

半晌，端木长叹了一声：

“你好像把一切都已经安排好了？”

“的确是，不信你看。”老板轻轻地拍了两下手，竟然立刻就有两个大汉捧出了一

套全新的衣裳：

“我连婚礼都准备好了。”

趁着端木和老板唇枪舌剑的工夫，纯儿已经用暗藏在手镯中的弹簧锯条割断了捆绑自己的绳索——这也是她进宫时做的暗器之一。此刻，纯儿一边偷偷活动着手腕，一边等待着时机。

端木把目光投向了严冰：

“四弟，别怪我，我这么做也是被逼无奈，是为了兄弟们的性命。”

严冰有点懵，不知道端木这句话为何而来。他和端木相交多年，也知道波斯人把对神起誓看得极重，现在端木为了救大家的性命而牺牲了自己，怎么还怕会有人怪他呢？

端木这句话本来是说给纯儿听的，可是现在看严冰对自己的话茫然不解，再看纯儿连看都没看自己，心中忽然一阵悲凉，这么多年了，好不容易动心了，难道，就这么错过了吗？

红漠一直守在一边，现在看端木答应了婚事，不禁喜出望外，三两步就蹦跳到了端木的跟前，笑盈盈地说道：

“端木大哥，你终于答应娶我了，我好高兴。”

端木望着红漠长叹了一声：

“红漠，你真的要嫁给我吗？”

“当然啊。”

“红漠，你怎么就不明白呢？我不爱你，我要是娶了你，那就是害了你啊？”

“那你就害了她吧，反正她也不是什么好人。”

一个清脆的声音响起，众人都被这个突如其来的声音吓了一跳，纷纷回头，说话的当然是纯儿。

“你们都看我干吗，我又没说假话，这个丫头性格凶残，做人刻薄，怎么看都不是好人，你既然觉得娶她是害她，那你就娶了她吧。”

纯儿这一番话，说得红漠晕头转向，一时还真想不明白纯儿到底是什么意思。端木也有些混乱，他倒是愿意把纯儿的这句话当成是在吃醋，可是又觉得这种吃醋的方式有些怪异。

“行了，你们别发愣了，端木臻华，我问问你，你到底是不是真喜欢这个女土匪。”纯儿声音清脆地问道。

“我不喜欢她，一点儿也不喜欢。”端木飞快地回答。

在一旁的严冰简直要疯了，心里嘀咕着：

“这两个人就不能换个时间换个地点去谈情说爱，吃醋拈酸吗？他们就不明白，现在要是激怒了红漠，首当其冲受害的不就是纯儿吗？”

端木话一出口也后悔了，当时只想着赶紧表明态度，怕纯儿误会，可是说出来之后，他才发现，自己犯了一个多么严重的错误！

红漠已经变了脸色，大步朝着纯儿走去。

“红漠，你要是敢碰她一下，我就……”端木说不下去了，他现在还被绑在这里，他又能干什么呢？一时，端木只想杀了自己，一个男人，如果连自己爱的女人都保护不了，那种心痛，旁人根本无法理解！

就在大家都要急疯了的时候，纯儿又闲闲地开口了：

“你就别赌咒发誓的了，我方子纯这辈子，还用不着男人替我出头！”

话音落处，纯儿已经飞起一脚，正中红漠的心窝：

“野丫头，这一脚是教育你，你爹娘养你这么大，不是为了让你犯罪的！”话一说完，纯儿就发现了自己这句话有问题：“对了，我忘了，你爹就是土匪，也难怪你会当土匪，上梁不正下梁歪！”说着话，一脚又落在了红漠的腰上，红漠被踢飞了出去。

大厅中的强盗们这才明白过来，纷纷挥刀扑向了纯儿，可纯儿却不惊不惧，悠然负着双手，正对着坐在当中的客栈老板：

“难怪你这么放肆，原来你是想带着钱财跑？”纯儿说话的声音不大，却阴森森的让人胆寒，忽然，纯儿音调一变：“你眼里到底还有没有圣域?!”这就是特警的本事，到了关键时刻，学什么像什么，现在的纯儿，怎么看怎么像小女魔头。

纯儿话一出口，老板霎时变了脸色，半晌，他才强作镇定地说道：

“你说的是什么意思，我听不懂。”

纯儿一步步逼近老板：

“我能解开被药水泡过的绳索，我能化解你下在饭里的迷药，我能呼唤狼群来到桃花度，你还敢说不知道我是谁？”纯儿说话的时候一字一顿，还真好像是在拷问下属一样，说着话，纯儿从发髻上拔下了一根银簪，呜呜咽咽地吹了起来，正是那天她驱狼时吹的哨子。

随着哨声响起，老板的脸色越来越难看了。

“说，圣域当初让你守在这里的时候，是怎么跟你说的？”纯儿问道。

老板的声音颤抖着：

“当时，圣域的主人对我说，让我守在桃花度，圣域会定期派狼群来帮我，让我为圣域收集钱财……”老板突然跪倒在了纯儿的面前：

“圣使，我不知道是您到了，我有罪，我的确是这两年都没有向圣域缴纳打劫来的财物，我的确有罪，财宝都埋在那里，我没敢动，圣使，我求你……”

忽然，老板眼中凶光一闪，端木看得分明，大喝了一声：

“纯儿当心。”

而与此同时，纯儿已经挥手发出了落蕊神针，老板应声倒地，一把短刀从他的袖子中落了下来。

那些强盗们根本就没有看见老板是怎么死的，只看见纯儿袍袖一挥，老板就丢了性命，强盗们一下子就坚信纯儿一定就是老板常说的，比魔鬼还要可怕的圣域的使者了。

“圣使，饶了我们吧，我们什么都不知道啊……”强盗们纷纷跪倒。

纯儿看了看死去的老板，又看了看被自己打成重伤的红漠，再看看遍地体若筛糠的强盗们，她是真有些为难了，毕竟她在抓捕坏人的时候，只会一种解决方案，就是等把人抓到了，移交给当地警方。

可是在古代，这基本是不可能的，而古人的处理方式——直接杀死，纯儿还没有完全适应，无奈，只好把这里交给了严冰和端木，自己远远地躲到一边去了。

直到东方发白，严冰和端木才又出现在了纯儿的面前：

“都处理完了？”纯儿问。

“完了。”

“你们把那些强盗都杀死了？”纯儿又问。

“是。”

“太血腥了。”纯儿有些欷歔。

“这也是为他们好，他们和圣域有点儿关联，而圣域为了保护自己的秘密，是不会放过任何一个曾经和他们有过关联的人的。这些强盗如果被圣域抓住了，会生不如死。而且，他们为匪多年，每一个人身上都背负着数条人命，也算是死有余辜。”端木一番话说得严丝合扣，让纯儿想反驳都找不到理由。第一次，纯儿发觉，其实，端木臻华真的也不是一个简单的男人。

驼队又上路了，也许是因为一下子处决了这么多的强盗，纯儿的心里一下子还无法承受，所以心思有些混乱，显得非常的没精打采，也不骑骆驼了，也不和鹰儿出去玩儿了，几乎一整天都窝在车上不想出来。

快到黄昏的时候，端木推开了车厢的门：

“纯儿，我能进来吗？”

“端木大哥，进来吧，有事吗？”一直仰靠着的纯儿坐正了身子。

端木没有急着说话，而是在纯儿的对面坐了下来，深深地望着她。过了良久才问道：

“看你一直不肯出来，是不是心里不舒服？”

纯儿点了点头。

端木微笑了一下：

“没关系，刚开始参与杀人，都会有这种感觉，我第一次杀人的时候也是这样，慢慢就会好的。”

纯儿无语，因为她无法向端木解释自己的感受，这不是她第一次杀人，她在上一世的时候，不止一次地杀过人，但是那种感觉和现在不同，太不同了。她现在感到茫然，是因为她还在当自己是一个特警，而特警是执行法律的人，并不是凌驾于法律之上的人。

沉默了很久，纯儿才悠悠道：

“我们不是商人吗？为什么还要亲手去进行杀戮呢？”本来，纯儿是在自言自语，可她没想到，端木却立刻就给出了她答案：

“那是因为我们现在所处的地方，是没有王权管理的地方，这里没有法律，没有军队，没有捕快，有的，只是往来商队所携带的巨额财富，和那些为了财富不惜杀人越货的亡命徒，所以，我们不得不自己保护自己。”

纯儿不得不承认，端木说得也很有道理。

端木停了一会儿，又换了一个话题，笑道：

“刚才我和四弟议论，都觉得你在匪巢说的那个圣域使者的谎话简直是太高明了，你是怎么想出来的？”

纯儿淡淡一笑，望向了端木，眼神莫测：

“为什么是谎话呢？也许我确实就是圣域的使者呢？”

端木笑了，目光真挚：

“你不是，我知道。”

这次换纯儿奇怪了，她不明白端木为什么这么笃定这一点。

“因为我了解圣域，那里面的人都是一身邪恶之气，而你的身上没有那种邪恶，你或许过于活泼，或者精灵古怪，或者你的心中还埋藏着很多很多秘密，但是，你是善良的，这一点，我不会看错。”

纯儿也露出了笑颜，不管怎么说，能被人信任都是一件让人高兴的事：

“其实，圣域使者那件事，还是你提醒了我。你问那个老板他和圣域的关系，还有和狼群的关系的时候，我看到他的眼神很不正常，所以，我觉得，他应该和圣域有所牵连，其实，我也是赌一把。”

“结果，你赢了。”端木的神情中全是赞许。

“纯儿，我能再问你一个问题吗？”端木忽然变得有些不自然了：“在匪巢的时候，你问我是不是真想和红漠成亲，是什么意思？”端木的声音很轻，像是生怕惊扰了什么东西一样，天知道，他此时的心中究竟是如何的忐忑，在等待着纯儿的答案。

听到端木问这件事，纯儿爽朗地笑了起来：

“我当然得问清楚啊，要是我不问青红皂白，就把他们父女给杀了，结果你却是真正的喜爱红漠，那我不是闯了大祸了吗？”

纯儿笑容灿烂，可是端木听了她的话之后心中却不禁黯然。

“这是老天对我的惩罚吗？”端木的脸上浮现出了一丝苦笑，“自己从来都不把女人当一回事，可是这次自己真的好像有点儿动心了，对方却一点儿也不把自己放在心上。”

夜深人静，严冰和端木还在交谈：

“真没想到，圣域为了聚财，竟然能想出这样的办法来。”严冰说。

“是啊，利用桃花度独特的地理位置，定期驱逐自己豢养的狼群来这里，再让这群土匪配合，这个计划真可以说是天衣无缝。”

“这个圣域也算是挖空心思了。”

“你不明白，”端木叹息了一声，“他就是这样一个人，不管他走到哪里，不管他在做什么，他都只对犯罪感兴趣，他人生的乐趣就在于去犯罪。”

严冰有些无奈：

“世界上还有这样的人？”

“是啊，天下之大，无奇不有，什么样的人都有可能存在。”端木似乎有些感慨，过了一会儿，他又换了话题。

“今天我跟纯儿谈过后，发现她很聪明，很有观察力，这很好，想在商路上行走，观察力和胆识是必不可少的。”

严冰也点了点头：

“是啊，我希望她能赶紧历练出来，我也就能放些心了。毕竟这里不同于中原，一切都还得靠她自己。”

端木舒展了一下身体：

“过了桃花度，也就可以太平一些了。”

“是啊，都是些小毛贼了，不足为惧，我们应该可以顺顺当当地到达楼兰。”

纯儿随着商队在戈壁滩上继续跋涉，而远在大地的另一个方向——北海之滨，一个孤独的身影正在匆忙而行。无影正一路朝着北海中的一个小渔村疾驰而去。

本来，他已经踏上了去西域楼兰的路途，可是，师门的一道急召，把他唤回了护龙山！

护龙山是西蜀武林中一个最神秘的所在，外界一直传说，护龙山指的是一座高山，护龙一族就在这里培养一代又一代的护龙武士。关于这座山究竟在哪里，人们有过很多种猜测。

可是谁也想不到，护龙山根本就不是山，甚至护龙一族的基地都不在山上，而是在北海边的一个小渔村中！

无影就在这里长大，他从小就没有父母，是护龙一族的长老养大了他，长老对他说，他是一个弃婴，被长老捡了回来。这次，就是长老亲笔给他写的信，让他立刻放下手中的一切事情，火速赶回护龙山。

无影自从十六岁离开护龙山，就从来没有被叫回来过。所以，他知道这一次一定是出了大事。

无影马不停蹄地赶回到护龙山，一路上脑子里想了千百种可能发生的情况，可是他没想到，当他回到小渔村的时候，小渔村还是那么安静祥和。无影满腹狐疑地来到了长老的住所，长老正在跟几个身穿奇怪衣服的人说话。

无影看见这几个人，不禁有些发愣，因为他认出，这几个人身上穿的是西域的服饰。

“无影，你回来了！来，坐下，我跟你说点儿事情。”长老的态度也非常的平静从容，一点儿也不像发生了什么大事的样子。

“无影，我把你叫回来，是想跟你说一说你的身世。”长老的声音有些沧桑。

“我的身世？”无影莫名其妙，自己不就是一个弃婴吗？还有什么身世。

“从小我就告诉你，你是一个弃婴，其实，我那是骗了你。”长老的目光悠远，“你不是弃婴，你是我一个好友的唯一的儿子。你的父亲，是西域回鹘部的首领，也就相当于我们西蜀国的皇帝。你父亲天纵英才，在世的时候使回鹘部不断强大，可是却被部落中的奸佞伙同外人所害。你的父亲在临死之前，把你托付给了我，并且给自己的亲信留下了一封密信，说明了你的存在和寻找你的方式。而那些奸佞害死了你的父亲之后，却没有能力治理好部落，以至于部落越来越衰败，族人受尽欺凌。终于，回鹘部的人民奋起反抗，杀死了那些夺权的人，并且一心要找回你，让你继承你父亲的王位，好带领着回鹘部重新走向振兴。”

长老说完这长长的一段话后，又恢复了惯常的沉默。因为他知道，自己所说的这些太惊人了，无影需要时间去理解和消化这一切。

果然，永远都是面沉似水的无影，这一次也变了颜色，他怔怔地望着长老，一时无言以对。三十多年了，他已经习惯了自己是一个孤儿，护龙山就是他的家，长老就是他的亲人，护龙使者就是他的终生的宿命。本来以为这一生能够遇到纯儿，已经是生命最大的波澜和意外，可他做梦也没有想到，还有一个更加惊人的秘密在等待着他——他那从来都没有见过面的父母竟然出现了，而自己还拥有着这样一段显赫的身世！

时间过了很久，无影才重重地甩了甩头，说道：

“长老，这……”

长老挥手打断了他：

“无影，你是我一手养大的孩子，我知道你要说什么。接受吧，这是事实，也是你的命运。”说着话，长老用手一指那几个西域人：

“他们，就是来寻找你的，是你父亲的旧部！”

无影还没反应过来，那几个人就已经单膝跪倒在地，齐声说道：

“见过少主。”

无影心中乱成一团，半晌，才迟疑道：

“你们能确定要找的人就是我吗？”

几个西域人互相看了看，同时撕开了自己上衣，露出了右边的肩膀，无影呆住了，几个人的肩膀上都文着一只振翅飞翔的雄鹰！无影这次什么都没有说，只是也撕开了自己的上衣，他的肩膀上也文着一只鹰！

“这是回鹘的标志，神鹰！”

同样的血脉，一下子就把无影和这几个西域人拉得很近很近。

“孩子，去吧，这是你的责任，是你从一出生就背负着的责任，陛下那里，我会替你解释的。”这是长老对无影说的最后一句话。

“振兴部落，保护族人，是我的责任，我责无旁贷。但是我还有一件事要处理，等我处理完这件事，我这个人，我的命，就都是部落的了。”无影这样对几个西域人说。

“能告诉我们是什么事吗？也许，我们还可以帮助少主。”

无影迟疑了一下：

“我的一位朋友被人劫持了，我要救她。”

西域人点了点头：

“我们回鹘人最重视朋友，是朋友当然要救，他是被谁劫持了，我们可以和你一起去救他。”

“听说，是西域一个叫圣域的地方。”

“圣域?！”几个西域人一片惊呼。

“怎么了？”

“如果是圣域的话，少主现在就可以和我们一起回部落了。圣域就在我们附近，这些年，我们主要就是在经受着圣域的欺压！而且，当年，恶徒们就是勾结了圣域中的魔鬼才害死了陛下！”

“什么?！”无影勃然变色，仿佛已经看见了仇人就在眼前：“走，我们现在就走！”

长老送走了无影之后，亲自跑了一趟西蜀皇宫，找到了宇文端昊，一五一十地把无影的事情告诉了他。

长老认为，这件事很容易解决，因为无影毕竟是回鹘部的少主，现在部落有难，他当然要回去承担责任的。但是他不知道为什么，自从听了他的话以后，宇文皇帝的脸，始终都是铁青的。

送走了长老，端昊突然就对着身边的内侍们大发脾气，直到他发火发得筋疲力尽了，才停下来。端昊把所有的人都赶了出去，心中的恨火仍旧在熊熊燃烧：

“好！真好！老天，你真会安排！无影，回鹘少主！我相信，以你的能力，很快你就可以重振回鹘部的雄风，纵横西域了，而纯儿，现在很有可能就陷落在了西域！”

端昊第一次感受到了深深的威胁：

“纯儿，今生你还会属于我吗？”

纯儿此刻，既不知道无影为了寻找她已经远赴西域，也不知道端昊正在整日整夜地期待着她重回到自己的身边，纯儿现在的心中，只有一个目标——西域楼兰！

楼兰，这个充满了浪漫传说的地方，在现代，人们围绕着它酝酿出了那么多迤逦的猜想，今天，纯儿终于能够亲眼去看一看她真正的容颜了。

“哎，不知道楼兰的强盗是什么样的？”纯儿双手托腮，眼神如梦如幻充满了梦想，她这副样子，把端木迷得要死。只可惜，端木做梦也想不到，纯儿的心中所想的，竟然是这样一个“浪漫”的念头。

纯儿现在都快无聊死了，自从穿过了桃花度，又铲除了红漠那一群悍匪以后，路途上单调平静得让人发疯。虽然见到了几起小毛贼，但是根本不用她出手，商队中的人几下就把他们都打散了。

“商路上再也没有更厉害一些的强盗了吗？”有一次，纯儿这样失望地问严冰。

“当然有，而且还有很多。在商路上，真正厉害的强盗并不在这一段，而是在楼兰国附近。”

“那是为什么？”

“因为楼兰地处商路的中段，不论是中原的商人还是波斯的商人，到了那里，就都已经远离故里了，人地生疏，强盗毕竟容易得手。而且，楼兰是由若干个零散分布在沙漠中的小绿洲组成，彼此相距很远，一旦遇到敌情，不容易互相救援。”

纯儿频频点头，心中琢磨着：

“嗯，这些强盗还挺有思想的。”

“那我们还有多久才能到楼兰啊？”纯儿有些迫不及待了。

一直跟在他们身边的端木，心中有些无奈，这一路走来，他总是想找机会和纯儿接近，而纯儿也非常愿意和他一起玩儿，但是，只是一起玩儿而已。端木悲观地发现，纯儿对待他的感情，和对待猎鹰的感情是基本一致的。而现在，纯儿对于强盗的兴趣，更是远远超过了对端木的兴趣，以至于，端木都已经开始担心了，他唯恐在楼兰遇到一个英俊潇洒，又很有智慧的男强盗。担心完了，端木又觉得懊恼——自己怎么现在连强盗的醋都要吃了？哎，都是纯儿这个小丫头给害的。

纯儿他们一行人，沿着丝绸之路，一路向西向西再向西！路过了永远都能让人震撼的敦煌，穿过了跨越千年都不曾改变过的戈壁，终于，来到了茫茫沙海——塔克拉玛干大沙漠的边缘！

纯儿骑在骆驼上向着远方眺望，千年前的塔克拉玛干沙漠和现代有着很大的不同。呈现在她眼前的是一望无际的沙海，金色沙丘如海浪般起伏，一直连绵到了天尽头。这时的沙漠中当然看不见一排排的人工林，但是放眼所及，总能看到或成排，或单棵的胡杨树。因为距离远，所以看不清这些胡杨树究竟是活的还是死的，但是，不管是生是死，这些坚强的植物都在依然傲立于风沙之中，挺拔的身姿千年不变。胡杨树在沙漠中，活就能活一千年，就算是枯死了，干枯了的树干还能再挺立一千年。

只有在这种原始的状态下，人们才能够充分地理解胡杨树对于世代居住在沙漠中的人的意义。在这个时代，还没有任何可以去对抗沙漠的科学技术，这些沙漠的原著居民们，能够凭借的只有心中的信念和蕴藏在身体里的顽强，他们就靠着这像胡杨树一样的坚定毅力，在沙漠中顽强地生存着。

再往远处看，隐隐约约地似乎能看到一些树林和建筑的影子，开始，纯儿还以为是自己眼花了，但是，严冰告诉她，她没有看错，那些影子是确实存在的，它们就是分布在沙海中的一个个绿洲，而那些小小的城邦，就建在了这些绿洲之中。

"因为在汉朝的时候，这片沙漠里最强大的国家就是楼兰国，所以现在楼兰虽然灭亡了，但是过往的客商，还是习惯于把整个孔雀河流域统称为楼兰。"严冰这样对纯儿解释道。

经过了一番充分的补给，纯儿他们的商队进入了沙漠。在纯儿的眼里，这里的沙漠都是完全一样的，根本无所谓哪里是路，但是商队却走得迂回蜿蜒。纯儿知道，这是带路的向导有意识在这么走，因为在沙漠中不能乱走乱撞，一定要沿着一条地下河的流淌方向前进，这样，才能最大限度地保证商队的安全。

一进入沙漠，严冰的那辆车就弃之不用了，在沙漠中，只有一种交通工具是可靠的，那就是骆驼。纯儿坐在骆驼上，学着当地人的样子，用纱巾蒙住了头脸，白花花的阳光照在沙漠上，沙子反射出金色的光芒。天上不时有鹰飞过，远处，经常会有一群群的野羚羊疾驰而去。此情此景让人情不自禁地就会陷入到一种无边的苍茫之中。偶尔，还能看到沙地上堆着一堆堆的骷髅白骨，这些都是丧命在沙漠中的旅人留下来的。让后来人不禁心生恻然。

"这里真是一个寂静的世界。"纯儿说道。

"这里并不是一个寂静的世界，"自从进入沙漠之后，端木一直就有意无意地跟在纯儿的身边，只是纯儿的全部注意力都被这片古沙漠吸引了，丝毫也没有注意到端木的异样。端木接着说道："你现在觉得寂静，是因为强盗还没有出来，等强盗决定出来的时候，这里就会立刻变成一个喧闹的地狱了。"

“强盗们都在哪里呢？”纯儿四下观望，她无法想象，在这样极其空旷的所在，强盗究竟是怎么凭空出现的。

“这里的强盗无处不在，他们就像沙漠里的沙子一样，即使到了我们的身边我们都发现不了，可是他们却在一直默默地注视着我们，等到我们的食物和清水匮乏了，身体疲倦了，或者精神倦怠了，或者心中感到了恐惧的时候，他们就出现了。”

“听起来他们好像很残酷。”

“非常的残酷，没有经历过的人根本无法想象。”

纯儿的心里一阵激动：

“能遇到无数群残酷得让人无法想象的强盗，这是多么美妙的事情啊。自从做了特警以后，自己一直就有两个最大的遗憾，一个是不能亲自回到海洋殖民地时代，去和海盗们较量一番。另一个，就是想会一会传说中古代沙漠中的悍匪！今天，老天垂怜，自己终于有希望如愿以偿了。”

（当然，恐怕除了方子纯，没人会把这种机会当成是老天垂怜。）

一连五天了，纯儿他们每天都是选择在那些废弃的城邦堡垒中过夜。这些堡垒都是用巨石夯土堆砌而成，这些城邦中的居民们逐水源而居，当这里的水源枯竭了以后，他们就废弃了这些城堡，移居到了其他的地方。而这些被废弃的城堡，就变成了沙漠中的野兽聚集的地方。

今天晚上商队没有找到废弃的城堡，只找到了一段残缺的城墙。这段城墙是用巨石筑成的，地面上只剩下了两米多高，十几米长的一段，城墙的表面已经被风沙侵蚀得残缺参差，远远望去，就像是一个巨大的怪兽的骨架，横亘在沙海之中。

纯儿沿着这堵残缺的城墙来回寻索着，在脑海中勾勒着这座城堡往昔全盛时的胜景。能遗留下这样一段城墙，足以证明这座城堡的规模是何等的宏大。而这样一座宏大的城邦，就因为风沙的入侵，而不得不沉寂灭亡了。

帐篷依着城墙搭建了起来，人们在城墙的周边燃起了一堆堆的篝火。纯儿独自坐在一堆篝火边，沉浸在自己的世界之中。

“纯儿，想什么呢？”端木走来，坐到了她的身边。

纯儿淡淡一笑：

“没有，脑子里乱七八糟的，也不知道自己究竟在想些什么。”

在火光的映衬下，端木的眼睛比夜空还要黑，还要深远：

“这一路让你受苦了。”

"我不觉得啊,"纯儿由衷地说道:"比起过去来,我反倒是更喜欢这样的生活,自由自在,还可以干一些自己想干的事情。"

端木的脸上也浮现出了一层温暖的笑意:

"知道吗,纯儿,你总是让我感到迷惑。"

"迷惑,为什么?"

"因为我觉得你有很多很多不同的层面。看你安静的时候,那么孤零无助,让人只想把你好好地放到一处最精美的琼楼玉宇之中,让你再也不受到红尘的烦扰。可是当你快乐活泼的时候,你就像是一个坠入到了凡间的精灵,那么活跃,那么跳脱,让人情不自禁地就想跟着你欢笑,跟着你奔跑,跟着你纵情地投入到生活中的每一件事里去。而当你面对强敌的时候,又杀伐决断如此明利快绝,简直就又变成了一位已经纵横沙场多年的女将军。"

端木的眼睛注视着燃烧着的篝火,他的眼神比火焰还要温暖炙热:

"纯儿,能告诉我吗,在这些层面中,究竟哪一种才是真正的你。还是,你本身就是这样多姿多彩,就像传说中的仙子那样,有着无穷的变化,让人目眩神迷,不能自拔。"

端木这一番如诗般的倾诉,让纯儿不禁有些失笑:

"听你形容得这么好,我都不知道你究竟是在说谁了?"

"当然是在说你啊。"

纯儿微微地摇了摇头:

"你说的不是我,至少不是全部的我。其实我还有很多很多缺点,你还没有看到。"

"有吗?"端木很认真:"我的确是没有发现你有什么缺点,或者说在别人眼中的你的缺点,在我的眼里,只是你独有的特点而已,并不能称为缺点。"

纯儿的嘴角一直带着些许笑意,淡然得宛如天边那一钩寒月。她已经听出来,端木的话语中含着淡淡柔情,但是,纯儿此刻的心底深处,仍旧是宇文端昊为她留下的那一层坚冰,靠端木现在奉献出的那缕缕温情,真的融化不了她心中那坚实的寒冰堡垒。

"也许,你现在并不觉得我那些'特点'是缺点,那是因为你现在之于我,还只是一个旁观者,你还没有真正走进我的生命。当有一天,你如果真的能走入我的生命,需要和我一起面对很多东西的时候,也许你的想法就会发生变化,就会觉得我的这些‘特点’是不能容忍的，会要求我改变。”

端木被纯儿的话语中突然凝聚起的忧伤震动了，他映着火光，认真地审视着纯儿的双眸：“纯儿，能看着我吗？”端木的声音轻柔真挚。

纯儿不解，有些茫然地抬起头，两人四目交汇，一个柔情似水，一个苦涩泫然。端木久久地望着纯儿的双眸，半晌，才低柔地说道：

“你说得对，我对你的了解的确还很少。我曾经以为你还小，生命中不会有太多的波澜，现在看起来，是我错了。你的眼睛告诉我，你其实经历了很多，很多。看来，你还有太多的精彩我没有看到，不过，我有足够的耐心，我会一点点地了解你，慢慢走进你的世界里。”

纯儿仍旧淡然：

“也许，当你了解了我以后，就会发现，我的很多个层面并不是你所认同的。”

端木含笑：

“看来，你并不算是了解爱情，你知道我对爱情是怎么理解的吗？”

纯儿摇了摇头：

“每个人对爱情的理解都是不同的吧。”

“我对爱情的理解就是，只要我遇到了一个值得爱的人，并且爱上了她，我就会毫无保留地接受她的一切，不管是优点还是缺点，因为我爱的是这个人，而不是她的某一部分。我还愿意接受她的一切经历，不管是她曾经有过幸福，还是曾经有过痛苦，我不在意过去，我所看中的，只是两个人一起走入未来的时光。”

纯儿刚要开口，就又被端木打断了：

“好了，纯儿，不要急着拒绝，甚至不要急着答应，因为这种决定是沉重的，一旦做出，就将终身信守。商路还有很长很长，我们还有很多的路要走，让我们都再给对方一些时间，好让我们再彼此多了解一些，再做出决定。”

夜色深沉，现在已经到了一天中最黑暗的时候，天上的星月俱都隐去了，只剩下黑沉沉的一片天河。篝火也只剩下了一团团暗红色的灰烬，点缀着黝黑的沙漠。

人们都已经进入了最深的梦乡，就连骆驼也都阖上了眼睛，这个时刻，正是天地万物都进入了深眠的时候。

忽然，驼队中头驼的耳朵微微一动，而一直倚靠在它身边熟睡的向导，立刻就被惊动了，他一翻身就坐了起来，四下里一望，周围漆黑一片，伸手不见五指。向导没有迟疑，迅速地趴在了沙地上，用心聆听着。

第二个被惊动了的人就是纯儿，她倒不是听到了什么声音，而是多年来的职业训练，使她拥有了一种已经超出了人类范畴的警觉，熟睡中，她就觉得有危险已经逼近。

纯儿右手握住了玲珑鞭，同时身体已经翻越而起：

“玉环，照顾好自己，紧紧跟着驼队。”话音落处，纯儿已经跳出了帐篷，而就在她跃出帐篷的同时，向导已经哇啦哇啦地叫了起来。

纯儿听不懂他在叫什么，但是显然，商队中的其他人都听懂了，就见营地中的人都纷纷冲出了帐篷，他们可能身上还衣冠不整，但是，手中却已经提起了弓箭、长刀，营地霎时一片嘈杂。

严冰和端木也已经出现在了人群中，不停地发布着指令，从容若定地指挥着人们，片刻工夫，这一堵残缺的城墙边就已经构筑成了阵地。

端木百忙之中，还不忘四下寻找纯儿的踪影，看见纯儿已经来到了自己的近旁，更是不顾嫌疑地一把抓住了纯儿。

“纯儿，你的本事我见过，我相信，你还有很多很多的本领没有施展出来，但是，你一定要答应我，千万不要涉险！”端木的关切溢于言表。

“来的到底是什么人？”没办法，虽然端木情愿为纯儿担当起一切，但是纯儿并不习惯被人保护，而且比较起来，她更习惯于由自己来掌控战局。

“来的是沙漠中最残酷的强盗之一，他们自称是雪山狼，因为他们来自于雪山的另一边。”

“雪山狼？为什么这里的人都爱把凶残的东西称做狼呢？”

“等你在沙漠里待久了，就会知道狼的可怕！”端木目光深沉、阴冷，不知怎的，看着他这样的眼神，纯儿突然觉得，这个端木臻华，绝对不会只是一个普通的波斯王子！

“来了！”一直在凝望远方的严冰低喝了一声。

纯儿循声望去，只见远处有一道燃烧着的弧线，正在飞快地向着他们的营地移动而来。

纯儿知道，那是一队强盗在骑着快马朝着这边飞驰，火光，正是他们手中举着的火把。

“明火示警！”纯儿声音低哑，而同时她的目光也随之深邃了起来——回到古代这么久，她终于又回到了真正的古战场。

“明火示警，是古代悍匪常用的一种手段。在古代，地广人稀，匪盗猖獗，所以，他们会经常圈定起各自的势力范围，而一旦有商旅进入了某一伙强盗的势力范围，同时，他们又有十分的把握能够彻底劫杀这些商旅的时候，就会亮起火把，通知商旅，他们马上就要死了，最好利用死之前的这段时光，留一些遗言什么的。所以，久而久之，人们就知道了，只要强盗已经明火示警了，这个地方就不会再留下活口。”特警学校教官的话又在纯儿耳边响起：“但是事实上，这是一种早期的心理战术。强盗们在漆黑的夜里燃起火把，尤其能让人感受到他们的强大，而倍感压力，再结合上那些火光所到之处绝不留活口的传言，以至于商人们还没有见到强盗，心理就已经崩溃了，从而失去了最后抗争的勇气。”

所以说，学习是最有用的，学多少都不用嫌多，一切知识都有用得着的时候。当初教官的殷殷教导，此刻就非常及时地被纯儿用到了实战当中。

纯儿回头望了望商队，果然看见商队中的一些人已经变了脸色，分明就是感到死到临头了。她又望向了那一队强盗，强盗已经越来越近了，隐约还听见了他们所发出的嚣张的呼喝声。

“心理战，在对敌之前，就打破对手的心理防线，让对手没有了反抗的勇气！”纯儿又在心中默念了一遍老师的话，然后口中大喝一声：

“想吓唬住我，你们休想！”

纯儿四下里一望，立刻就找了自己想要的东西———张长弓！她纵身跃到了那个手持弓箭的健壮青年身边，也顾不上打招呼了，劈手就夺过了弓箭，拉弓搭箭，一根长长的箭羽带着鸣笛声向着那条火龙的最前端射去。

只听一声尖锐的呼啸撕破了夜空，随着就是一声惨叫，那队强盗的最前面一个人应声落马，黑暗中看不真切，只看见一个火把在半空中划出了一个弧线后，落到了地上。

看起来，这队强盗也是久经沙场。突如其来的攻击，并没有让他们发生太大的混乱，仍旧以一种极快的速度飞奔而来。远远的，只能看见地下的火光被马蹄踩踏着熄灭了，不知道，那个倒霉强盗的尸体是不是也已经被同伴的铁蹄踏碎了。

看见纯儿的做法，端木豁然开朗：

“对啊，现在最应该做的就是鼓舞士气，决不能束手就擒。”

“对准火光，开弓放箭！”端木大喝了一声，同时也摘下了自己身上的弓箭，身先士卒闯到了队伍的最前面。

而纯儿在现代的时候，只是当成娱乐似的玩过弓箭，并没有好好练过。回到古代后，虽然学会了雕花小箭，但是雕花小箭以轻巧见长，刚才这一射箭，纯儿才惊觉，原来古代的弓箭是如此的沉重，难怪古人夸赞起英雄来，都说能拉动多少石的弓。刚才只射了一箭，就震得纯儿虎口发麻，双臂酸软。她一边揉着胳膊，一边退到一边，专心观察战局，再次寻找可乘之机。

这时，双方已经交上了手，漫天的箭羽齐飞。但是，自从纯儿那一击得手之后，强盗们就都改成了隐身在马腹旁飞奔疾驰，所以，商队射去的弓箭虽然冲乱了强盗的队形，但是并没有给强盗造成太大的伤亡。

“用炸药？”纯儿提出设想。

“不会有太大的作用，这些强盗极其冷血，他们从不关心同伴的死活，我们的炸药威力太小，每次只能炸死一个人，根本阻止不了大批的强盗。”严冰答道。

严冰目光冷峻，他的身份和别人不同，作为这一支商队的首领，他想得更多的，是如何能够尽量减少伤亡，毕竟这些人，都是跟随着自己闯荡了多年的兄弟。

“用火箭呢？”

“也不行，在沙土地上太容易灭火了，威胁不到他们。”

这时强盗们已经飞奔到了商队的眼前，映着火光，纯儿能够看见，强盗们都是一色的黑色长袍，头上包着黑巾，连脸都遮了起来，只露着一双眼睛。

看见射出去的箭羽纷纷被强盗们打落，纯儿心中暗恨：

“如果我现在手里有枪，我谁都不用，一个人就把你们都结果了。”

可是恨归恨，她也无可奈何，毕竟现在手里没枪。

强盗们在距离营地二三十米的地方停住了，只见强盗们纷纷错马，一字排开，在商队的对面形成了一道人墙，然后，同时一挥手，他们手中的火把就都被扔了出来，火把像是商量好了一样，落地后，都插在了强盗和商队之间的沙地上，形成了一道笔直的火线。

这一整套动作干净利落。纯儿不禁称奇：

“挺帅的啊。”

她的声音很轻，但还是被端木听到了：

“你是在说哪个强盗帅？”端木用力朝着强盗队伍里望着，每一个人都挡着脸呢啊，纯儿怎么看见他们的长相的呢？

“我没说哪个人长得帅，我是说他们刚才的动作挺帅。”纯儿解释。

端木不屑地冷哼了一声：

"哼，有什么了不起的。"

严冰站在队伍的最前面，听着背后这两个人的谈论，心中无可奈何。他觉得自己快被这两个人给整疯了——平时也看不出他们有什么特别亲近的表现，可怎么只要一遇上强敌，他们就开始打情骂俏呢？这究竟是什么毛病！？

严冰顾不上管理身后的这对男女，常年行走商路，已经让他对商路上的所有规矩都烂熟于心。所以现在一看强盗摆出的这个阵势，他就知道，到了自己出面的时候了。

严冰上前一步，走出了队伍，抱拳施礼：

"在下严冰，不知道来的是哪位头领？"

为首的一位强盗说话了：

"原来是四公子的商队，那可是得罪了。"强盗头领话音冷淡，严冰心里一紧——看来今天这件事很难善了了。

严冰的声音也变得阴冷了：

"头领的意思，是今天非要劫我的商队不可了？"纯儿第一次发现，原来平时温文尔雅的严冰，到了关键时刻，也自有一份凌厉逼人的气势。

头领干笑了一声：

"说实话，四公子也是名震商路的人物，尤其是和西域各个城邦的国王都非常的交好，如果我们劫了你的商队，总会有人替你出头。说实话，我们也不愿意惹这个麻烦。"

"既然如此，你们今天一上来就给我摆下了决战的阵势，又是为什么？"

听了严冰的问话，强盗首领竟然长叹了一声：

"我们也是被胡杨女那个疯婆子给逼急了。"

"胡杨女？这和她有什么关系？"严冰和端木相顾愕然。

纯儿眼角余光一扫，严冰和端木的异样就尽收眼底，于是她靠近端木，低声问道：

"胡杨女是什么人？"这是必须问清楚的，纯儿坚信，只有知己知彼，才能百战不殆。

听到纯儿竟然主动问自己关于另一个女人的事情，端木不禁有受宠若惊的感觉，不顾大敌当前，赶紧解释道：

“胡杨女是大漠中一个赫赫有名的女英雄，专门救助被强盗抢劫的客商，不过她都是蒙着面的，没人见过她的容貌，我更是从来都没遇到过她。”端木一边言简意赅地讲述胡杨女的来历，一边还不忘了赶紧撇清自己。他这种态度让站在一旁的严冰无可奈何。

只可惜，纯儿现在已经恢复了女特警的冷静和刚硬，没有一点儿风花雪月的意识，所以也就没有听出端木的弦外之音，只是想到：

“难怪四哥和端木会这么吃惊，如果是一位闻名遐迩的侠女，又怎么会突然指示强盗来和他们为难呢？”

而此时，严冰也问出了纯儿心中的疑问：

“我和胡杨女虽然素不相识，但也久仰胡杨女的大名，自问，我没有得罪过她的地方，她为什么要为难我们呢？”

“这我们可不知道，反正胡杨女说了，如果我们今天不让你们葬身在这里，我们兄弟就别想在这片沙漠上待了，那个婆娘的本事，你们肯定也知道，她要是发了火，我们兄弟还真是不敢惹她。”

纯儿一直在一旁用心地听着他们的对话，此时她悄悄靠近了严冰的身边：

“四哥，他们会不会是假冒胡杨女的名头？故意栽赃陷害？”

严冰微微摇了摇头：

“不会，在这片沙漠，没人敢陷害胡杨女。”严冰的话语果断。

纯儿知道，严冰是一个说话做事极有分寸的人，他所说出来的话，一定就是有十分把握的。所以，听到严冰这样讲，纯儿心中的好奇更重了——胡杨女，那究竟是一个怎么样的女人呢?

强盗又开口了：

“四公子是个爽快人，现在该说的，咱们都说清楚了，我再告诉你一点，胡杨女不是只要你一个人的命，而是要你们全部人的命，所以，你们肯定是不能再活着离开这里了。怎么样，你们是自己动手呢，还是非等着我们兄弟动手呢?”

强盗首领说的话，咄咄逼人，眼睛中已经冒出了凶光，而严冰在强盗的逼视下，竟然不惊反笑，这一笑，蕴含着说不尽的潇洒自如：

“我严冰虽然不是什么豪杰侠客，只是一个商旅之人，但是，还真没学会束手就擒，乖乖受死这些事情。所以，如果想要我的命，还真得劳烦首领亲自动手了。”

强盗怪叫了一声，钢刀举起：

“本来还想给你留个全尸，没想到你敬酒不吃吃罚酒！那好，你们谁先出来受死!?”

“第一个当然是我。”严冰从容而道。

可就在这个时候,另一个声音和严冰的声音同时响起:

“是我。”

严冰还没来得及回头,端木已经大步走到了他的身旁,高声喝道。

“端木兄,你这是干什么?”严冰低声急道:“他们要劫杀的是我的商队,你本来就是跟着我的商队出来玩儿的,这里根本就没有你什么事情。一会儿我们打起来,你正好带着纯儿趁乱快走!”

端木朗然一笑,神态极其的洒脱傲然:

“四弟你错了,我们是兄弟,就应该有福同享,有难同当,现在危急关头,理应当我们一起应对,是杀是剐,是生是死,都是我们两个人的事。”端木是这么说的,也一定会这么做,只是在心中觉得对不起纯儿:

“纯儿,别怪我,我情愿为了你死,但是,我也不能不顾朋友和兄弟!”

说话的时候,端木一直目不转睛地盯着对面的强盗,他的声音在寂静的夜中,清晰地传到了每一个人的耳朵里。

强盗首领又是一声怪笑:

“好,久闻端木臻华重情意,轻生死,今日一见,果然是名不虚传。”

端木微微一愣:

“怎么,你认识我?”

首领摇了摇头:

“我不认识你。但是,我们来之前就已经听说,在这支商队中,不仅有严四公子,还有波斯王子端木臻华。所以,你们两个也不用争了,因为你们的对头早就说清楚了,严四公子的命我们要,而你端木王子的命,我们也要!”

严冰不由心生疑窦:

“到底是什么人要你杀我们?”

“不是早就告诉你了,胡杨女!”

“不可能,如果说我常年行走商路,不知道在什么时候得罪了胡杨女,还情有可原。可端木王子总共也没有走过这条商路几次,而且,世上怎么会有这么巧的事情,胡杨女行侠仗义,从来不和商旅为难,可这次,不仅要杀人,还要杀的偏偏就是我们兄弟！”

纯儿差点笑出来：

“这个四哥还真是个人才，都命悬一线了，说起话来还这么有条有理，纹丝不乱，如果有可能把四哥带回现代，她一定建议四哥去当谈判专家。”

可显然，现在他们所面对的歹徒并不想谈判，首领大喝了一声：

“这些事，等你们死了以后去问胡杨女吧！兄弟们，我们已经耽误得太久了，给我上，快点杀死他们，速战速决，省得惊动了别人！”

强盗们呼啸一声，就要冲上来。

严冰和端木也都举起了手中的刀，端木的态度还是那样的从容傲岸，甚至他的嘴角还隐约带着一丝微笑：

“四弟，现在我们不用争了，人家要的本来就是我们两个人的命。”

严冰此刻也豪气勃发：

“不争了，能把这条命留在这条商路之上，我也算是不枉此生了。”

说着话，严冰和端木已经一字排开，挡在了商队的前面。而此时，强盗首领已经冲到了他们近前，口中冷笑道：

“都死到临头了，你们还要充英雄，还要保护其他人。可你们也不想想，你们马上就要死了，还能保护他们多久！”

严冰从容道：

“生命可贵，能多活一瞬间也是好的。但是商队是我带出来的，我就有保护他们的义务，所以，你们只有踩着我们的尸体过去，才能伤到他们的性命！”

纯儿始终站在他们背后，她被这两个大义凛然的男人深深地打动了，现在，听严冰这么说，纯儿也上前一步，站到了严冰的身旁。

严冰一惊，低声说道：

“纯儿，你退到后面去。”

纯儿微笑：

“不，我要和四哥在一起。”

严冰心中突然有些悲凉：

“纯儿，对不起，我带你出来，却没想到，会让你把性命丢到这里。”

纯儿含笑摇头：

“我不后悔跟四哥出来，真的。”这是纯儿的真心话，此时此刻，面对着这样两个热血男儿，她真的觉得，即使马上就要和他们死在这里，也好过了和端昊一起，在暗无天日的后宫中度过几十年的光阴。

“再说了，现在还没到最后关头，只要生命还剩一刻，我就不会放弃希望！”这也是纯儿的真心话，上辈子大大小小的阵仗不知道见了多少，比这凶险的有的是！

话音未落，纯儿已经凌空跃起，手臂一挥，玲珑鞭出手。只见玲珑鞭凌空甩出，鞭梢上的钢刃刺中了一个强盗的肩膀，紧跟着又把另外一个强盗拦腰卷起，远远抛了出去，整套动作干净利落，一气呵成。

其实，纯儿此举，只是因为觉得自己的身手比严冰和端木都要高强，所以想上去抵挡一阵，可是，谁都没有想到，她这一个突如其来的举动，竟然引发了让所有人都意料不到的效果。

强盗们此刻，没有去救援被玲珑鞭所伤的同伴，甚至没有冲上来围攻方子纯，而是呆呆地愣在原地，直直地望着纯儿。半晌，才听到一个强盗指着纯儿大喊了一声：

“胡杨女！”

第二章　梦幻城邦

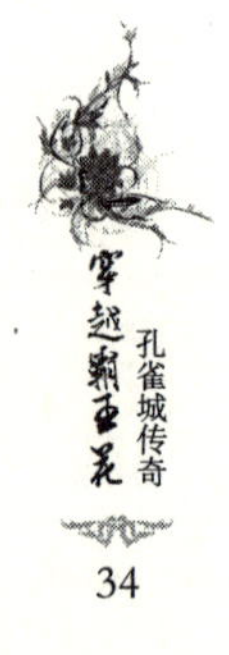

听到这一声惊呼，所有的人都愣住了。严冰心念急转，而与此同时，纯儿也看出了端倪。上辈子出生入死，可不是白给的，一瞬间，纯儿就抓住了事情的关键，她后退两步，靠近了严冰，低声问道：

“胡杨女用的什么兵器？”

而与此同时，严冰也已经给出了答案：

“大漠传说，胡杨女手中所用的是一条长鞭！”

一听这话，纯儿精神大振，长鞭再次出手，同时喝道：

“我看你们简直就是找死！”

纯儿这句话说得很是高明，毕竟直到此刻，自己也没有摸清楚，这群强盗和胡杨女到底是什么关系，也不知道，他们究竟是不是受了胡杨女的指派。所以，她就这么含义不明地虚张声势，她的这句话，既可以理解为胡杨女指责强盗们败坏自己名头，也可以理解为强盗们迟迟没有解决掉严冰一行人，惹得胡杨女发怒了。

玲珑鞭甩出，又把一个仍在错愕之中的强盗抽下了马，这时，强盗首领开口了，只见他先是一挥手，让自己的手下都肃静了下来，然后对着纯儿微微一抱拳：

“不知道姑娘跟胡杨女怎么称呼？”

纯儿心中暗恨：

“没想到，这个强盗首领还真是个难缠的人物，竟然没被自己给唬住。”可随即，纯儿心中又冷哼了一声：“哼，跟我比唬人，你们也不去打听打听，你家方大小姐上辈子是干什么的！我就是唬人的祖宗！”

纯儿面对着强盗首领，镇定自若，甚至是非常的悠悠闲闲地说道：

“我呢，跟胡杨女怎么称呼，你管不着。反正我现在人是已经到了这里了，该怎么做，你就自己看着办吧。你们不是说，是胡杨女让你们来杀人的吗？那你们还愣着干什么，快点儿动手啊，都耗了大半夜了，你们磨蹭什么呢？”

此刻强盗眼里的心虚和闪烁逃不过方子纯的双眼，她越发认定了这件事中有蹊跷，所以步步紧逼。

严冰心中纳罕：

“怎么现在看上去，纯儿比强盗还像强盗呢？难道真让端木说着了，纯儿天生就是有当强盗的天赋？”

面对着纯儿那阴森森、冷冰冰，暗含杀气的质问，强盗们在慢慢地退缩，终于，强盗首领又开口了：

“好，今天我们的生意不做了，把你们的命再留几天！”

说完话，掉转马头，就要率队离开。

一看强盗们打算退却，严冰心中一松，同时拽了拽纯儿，纯儿会意，口中喝道：

“怎么，就这么走了？”虽然话说得凶狠，但是她却没有任何动作，因为纯儿现在和严冰想的是一样的：

“敌众我寡，现在先把强盗唬走了就行了，毕竟自己既不是胡杨女，也跟那个胡杨女没什么关系，假的就是假的，一旦被强盗识破，今晚再想脱身就难了。”

强盗首领听到纯儿的喝问，更加不敢停留，策马就要飞驰，可就在强盗们的队伍刚刚一启动的时候，在他们的队伍前面，突然就出现了一个幽灵般的身影，挡住了他们的去路。这么一大群强盗，竟然都没有看见这个人影是从哪里来的。

只见这个身影端坐在马背上，身上披着斗篷，头上戴着风帽，也和强盗们一样，用斗篷的一角遮住了脸孔，所以根本也看不出他究竟是男是女，是老是少。

这个人的马就横在了强盗的队伍前面，也不开口，也不让路。这伙强盗都是常年在大漠中讨生活的人，经验极其丰富。一看来的这个人所站的方位、架势，还有那匹马在沙地上的站姿，就知道，这一位也一定是常年往来于沙漠中的高手，所以也不敢轻敌。

结果还没等强盗说话，蒙着斗篷的人就开口了，竟然是一个女人的声音，她的声音成熟而略带些喑哑，她一开口，说的竟然是：

“怎么，就这么走了？”——她竟然一丝不差地把纯儿刚才那句话重复了一遍，唯一的区别就是，她的声音比纯儿的还要阴，还要冷，而且，那是一种属于地狱的阴冷！

“你到底是什么意思?”强盗首领当然也听出了这个女人的声音中带着浓浓的杀气,首领心中明白,今晚的事情,是无论如何也不能善终了。

“你们真笨,怎么连这点儿事都想不明白啊。”那个蒙面的女人继续说道:“她会放你们走,就说明她不是胡杨女啊,你们怕什么啊?”

女人一句话,惊出了纯儿一身冷汗——这个女人究竟要干什么?!

而正相反,女人的话却重新点燃了强盗们的希望,强盗首领的眼中升起了一层凶光:

“怎么,她和胡杨女没关系?”

女人答道:

“当然,我保证她和胡杨女之间没有任何关系,胡杨女的脾气你们还不知道吗?她要是知道了你们今晚干的事,会把你们都碎尸万段的。所以,你们在外面打着胡杨女的旗号杀人越货,她都能放过你们,就是最好的证明。”

强盗暗自点头,觉得这个女人说得很有道理,可就在这时,这个女人又开口了:

“而你们做了这样的坏事,我就不会放过你们,所以,我才是真正的胡杨女!”

女人这一句话,让强盗首领宛如坠到了冰窖里面,他强压住心中的慌乱,问道:

“你真是胡杨女?”

女人笑了一声,笑声阴惨:

“反正,今晚我和她之间,肯定有一个人是胡杨女,你希望谁是呢?”

强盗首领彻底绝望了,而胡杨女也已经话到鞭出,只见一根乌黑色长鞭宛如蟒蛇一样,蜿蜒着就到了强盗首领的面前。

站在不远处的纯儿,只看了胡杨女两招,就心中汗颜——人家这才是真正会用鞭的呢。胡杨女的鞭法比自己高明了十倍不止。

一看胡杨女的身架功夫,就是已经在鞭术上浸淫了多年的。一条乌黑色的长鞭被她舞得出神入化。

纯儿看得技痒难耐,眼看着胡杨女以寡敌众,一时难以解决掉这些强盗,就说道:

“我去帮帮她,顺便学几招。”

可是她刚往前一冲,端木就拉住了她:

“不行,胡杨女是江湖中人,自有他们的规矩,你现在突然去帮她,弄不好,她会觉得你伤了她的脸面。”

纯儿一听也有道理，只好按捺住自己蠢蠢欲动的心思，仍旧站在一旁观战。

而就在这时，胡杨女却朝着纯儿的方向招呼了一声，喊道：

“小姑娘，你要是愿意，也来打啊，现在可以名正言顺地杀人，这个机会很难得啊！”

纯儿一听，喜出望外，纵身就跃了出去，只留下严冰和端木相顾愕然——这个胡杨女还真是邪门，这以后要是让她和纯儿凑到一起喽，还不知道得惹出什么乱子呢。

纯儿刚刚走到强盗的近前，就觉得一道鞭影朝着自己飞了过来，纯儿一愣，刚要反手用自己的玲珑鞭去抵挡长鞭，就听见耳边响起了一声轻笑：

“小姑娘，别怕，我是要帮你，跟我来。”

随着胡杨女的话语，那条乌黑的长鞭已经缠在了纯儿的腰上，当那条长鞭一挨到纯儿的身子，纯儿就明白了胡杨女确实是没有恶意，因为那条长鞭飞来的劲道轻柔柔，软绵绵，全没有攻击的力量。

于是，纯儿顺着长鞭的走势向上一跃，长鞭就带着纯儿凌空飞起，落到了胡杨女所骑的那匹马的马背上，只听胡杨女说道：

“你如果想在行走沙漠的时候，用长鞭护身，一定得学会马上用鞭。你先用我的马练一练，我给你掠阵。”说着话，胡杨女翻身下马，站到了一旁，同时对着马轻轻一拍，马儿深谙主人的心思，载着纯儿就朝着强盗群冲去。

胡杨女的这匹马一看就是久经沙场，在强盗身边闪转腾挪，纯儿有了良驹相助，真是如鱼得水，手中玲珑鞭更是舞得虎虎生风。

这一打起来，纯儿才发现，原来，刚才自己竟然看走了眼。刚才观阵的时候，她看强盗们还都活蹦乱跳地围着胡杨女，以为胡杨女一时寡不敌众没能占了上风。等现在一真正交上手，她才发现，这些强盗们竟然都已经受了不同程度的伤，只是他们受伤的地方都非常的巧妙，让他们不会马上落马，还能够再抵挡上一阵子，但是如果想要逃脱也是万万不能的了。

看到这样的情形，纯儿心中疑惑：

“胡杨女这是干什么，为什么不干脆一下子把这些强盗都干掉呢？”

就在纯儿不解的时候，只见又有一道乌光飞过了自己的眼前，随着这道鞭影，胡杨女的声音又传了过来：

“鞭法的要诀是快、准、稳、狠！鞭身长而柔，所以一定要一击成功，切忌一击不成,转头再来!”

胡杨女一边说,手中长鞭一边频频而动,纯儿何等灵透,马上就明白了,胡杨女是要利用这个机会指点自己鞭法,所以,手中的玲珑鞭马上就随着胡杨女的长鞭飞了出去,心中还反复揣摩着胡杨女刚才所说的话。

胡杨女站在一旁暗暗点头:

“这个小丫头果然聪明。”而手中的长鞭也就甩出得愈发的密集。

纯儿的玲珑鞭紧紧跟随着长鞭,渐渐地,玲珑鞭也被舞动了起来,几百个回合之后,纯儿乍然发现,原来胡杨女的长鞭动作非常的规律,隐然包含着一套鞭法,而这套鞭法纯儿总是感觉到似曾相识。

终于,胡杨女的长鞭凌空一抖收回了手中,同时喝道:

“小姑娘,今天就到这里,你还太小,剩下的事情交给我来做。”

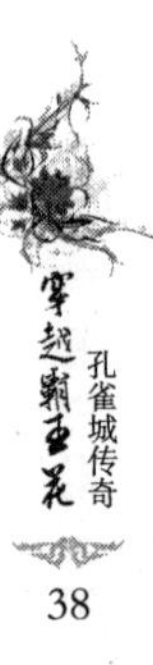

纯儿一怔,再看战场上,这才明白,原来在她们两个人的联手攻击下,强盗们已经全部重伤了,基本都在倒地呻吟。听胡杨女的意思,她是要料理残局了,而且场面可能还会挺血腥,而她觉得纯儿还太小,不应该看到这么残酷的情景,所以才叫纯儿回避的。

纯儿无奈,毕竟自己现在才只有十五六岁的年纪,她总不能对胡杨女说:

“没事的,放心吧,吓不到我的,我上辈子已经杀过很多人了,而且那些场面比冷兵器杀人的场面血腥多了……”这虽然都是实话,可是没法说啊。

无奈,纯儿只好悻悻地转过身朝着营地走去。

而这时,纯儿的脑后则传来了胡杨女阴冷的声音:

“你也知道我的手段,老老实实地回答我的问题,别让我费力气!为什么要假冒我的名义,劫杀客商?究竟是每一个大规模的商队你们都要劫杀,还是专门针对严四公子的商队?”

“我们跟你有仇,所以才会假冒你的名义。”强盗首领说道。

胡杨女的声音愈加的阴冷:

“不可能,说实话,你们到底是受了谁的指使?快说,否则……”

“你不用说下去了,你说得很对,的确是有人指使我的,但是我不会告诉你的。”强盗首领打断了胡杨女:“在这片大漠讨生活的人谁不知道,惹到你胡杨女,就是自己走进了地狱,我也知道。我现在如果不说实话,你会一直折磨我,让我求生不得求死不能。但是,如果我跟你说了实话,那就算我死了,指使我的人也会把我的灵魂召唤回来，继续折磨我的灵魂！”

纯儿故意越走越慢，她被强盗首领的话吸引住了：

“指使我的人也会把我的灵魂召唤回来，继续折磨我的灵魂！”指使他们的究竟是什么人呢？

背后一阵沉默，突然，纯儿就听见一声撕心裂肺的惨叫，惊得纯儿霎时转过头去，她呆住了，刚才还在说话的那个强盗首领，此刻已经飞到了半空中碎裂成了几十块，化作漫天血雨纷纷落下。

血雨中传来了强盗首领的最后一点声音：

“胡杨女，你好狠毒，你能杀我，但是你也活不长了，圣域很快就要杀死你了。你好狠的手段，人们没有猜错，你果然是……”

什么声音都没有了，强盗首领彻底地死了。

纯儿愣愣地望着地上的一片血污，而胡杨女仍旧纹丝不动地屹立在沙地上，脸还是遮在了斗篷的下面。

“小姑娘，你是不是被吓到了，我告诉你不要看的，唉，就像我小的时候一样不听话。”

纯儿一时不知道该怎么答话，只能站在那里听着。胡杨女继续说道：

“我那时比你现在还小，大人们干这些事的时候从来不让我看到，可是我总是偷偷看，结果，看得多了，就习惯了，就不把这些事情当事了，再后来，就很自然地把杀人当成一件很普通的事了。然后慢慢的，杀人在我的心目中就变成了一件很有乐趣的事情。”

纯儿无言地听着，心在一路下沉。

胡杨女忽然轻笑了一声，声音中蕴含着让人心酸的凄凉：

“真是的，今天怎么会说起这些来了，很多年都没有提过这些事了。小姑娘，走近点，让我好好看看你。”说完后，胡杨女忽然又加了一句：“放心吧，我不会伤害你的小情人的，我只是想好好看看她。”

纯儿一回头，才发现，原来严冰和端木臻华已经相携走到了自己的身后，可能刚才听到胡杨女让自己走近些，两个人的脸上不约而同地露出了关切的神情，胡杨女才出言调侃。

看到胡杨女向自己说话，严冰借势上前一步，抱拳说道：

“在下西蜀国严冰，久闻前辈的大名，今天幸好有前辈相救，严某万分感激。”

胡杨女没有答他的话,而是幽幽自语道:

“西蜀国,那离这里很远吧?”

严冰愣了一下,一时不知道该如何回答。而胡杨女似乎也不想得到答案,她又朝着纯儿开口了:

“这么说来,小姑娘也是从西蜀国来的了?”

纯儿还没有说话,严冰赶紧抢先说道:

“她是大梁国的孤女……”

胡杨女一挥手打断了严冰:

“好了,不管她是谁,跟我也没有关系,我只是想好好看看她,不过,”胡杨女忽然态度一转:“其实看看也没什么用,就算看了又能怎么样呢?”说到后来,胡杨女就又变成了自言自语。

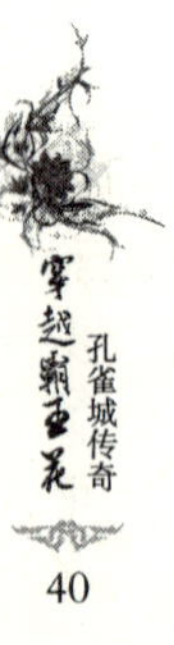

此刻,严冰三人的心中都涌起了同一个念头:

“这个武功高不可测,行事又怪异非常的女人,好像神经不是很正常。”

“你就是波斯来的端木王子?”胡杨女又转向了端木臻华。

“正是。”端木微微一躬身。

“你不错,不像别的那些王公贵戚,总是想着自己。”胡杨女的声音又变得阴冷了。

“听那个家伙临死时的话,他们是受了圣域的指派,其实我也应该想到,在这片大漠当中,除了圣域的人,谁还敢这么公然地和我作对呢?”

端木沉吟了片刻,说道:

“如果真的是圣域,那么他们的目标很有可能是我。”

胡杨女淡淡说道:

“也不尽然,圣域也早就看我不顺眼了,嫌我总是坏他们的事情。”

“所以他们是要一箭双雕!”一直没有说话的纯儿,忽然开口。

“小姑娘还挺聪明的。”胡杨女似乎有些感慨:“聪明好,如果想在这条商路上行走,怎么聪明都不过分的。可要是笨一点,就会马上死掉。好了,我该走了。”说完话,胡杨女丝毫也不犹豫,翻身上马,就要绝尘而去。

“哎——”纯儿喊了一声,她可不想让胡杨女就这么走了,胡杨女去势极快,头也不回地喊道:

“放心吧,如果你有决心要行走这条商路,我们总有再见面时候,更何况,现在这条路越来越不太平了。”

说着话，胡杨女的身影就消失在了黑暗中，一如她来的时候那么无声无息。

严冰他们整顿好商队，就又上路了。商队中的人们劫后重生，都分外兴奋，全队中欢声笑语不绝于耳，唯有纯儿一直都沉默不语。

严冰以为她是经过一夜恶战，有些疲倦，而且，又目睹了那么血腥的场面，所以一时间无法适应，也就不去打扰她，让她自己的心情慢慢调整恢复。

但是严冰并不知道，虽然现在纯儿表面上看起来无限的疲倦沉默，但事实上，她的内心中却在掀起一层又一层的狂涛恶浪。

方子纯的心思现在已经混乱之极，各种情景各种思潮，在她的脑海中反复地撞击着。

在现代，她是女特警，是正义的化身，是与非，善与恶，对与错，在她的心中泾渭分明!可是，为什么她一回到古代，这些被她所熟识的评判标准就都不复存在了呢?

今天，纯儿亲眼目睹了胡杨女的血腥暴行，可是自己和众人却被胡杨女救了性命，胡杨女的行为亦正亦邪，那么，她究竟是罪犯还是侠女呢?

自己逃出宫廷，一心想当一名侠女，可是，什么才是侠女的行为准则呢。在这漫长的商路上，在这茫茫的大漠中，法制是根本不存在的，人们所能做到的，只能是以暴制暴!

对!以暴制暴!抛开自己上一世那些重重束缚，重新为这条商路整顿出一套惩恶扬善的法则!

方子纯没有发觉，在不知不觉之间，她已经踏上了一条充满刺激，充满挑战，但也充满了希望的路途。

“纯儿!”严冰的呼唤打断了纯儿的思绪:“你朝远处看。”

纯儿顺着严冰手指的方向一看，只见远方在沙漠与蓝天的交界处，影影绰绰，出现了一丛丛模糊的影子。纯儿用力辨认，发现那些影子竟然是一处处树木房屋的轮廓。

“海市蜃楼!?”纯儿脱口而出。

严冰笑道:

“不是海市蜃楼，那里是沙漠中的绿洲。”

“绿洲!”纯儿惊呼了出来，毕竟在现代的时候，想在沙漠中看到绿洲比看到海市蜃楼还要难得多。沙漠中的绿洲，那是一个多么充满了浪漫和遐想的地方啊。

“今晚，我们就可以在那里过夜了，那里不仅有美酒，佳肴，歌舞，好客的主人，还有多情奔放的楼兰姑娘。”严冰的话语中热情四溢，似乎已经进入了那个梦幻般的天堂。

纯儿也被严冰的情绪渲染了，心情也随之雀跃了起来。而商队中的年轻人更是齐声唱起了当地的歌谣，虽然纯儿听不懂歌词，但是那简单而动人的旋律，却足以让人变得快乐。

又走了将近半天的时间，纯儿眼前一亮，金黄色的沙地上，竟然奇迹般地出现了一条河！

“这就是孔雀河，因为这里的植被还算丰茂，所以，水源在这片沙漠上浮出了地面。”

孔雀河！纯儿的心狂跳了起来，难怪这条久已干涸的河流，能永远的保留在人们的记忆中，一直延续到了现代。它真是太美了！蜿蜒曲折的河床，清粼粼的河水哗啦啦地流淌着，在正午阳光的照耀下，闪动着银色的光芒，就好像仙女遗留在人间的衣裳。

孔雀河的两岸，无数植物紧紧依偎着河水，努力地生长着。各式各样的动物在河边的灌木丛中悠闲地徜徉，好一幅让人心旷神怡的画面。

快到黄昏的时候，严冰他们的商队来到了孔雀河沿岸的最大的一块绿洲。

从远处看，这些绿洲就好像是沙盘上的建筑，星星点点，小巧玲珑，直到真正走到了近处，纯儿才发现，原来，这所谓的绿洲，竟然是这样的巍峨壮观。

首先映入纯儿的眼帘的，是一片苍苍茫茫的森林，枝叶繁茂，遮挡住了人们的视线。而清澈的孔雀河，则唱着轻快的调子一头扎进了树丛中，一下子，就失去了身影。

严冰似乎对这片森林非常的熟悉，他率先走到了森林边上，纯儿这才看出来，原来这里竟然有一条非常宽敞的路，只是在层层植被的掩映下，不熟悉这里的人很难发现。

严冰下了骆驼，大步走到路口，抱拳高声道：

“请壮士转告国主，西蜀国严冰来访。”

严冰话音刚落，丛林中就传出了一阵爽朗的笑声：

“早就接到了严四公子的传书，算着日子，公子就在这几天会来到这里，果然，今天就把公子等到了。”随着话语声，从树林里走出了一个高大的男人。

纯儿心中一骇，暗自吐了吐舌头——难怪四哥会说是壮士，这个男人也太高大了吧。只见出来的这个男人身高得有两米开外，真正是虎背熊腰，站在那里，就像是一尊铁塔一样。

严冰看见这个男人也笑了：

"原来今天是雅鲁壮士执勤，壮士你好，我们好久不见了。"

纯儿这才明白，看来，这块绿洲是由几个人轮流把守这个门户的。天啊，如果这几个人都长得像雅鲁这么高大，那站在一起，可够壮观的。

而这时，端木臻华也走上前跟雅鲁打招呼。

"原来端木王子也来了，这一下，国主可更高兴了。请吧。"雅鲁一侧身，让开了道路，商队徐徐地走进了丛林。

纯儿刚一走进丛林，就感觉自己进入了另外一个世界，和外面的干燥酷热比起来，这里尤其显得湿润清凉，习习凉风拂着纯儿的脸颊，竟然还能让人感到一丝丝的寒意。

雅鲁把他们带到了一处房屋前面：

"四公子还是住在这里吧。国主吩咐，你们一路辛苦了，先在这里沐浴、休整，晚上，国主设宴款待各位。"

纯儿四下打量，这处房屋就好似现代人在风景秀丽的山地上构建的别墅一样，也是依着丛林搭建的小木楼，有两层的，三层的，一间间小木屋小巧玲珑，小楼旁边，枝杈交叉纵横，为小楼平添了一层密实的屏障。

现在应该是到了鸟儿归巢的时间，无数不知名的鸟儿，围着小楼鸣叫飞翔。在小楼的后面，竟然还有一个小小的水潭。水潭虽小，但一看就是经过了一番精心雕琢。水潭的四周围着光滑的鹅卵石，孔雀河水从小潭的一边流进来，又从小潭的另一端流出去，精巧的设计，让纯儿怀念起了现代的温泉浴场。

水潭的周围还种植着很多树木，这些树木像围墙一样，把小潭团团围在了中央，任何人都不可能透过树木看见水潭中的情景。

"我想在这里洗澡。"纯儿站在潭边，望着清澈的潭水，口水都快流出来了。

"那是绝对不可能的。"严冰拍了一下纯儿的头。

"为什么？"

"因为这个潭叫情人潭，只能晚上月亮高高升起来的时候才能在里面洗澡，而且，得是一男一女才能在里面洗澡。"

"必须是夫妻？"

"那倒没有规定，只要是一男一女，而且两个人都愿意，就可以在这里洗澡，而且在他们洗澡的时候，如果有人打扰，他们就可以去国主那里告状，国主就会按照法律惩罚他们。"

"啊?!"饶是方子纯上辈子见多识广，这一下子也不禁被吓着了——古人都是这么开放的吗?

天慢慢地黑了，丛林中变成了一片暗金色，严冰他们都已经收拾停当，准备去赴国主的盛宴。

趁着在路上的工夫，严冰应纯儿的要求详细地介绍着这片绿洲：

"这里是沙漠中最大的一块绿洲，所以也就是沙漠中最富庶的城邦。这个城邦的名字叫孔雀城，因为孔雀河贯穿了它的全境。这里的国主五十多岁的年纪，很有魄力，也很会享受，手中又有财富，所以，这里集中了全沙漠中最美的女子。而因为它的富有，也引起了大漠中无数强盗的垂涎，所以，为了保护自己的城邦，国主培养了大批武士。"

走了很长的一段路，他们终于来到了一片宽敞的广场上。广场呈圆形，广场的四周分布着七个石台，石台上都已经燃起了熊熊的火焰，把广场照得一片通明。

纯儿暗暗点头：

"七个！没错。史书记载，凡是和楼兰国有关的遗迹中，'七'这个数字都反复出现，只是人们无法探寻出它究竟有什么含义。而显然，这里也是受楼兰古文化的影响深远。"

广场的尽头，是一片宫舍，说是宫舍，但是比起西蜀国宫殿的富丽堂皇来，简直是天壤之别。这一处宫室，只是由十几座圆顶的房子组成的，最中间的一间房子，最高也最大，应该就是国王的居所了。毫不意外的，纯儿看见，宫室前廊的石柱也是七根。

严冰、端木带着纯儿，走进了正中间的宫室。

一进宫室的大门，纯儿差点儿惊呼了出来：

"我的妈呀，这外面看起来毫不起眼的宫室，内装也太豪华了吧。"

只见这间宫室很宽敞，宫室的地上铺着雪白的波斯地毯，地毯洁白如雪，仿佛把白云铺在了地上。四周的墙壁上，挂满了各种珍贵的动物皮毛，每一张皮毛都非常完整，丝毫无损，色彩绚烂。

在皮毛上，还悬挂着各色金银制成的工艺品，还有各种用珠宝镶嵌成的工艺品，宝色逼人，炫人双目。

在宫室的正中央，放着一张华丽的条案，条案上也是镶金嵌宝，桌案之上堆满了各种奇珍异果，美味珍馐。在条案的后面，席地坐着一位高大的男人，这个男人黄发黄须，五旬开外的年纪，身上穿着华丽的锦袍，而在他的身旁，还簇拥着无数妖娆的美女。这些美女，一看就是来自于各个民族，有的金发碧眼，高鼻深目，有的则是标准的汉族美人。

这一幕，看得纯儿咋舌不已：

“这个孔雀城的城主还真是会享受。”

只见这些美人簇拥着国主，有的为他倒酒，有的给他剥水果，有的正对他巧笑嫣然，还有的在低低细语，真是说不尽的温柔景致。

而在宫室的两侧，也都摆放着条案，条案上也都放着美酒佳肴，一些官员打扮的人就坐在条案的后面，他们都在非常随意地饮酒谈笑。这样的情景，让纯儿不得不怀疑，这个孔雀城中的人，是不是除了享乐，就没有别的事情可做了。

严冰和端木上前一步，朝着国主抱拳施礼，国主则一边哈哈大笑，一边站了起来：

“四公子，端木王子，你们终于又来了，这两年可想得我好苦，往来西域的商人这么多，可是只有四公子和端木王子和我最投缘。”

严冰也笑了：

“我们也是日日都在想念着国主啊，两年不见，国主又新添了不少佳丽啊。”

国主又是一阵哈哈大笑：

“和你们西蜀国皇帝比起来，我没有辽阔的疆土，也没有众多的百姓。但是我自认唯一能和他相媲美的，就是我后宫的这些美人了，怎么样？我身边的这些美人，比起你们西蜀国皇帝的后宫来也不逊色吧？”

国主的随意谈笑，却让纯儿的心中一窒，她狠狠地攥了一下拳头，用指甲刺痛了自己的掌心，她在强迫自己不要再想起那个无情无义的男人，不要再想起那个暗无天日的后宫。

纯儿这转瞬即逝的变化，没能逃过端木的眼睛，端木的眼神也暗淡了。他早就发现了，西蜀国后宫似乎是纯儿心灵深处的禁忌，联想到纯儿的身世，他不得不怀疑，纯儿和西蜀国的某个人，甚至很有可能就是西蜀国的皇帝之间有过什么恩怨纠葛。

而一想到，时至今日，纯儿还在为这些纠葛而心痛，端木的心中就像是有一把刀在割一样。

就在纯儿和端木两个人各想心事的时候，严冰已经和国主自如地谈笑了起来，他们三个坐在了一张早就为他们准备好的条案后面。严冰也把随身带来的礼物，交给了国主。

国主看着严冰送的礼物爱不释手，啧啧称赞。半晌，才又问道：

"四公子每次送给我的礼物都这么吸引我，以至于我都忘记问了，你带来的这位姑娘是？"

严冰笑了：

"忽略了美女，这可不是国主的风格。她是我的妹子，叫方子纯，纯儿见过国主。"

此时纯儿已经恢复了状态，站起身来从容行礼。而国主还没有说话，国主身边的一位美人却开口了：

"好一位天生丽质的美人儿，国主不如把这位妹妹也留下来吧。"

美人的话在众多女子中引起了一阵轻笑，一时间，纯儿也分辨不出这位美人究竟是什么意思，只好木着脸，又回到了严冰的身旁。

国主笑道：

"不要乱讲，她是四公子的妹妹，就是我的妹妹，是我们孔雀城的小公主，所以我们要用最尊贵的礼仪来迎接她。"

"看来这位国主的思维，还是比较正常的。"纯儿刚松了一口气，可是她没想到，国主接下来说的竟然是：

"所以，今夜就由纯儿小妹妹为自己挑选一个健壮的武士，来使用情人潭吧。"

不理会纯儿的惊愕，国主继续说道：

"小妹妹，你不用不好意思，你既然是四公子的妹妹，那么你也就是我的亲妹妹。这孔雀城就是你的家，今夜，我满城的武士都可以由你挑选，他们都会无条件地服从你的。"想了想，国主又笑了："不过你长得这么美，他们肯定会为你决斗的。"

国主的话引起了一片艳羡声，大概意思就是，不知道今晚谁会这么有福气受到纯儿小公主的青睐。

纯儿觉得自己的头在晕：

"难道这里是母系社会吗？女人的地位竟然高到这种程度——可以随心所欲地挑选陌生男人陪自己鸳鸯浴?！"

严冰在桌子下面握住了纯儿的手，对着纯儿耳语道：

“别怕，他们没有恶意，这是他们的风俗，他们用这种方式，表达对客人的敬重。”

这种敬重方式可真是让人有些吃不消：

“我要是挑一个有妻子的呢？”纯儿对这种风俗还是不大理解，认为这种风俗非常不利于社会稳定。

严冰轻轻一笑：

“他如果不愿意当然可以拒绝啊。”

纯儿的心里一松——哦，那还好。随即，纯儿就又想起了一个问题：

“那他们怎么招待男客人啊？”

“一样的，他们会让最尊贵的男客人选择一个心仪的美女的。”

纯儿无可奈何之中，忽然涌起了一个邪恶的念头：

“如果男贵客选择了国主的美人呢？”

可是没想到，严冰竟然很轻松地说道：

“那就看美人的心思了，国主一般是会尊重美人的心愿的。”

“啊?！”纯儿差点惊呼了出来——这国主也太大方了吧。

严冰微微一笑：

“他们的风俗是崇尚自由的相爱，崇尚两情相悦，因为他们认为爱情和身体，是上天送给人类最好的礼物，所以，谁也没有权利去桎梏它们，限制它们，玷污它们，只有好好地珍爱它们，才是对上天最好的报答。”

一番话说得纯儿无话可说，是啊，能说什么呢，人家说的也没有错啊，可是就是总觉得有些怪异。

谈笑间，广场上的酒宴已经摆了起来，条案摆在了广场的四周，人们仍旧是席地而坐，而在距离广场不远的一小片空地上，点燃了一堆很大的篝火，篝火上正烧烤着一只庞大的骆驼。骆驼已经快烤熟了，阵阵肉香飘了过来。

条案上是整坛的美酒，整盘的烤肉，这里不用筷子，人们都用一种锋利而小巧的匕首直接割肉吃。

而在广场的正中央，一个个精彩的节目也在轮番上演着，舞蹈、摔跤、射箭、比赛刀术，不一而足。但是纯儿发现，不管是什么节目，都蕴含着一种蓬勃的野性，即使是那些柔美的美人所跳的舞蹈也不例外，这些人似乎都在通过各种方式，向世界宣告着他们的坚韧不拔。

渐渐地，纯儿被场内热烈的气氛调动了起来，她似乎又回到了现代，回到了那些南征北战的时光，那时虽然出生入死，但是因为心中有理想有目标，所以一切也就变得有意义，变得快乐。突然，纯儿发现自己好喜欢这片大漠，因为，在这里，恶劣的自然环境，能够再次激起她沉睡已久的激情。而这里的人们，就像她前一世的战友们一样，每天都在死神面前舞蹈，而且还舞得那么尽兴，那么洒脱。

忽然，本来喧闹之极的广场上突然安静了下来，紧跟着一阵单调却清脆的手鼓声响了起来。纯儿不知道发生了什么事情，四下观望，就见周围人们的脸上都洋溢着一种热切却期待的光芒，而且他们都盯着同一个方向。

“出什么事了？”纯儿低声问严冰。

端木替严冰回答：

“这手鼓声是一个信号，说明今晚有一位姑娘，看中了一个男人，她现在要走出来，在众人面前征服这个男人，让这个男人今夜成为她的情人。”

“啊?！”纯儿的眼睛也不禁发出了光来——这么豪放？都超过电影明星去了！

这时，就见人丛中走出了一位身材娇小的汉族美人，只见她身上穿着经过改良的汉族衣裙，头发照当地人的样子编成辫子盘在头顶，但是头发上还插着汉人的钗环。

这位姑娘一手举着一面精致的手鼓，轻轻地按照节奏敲打着，另一只手托着一个银盘，盘子上放着一只银杯。

“她把这杯酒送给谁，就说明，她想要谁。”端木继续解说着。

端木刚一说完，美人已经盈盈地走到了严冰的面前，脉脉含情地把手中的银杯送到了严冰的唇边，一时间，广场内喧哗四起，笑语勃发，而严冰则满面通红。尽管如此，他还是就着美人的手，喝下了这杯酒。

美人见严冰喝下了自己的酒，喜出望外，敲打着手鼓在广场中舞蹈了起来，她的舞步是那样的欢畅，让纯儿都能感受到她遇到了情人的欢乐。

纯儿好笑地靠近严冰：

“四哥，艳福不浅啊。”

严冰脸上红晕未退，但是目光已经开始追随那位姑娘了。

姑娘跳完了一支舞，就毫不腼腆地依偎到了严冰的身边，国主哈哈大笑了起来：

“好，跳得精彩，而且，四公子的确是我们最尊贵的客人，今夜的情人潭就归他们这对有情人……”

“等一等。”忽然，一声清脆的呼喝，打断了国主的话，“四公子是尊贵的客人，难道，端木王子就不是最尊贵的客人了吗？”

“当然是，”国主说道，“但是今晚没有姑娘来邀请端木王子啊。”

“谁说没有，我这不来了吗？”说着话，一位艳光四射的美人，出现在了众人的面前。

“这也是他们的风俗，如果端木兄也中意这位姑娘，那么这位姑娘就会和刚才的那位姑娘展开比试，最优秀的，才有权利带着自己的情人去情人潭，所以，事情到了这会儿，就变成了两个女人的较量了。”严冰低声解释道。

“那如果有更多的女人喜欢你和端木大哥呢？”

“那就是一场女人的混战了，她们会一一决斗。”

“而你们就是战利品？”纯儿目瞪口呆。

纯儿瞪大了眼睛，望了望严冰，又看了看端木，心中不禁汗颜——自己枉自在男女高度平等的现代生活了那么多年，竟然被这些豪爽得过分的古代女子们镇住了。

而这时，那个后出来的少女也已经走到了他们的面前。

这个姑娘的确非常美。她的身材高挑、健美，步伐极具弹性，高耸的胸脯，婀娜的曲线，无不引人遐思。她的脸庞不大，下颏尖圆，一双眼睛大大的，明亮的眼睛中透出清澈的目光，目光中饱含着因为美貌而产生的自负和倔强。

她那长长的睫毛，历历可数。高高的鼻梁有力地增强了整个脸庞的造型美。她长着一头浓密的黄褐色自然卷曲的长发，长发很有风致地散披肩后，仿佛巴黎街头的现代女郎的发型。

她的头上斜戴着一顶小小的尖尖的毡帽。黑褐色的毡帽边缘饰有耀眼的红色绒线，色彩协调、热烈，帽顶左右还缀有几支彩色斑斓的翎羽。这充满了野性的造型，毫不犹豫地冲击着人们的视线。

她的上身，穿着一件红色的绣花小马甲，窄窄的袖管下露出一双修长的玉手。下身穿着一条长及小腿的黑褐色裙子，裙摆乍开，凌风舞动。

她露出的双脚和小腿上，穿着一双精致的红色皮靴，靴尖向上翘起。最引人注目的是她的腰下，还悬挂着一把镶嵌着宝石的华丽匕首。

纯儿心中暗暗给出了评语：

“刚才那位汉族姑娘和这位姑娘比起来，实在是逊色了很多。”

只见那个姑娘的手中也拿着一面手鼓，而另一只手上则直接端着一只银杯。姑娘大大方方地走到了端木的面前,她高高地昂起头,好像是要确保所有人的目光都能集中到自己的身上来。

当她看到,自己如愿以偿地已经成为了所有人的焦点的时候,她的脸上洋溢起了骄傲的笑容,同时,她举起手中的银杯径直送到了端木的唇边。

端木臻华是她心仪已久的男人，她觉得端木是整个西域最优秀的男人,而她——柳曼花,是世界上最美丽的女人,所以,端木臻华必定是属于她的。

而且她也坚信,当端木臻华接受到她的邀请以后,一定会欣喜若狂,受宠若惊的。

今晚,她是故意要晚出来一会儿的,柳曼花就是这种性格,她天生就是喜欢跟别人抢夺,就是要打败别的女人,这样她才快乐。本来,今晚她最大的希望,是能够先有一个女人来讨好端木臻华,然后她再在众目睽睽之下,把端木抢过来,这样得到的男人,才够味道!

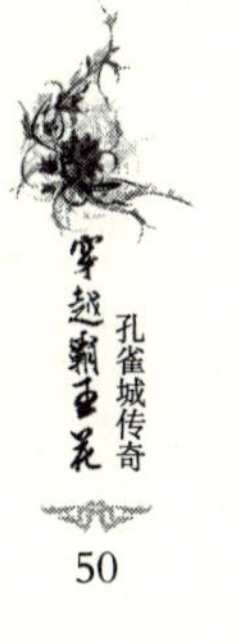

但是,让她失望的是,竟然没有一个女人去向端木示好,所以,她只有选择去抢情人潭了,反正,她就是要从别人手里抢夺。

此刻,她欢笑着把银杯递到了端木的唇边,而另一只拿着手鼓的手,已经朝着端木的脖子搂了过去,可是,让所有人都震惊的一幕发生了,端木臻华竟然轻轻一偏头,躲开了柳曼花的银杯,不仅如此,他还微微转动了一下身子,和柳曼花离开了一些距离,显然,他不想让柳曼花的手碰触到自己。

广场上的人都呆住了,柳曼花是孔雀城里公认的美人,所有的人都没想到,端木臻华竟然会拒绝她的邀请。

而柳曼花的脸更是一下子就变成了铁青色，大大的眼睛中充满了不可置信,她的胸脯剧烈地起伏着,恐怕刚才如果有一条鞭子抽到她的脸上,她都不会如此的难堪。柳曼花死死地盯着端木臻华,片刻之后,她再次固执地把银杯举到了端木的唇边!而她眼中那炙热的光芒,狠狠地投射到端木的脸上,就好像恨不得要把端木融化了一样。

而端木的脸色还是那么沉静如常,他再次躲开了柳曼花的银杯,这一次,端木做得更加彻底,他俯身端起自己的酒杯,对着柳曼花的银杯轻轻一碰,然后就举起杯一饮而尽。

“这是表示明确拒绝的意思。”严冰附在纯儿的耳边低声解释道。

这一下,柳曼花彻底抓狂了,她“哐啷”一声扔掉银杯和手鼓,一把就抓住了端木的衣襟，声音撕裂地大声质问道：

“你为什么要拒绝我?！”

端木淡然地挣脱了她的手：

“你们的风俗好像是不会质问对方缘由吧？”

“我不管什么风俗不风俗，我就是要知道！”

端木的眼睛望向一边，沉默不语。

“你说！”柳曼花又要上来抓住端木，只是这一次端木有了防备，先一步躲开了。

这时国主发话了：

“柳曼花，不要胡闹了，端木王子是我们的贵客，你怎么可以这么对他？”

“他怎么可以这样对我?！”柳曼花大声嘶吼着。

看着她那种近乎于癫狂的状态，纯儿都觉得于心不忍了，她轻轻地扯了扯端木的衣袖，低声问道：

“你这么做也太伤她了吧。你到底是为什么啊？”

端木沉默了半晌，缓缓地转过头，深深地注视着纯儿：

“你说呢?”端木这三个字虽然吐出得很轻，但是他的态度却是斩钉截铁，不容置疑，宛如惊雷一般，在纯儿的耳边炸响。

望着端木那包含深情的目光，纯儿的心没来由地一阵慌乱，她低头避过了端木的眼光。

狂怒之下的柳曼花并没有注意到端木和纯儿两个人之间这一系列的小动作。她又向前跨了一大步，再次逼近了端木：

“我再说一遍，端木臻华，今晚我要你。”这“我要你”三个字说得分外沉重。

一下子，纯儿就觉得这个柳曼花并不值得同情了，她怎么这么霸道啊?就算是在现代的时候，女生倒追男生不是什么新鲜事，但是也没见过这样，非要逼着男生必须马上就和自己上床的啊。

端木朝着另一个方向昂起了头：

“恕难从命！”

“为什么？”

“心有所属！”

这一次，虽然端木没有看纯儿，但是纯儿还是不由得低下了头。

柳曼花的眼睛中闪烁着雪亮的光芒，灼灼地注视着端木，恶狠狠地说道：

“那你就把那个贱人叫出来，让我和她较量较量！”

端木的目光变冷了：

“柳曼花，我跟你说两件事情，第一，我不允许你这么称呼她。第二，按照你们的风俗，只有当两个女人同时想得到一个男人的时候，才会产生决斗。而她从来没有想和你争夺我，因为，我就是她的，不用抢，所以，她没有必要跟你决斗。”

端木说完，不再理会柳曼花，径直又坐了回去。

柳曼花一个人被晒在了那里，她整个人都僵硬了，从小的时候开始，她就一直是孔雀城中最美的女孩子，她从来没有想到过，有一天会有一个男人敢拒绝自己，而且还是当众拒绝！

柳曼花就那么直直地站着，四周一片寂静，人们交织在她身上的目光，简直要把柳曼花逼疯了。

严冰慢慢地靠近了端木：

“端木兄，你这样做太决绝了吧，柳曼花虽然霸道，但毕竟是个姑娘家，你这么拒绝她，她会很难堪的，尤其她又这么骄傲。”

端木深深地吸了一口气，用极低的声音说道：

“四弟，你难道不明白。柳曼花骄傲，纯儿又何尝不骄傲，既然注定了，今天得有人受伤害，那就让柳曼花受伤害吧，因为我无论如何也不能做伤害纯儿的事情。”

严冰一时无言，而此时，一直站立着的柳曼花又开口了，在她说话之前，她的脸上竟然浮现出了一丝笑容：

“端木臻华，我现在给你两个选择，一，马上跟我去情人潭。二，”柳曼花“噌”地一下拔出了自己腰上悬挂着的匕首，然后她一反手就把锋利的刀尖对准了自己的脖子！“二，你就看着我马上死在这里！”

看到柳曼花竟然做出这样的事情来，众人不禁一片大哗，就连下定了决心要对柳曼花不闻不问的端木，也惊愕地站了起来，有些无措地望着柳曼花，一时不知如何是好。

柳曼花看端木又开始重新关注自己了，脸上又露出了得意的笑容：

“端木臻华，我再说一遍，一，你马上跟我去情人潭，二，我现在就死在这里！我现在从一数到三，如果我数到三的时候，你还不答应我，我的血就会溅到你的身上！

一！

二！”

端木的双唇仍旧闭得紧紧的，柳曼花手中的匕首已经在自己的脖子上压出了一道深深的痕迹，国主“腾”地站了起来，想冲上来解决这场混乱。而就在这个时候，端木的背后，突然传出一个清脆的声音：

“你忘了还有第三个选择，那就是——我，跟你决斗！”

声音传出，广场上又是一阵骚乱。只见一个优美的身影从端木的身后转了出来，正是方子纯。就见纯儿姿态美妙地来到了柳曼花的面前，上下打量了柳曼花，才悠闲地说道：

“现在，你想要他，可是我也想要他，既然我来到了你们孔雀城，那我就只好入乡随俗了。我现在就和你决斗，决斗的项目由你来选，如果你赢了，他就是你的，如果我赢了，他今晚就得跟我去情人潭！”

纯儿趾高气昂地在众目睽睽之下，宣告了要和柳曼花决斗抢男人，然后眼见着柳曼花的脸色变得青红不定，不由得玩儿心大起，竟然学着电影上女明星的样子，纤纤玉手一挥，风情万种地拂过了端木的下颌，十足一个美艳女人调戏青涩少男的派头。

纯儿只是一时贪玩儿，想和端木做个表示亲热的动作气气柳曼花，她哪里知道，当她的指尖轻轻触到端木的脸颊的那一瞬间，端木的心整个都停止了跳动，他简直要迷醉在纯儿给予他的这片刻柔情之中。

而此时，还有一个男人和端木一样，心脏也差点不跳了，这个男人就是严冰。只不过严冰纯粹是被吓得！他都被震傻了，严冰实在想不明白，自己的小妹妹，什么时候学会了这么一手风情的做派?!

柳曼花过了很久，才又重新找回了自己的声音。她尴尬地放下了手中的匕首，一双眼睛用力盯着纯儿，像是看见了天敌的动物一样，充满了挑剔和戒备，还有发自内心的仇恨。半晌，她才恨声问道：

“你真要跟我比？”

“当然是真的。”纯儿脸上带着充满青春活力的自信。在火光的映衬下，这两个人都是极其出色的女孩子，但神情气质却是决然不同——纯儿就好似春风温润，有染绿万里山川的气度，而柳曼花就像是深秋最后一缕秋风，因为马上就要逝去，所以显得分外的焦躁、疯狂！

“你叫什么名字？”

“方子纯！”

“好，方子纯，你刚才说的，由我来随意选择决斗项目，你无条件服从，是不是真的。”

“当然是真的……”

一直呆立在一旁的端木臻华这时突然插了进来，打断了纯儿：

“不行，这不公平。按照规矩，应该由两个人轮番出题进行决斗。”

纯儿含笑回头，望着端木：

“怎么，你怕我不是她的对手，会把你输给他？”纯儿语调活泼，端木见纯儿对他的态度竟然如此的亲密，心中不禁一甜，但他知道现在不是柔情蜜意的时候，孔雀城中为了抢夺情人进行的决斗，可不是象征性的，都是要以死相拼的！所以他还是赶紧说出了心中的担忧：

“我更怕她会伤害到你。”

纯儿粲然一笑：

“伤害到我？放心吧，她伤不到我，她没那么大本事的。”忽然，纯儿又变换了一种暧昧之极的声调：“你又不是不知道，我有才有貌，能文能武，琴棋书画，能歌善舞，入得厅堂，下得厨房，上得牙床……”

“啊！？”

“啊！？”

端木和严冰再次同时被雷击倒！可是纯儿并没有觉得自己说了什么大逆不道的话——这都是现代言情小说里，最常见的词句啊，而且还是纯爱言情里的，有什么了不得的？所以，纯儿丝毫也不顾及四哥和端木的心理承受能力，继续滔滔不绝地说下去：

“所以呀，只有我这样的女孩子才配得上端木王子啊。”

柳曼花也听傻了：

“这是个什么女人啊？怎么，怎么……”柳曼花都不知道该怎么形容纯儿好了，全然忘了，自己曾经也是以自信而著称的，只是远远没有自信到这个分上。

柳曼花的脑子在飞快地运转着，她现在已经把纯儿当成了自己这辈子最大的仇人了，她暗下决心，一定要利用这个机会，整死这个方子纯，敢这么羞辱她的女人，必须死！所以，自己得好好想一想，究竟和她比赛什么。

过了一小会儿，柳曼花下定了决心：

“方子纯，你等着，我去准备一下，马上回来。”

“请便。”纯儿依旧自信满满。自己可是超级特警，特警在决斗之前，是一定要彻底粉碎对方的自信心的，还要努力地激怒对方，最好能让对方彻底乱了方寸。当然，当年教官在教她这一课的时候，曾经再三重复这一点。只是不知道，如果教官知道了，纯儿会用他教的这套功课去和一个陌生女人决斗，来争夺一个男人的初夜权，会作何感想。

端木站在纯儿的身后，尽管此时他心中对纯儿有万分的担忧，亿万分的怜爱，可自从纯儿突然冷不防地蹦出那句“上得牙床”之后，他就突然变得特别不自在，怎么着也不好意思再主动接近纯儿了。

倒是严冰平静了之后，靠近了纯儿，低声问道：

“纯儿，你到底明不明白，他们的这种决斗不是开玩笑的，是动真格的。一旦当众宣布了决斗，就不仅仅是为一个情人了，而是押上了全部的骄傲和尊严。这个地方的人，把尊严看得比性命还要重。”

因为眼前没有了柳曼花，纯儿也就收起了刚才那副傲慢张狂的架势，脸上轻巧的笑容也隐去了，一双像黑宝石一样亮的眸子，在黑夜里熠熠发光：

“说实话，四哥，刚开始的时候，我只是想帮助端木大哥解围，也没想到事情会弄得这么严重，谁想到那个柳曼花的性格这么跋扈。可是就像你说的，刚才那一幕既然在众目睽睽之下发生了，那就谁也阻止不了了。”

“也许，我可以跟国主商量一下……”严冰沉吟着说道。

“不用了，”纯儿飞快地阻止了他：“就像你所说的，现在这场决斗已经不再是单纯的抢夺情人了，而是押上了双方的尊严。所以，为了我的尊严，我也不会放弃，不会后退。”纯儿的声音执著。

严冰长叹了一声，也无可奈何，因为将心比心，如果现在有一个男人把他逼到这个分上，他也会一直把决斗进行下去的。

严冰心事重重地坐回了座位，一直沉默着的端木靠近了他的身边，端木并没有看向严冰，也没有看纯儿，而是一直盯着最近处的那一丛篝火，所以，端木的那双漂亮得过分的眼睛中，也有两团红色的火焰在跳动：

“四弟，你放心吧，纯儿不会受到任何伤害的，必要的时候，我会出手。为了她，即使是开罪了整个孔雀城，即使是让我在西域再也无法容身，我也在所不惜。”

端木的声音非常地平静，就好像在陈述一件最普通不过的事情，尽管他此时所说的内容并不普通，而是一个男人，惊天地，泣鬼神的誓言！

柳曼花回来了，只看了她一眼，纯儿的整个身心就进入了备战状态，因为她一眼就看出来，柳曼花现在心里做的是拼命的打算！

“方子纯，我们比赛三场，三场定输赢。”

“好，你说。”

“第一场，歌舞。”

“没问题。”

“第二场，飞刀。”

“也没问题。”

一直全神贯注地听着的严冰和端木也同时松了一口气，飞刀纯儿应该有胜算，而虽然没见过纯儿唱歌跳舞的本事，但是，用歌舞决斗终究是伤不了人的。

看柳曼花不说话了，纯儿又问道：

“你不说比赛三场吗？怎么只说了两场，第三场是什么？”

柳曼花冷笑了一声：

“你要是能赢了前两场，我再告诉你第三场，否则，你就没有必要知道第三场了。”

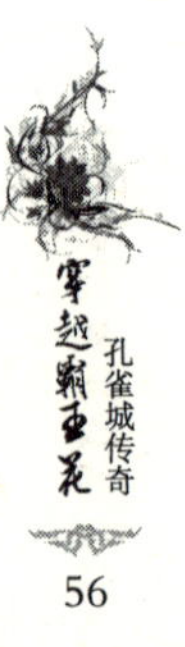

纯儿点了点头：

“好，既然你这么自信，那就依你。我外来是客，这里是你的地盘，你先请。”

柳曼花也不迟疑，轻轻拍了两下手，广场的一角，立刻响起了叮叮咚咚的琵琶声，纯儿一下子就被这琵琶声给迷住了。

“葡萄美酒夜光杯，
欲饮琵琶马上催。
醉卧沙场君莫笑，
古来征战几人回。”

这首诗纯儿从小就会背，但是一直都不能理解，为什么琵琶会和战场联系起来。可是今天，当她真正在这边塞古城听到了古琵琶，方子纯一下子就豁然开朗了。传入她耳鼓的琵琶，如战鼓，如金钟，刺破云层，穿过遮天蔽日的漫漫黄沙，带着滚滚征尘而来。引燃了人心底最深处掩埋着的激情，让人心内堆积的满腹豪情，都想一下子喷薄而出。

而柳曼花显然很熟悉这古琵琶的旋律和意境，她踩着音乐的节拍，在广场上跳起了狂热的舞蹈，她的牛皮小靴啪啪点着地面，似乎世界上的万物都已经被她踩在了脚下,她的裙裾飞扬,只等着所有的男人都拜倒在她的裙下。她的脸颊高高扬起,脸上所散发出的光和热能焚烧掉身边的一切!

广场中的每一个人,包括纯儿在内,都被她的舞蹈迷住了。此刻,整个广场上,只有一个人的目光没有被柳曼花吸引住,那就是端木臻华。他的眼睛深深地钉在了纯儿的身上,柳曼花舞得越出色,他就越为纯儿担心。

终于,柳曼花的舞蹈结束了,广场上响起了热烈的掌声。

掌声久久不息,纯儿深深吸了一口气,低头对严冰说了句什么,就在这掌声中走上了广场。

纯儿今天穿了一身大梁国风格的衣裙，上身是一件裁剪得非常贴身的丝绸上衣,下面穿着一条丝绸灯笼裤,外面束了一条长及脚踝的百褶长裙。

纯儿在广场的最中央站定,熊熊火光映红她的脸庞,徐徐夜风吹拂着她的衣裳。看上去,纯儿就好似是一位在午夜迷失了方向的仙子。

纯儿向着严冰微微一点头,严冰就“噌”地一声拔出了悬挂在腰间的短刀,一下一下,短刀有条不紊地依次敲打在了几个装满美酒的海碗上,这也是纯儿刚才的安排。

“纯儿,你跳舞没有乐器怎么办?”在琵琶声刚刚响起的时候,端木满怀焦虑地问纯儿。

纯儿淡淡一笑,擎起酒坛,在几个酒碗中依次倒酒,倒的酒量各不相同,一边倒,纯儿一边解说道:

“只要心中有音乐,那世间万物的声音都可以化作音符。四哥,一会儿,你就依照我的动作,根据你的理解,用你的短刀交错敲击这几个酒碗就可以了。”

严冰和端木都是贵公子出身,从小就习得琴棋书画,所以纯儿的话一说出来,他们马上就理解了,两人相互一望,眼神中都是同一个意思:

“这个纯儿,简直聪明得就像是一个精灵。”

此刻,短刀敲打在酒碗上,根据碗内酒的多少不同,依次发出了不同的音阶,连贯起来之后,还真的像是一首简单却执著的曲调,别有一番通灵剔透的韵味。

纯儿的右手提住裙角,“刷”地一下,裙幅像扇面一样被展开,裙子是百褶裙,所以,垂着的时候,看上去是墨绿色的,而这一展开,一条条裙褶都舒展开来,裙褶里面竟然是最鲜艳的樱桃红色,两种反差极大的颜色融汇在一起,挑战着人们的视觉极限,纯儿提着裙角旋转起来,霎时就把自己舞成了一朵绮丽的,怒放着的大花。

此时此刻,方子纯由衷地感受到了,什么叫做艺不压身。本来,特警学院是没有舞蹈这一课的,但是,有一次方子纯为了执行一项任务,需要化装侦查,不得不强化了一段时间西班牙探戈。而现在她表演的,就是西班牙探戈里的一段由斗牛舞演化出的独舞。这段独舞,把斗牛士的雄武与力量,和舞者的柔媚与多情,完美地结合在了一起。

"这段舞的要点,就是要投入,全身心的投入!跳舞的时候,你不要去想你的舞姿,你的仪态,甚至都不要去顾忌节奏。你的心里就只想着一件事,一件你生命中最精彩的事情,你为了这件事可以欢呼,可以拼搏,可以用生命去交换!"

舞蹈教练的话又在纯儿的心中响起。纯儿踩着变换多端的舞步,脑海中像放电影一样,翻腾起一幕幕前一世那些出生入死的情景。曾经,她留一头俏丽的短发,穿着一身迷彩装,携带着最尖端的武器,奔走在世界上每一个最危险的角落,一次次在生死边缘行走,为世界带来和平。纯儿的热血沸腾了起来,她怀念过去,她想念战友,她渴望重新开始那样的生活!纯儿舞蹈着,眼中含满了泪水。

广场上的每一个人都被纯儿的舞蹈震撼了,他们都感觉到,与其说纯儿是在跳舞,不如说,她是在尽情地舞动着生命。

严冰也被震撼了,他真没想到,在纯儿那娇柔的身躯中,竟然蕴含着如此巨大的力量。他的心,他的情绪早已经被纯儿的舞步所调动,手中的短刀所敲打出的节奏和纯儿的舞蹈浑然融为一体。

而端木更是彻底地忘掉了外面的世界,作为一个动了真情的男人,他更清晰地看见了纯儿的每一个动作,每一个神情,所以他清楚地感受到了纯儿此刻内心深处的痛苦。更主要的是,端木臻华在恍然间,总是觉得在自己的脑海深处也有一个舞动着的身影,那个身影和眼前的纯儿是如此的酷似,可是,每当端木想抓住那个模糊之极的影子,好好看清楚的时候,那个影子就又消失不见了。

索性,端木不再考虑这些东西,只是专注地望着纯儿,想着走进她的内心,帮她摆脱心中的痛苦。

纯儿的舞蹈结束了,这一次广场中没有响起掌声,而是一阵久得让人窒息的沉静。孔雀城中的每个人都能歌善舞,所以,在柳曼花和纯儿的这第一场较量中,高下立见。

在无边的沉静中,柳曼花又走到了广场上。很意外的,性情如此自负霸道的柳曼花在输了第一场的情况下,不仅没有发怒,反而态度分外的平淡,让人不明所以。

“反常即为妖！”这是不变的真理。纯儿心中暗自提高了警惕。

柳曼花安排人放好了一张靶子，手中握着两把飞刀，然后朝着纯儿微微一扬下颌：

“你，过去。”说着话，柳曼花就要动手蒙住自己的眼睛。

啊?！纯儿差点叫出来，这个柳曼花也太生猛了吧！

可是还没等纯儿叫出来，端木已经跳了起来：

“柳曼花，你这是什么意思?！”

柳曼花不疾不徐：

“我没什么意思啊，不是她自己说的吗？由我来制定规则，现在我把规则制定出来了，她就应该遵守啊。”

“可是，你们是蒙着眼睛比赛的，如果你的飞刀不准呢？”端木大吼了出来。

“那就算她命不好了，你就是我的了，今晚就得陪我去情人潭。”

端木臻华怒视着柳曼花，眼中几乎都要喷出火来，他就那么直直地瞪着柳曼花，他的眼神那么凶狠，以至于一直都蛮横无理的柳曼花都不敢再看他的眼睛了，深深地低下了头。

纯儿轻轻扯了扯端木的衣袖：

“端木大哥，你就别管了，这是我和她之间的事情。”

“你们的事情是由我而起。”

“你就放心吧，凭我的身手，躲开她的飞刀还不成问题。”

端木回过了头，深深地看着纯儿，一字一字认真地说道：

“纯儿，这不是你的身手的问题，也不是你能不能躲开的问题，而是只要我活着，我就不能让你因为我去冒这种险！”

纯儿还想辩解，可是端木再不给她说话的机会，一转身就大步朝着柳曼花走去。同时，他用一种洪亮得能够灌满全广场的声音说道：

“柳曼花，我来做你的靶子！”

端木一说出这句话，柳曼花就惊呆了，她愣了半天，才费力地说道：

“你做我的靶子，你凭什么做我的靶子？这是我们两个的决斗，和你没关系。”

端木望着柳曼花，现在他的眼睛中连愤怒都没有了，剩下的只有无边的冰冷和漠视，沉默了片刻，端木用一种冷漠到了极点的声音说道：

“我没有参与你们的决斗，只是想给你们当靶子，我不仅给你当，也给纯儿当。”

“那如果我伤到你呢!?”柳曼花都急了,她其实是真正地喜欢端木,一想到自己的飞刀有可能会误伤了端木,她就心急如焚。

“我不在乎。”

端木说完就不再理会柳曼花,大步地朝着靶子走去,然后,毫不犹豫地就靠在了靶子上。

柳曼花此时心中爱恨交加,她爱端木,可是一看到端木为了纯儿这么无所顾忌,她就恨得心都在流血!

“好,端木臻华,你想当英雄,我就成全你,飞刀不长眼睛,死了,就只能怪你自己命薄了!”

柳曼花恨恨地说完,就用一条丝巾蒙住了自己的眼睛,话虽然是这么说,但是她在蒙住眼睛之前,还是用力地辨认了半天端木的位置,唯恐飞刀真刺到端木的身上。

柳曼花把两把飞刀都抛了出去,没有听到端木的惨叫声,柳曼花心中不由得松了一口气,可是,当她解开丝巾,第一眼就看见,有一把飞刀正刺中了端木的左肩膀。可端木的脸上不仅没有痛苦的表情,还隐隐带着些欢喜的颜色——他是心里真正高兴,因为自己做对了,否则,这把刀就会刺到纯儿的身上,能够替纯儿挡了这一刀,端木心中分外的舒畅。

端木反手拔出了飞刀,丢到了柳曼花的面前,丝毫也不在意伤口中汩汩流出的鲜血。只是一往情深地望着纯儿:

“纯儿,该你了。”

“你还是先把伤口包扎一下吧。”纯儿说道。

“没关系,等赛完这一场,我再去包扎。”

纯儿再不迟疑,几乎是从柳曼花手中抢过了飞刀,连看都不看,就麻利地蒙上了眼睛,然后左右手同时开弓,两把飞刀霎时就飞了出去,准确地插在了端木两侧的靶子上,整套动作用了还不到一分钟。

站在一旁的严冰心中纳罕:

“怎么看纯儿这两下子,就好像这十几年没干别的,光蒙着眼睛练飞刀了似的。”

第二局决斗又结束了,当然又是纯儿取胜。

严冰帮助端木简单地包扎伤口,一边包,严冰一边问:

“纯儿,刚才柳曼花的飞刀刺中端木兄的时候,你为什么马上制止我,不让我发出声音来?”

“当时柳曼花手里还有一把飞刀，我怕咱们万一发出什么声音，使她发觉端木大哥受伤了，心中一乱，另一把飞刀也落到端木大哥的身上。”

端木轻笑一声：

“你想得还挺周到……”

端木还没说完，就被一个冰冷的声音打断了：

“可以开始最后一场了吗？”

三人一抬头，就看见柳曼花笔直地站在他们的面前，手中托着一个木盘，盘子上放着两只杯子，杯子中都斟满了酒：

“这两杯酒里，有一杯是毒酒，你我各选一杯，生死由命！”

谁都没有想到，柳曼花竟然会提出这么一种决斗的方式。纯儿望着毒酒，眼神变得深沉了，语调中更是包含了一种和年龄极不相符的成熟：

“我明白了，你一开始就已经想好了，第三局要用这种方式结束，所以，你才会一点儿也不在乎前面两局的结果。”

“你错了，我也在乎前两局的结果，因为我更希望能够在前面的决斗中打败你，好名正言顺地把端木臻华赢过来。但是，我输了，所以，我们就只能用性命来决斗了。”

停了一会儿，柳曼花接着说道：

“不过，这一次可以你先选，因为酒是我准备的，我要是先选了，我怕人们会说不公平。”

“你是说不管我会选哪一杯，我选完了，剩下的就是你的？”

“不，你选择了之后，喝下去，我来喝剩下的那一杯。”

纯儿心中一动，她上前一步，凑近了木盘，低头用心观察着，仿佛是在反复选择而难下决断一般。

时间一分一秒地过去，纯儿就好像入定了一样，看起来就像是只剩下了一个躯壳，而灵魂不知道跑到哪里去了。

看着纯儿一直没有反应，严冰和端木暗暗焦急，唯有柳曼花的神情始终都是平静的。

终于，纯儿直起了身子，她高高地仰起头，深深地呼吸了一口深夜里清冽的空气。

“空气真好啊。”纯儿由衷地感叹。人们被她弄得莫名其妙。

柳曼花不耐烦了：

“你到底选好了没有？”

纯儿不急不慌地调整好视线，直视着柳曼花。不知道为什么，当柳曼花的眼神一接触到纯儿眼睛的时候，心中竟然一阵慌乱，她觉得纯儿的眼睛此刻就像是两道闪电一样，笔直地照射到了她的心里，让她心中所隐藏的一切阴暗和秘密都暴露无遗。

柳曼花不安地低下了头，她所有的情绪变化都没有逃过纯儿的眼睛，纯儿的嘴角浮现出了一丝洞察一切的笑意：

“你刚才说由我先选？”

“对。”

“而且，等我选出来之后，就直接喝下去，然后你再喝剩下的一杯，对吗？”

“对！”柳曼花的态度又变得急躁了：“你到底还想不想比，这么啰里啰嗦的，你要是不敢喝，就干脆说出来，我也不会硬逼你，只要你当众认输，并且发誓以后再也不会跟我抢端木臻华，就行了。”说完，柳曼花端着托盘转身要走。

“慢着！”纯儿上前一步，一手擒住了她的手腕，一手扶住了托盘，“谁说我不比了。”

柳曼花不想把托盘给纯儿，可是不知道为什么，纯儿只用了两根手指扣住了她的腕子，她就一点儿力气都使不出来了。

柳曼花看见纯儿要抢夺托盘，就想直接把托盘掀翻，但是，也不知道纯儿怎么一运力道，柳曼花就像是一条被打中了七寸的蛇一样，软绵绵地瘫倒在了地上，托盘也稳稳地落到了纯儿的手中。

纯儿冷笑一声，低声自语道：

“跟我斗，拿人犯，夺证据，是我的本职工作！”

说完话，纯儿也不和严冰解释，就端着托盘，径直走到了孔雀城国主的面前：

“国主，刚才柳曼花所提的决斗规则，您都听明白了吗？”

国主点了点头：

“我都听见了。”

“那好，我想请问国主，在你们的风俗中，如果有人在这种决斗中作弊，会怎么样？”

国主的态度变得严肃了：

“我们孔雀城中，上至国主，下至平民，都最重诚实，如果有人在决斗中作弊，情节恶劣的会被处死，情节轻的将被永远地逐出孔雀城。”

“那好，现在我要说的是，柳曼花准备的这两杯酒，都是毒酒！”

纯儿话一出口，广场中霎时就一片混乱。

国主拍案而起：

“你说的是真的?!”

不等纯儿回答，柳曼花就冲了过来，大喊道：

“不可能，你胡说，你血口喷人！”

纯儿闪身避开了柳曼花，面对着国主说道：

“我不会说没有把握的话，想要知道这两杯酒是不是都有毒很简单，请国主吩咐人带来两只相同的动物，把这两杯酒分别喂给它们，看看结果，不就清楚了吗？”

国主沉吟了片刻：

“好，为了向远方的贵客证明我们孔雀城人的诚实和可靠，我同意做这个试验，来人，去后面牵两只黄羊来。”

柳曼花的脸已经变成了死灰色，她惊恐地看见一个仆人已经牵来了两只幼年的黄羊，还端着一盆切好的草料。

国主看见已经准备妥当了，说道：

“好了，大家都看见了，现在把草料分在两个盆里，分别拌上这两杯酒，然后，让两只黄羊吃下去，我相信，这种方式应该是公平的。”

“公平！公平！”广场中的人高声附和道。

柳曼花突然惨叫了一声：

“不要！”

“为什么？”国主目光锐利注视着她：“难道，你不愿意当众证明你的清白吗？”

“我不想证明。”柳曼花虚弱地说道。

“为什么？”国主问道。

柳曼花低头不语。

“我问你为什么？”

柳曼花张了张嘴，还是没有说出话来。国主勃然而怒，手重重地拍在了条案上：

“难道，你真的用了这种肮脏的方式，想要害死方姑娘!？”

柳曼花重重地跌倒在了地上，哽咽着说道：

“谁让她非要抢我的端木……”

国主彻底愤怒了，他怒视着柳曼花，双眼几乎冒出火来：

"柳曼花，你在孔雀城中长大，应该很懂得孔雀城的法律，你所犯的罪太严重了，我无法饶恕你。既然，你亲手倒下了这两杯毒酒，你就把它们喝下去吧。用死来洗刷你的罪恶，这样，神灵才会原谅你。"

国主在孔雀城中似乎拥有着无限的威严，当他的话说完之后，柳曼花就好像接到了最后的判决一样，连话都不敢再说了，她颤巍巍地向前爬了两步，用颤抖的手摸索着去端放在地上的一杯毒酒。

这时，严冰赶紧疾走了几步，来到了国主的面前：

"国主且慢，柳曼花是因为和纯儿斗气，才生出这些事来，本来就是两个小孩子瞎闹的，国主如果为了这样一件小事，就处死柳曼花，这让我们怎么心安？"严冰说得又急又快，生怕来不及阻止住柳曼花自裁。

柳曼花在绝望之中，听见了严冰的话，心中霎时涌起了强烈的求生意愿。她抬起头，充满渴求地望着国主，国主沉吟不语。严冰用眼色示意纯儿，纯儿会意，她也觉得，只要能教育一下柳曼花就行了，实在没有必要非得要她一条性命，所以也对国主说道：

"四哥说得没错，今天这事也是我太任性了，才闯出这么大的祸来，还请国主原谅。"说着话，纯儿就要行大礼。

国主见严冰和纯儿态度真诚，思索了片刻，说道：

"既然四公子和方姑娘都为柳曼花求情，我就饶了她的死罪，但是活罪难逃。从今天起，柳曼花必须被逐出孔雀城，永远都不许回来！"

"国主，我看这一条也免了吧，念她年幼无知，先饶她一回……"严冰还要继续为柳曼花求情，可是却被柳曼花打断了：

"严四公子，你不要再说了，就算是国主让我留下来，我也不会再留在孔雀城中的。"

"啊？这是为什么？"严冰不解。

柳曼花冷笑了一声：

"今天，我已经在孔雀城中丢够了脸，所以，我肯定不会再在这个地方待下去了。"

"离开孔雀城，外面就是茫茫大漠，你能到哪里去呢？"严冰真诚地问道。

柳曼花又是一声冷笑，让人闻之胆寒：

“这一点四公子就不用多虑了，我相信，就凭我柳曼花，不管走到哪里，都能活下去，而且，活得比谁都好！”严冰眼神一黯，他已经听出来，在柳曼花的心中，已经埋下了深深的仇恨。

国主也看出了端倪，沉声说道：

“柳曼花，我希望你这次能够吸取教训，离开孔雀城后，好自为之。还有，”国主的声音变沉了：“我希望，作为一个在孔雀城里长大的孩子，你能够像一个真正的孔雀城中的子民一样，懂得有恩必报，所以我希望你能记住，是严四公子和方子纯姑娘为你求情，你才保住了性命。”

柳曼花听了国主的话，慢慢地转过头，注视着方子纯，目光中充满了怨毒：

“对，我会记住她的，方子纯！就算是她化成灰，我都会记得！”

说完话，柳曼花就头也不回地扬长而去。

第三章　皇帝的情伤

国主望着柳曼花消失在黑夜中的背影，深深地叹了一口气：

“哎，四公子，方姑娘，在我们孔雀城中，有一句话：‘即使心地再善良，也不要去救一条毒蛇。’恐怕，今天你们的善良，会为你们以后留下无穷的祸患。”

纯儿淡淡一笑：

“人生在世，总要常怀善良之心，如果事情再来一次，我还会这样做的，而且，我相信，四哥也是。”

严冰点了点：

“纯儿说得对，不管别人如何，我们自有我们的原则。”

国主赞许地点头：

“四公子和方姑娘的这种胸怀，真是值得人钦佩。”说完，国主忽然精神一振，朗声说道：“今天出了这么多波折，险些把最重要的事情给忘了。”国主的脸上堆起来浓浓的笑意：“现在天色已经不早了，就请端木王子和方姑娘赶紧去情人潭吧。”

听到国主的这句话，端木霎时被窘得面红耳赤，而纯儿则目瞪口呆地愣在了一旁——开始的时候，只想着给端木解围，后来就光顾着和柳曼花决斗，再后来又忙着破案子，以至于，这一番忙忙碌碌下来，搞得纯儿把今天决斗的主要目的都忘了。是啊，折腾了半天，不就是为了和端木一起去情人潭洗鸳鸯浴吗？

可这是根本不可能的啊?！纯儿一时间不知道该如何是好。

到底还是严冰应变迅捷，他上前一步，靠近了端木和纯儿，低声说道：

“你们在决斗前已经承认了是情人，所以现在千万不能拒绝去情人潭，拒绝了，就是对他们的风俗不敬，戏弄他们，所以先去了再说。”

说完后，严冰朗笑一声：

“还是国主想得周到，时间的确已经很晚了，的确是该去了。”

人群中响起了一片欢腾，端木和纯儿就在一大群载歌载舞的人们的簇拥下，来到了情人潭。

人们都散去了，情人潭边又恢复了诱人遐思的幽静。清冷的潭水映着一天的星光，在夜风的吹拂下，闪着细碎的波光，孔雀河水哗哗流淌着，这水声在深夜里听起来，分外的清晰悦耳。远处还有渐渐远去的歌谣声和慢慢飘散的欢声笑语。

端木此时再也没有往日的风流倜傥，他尴尬地站在潭边，都不敢看纯儿一眼。很长时间过去了，端木才干咳了一声，非常艰难地说道：

“纯儿，对不起，我没想到会发生这样的事情，我真没想今天就和你来这儿……”端木差点咬住自己的舌头——自己说的这叫什么话！

相比之下，纯儿倒是自然多了，上辈子化装侦查的时候，别说恋人了，夫妻都扮过好几回了，今天就当又是工作需要，再假扮一回吧。

纯儿四下里看了看，发现情人潭的设施还真是齐全，在潭水的另一侧，还有一间供情人们休憩的小屋。

“我们去那里吧，如此良宵，秉烛夜谈，也很不错啊。”纯儿非常轻松地提议。

一听纯儿这么说，端木整个人都放松了下来，他现在最怕的就是纯儿误会自己，现在看起来，纯儿没有一点儿生气的意思，端木真是喜出望外。

小屋中的布局和这里的民居都差不多，也有一个小小的火塘，火塘旁还有酒。两个人挑旺了火塘中的篝火，就在火塘边坐了下来。在这个充满温馨的地方，两个人之间的尴尬和距离被彻底消除了。端木倒了两杯酒，递给了纯儿一杯。

两个人擎起酒杯，轻轻一碰，相视一笑。

纯儿端起酒杯浅酌了一口，脸上浮现出一丝惊诧：

“这是什么酒？为什么口味这么独特？”

端木含笑望着她：

“怎么，不好喝吗？”

“很好喝啊，入口清香绵甜，余味深厚，肯定是好酒。我就是奇怪，酒中这种奇异的果香，是怎么回事。这不像是用果子酿的酒啊？”

端木笑了：

“这的确不是用果子酿的酒，但是却是用果子泡的酒。这是西域一种广为流传的泡酒方法。从这里一直朝西北走，有一处极为酷热的所在，因为它太热了，所以，人们把它称为火焰山。那里自然气候独特，出产的各种水果都极为甘甜，而且，他们还掌握着非常独特的制作果脯的工艺，同时，他们还善于利用自然气候条件，用果子泡酒。他们泡酒的方式非常的讲究，不同的白酒不仅要选择不同的果子，还要根据气候，节令的不同，甚至对果子的成熟程度，和泡酒的时间长短，都有着严格的要求。所以，才能泡出这样独特香醇的酒来。”

纯儿一边听，一边心中暗想，端木所说的这个地方一定就是吐鲁番了，吐鲁番的水果和葡萄干的确是闻名遐迩，只是从来没听说过还有这种泡酒的方式，究竟是消散在民间了，还是失传了呢？

端木继续说道：

“那里是回鹘部落的领地，曾经回鹘部势力庞大，名震一时，后来回鹘部爆发内战，又被外来势力所入侵，就逐渐凋零了，回鹘部的族人就漂流四方，所以，这种泡酒的技艺就流传了出来。”

“回鹘部？”纯儿在脑海里飞快地寻找着关于历史上回鹘部的记忆。

毕竟不是学历史的，认真回忆了一遍，纯儿也只是找到了一些非常零星的记忆，基本上就是，回鹘好像是现在维吾尔族的先民，曾经非常强大，好像建立过回鹘国，盛唐时期，还和中原多有往来，也就这些了。

“端木大哥，回鹘部也是个国家吗？”纯儿暗暗脸红，唉，这好像是初中时学的知识，全忘了，惭愧。

“不是！回鹘是一个部落的名字，那里的族人和西域其他民族的人一样，也是能歌善舞，而且非常善良，尤其重信誉，更是把荣誉看得重如生命。那个部落的人的长相和汉族人有很大不同，不论男女都非常俊美。二三十年前的时候，他们曾经非常强大，农业和种植养殖业都非常发达。后来就是我所说的那场内乱，让他们一下子就衰败了。”

“那场内乱究竟是怎么回事？”

“唉，还不是和历来的王权争夺一样，一个国王深受爱戴，心地善良，却不防被身边的亲人伙同外族别有用心的人所暗害。不过，前不久我遇到了一个熟识的回鹘部的朋友，他对我说，他们已经铲除了奸佞，现在要去寻找当年战乱中被秘密送走的少主，想着让少主带领他们重新振兴家园。但愿，他们能够找到他们的少主，重新过上幸福的生活。”端木真诚地说道。

纯儿嫣然：

“端木大哥还真是慈悲心肠，盼着所有的人都能够过上好日子。”

端木点点头：

“没错，我的确是如此。因为常年往来于西域，所以我深深地知道，这里每一个民族的人民都是那样的坚忍不拔，努力地在恶劣的自然环境中奋斗着，都很值得人钦佩，我佩服他们，所以，也盼着他们都能够生活得更好。”

“像端木大哥这样的人，要是继承了波斯的王位，一定会是一位好皇帝。”

端木含笑摇头：

“我是庶出，或者说连庶出都算不上，我的母亲在世时只是一个最普通的舞姬，所以，王位与我无缘，我也不想做皇帝，我只想过好自己的这一生，如果能再做一些可以让别人感到幸福快乐的事情，就很满足了。”

纯儿心中一动，“端木的想法曾经和自己前一世的想法多么的相似啊。”

端木换了一个话题：

“纯儿，你是怎么知道那两杯酒里都有毒的？”

“看出来的，闻出来的！我曾经是一流的缉毒警探。而且，受过专门的训练，能够逃过我眼睛的毒药基本没有。要是这么点看家的本事都不具备，我上辈子早就被那些五花八门的毒药毒死八百回了。哪还用得着等到现在再穿回来啊？”

但是这话不能说出来啊，纯儿硬着头皮说道：

“嗯，我猜的。”

“啊，猜的？！”

“对啊，我看柳曼花行为古怪，所以觉得她可能会有什么阴谋，”不等端木说话，纯儿就反守为攻：“怎么，端木大哥，你是不是觉得我把这件事告诉国主，做得太过分了，伤害了柳曼花，觉得我做得不对啊？”纯儿马上显得好委屈，眼圈都快红了。

这一下，端木可乱了方寸，赶紧解释：

“纯儿，你别误会，我没有那个意思的。好了，我们不提这些了，我知道，你肯定是猜的，她的行为的确是不对，如果是我和她决斗，我也会这么猜……”

端木已经慌不择言了，弄得纯儿差点儿没绷住，给乐出来。

看着端木那惊慌失措的样子，纯儿不忍心再这么欺负他了，她的心中悄悄涌起一个念头：端木其实是个很好的男人。

“纯儿，能给我讲讲你的故事吗？我真的很想走进你的世界里去，更多的了解你。”

纯儿沉吟了片刻，点了点头：

“好的，可是，你想知道些什么呢？”

“四弟已经把你的身世都告诉了我，所以，我想知道的，是你另外不为人所知的那一面。当然，如果你不想说，也没关系，每个人都会有自己的秘密，这很正常。”

纯儿轻轻晃动着手中的酒杯：

“其实我也想对一个人说说心中的事情，但是，我的事情太离奇了，我实在是不知道该如何开口。这样吧，端木大哥，我试着说说看，看你能不能听明白。”

“好，你说吧，我会认真听的。”

“这么说吧，我确实是严纯儿，这没有错，但是，我又不是那个从小在严府里长大的严纯儿。我，也就是方子纯，本来是生活在另一个时空的，但是，也不知道怎么回事，我就来到了这里，等我一睁开眼睛，我就变成了十五岁的严纯儿，正在准备入宫。”

端木静静地听着，一直都没有说话，随着他的沉默，纯儿的心越来越紧张，她已经开始后悔了，不该就这么冒冒失失地把这件事说出来。

就在纯儿刚要开口解释，说自己刚才的话其实是在开玩笑的时候，端木开口了，而他说的竟然是：

“纯儿，你不用为了发生在你身上的这件事感到害怕，这种事也没什么不正常。”

“啊?!”这回换纯儿被雷击到了。她瞪大了眼睛盯着端木，难道，难道，自己没有猜错，端木也是从现代穿越回来的人?!

端木继续说道：

“这种事情，你可以这样理解。每一个人都有着若干的前世生命，当某种机缘极其巧合的时候，就会回到前世，和那一世自己的生命相重叠。就像你现在这样，方子纯，严纯儿，其实，只是一个灵魂在不同的时空中生存。就像你说的那样，方子纯遇到了某种事情，不能再在自己所属的时空好好生活下去了，又因为某种机缘，回到了这里，和严纯儿的生命重叠了起来。当然，我知道，谁身上发生这样的事情，一下子都不好接受，但是，也不用想太多，既来之则安之，好好善待自己的生命才是最重要的。”端木停顿了一会儿，眼神忽然变得很深很深：

“而且不管你是严纯儿，还是方子纯，也不管你究竟是从哪里而来，我对你的心意都不会变，因为，我在乎的是你这个人。”

纯儿现在顾不上理会端木的表白,只是一个劲问道:

“端木大哥,你怎么会知道这些的?”

“是一个人告诉我的。”

“一个人,谁?”

“他说他是我的哥哥。”

“他说他是你的哥哥?”这是什么状况,自己的哥哥还用别人告诉吗?

端木轻叹了一声:

“哎,现在你已经把你的秘密告诉我了,我也把我的身世告诉你,只是,我的身世不像你的这么完整。”

“完整?”

“对,因为,我丢失了一段记忆。”

这一次换做纯儿静听了,端木继续说道:

“在我的记忆中,我从小就在波斯的王宫中长大,我厌恶那种环境,所以总想着到宫外去。可是,有一个人,自称是我的哥哥,他和波斯王室没有任何关系,但是他说,他来自于另一个时空,在那个时空里,我们是亲兄弟。”

“啊?!”纯儿有点懵,还有这么认亲的?

“他还说,我们俩是一起从前世回来的,我成了波斯王子,而他成了另外一个人。但是关于前世的记忆,我一点都不记得了,可是,他全记得。”

“你不记得了?”

“对,正因为什么都不记得了,所以我和我那个哥哥之间,才一直有矛盾啊。”

“那又是为什么?”

“哥哥对我说,我们在另一世是坏人,是全世界最坏的人,所以,来到了这里,我们还应该继续做坏人。然后,他就一直逼我和他一起做坏人。”

纯儿都听傻了,怎么世界上还有这样的人啊?

“那他现在是坏人吗?”

“是。”

“那,他有多坏呢?”

“他为了做坏事方便,有好几个身份,其中之一,就是圣域的主人。”

“啊!?”纯儿大惊,圣域的主人,那是够坏的了。好像,自从纯儿听到圣域这个词以来,就光听见圣域干的坏事了。

"那你能不理他，躲着他吗？"

"不能，他总是想方设法地害我，逼我，让我答应和他一起做坏人，这种事，从我几岁的时候就开始了，一直到现在也没有停止。"

晕！狂晕！纯儿彻底绝倒了，怎么还有这样的人啊？

看见纯儿表现出来的那种极端的不可思议的表情，端木的嘴角挂着一丝无奈的苦笑：

"这么多年了，我也习惯了，只盼着有一天，他能够放弃了这个念头。"

看着端木眼中的痛苦，纯儿也为他难受，因为在现代的时候，她见过很多被黑帮所控制，不得不去犯罪的人。

"说心里话，我很佩服你，因为你毕竟坚持住了自己的原则。"

端木的眼睛变得分外明亮：

"谢谢你，能够理解我。纯儿，你知道吗，这么多年了，这是我第一次把心里话对外人说出来，就连四弟和我如此交好，我都没有尽数告诉他，因为我怕有的情况，他不能理解。可是不知道为什么，我就是想把自己心中全部的负重，都告诉你，也许这就是注定吧。"

纯儿也笑了：

"我也是，自从回到古代之后，我一直小心谨慎，不敢把自己的这段经历说出来，生怕受到迫害，可是，却毫无保留地告诉了你。"

两个人一时都沉默了，只有明亮火红的火塘在静静地燃烧着。多少日子以来压在心头的隐秘，都在这一刻倾诉而出，让两个人都感到了一种久违的轻松。尤其是纯儿，她终于又在这个陌生的世界里，找到了一个可以畅所欲言的朋友了。

过了一会儿，纯儿问道：

"端木大哥，我有件事情想和你商量。"

"你说。"

"也许是因为上一世的生活经历的原因，我还是渴望那种充满了动荡与挑战的生活。而自从我走进这片沙漠，我就被它深深地吸引住了。它的强悍，它的神秘，它的无常，都深深地吸引着我，尤其是居住在大漠中的那些人们，他们的顽强，勇敢，坚持，都让我向往，我似乎在这里找到了那种久违的激情，和对拼搏的渴望。所以，我想留下来。"

"留下来？你想留下来做什么呢？"

纯儿有些困惑：

“我也不知道，就是喜欢这里的环境，喜欢这里的人，可是，现在我也不知道，自己究竟能在这里做些什么。”

端木点了点头：

“我想我能够明白你的意思。”

纯儿感激地微笑了一下：

“但是，我就怕四哥会不同意，他肯定会不放心把我一个人放在这里。”

“那是肯定的，四弟对你一直都非常的用心，他是个好哥哥。”端木想了想，突然眼睛一亮，试探着问道：“纯儿，我倒有个主意，不知道行不行。”

“什么主意？”

“我陪你留下来。四弟这趟商队要一直走到波斯，把货物送达之后，再带着波斯的货物回来，从这里到波斯再返回来，会有很长的一段时间。我就陪着你留在这里，利用这段时间，我们可以好好地在大漠里走一走，看一看，也许就能找到你想要做的事情，就算是找不到也没关系，我们就当长了见识，等四弟返回的时候，我们再和他一起返回大梁。”

“真的可以这样吗？”纯儿差点兴奋得跳起来，端木说的这个计划太诱人了，可是，转念一想，纯儿又迟疑了：“你这么专门陪着我，会不会太耽误你的时间了？”

端木洒脱一笑：

“没关系的，反正我也没什么事情做，只是喜欢到处游历，既然是游历，那在哪里游历不都一样吗？只是……”端木忽然阴沉了下来。

“怎么了，”纯儿关切地问道：“没关系的，你要是不方便，我就接着跟四哥朝前走，反正波斯我也没去过，去那里玩玩儿也不错。”

端木笑了，这一刻，他真的好爱纯儿，因为纯儿实在是一个善解人意的好姑娘：

“不是，我没有什么不方便，只是，我突然想起，圣域总是会不断找我的麻烦，我怕会殃及到你。”

“嗨，你是为这个啊，”纯儿洒脱地笑了：“这你就不用担心了，我的本事，你还有很多没见着呢，没事的。哼，他们要真敢来找麻烦，干脆咱们俩就联手灭了他，省得他到处作恶！”

这是纯儿的真心话——哼，什么东西，自己做坏事不算，还要逼别人做坏事，真是坏人中的极品，就冲这一点，就该灭他！纯儿的职业病又发作了。

端木也笑了：

“好，明天我们就去和四弟商量，如果他也同意了，那我们就这么决定了。”

东方都已经隐隐泛白了，端木望着纯儿说道：

“你睡一会儿吧，折腾了一晚上，你肯定累坏了。”

纯儿的确有些困倦了：

“那你呢？”

“我在这里陪着你。”

“你也睡一会儿吧，反正这里这么宽敞。”

“不用了，你睡吧，夜里凉，我看着点儿火塘，不让它冷下去。”

纯儿点了点头，就挨着火塘，躺在了地毯上，很快就安心地进入了梦乡，因为她知道，端木是能够信任的。

端木守在火塘边，痴痴地望着纯儿那安详、美丽的脸庞，和纯儿相识以来的一幕幕在他的脑海中闪过：

感谢你，上苍，为我送来了这么好的一位姑娘。纯儿，我知道，现在你还只是把我当成哥哥，但是，我会等，我会用我的真情去融化你心中的坚冰，一直等到你的心愿意为我敞开的那一天。即使，你我今生注定无缘，注定了我永远也无法走进你的心里去，我也会一直守候着你，让你幸福，快乐。

经过和端木的一席长谈，纯儿发现自己虽然解开了很多疑问，可是，心中却又增添了更多新的疑问。端木果然是来自于另一个时代，可是，他却失去了记忆，那么，他究竟是来自于什么年代，什么地方的呢？而那个圣域的主人，无疑是和端木来自于同一个地方，可是他为什么会如此的邪恶呢？而大梁国里那一切现代的痕迹，究竟又是和谁有关呢？而且，纯儿的心中还总有一种隐隐约约的预感，她总觉得，自己和端木，和那个圣域的主人之间的关系，不会这么简单，似乎在他们三个人之间，有着某种神秘的联系。

而端木，则信守诺言，第二天一早，他就避开纯儿，去跟严冰密谈了许久，纯儿深感无奈——明明是自己的事情，却要躲开自己去和自己的哥哥谈，这也算是古代特色吧。

端木并没有向严冰说起方子纯那些复杂的穿越经历，只是告诉了她，纯儿想要暂时留在孔雀城的打算，并且说明了，自己一定会照顾好纯儿，并且保证不会让她受到任何伤害。

严冰沉吟了良久，终于下定了决心：

“好吧，我答应纯儿。那这段日子，纯儿就拜托你了。端木兄，我还有一句话，现在直接说出来，你不要介意。我了解你，所以也信任你，但是，情之一字，变幻无常，任何人都不能保证什么。所以，我只希望，如果未来，你和纯儿不能成为一对有情人的话，那你就把她当成自己的亲妹妹吧。现在，纯儿是有国不能归，有家不能回，往后的日子就多多拜托端木兄了。”

端木点头：

“放心吧，四弟。”虽然端木没有再多的言语，但是严冰知道，他已经得到了一个男人的承诺。

两天之后，严冰率领商队离去了，临走的时候，他对纯儿千叮咛万嘱咐，再三说明，自己一定会尽可能地缩短行程，尽量早些回来接纯儿，殷殷的态度，让纯儿想不感动都难。

严冰还特意找孔雀城的国主，为端木和纯儿安排了一处住所，国主一听说端木和纯儿要在孔雀城逗留一段时间，倒是喜出望外。

严冰走了之后，端木为纯儿选了一匹好马，然后就和纯儿一起，带着猎鹰在沙漠上四处驰骋游弋。

不到一个月的工夫，他们两个就把孔雀城附近那些大大小小的绿洲走了一个遍，这趟旅行，让纯儿大开眼界，但是，唯一让她感到遗憾的就是，这么长的时间里，她连一个强盗都没有遇到。每天手痒了，只能去打打野兽，实在是非常的无聊。

这天一大早，端木就找到了纯儿：

“恐怕这几天我们都不能出去了。”

“怎么了？”

端木抬手指了指天空，纯净的蓝天上拢着一层淡淡的粉红色：

“要变天了，这种天色是沙暴的前兆。”

“沙暴？”

“对，沙漠中一种最可怕的恶劣天气。不太好形容，等你经历过一回就明白了。”端木的语调低沉：“沙暴是沙漠中居住的人们的最大敌人。”

纯儿点了点头：

“那好吧，正好这几天闲下来，我可以好好研究一下武器了。”

自从上一次在沙漠中遇到了强盗之后，纯儿就一直想着再研制出几种适于在沙漠中对敌的武器来。听端木的意思，这场沙暴得有好几天的时间，索性在家里好好用用功。

“那好，我陪你一起研究武器。”端木非常快乐地说道。

“你也对武器有兴趣？”纯儿感到意外，端木的爱好和自己很一致嘛。

端木轻笑，没有说话，因为此时他心里想的是：

只要能和你在一起，干什么我都有兴趣。

而此时，一行四五人，正在大漠上奔驰着。

打头的一个抬头看了看天，掉转马头，对着身后的人说道：

“少主，天色变了，沙暴快要到了，我们必须在正午前赶到孔雀城，否则就有麻烦了。”

他身后的人正是当年西蜀国的第一高手——日下无影，现如今的回鹘部少主。

无影现在已经换上了回鹘部的衣着打扮，果然是身上拥有着回鹘部的血脉，此刻无影穿上了回鹘部的衣饰，看上去分外的协调，凛然一位相貌堂堂的西域伟丈夫。

无影也抬头看了看天，问道：

“这里距离孔雀城还有多远？”

“用最快的速度，我们应该可以抢到沙暴的前面。”

“好，全速前进。”无影此时已经隐然具备了王者的风范。

“是！”

一行人又开始打马狂奔。

天近正午，正在埋头研究武器的纯儿，忽然感到眼前一暗，她错愕地抬起头，朝窗外看了看，第一个感觉是到黄昏了，可是马上就又觉得不对。

端木也抬起了头，沉声道：

“沙暴来了。”

两人走出了屋外，只见天空已经变成了昏黄色，而且黄色还在不断的加深，天色越来越暗。

“这是因为远处的狂风卷起的风沙遮住了太阳，现在，这些风沙在被狂风卷着朝这边来了。”站在纯儿身边的端木说道。

果然，很快，纯儿就听见了隆隆的声响。

“大漠上空旷千里，所以，风声尤其的明显。”端木继续解释。

风声越来越响了，就好像地狱打开了大门，成千上万头怪兽咆哮着冲到了人间。这沙，这风，带着藐视一切的嚣张，带着毁灭一切的霸道，滚滚而来，仿佛已经成了天地间的主宰。

纯儿突然感到了一阵恐惧：

“如果现在还有遗留在沙漠上的商旅呢？”

“九死一生，或者说没有生还的希望。这样的沙暴，如果强烈的话，掀起的狂沙都能把整个村庄淹没，更不要说商队了。”端木也态度沉重。

“那人们怎么办呢？”

“怎么办？”端木叹息了一声：“还能怎么办，等沙暴过去之后，活下来的人就会重建家园，把家园建得更结实，继续和沙漠搏斗。”

纯儿的心战栗了。

“沙暴会改变大漠中的一切，等过几天，这场沙暴停止了，你再到外面去看，就会发现，所有的沙丘都移动了位置，很多旧城的遗迹都失去了踪影，也许，还有很多以前被沙土掩埋着的旧城遗迹会重新显露出来。总之，你会见到一片全然陌生的沙漠。”

纯儿入神地听着：

“这算是沙漠对人类的戏弄吗？”

当然，纯儿也知道，这个问题没有答案。

就在这时，孔雀城王宫的方向，忽然响起了隆隆的炮声。

两人一愣，端木凝神细听：

“是礼炮，看来孔雀城中来了贵客了。四、五、六、七，一共响了七声，不对啊。”

“怎么了？”

“按照孔雀城的礼仪，只有尊贵的上国国王亲自驾临，才会鸣响七声礼炮。可是，近十年来，孔雀城已经是大漠中最大的城邦了，会让他们如此隆重接待的上国国王，又会是谁呢？”

而孔雀城国主的宫室里，却是一片肃静，国主亲自把无影让到了自己的宝座上，然后自己则站在宫殿的中央，对着无影大礼参拜。

无影赶紧站起身来阻拦：

“国主，您是前辈，怎么能对我行这么大的礼呢？而且，现在孔雀城是大漠中最大的城邦，而回鹘部已经几乎凋零殆尽，所以，回鹘部已经无法再以孔雀城上国的身份自居了啊。”

国主摇了摇头，执意深深地叩拜了下去，直到按照全套的礼仪行完了礼，他才直起身来，认真地说道：

“少主说错了。尽管我的确比少主年长几岁，但是礼不可废，不管我的年龄有多大，不管少主有多么的年轻，也不管现在孔雀城的实力有多么的强大，也不管回鹘部现在是否凋零殆尽，孔雀城永远都是回鹘部的属国，这一点，永远都不会变的。”

无影心中感动，国主继续说道：

“我父王在世的时候，曾经无数次说过，多年前，大漠瘟疫泛滥，整个的村落，整个的城邦，都会在一夜之间就变成死城。那时，我父亲派人四处求援，可是大漠中人人自危，没有人能够来帮助我们，就在孔雀城马上也要变成一座死城的时候，你的父亲，回鹘部的老首领，不顾危险亲自带人赶来了，他带走了孔雀城中所有还活着的人，也尽可能地带走了孔雀城中所有的财富。

而孔雀城的人则一直在回鹘部的领地里生活了三年，重新繁衍生息。等到瘟疫彻底的结束，老首领把我们全部的财富都交还给了我们，派人把我们送回孔雀城，还帮助我们重建了家园。我父亲总是说，如果没有老首领，那么孔雀城早就已经亡族灭种了，这座城邦也就会变成沙漠中的一座死城。所以，我们孔雀城人世世代代都会牢记住回鹘部老首领的这份恩情。永远都会以回鹘部的属国自居。

当年老首领遇害，我们孔雀城没有能力去帮助老首领，为此，我父亲到死，都不能原谅自己，临终前，曾经再三对我说，让我努力地把孔雀城壮大起来，好为老首领报仇。我真没想到，少主竟然还活着，而且今天还会来到孔雀城。少主，你跟我来。”

无影不明所以，跟着国主走出了宫室，他们来到了一座警备森严的房屋前，国主亲手打开了房门，示意所有的随从都留在外面，然后和无影单独走进了房间。

只见房间中堆得满满的都是一个个正方形的铸铁箱笼，大概有三十多个。国主打开了其中的一个，里面发出了耀眼的珠光宝气，无影定睛一看，里面堆得满满的，都是各种极为名贵的金银珠宝。

“国主，这是？”

“自从回鹘部救了我们孔雀城，我们孔雀城就下定了决心，每年，要把自己全城收入的三分之一进贡给回鹘部。当时，我们才刚刚重建家园，没有什么财富，所以向回鹘部的进贡都是象征性的。后来，老首领遇害，我们就不再向回鹘部进贡了。但是，三十三年来，我们依旧把每年收入的三分之一都取出来，放在这里，我父亲说过，这些财富是属于回鹘部的，就像回鹘部曾经为我们孔雀城看守了三年财富一样，我们也要永远为回鹘部看守着这些财富！如果我们一直等不来老首领的后人，我们就用这些财富为老首领报仇。”

国主继续说道：

“我们后来打探出来，害死老首领的是圣域。圣域就是魔鬼地狱，直到今天，我们孔雀城也不是圣域的对手，但是，这些年孔雀城扼守着通商要道，财富日益增加，所以，我们就努力地为回鹘部多积攒些财富。现在，正好少主回来了，这些财富，终于有了用处。”

无影认真一看，屋子里果然有三十三个箱笼。

这个一直冷漠如冰的男人，此刻被孔雀城人的这份执著的情意深深地感动了。他此次来孔雀城，只是为了打探一些消息，做梦也没有想到，会有这么大的收获。

因为来了沙暴，天黑得分外的早，外面的狂风还在咆哮，纯儿继续研究她的兵器，而端木则坐在一旁陪着她。整整一天了，纯儿都快放弃了，现在她由衷地相信，大梁国中的那个现代人，比她聪明得多，因为他能够利用现有的技术和材料制造出火器，纯儿亲自试了一天之后，才明白，这是多么难以做到的事情，可是，大梁国的那个人做到了。

这时，国主的仆人来了：

“端木王子，方姑娘，国主说，今天城中来了贵客，晚上要在宫中设宴，所以，请两位也去赴宴。”

“贵客？是中午鸣礼炮迎接的人吗？”

“正是。”

“我还奇怪呢，是什么人会让你们国主如此隆重地迎接呢？”

“是回鹘部少主。”

“回鹘部少主？孔雀城和回鹘部还有联络吗？”

“当年孔雀城就是回鹘部的属国，后来老首领遇害，才断了往来。现在老首领的儿子已经复国了，重新登上了王位，今天来的，就是这位少主。”

“好的，你先回去，我们随后就到。”

仆人走后，端木又对纯儿笑了一下，说道：

“真是巧，昨天刚提到了回鹘部，今天少主就来了。既然是这样，那就会是极为隆重的宴席，你收拾一下，免得国主觉得我们不尊重他的客人。”

纯儿点了点头，回房梳妆。

而宫室中，已经摆上了丰盛的宴席，但只有国主一个人在陪着无影几人。国主正在向无影介绍着端木，说完了端木的身份来历，国主继续说道：

“这位端木王子，为人很好，也很有才华，以后也许能帮上少主。”

正说着话，端木和纯儿相携走进了宫室，一走到宫室的门口，端木就看见了宫室正中坐着的男子，只看了一眼，端木就不禁在心中赞了一声：

“好一位人间奇男子。”

只见无影身材挺拔，目光深邃，五官俊朗，现在更是平添了王者的风范。眉目间的那种坚忍不拔的气势，让人肃然起敬。

无影也在观察端木，毕竟接受了多年护龙的专门训练，只一眼，无影就看出来，这位端木王子也算得上是人中之龙。

国主当然也看出了无影和端木两人彼此之间那深深的欣赏，可是，当他刚要起身为两个人引见的时候，就看见无影突然变了脸色。他的脸色一下子变得非常可怕，恐怕现在如果有人当胸刺他一刀，他都不会出现如此严重的反应。

端木也发现了无影突如其来的变化，他和国主一起循着无影的眼神望去，发现无影竟然正在死死地盯着纯儿！

看到一个陌生的男人像是在看一件失而复得的珍宝一样，盯着纯儿看，让端木心中非常不快，可是等他再看到纯儿的脸色，也愣住了，纯儿也在盯着无影，而脸色比无影也好不了多少。

“他们认识？！”端木和国主同时闪过了这个念头。问题是他们怎么会认识呢？国主不解，端木更不解，他现在自认已经了解了纯儿的全部过去，她和回鹘部没有过交集啊？

无影已经浑然忘了身边的一切，眼中只有纯儿，她是纯儿，没错，她就是纯儿！

现在的纯儿看上去神采奕奕，风姿照人，她的一头青丝都梳成发辫盘在了头顶，额上围了一条宽宽的白狐皮护额，护额的正中央镶嵌着一块华丽的宝石，纯儿的身上是一袭樱桃红色的皮袍，领口，衣襟，袖口，也镶着宽宽的白狐皮，上面缀着宝石制成的扣子。

腰上还束着一条樱桃红色的宽宽的皮带，上面镶嵌着美丽的月亮石，脚上则踏着一双樱桃红色的高腰马靴。

现在的纯儿，活脱脱就是一个西域的美人。而且，一看就非常的幸福，非常的快乐。

眼前的纯儿虽然已经完全换上了当地的服装，但是，她的眉眼，她那独有的灵慧都是刻在无影心里的，刻在了他的灵魂深处，永远也不会淡化，不会模糊，永远都那么清晰。

“纯儿，我终于找到你了，谢谢你，苍天！没有让她受到太多的磨难！”这是此时无影心中唯一的念头，对于这个痴情的男人来说，一切都不重要，只要纯儿没有受到伤害，就足够了。

纯儿也在望着无影，从看见无影的第一眼，她就断定，眼前这个人肯定是无影无疑。尽管他换上了华丽的王服，尽管他的发式换成了西域人的样子，尽管他那原本就冷漠的容颜中，又平添了一层藐视一切的高傲，尽管他的眼神已经不像当初做护龙使者时，那么隐晦，那么深藏不露，而是多了一抹指点江山的霸气与光辉。

但是，纯儿还是确定，这个男人的确就是日下无影。

两个人就这么久久地互相望着对方，一时都不知该如何开口。

曾经，她是西蜀国的王妃，御封的和亲公主，可是现在，她却一身西域人的打扮，和波斯王子一起出现在了孔雀城的王宫里。

而他，曾经是西蜀国的第一高手，是忠心耿耿的护龙卫士，是西蜀国的将军，可现在，他却以回鹘少主的身份，成了孔雀城的贵宾。

这样的变化也太过于突然了，以至于，机敏如纯儿，冷漠如无影，也一时都不知该如何应对眼前的变故。

一直站在一旁的端木深深地吸了一口气，他相信自己没有看错，眼前这位回鹘少主对纯儿的感情，恐怕都不在自己之下。这位风采逼人的少主，让端木霎时全身都充满了危机感，尤其是纯儿看见少主时，所表现出来的那种复杂的神情，更是让他心中酸涩不安。

终于，端木率先打破了沉默：

“纯儿，你和少主认识？”

一声“纯儿”宛如一道滚烫的热流倾倒进了无影的心中，又毫不犹豫地冲上了他的眼眸，无影只觉得眼中一热：

纯儿，这个在自己心中被呼唤了亿万次的名字，这个曾经天天在自己梦中徘徊的身影，终于完好的出现在了自己的面前。

无影再也控制不住自己的情感，脱口而出：

"纯儿……"可是,话一出口,无影又深悔唐突,于是又在后面加了一句:"小姐。"

纯儿的脸色也在慢慢地恢复过来,此时听见无影呼唤自己,也就微微报以一笑:

"不要再叫我纯儿小姐了,你还是叫我方子纯或者纯儿吧,"纯儿沉吟了一下:"而我,也和他们一样,叫你少主。"

虽然听到纯儿用这么生疏的称呼呼唤自己,无影的心中有一万个不愿意,但是现在自己毕竟身份不同了,而且还是在别国的宫殿中,也不能太关注私情,所以,只好微微点了一下头。

纯儿看了宴席一眼,道:

"你们还有正经事要说吧。这样吧,你们先说事情,我回住处了,等少主忙完了,直接来找我就可以了。"

听了纯儿的话,端木再一次感受到了纯儿的通情达理和善解人意,只不过这一次,他的心中难免酸楚。

无影见纯儿肯约自己深谈,不禁喜出望外。但是又实在舍不得就这样和纯儿分开,可是想一想,纯儿说得也有道理,所以,只好依依不舍地目送着纯儿的身影完全消失以后,才转回了视线。

国主和端木、无影三人,分主次重新入席,三个男人默契的谁都没有再提起关于纯儿的事情,而是立刻就进入了商谈国事之中。

夜已深沉,三个男人终于结束了宴席。

辞别了国主之后,端木和无影一起离开了王宫,当他们走到一个岔路口的时候,两个人不约而同地站住了。都说女人敏感,可是,当真正动了情以后,男人的敏感是不输于女人的,端木和无影两个人,都已经心中了然——他们两个在深爱着同一个女人。

所以,当他们两个人单独在一起的时候,难免有些尴尬。现在无影最大的愿望,就是能赶快见到纯儿,可是不知是出于尊严和骄傲还是出于别的什么,这个愿望,在面对着端木的时候,他却难以启齿。两个人就这样僵立在了路口,沉默了半晌。倒是端木率先打破了僵局:

"少主,你是现在去找纯儿,还是明早再去?你要是现在去,我正好带你过去。"

无影心中暗赞了一声:

好一位光明磊落的君子。

"我确实是想早点见到她,因为我还有好多事情要问她,但是,今天时间太晚了,我又怕会影响她休息。”

端木心中苦笑了一声：

能让少主这样一个心志坚定如钢的人说出这样细心柔情的话来，算不算是百炼钢成绕指柔？就凭他这句话，他倒也有资格对纯儿动情。

“要不这样，你跟我一起去看一看，如果她睡了，你不想惊动她，就明天早上再来一趟。”

端木的提议，正是无影心中难以启齿的想法。于是两人一起朝着端木和纯儿的住处走去。

孔雀城的民居建筑得非常独特，样子有些像汉族的谷仓，一律是夯土砸实的浑圆的顶，一簇簇的房子围在一起，组成了一个小小的院落。纯儿从第一眼看见这种建筑起，就开始感叹古人的智慧，这的确是抵御风沙的最有效的形状。

端木和纯儿的居处也是一个这样的小院落，不过比起别的院子来，要宽敞华丽一些。端木和纯儿的卧室相隔得并不远，纯儿用的是一套里外间，外间是玉环的卧室，里间就是纯儿的卧室。此刻，纯儿的卧室中，还有灯光透了出来。

端木眼神一黯——纯儿果然还在等无影。但是端木心中那些许的辛酸与失落，迅速的就掩盖在了夜色中：

“她好像还没有睡，你去吧。”

无影已经急不可耐地朝着纯儿的窗前走去，他刚刚走到房前，屋门就吱呀的一声打开了，纯儿出现在了门口。此时的纯儿已经卸去了华丽的装束，披着一头青丝，穿着一身长袍，简单随意，却依旧那么动人。

无影心头一窒——每一次，纯儿突然出现在他的眼前，他的心都会漏跳几拍。

“现在时间会不会太晚了？”无影不敢再看纯儿，低垂着眼帘问道。

“没关系，我知道你有很多事情要问我，我也有很多话要说，如果你还不太累的话，就现在谈吧。”

无影点了点头，跟随纯儿进了房间。

端木独自一人在院子里又站了很久，静静地注视着纯儿卧室的窗棂，那上面清晰地印着两个相对而坐的剪影。看得出来，两个人都有些拘谨，但是谈得都非常专心，投入。其实，从他们乍一相逢时的表现，就不难看出来，纯儿和少主两个人之间发生的事情绝不简单。

时间已经过去了好一会儿，少主和纯儿两个人还在认真地交谈，看着他们有这么多话可说，端木心中又是一酸，他不得不有些难堪地承认，自己是在嫉妒这个回鹘部的少主。尤其是，晚宴时他和少主一席长谈，端木更是发自内心地承认，少主是一位难得的英才。他相信，回鹘部在少主的统领下，复兴指日可待。

烛光下，无影和纯儿两个人仍旧在倾谈，从两个人的身影中可以看出来，此刻，他们两个人都分外的沉静，分外的……怎么说呢，此时他们两个人全身所透露出来的，是一种历经世事的沧桑，是一种动荡之后的透彻。

端木认真地注视着他们，忽然间，毫无预警的，一个声音在他的心底深处响起：

端木臻华，你什么时候变得这样没有自信?这不是你!真正的端木臻华应该是自信的，是洒脱的，永远高高在上，斜藐世间的一切。纯儿不是一个普通的女子，如果你真的爱她，想得到她，就应该信任她，应该大度一些。如果你真的爱她，那么你要做的，不是把她桎梏在你的身旁，而是和她一起比翼翱翔，一起去追逐更辽阔的天空!

端木臻华豁然开朗，朝着窗棂上纯儿的侧影微微一笑，大步走回了自己的房间。

尽管端木一直隐身在最黑暗的夜色中，尽管屋子里的两个人一直都谈得非常的认真，但是，作为一个受过专门训练的护龙使者，作为一个久经沙场的特警，无影和纯儿两个，还是在第一时间就发现了端木的存在。

"如此星辰如此夜，为谁风露立中宵"。看到端木孤独伫立在寒夜中的身影，无影的心中不禁苦笑：真没想到，这位才华横溢，风流倜傥的波斯王子，对纯儿用情竟然会如此之深，用心竟然会如此之苦!

而纯儿发现端木站在暗夜中之后，心情不由得变得有些沉重了，她早已经看出来，端木对自己有情，但是，还没有从端昊的情伤中恢复过来的纯儿，实在没有勇气也没有心思，再次走进一段新的感情。

因为，端昊毕竟是她的初恋，一下子就让那些爱与恨都烟消云散，她做不到。

而这么快就投入到一段新的恋情之中，她更做不到。面对着端木的痴情，她现在唯一能做的，就是恪守着兄妹的本分。随着对端木的了解日益深入，她越来越发现，端木真的是一个好人。所以，她真心期待着端木能早日找到一个深爱着他的姑娘，端木，是值得一个好姑娘托付一生的。

可现在，当她亲眼目睹了端木为了她在伤怀，纯儿的心中真的非常愧疚和自责。

端木没有看错，此时的无影和纯儿的确都有些沧桑之感。今天乍一相逢，他们两人都有一种恍然隔世的感觉。

两个人从纯儿辞别奉先殿，随大梁国使臣出京城谈起，一直谈到了黄河口岸，又谈到了后来的种种机遇。

“后来，我就向陛下请求辞去了护龙的职责，出来找你。”

无影对待感情，永远也学不会端木那种直接和坦白，很多很多感情，他都深深地埋在了心底，很多很多的话，他都难以启齿。他就是这样一个男人，纯儿如果遇到危险，他可以毫不犹豫地为纯儿去死。可是，当他面对着纯儿的时候，却说不出一句表白的话。

尽管如此，纯儿还是看出了无影的心思，她真没想到，这个一直冷漠如冰山的男人，心中还埋藏着这样一片像火一样炙热的情感。纯儿有些无奈地垂下了眼帘，心中升起了一种深深的无力感——情债难偿。

“后来呢？”

“后来陛下答应了我，但是要求我，一旦有你的消息，就马上告诉他。再后来，我辗转得到消息，你有可能落入了西域一个神秘势力——圣域的手中，所以，就告诉陛下，我要来西域找你，准备着如果你真的陷入圣域，就不惜一切救你出来。”停了一下，无影又加了一句：“其实，陛下非常关心你。”

这就是无影，虽然深爱着纯儿，一心想拥有纯儿，但是面对着纯儿，他不会说一句诋毁端昊的话，甚至连端昊曾经做过的那种种过分的行为——逼自己自断手臂，因为觉得纯儿已经失贞，就不希望纯儿再活在世上，等等，等等，这一切，无影都没有对纯儿提及。

因为无影这辈子只会一种处理感情的方式——一心一意地对你好，再一心一意地对你好，然后，得之，我幸，不得，我命。至于其他的，他不懂得去做，或者说，根本就不屑于去做！这，就是专属于无影的骄傲。

终于，他们把一切都说完了，包括纯儿被救后的经历，以及无影突然知道了自己的身世，而重返西域的过程。接下来，是一阵长时间的沉默，因为他们俩都不禁有些欷歔人生的变幻无常。

“少主。”纯儿轻轻喊了一声。

无影深深地盯着烛光：

“纯儿小姐，你能答应我一件事吗？”

“什么事？”

“不要叫我少主，还像过去那样称呼我。”

纯儿沉吟了一下，点了点头：

“好吧，不过我过去是叫你无影将军，现在我就叫你无影大哥吧。那你也不要叫我纯儿小姐了，这里是西域，本来也没有那么多啰唆的规矩，你就也像他们那样喊我纯儿吧。

无影大哥，我想求你一件事。”

“你说吧。”无影只是非常简单地吐出了三个字，但其实此刻在他的心中所想的却是：别说一件事，就是一千件事，一万件事，我都会答应你。

“我想求你，不要告诉他你找到了我。”纯儿说道。她的声音不高，但却态度坚决。

“陛下？”

“对。”

“为什么？”

纯儿的嘴角滑过了一丝苦涩的冷笑：

“因为严纯儿已经死了，在黄河口岸被青衣卫奉旨杀死了。”

“可是，你没有死……”

“我没有死那只是意外！”纯儿打断了无影。

“无影大哥，你也是习武之人，更是西蜀国第一高手，所以你既然到了黄河口岸，看到了我们和青衣卫决斗的现场，你就应该明白，如果不是那四位侠女突然出现，我早就已经死在了青衣卫的刀下，而事实也是如此，侠女出手救我的时候，青衣卫的刀尖距离我的胸膛已经不足一寸了。”

“是，就像刚才你说的，他后悔了，才会带着师兄和你千里而来，想要阻止住青衣卫，但是，我们都知道，如果没有那四个侠女意外的出现，你们根本来不及阻止青衣卫，等你赶到的时候，能见到的只有我的尸体！”

无影沉默不语，因为他不得不承认，纯儿所说的，全部都是事实，如果不是那四个侠女突然莫名其妙地从天而降，纯儿早就已经横尸黄河口岸了。

“所以，你无法原谅陛下？”

“不是原不原谅的问题，是严纯儿已经死了，曾经和严纯儿有关的一切爱恨，也都随之烟消云散了。现在活着的是方子纯，方子纯和严纯儿没有任何关系，当然也就和西蜀国皇帝，宇文端昊没有任何关系。”停了一会儿，纯儿又加了一句：“如果一个人想要用刀杀人，也真的杀死了人，杀死之后，他后悔了，这，也许可以让人同情，让人不再那么恨他，但是，他却依旧要受到惩罚，因为他确实杀死了人。”

无影久久地沉默了，他无法违背纯儿的意愿，但是，他又不能失信于端昊，所以，无影一时陷入两难之中。

纯儿看透了无影的心思，问道：

“无影大哥，你是不是觉得不能欺骗他？”

“我，确实答应了陛下……”

“我明白，这样吧，你再给我一段时间，等再过上一年半载，如果你想告诉他我的消息，再告诉他，可以吗？”

“为什么？”

纯儿思索了片刻：

“因为，现在这已经不是我一个人的事情了，甚至不是你我两个人的事情，我活着，四哥就是欺君，弄不好，就会连累严氏一门九族。”

“陛下应该不会……”

“但很多时候，他会身不由己。”纯儿淡淡地说道。

无影不说话了，因为他不得不承认，纯儿说得也很有道理。

“无影大哥，你我今天相遇，本来就是一场意外，你本来是打算去圣域救我，现在你就还当我深陷在圣域吧。好吗？再说了，”纯儿的眼中闪过了一丝凌厉，因为她想起了端昊那无数后宫佳丽：“天下没有不透风的墙，如果让皇后他们的势力知道了，我还活着，端昊还在寻找我，那他们会放过我吗？”

纯儿最后这一句话震动了无影：

是啊，自己怎么没有想到这一层呢？陛下对纯儿一片深情，这本身已经被后宫势力所不容，他们为了除掉纯儿，不惜在长江，在洪泽湖再三追杀，不惜派出沈白衣在和亲路上动手，如果，他们现在知道了纯儿还活着，他们会放过纯儿吗？不会，肯定不会！

无影在皇宫中，在端昊身边已经生活了十几年了，所以，他深深地了解梨氏家族为了保住自己在西蜀国宫廷中的地位，为了保证自己家族的血脉能够在西蜀国皇位上延续，是宁可错杀一千，也不会放过一个的！

不，绝不能为了自己一个承诺，就让纯儿涉险！

无影暗自下定了决心。

看到无影基本已经被自己说服，纯儿大大地松了一口气，又换了一个话题：

“无影大哥，你们回鹘部怎么样了？”

提起部落，无影的眉目间霎时涌起了一股刚硬之气，他缓缓地摇了摇头：

“回鹘部现在境况很不好，三十年的动荡与混乱，已经让回鹘部的领土失去了一大半，人民也流离失所。我现在想的，就是如何尽快地重新振兴回鹘部。而振兴回鹘部的第一步，就是得让回鹘部彻底摆脱圣域的压迫……”

“又是圣域?! ”纯儿脱口而出，她发现怎么在西域，不管什么事都和这个圣域有关呢? “这个圣域究竟是一个什么东西? ”

“我知道得也不十分清楚，只是从多年来回鹘部各种传言和经历中总结出来的。圣域是一个非常神秘的组织，没有人知道它的基地究竟在哪里，圣域中出来的人各个都武功高强得到了出神入化的地步——所以，我才会怀疑救你的那四个侠女是圣域的人——”无影解释道。

“应该不会，那四个侠女人很好的。”纯儿说道，可她却浑然不知，她现在脑海中的那一段记忆，已经是被人给修改过的了。

“那也许是我误会了。反正圣域这个组织，从三十多年前的时候，突然兴起。从那时起，西域所有的坏事，都有他们一份。他们不仅害死了我的父亲，让回鹘部迅速衰败，而且还毁灭了西域很多小国家和城邦，而且，毁灭每一处城邦和国家所用的方式，都五花八门，各不相同。”

纯儿在心中叫绝：

果然是天生的罪犯，对于犯罪的勾当这么情有独钟。

无影继续说道：

“不仅如此，他们还控制着大漠中很多股强盗，让他们打劫往来客商，他们不仅劫掠财物，更可恨的是，他们总是要不断地给商路上制造各种恐慌。”

纯儿频频点头：

“对，我们在来的路上，经过一个叫桃花度的地方，就是圣域埋伏在那里的一股强盗在捣鬼。”

“以前，在回鹘部全盛的时候，天山南北，大半沙漠，和那边辽阔的草原戈壁，还有这条商路都是回鹘部的势力范围，那时，我父王和西域各国交好，一起维护着商路的繁荣稳定，为西域各个城邦带来财富。也正是因为这一点，我父王才受到了圣域的嫉恨，遇害惨死，我们全家七十多口老少，除了我无一幸免……”

纯儿只听得忍无可忍，拍案而起：

“这个圣域实在是恶毒之极! ”

“所以，我现在要做的第一件事，就是先铲除圣域——这个魔窟。”

“那你准备怎么做？”

无影冷笑了一声：

“圣域中的人非常的狡猾，他们就像是魔鬼一样，忽然的出现，又忽然的消失，全无规律，让人无可追踪。所以，我这一次轻车简从，遍访西域各国，也是为了能够把圣域引出来。”

“也是个法子，不过太危险了。”纯儿真诚地说道：“你也是在中原长大的，应该也听过一句话，叫‘千金之子，坐不垂堂’。你现在身为少主，肩负着一国的使命，不该这样轻易涉险的。”

无影无语，他又何尝不知道这么做太危险呢？出行前，大臣们也曾经反复进谏，但是他实在不能再等了，看到族人流离失所，再一想到纯儿有可能身陷圣域，他就五内俱焚，所以也就什么都顾不得了。

纯儿并没有理会到无影那百转千回的心思，她现在在想着另外一件事。她一边思索一边说道：

“无影大哥，圣域的事情你别着急，让我帮你想想办法，要说治国安邦，我可能帮不上忙。但是，要论起铲除这种坏人来，可能，我还真能帮你一些。”

尽管无影从来就没想过让纯儿帮自己，因为他绝不同意让纯儿涉险，但是听纯儿说想要帮助自己，他的心中还是感到甜蜜温暖。

无影看了看窗外：

“天都快亮了，你赶紧休息一会儿吧，今天谈得太多了，累着你了。”

纯儿含笑：

“没关系的。你还会在孔雀城停留几天吧？”

“嗯，必须得等到沙暴过后，我们才能离开。”

“那好，这些天里，你要有时间，随时都可以来找我。”

听了纯儿的话，无影的嘴角浮现出了一丝难得一见的笑意。

无影走了，纯儿却已经难眠。刚才她口口声声地对无影说，严纯儿已经死了，所以她和端昊之间那曾经的爱、情、恨、怨也就都烟消云散了，但事实上，在纯儿的心中，远没有这么洒脱。

她知道，自己只是把伤痛和情感都深深地掩埋了起来，而并不是彻底的忘掉。多少次午夜梦回，她还在牵挂着遥远的西蜀国，牵挂着那个伤透了她的心的男人。

但是纯儿也知道，端昊对她的伤害太深，太深。不管是他的不能专情，还是他的自私与绝情，都已经在纯儿的心中造成了无法弥合的伤痕。这些伤痕还远远没有愈合，稍微一碰就还会流血。

所以，不管多么的放不下，今生，她都不会再回头。因为纯儿早已经清醒地认识到，端昊不会为了她放弃自己的后宫，而自己，也不会为了端昊放弃自己的原则，他们本来就是两个世界的人，所以相遇就注定了是一场错误。

而此刻西蜀国后宫中，也有一个女人正在哭泣难眠，她就是大梁国送到西蜀国的和亲公主。

梁妃已经哭了整整一夜了，她觉得自己好累。自从她进入西蜀国宫廷，这短短的一段时间里，她觉得自己所经历的事情比之前二十年经历的都要多。

本来作为一位和亲公主，能够嫁给端昊这样一位夫君，还能够得到他一些宠爱，梁妃已经觉得很幸福了。所以，她每天都非常非常努力地去学着做一个好妃子。她一心一意地追随着端昊，她毕恭毕敬地对待太后，她尽心尽力地服侍着皇后，她所做这一切，只为了能更多地得到一点儿端昊的宠爱，这就是她生活中全部的目标和追求。

可是，突然之间，一切就都变了，西蜀国的鸿雁公主在西蜀国境内被强盗所劫杀，一同被杀的，还有大梁国派来迎亲的全部使臣和侍卫。一时间，大梁国震怒，指责西蜀国别有用心，现在，西蜀和大梁两国已经在黄河两岸摆开了战场，局势一触即发。

当局势刚一紧张的时候，大梁国曾经给梁妃捎来了一封书信，让她回归大梁国，但是梁妃舍不得离开端昊，她坚信，端昊也是喜爱自己的，自己既然嫁给了端昊，那么就是西蜀国的人了，她深信，端昊对她的感情，不会因为两国交战，就发生变化，因为端昊知道她的心，她的心中已经没有了大梁国，只有西蜀国。

可是，很快，梁妃就发现自己错了，她选择留在西蜀国后宫，是选择了地狱！

因为自从鸿雁公主死后，端昊对她的态度也变了，现在的端昊就好像变了一个人一样，他还是会来到她的宫室，还是会宠幸她，而且来得更频繁了，但是，再也不像过去那样，那么温存儒雅，那时候，端昊每宠幸她一次，都能让她回味很久。

可是现在，完全不同了。梁妃很难清清楚楚地看一看端昊，因为端昊每次进来之前，都会先让太监进来，熄灭房中所有的灯火。等确定了再也没有一丝光亮的时候，端昊才会进来，一进来，就直接扑到梁妃的身上来，粗鲁地撕扯掉她的衣服，然后直接进入她的身体，发泄完之后，就马上离开，从始至终，还绝不允许梁妃发出一点声音。

渐渐的，梁妃也明白了，端昊是把她当成了某一个人的替身。开始的时候，梁妃一直在要求自己忍，虽然明知道自己只是一个替身，但是梁妃还是百般地迎合端昊，因为她总是心中残存着一丝幻想——现在端昊把自己当成替身，可是如果日子久了，他总会慢慢地忘掉心中那个人吧，毕竟，自己才是一个活色生香的女人啊。

可是，做替身的日子，似乎永远也没有尽头。

尤其是当端昊心情不好的时候，端昊在她身体上的发泄，就变成了一种近似于疯狂的虐待。每一次，当梁妃在黑暗中，紧紧咬着牙承受虐待的时候，都似乎能真实地看见，有一个女人，此刻正在端昊的心中狠狠地折磨着他，而端昊已经承受不了这份痛苦了，所以，才会把梁妃当成那个女人来折磨！

世界上还有什么比这种经历更痛苦呢——每天，被自己深爱着的男人折磨蹂躏，而原因，则是因为这个男人在思念着另一个女人！

今天，梁妃的承受终于到了极限！

这件事的起因发生在几天前。那天，是太后的寿诞之日，晚上后宫设宴，梁妃也参加了，端昊来晚了，她看出来，端昊刚一出现的时候，脸色就不太好，太后也冷眼看着端昊。听他们的谈话，似乎是说，端昊来晚了，是因为又去了怡琴小筑。

端昊基本没有说话，就是一杯接一杯地喝酒，当晚上他来到了梁妃的宫苑的时候，已经酩酊大醉了。

这一次，端昊竟然没有让人熄灭灯火，这让梁妃窃喜不已。

等所有的人都退出去之后，端昊开始让梁妃脱衣服，梁妃尽量表现得风情万种，可是当她按照端昊的要求平躺在床上的时候，意想不到的事情发生了，端昊竟然用一块锦被严严实实地蒙住了梁妃的头。

然后，端昊开始爱抚她的全身。温柔多情的动作，是梁妃从来都没有经受过的。梁妃的心中一时充满了幸福。

可是，就当两个人欢好刚刚到了极限的时候，大醉的端昊突然轻轻地呼唤了出来：

“纯儿，你终于回来了，我想死你了，今夜你终于真正嫁给我了，你知道，等这一天我等得多么苦吗？”

端昊那温柔、甜蜜中又包含着深深痛苦的声音，会让全天下所有的女人为他而感动，但却让此时他身边的这个女人，痛断肝肠！

梁妃再也忍受不住了，她一把扯掉了头上蒙着的锦被，翻身坐了起来，然后面对着近在咫尺的端昊大吼道：

“你看清楚，我不是什么纯儿！”

端昊被这突如其来的情景吓了一跳，酒也醒了大半，可是端昊清醒后的第一个动作，就是狠狠地扇了梁妃一个耳光。一道鲜血顺着梁妃的嘴角流了下来。望着端昊那气急败坏的双眼，梁妃竟然笑了起来，开始是冷笑，到后来干脆就是狂笑，而且狂笑不已。

“怎么，你生气了？因为我破坏了你的好梦，是吗？”梁妃在狂笑声中质问端昊。

端昊没有理她，只是自顾自地转身下床穿衣。端昊的无动于衷让梁妃更加的愤怒，她不顾自己什么也没穿，一头就扑上来，抓住端昊的衣襟嘶吼道：

“为什么要这么对我，为什么，为什么偏偏是我，为什么偏偏要我做这个替身，我不想做，我不想做替身！”

端昊看都懒得再看她一眼，只是淡淡地说了一句：

“那你就死吧，因为你活着的唯一价值，就是你练过武，可以当她的替身。”

端昊扬长而去，临出门时又加了一句：

“说实话，你当得并不好，你从来没有一分钟能代替她，其实，我真的很盼着你能做好这个替身，哪怕只有一次也好！”

端昊说完后，就头也不回地走了，而梁妃则像被抽去了灵魂一样，呆呆地匍匐在地上，全然不觉冰冷的地面在刺痛着她细嫩的皮肤：

“端昊，你怎么可以这么伤害我？我这么爱你，你却说出这样的话，做出这样的事来。”

梁妃就这样失魂落魄，一丝不挂的趴在地上，情状极其的悲惨，直到宫女进来，把她搀扶到床上去，帮她盖好被子，梁妃才突然开始放声大哭。

梁妃用尽全身的力气哭着，吓得旁边的宫女一个个花容失色，她们一边忙乱地关严窗子和门，一边急急地劝慰着：

“娘娘，您千万不要再哭了，您哭得这么大声，万一惊动了皇后娘娘或者陛下的圣驾，那就是惊驾之罪啊。”

“对啊，您这么大哭，就算是没有惊驾，皇后如果知道了，你会治您失仪之罪的。”

“要是万一再被别有用心的人知道了，到太后面前去告一状，也不行啊。您一入宫时，姑姑们肯定就告诉您了，在这后宫中，是不许大哭大笑的啊。”

宫女们七嘴八舌地劝着梁妃,唯恐梁妃受到责罚,因为按照后宫的律条,嫔妃如果受到责罚,那么这一宫的仆从都会受到牵累。

梁妃的哭声渐渐的小了,不是因为宫女们的劝说,而是因为她已经哭得没有力气了。她仰躺在床上,瞪大了一双已经流干泪水的眼睛,眼神空洞,嘴还在习惯性的一张一合着,乱发被泪水贴了满脸。梁妃现在的模样真是让人惨不忍睹,这个女人,因为为情所伤,所有的风韵和神采,一下子就都消失不见了,仅存的一个躯壳也变得丑陋不堪。

现在任何一个男人看到她,恐怕都不会产生任何想法和欲望了。

梁妃就这么躺着,不吃不喝,整整躺了一天。等到夜幕降临,黑暗笼罩了整个宫室的时候,梁妃的心突然又躁动了起来,因为端昊总是会在这个时候出现,梁妃已经习惯了他在黑暗中扑到自己的身上来。

“如果,你今天还来,我一定不会再答应做一个替身。”开始的时候,梁妃这样想。

时间一点点的流逝,梁妃的心中也越来越急躁:

“端昊如果来了,我就跟他好好的谈一谈,我会告诉他,只要他不把我当成替身,我什么都可以做到的。”

夜更深了,梁妃的心中恐慌了起来:

“是不是我今天真把皇上气坏了,所以他今天不会来了。不要,皇上,今天是我错了,我改,我一定改,我不会再乱发脾气了,你再给我一次机会啊,皇上,求求你了。”

更漏声传来,已经是三更天了,现在的梁妃已经把外面的风声都听成了端昊的脚步声,可是,她最终还是一次又一次的失望,最后,梁妃干脆又哭喊了起来:

“皇上,求求你,来看看我啊,哪怕你仍旧是把我当成替身,仍旧是虐待我也好,我愿意当替身,我情愿受虐待,也好过现在这样,连见都见不到你啊!”

可是,任凭梁妃哭哑了嗓子,流干了眼泪,端昊还是没有来。

一天,两天,三天……,梁妃望眼欲穿,可端昊就是再也没有来过她的宫苑。

梁妃觉得自己都快疯了,她现在心中只有两种感情,一种是对端昊深深的思念,一种就是对那个所谓的纯儿的刻骨的仇恨:

都是她,都是那个叫纯儿的坏女人,如果不是她勾引了皇上,皇上肯定不会这么对我,过去,皇上那么喜欢我,就是因为有了你,皇上才开始这么对我的,都是你的错,我要杀死你!

梁妃摸索着爬起来,喊来了宫女:

“你们，快给我缝一个布娃娃！快！”

宫女不明所以，但有一点是肯定的，梁妃主子，这几天很不正常，所以，还是少惹她为妙。

所以，宫女们赶紧七手八脚地缝了起来，不大工夫，一个半尺大的布娃娃就缝好了。这个布娃娃有眉有眼，倒也栩栩如生，按照梁妃的吩咐，娃娃的身上，还绣上了纯儿两个字。

梁妃拿过了布娃娃，满腔的仇恨都寄托在了这个娃娃的身上，她紧紧盯着这个布娃娃，眼中放出吓人的光芒。梁妃抓过了一把绣花针，恶狠狠地一根一根全都扎在了布娃娃身上，一边扎还一边说着：

“我要扎瞎你的眼睛，让你再也不能勾引皇上！”两根雪亮的绣花针插在了布娃娃眼睛的位置。

“我要扎穿你的心脏。让你马上就痛死！”一根最长的针洞穿了洋娃娃的身体。

“你不是练过武吗？我要把你的手脚都剪断，让你连走路都走不了！”梁妃拿起剪刀一阵乱剪。

站在一旁的几个宫女都被吓坏了，她们很清楚梁妃这是在干什么——说严重点，她这是在以蛊术谋害他人！虽然，宫女们不知道这个纯儿是谁，但是从梁妃的语气里能够听出来，这个纯儿，一定是一位皇上喜爱的女子，这还了得？！

而最可怕的是，这个被代替“纯儿”承受蛊术的布娃娃，还是由她们几个缝的，这要是让皇上知道了，她们几个当下就会被鞭挞而死的！

几个宫女看见梁妃正在疯狂地用针和剪刀残害着那个布娃娃，就相互递了个眼色，悄悄溜了出来。

“姐姐，怎么办啊？”几个宫女都把目光投到了那个年纪最大的宫女的脸上，希望她可以拿出个主意来，可是这个宫女的脸色也是青白色的：

“梁妃主子疯了，真的疯了。”

“那我们呢？她疯了，可我们现在是帮凶，会被处死的啊。”

“现在我们要想活命，只有一个办法。”

“什么办法？”

“先揭发梁妃主子用蛊术害人的事情！”

这时另一个一直没有说过话的宫女开口了：

“如果我们去揭发梁妃主子，那会不会就把事情闹大了。毕竟，我们心里都明白，主子只是一时气糊涂了,想用这种办法发泄,其实她现在所做的,并不是真正的蛊术啊,肯定也不会真害死人的。”

“没错,”另一个长相伶俐的宫女开口了:“她这么做只是想宣泄一些心中的不满,肯定不会真正害死那个叫‘纯儿’的,但是却肯定会害死我们!”

“要是我们都不跟外人说这件事,也许过几天,主子的心情好了,就不再这么胡闹了呢?”那个心地最忠厚,一心想为梁妃开脱的宫女说道。

她的话立刻就被那个伶俐的宫女反驳了回来:

“哼,你不说,我不说,可是谁也保不准别人会出去说!到时候,梁妃是主子,顶多受些责罚,可我们可就是死定了!”

那个年纪最大的宫女沉吟了良久,说道:

“这样吧,不如,我们直接把这件事告诉皇上。”

“啊,为什么?宫中的事情不是应该向皇后禀报吗?”

那个年长的宫女解释道:

“你们想啊,皇后执法一向严明,如果后宫中发现这种用蛊术害人的事情,她一定不会轻饶了梁妃主子的。可是皇上就不一样了,皇上对待人们一贯都很宽厚,而且,梁妃主子毕竟是皇上的御妻,皇上过去还是很宠爱她的。要是咱们好好地给皇上解释清楚,梁妃只是一时迷了心窍,我想皇帝会原谅她的,不是都说一日夫妻百日恩吗?到时候,皇上都原谅了梁妃,皇后和太后就算是知道了,也就不好说什么了。”

一番话中情中理,说得几个宫女纷纷点头,其中一个问道:

“可是我们怎么去找皇上呢?我们只能在皇上来到这里的时候,才能见到他的,要是现在直接闯去见他,是会被以惊驾罪论处的啊。”

“我有办法,”那个年长的宫女很有把握的说道:“我和皇上身边的一个内侍是同乡,我们现在就到御书房去,我想办法悄悄把他叫出来,然后咱们把这件事情告诉他。”

宫女们现在一分钟也不敢耽搁,立刻就一起朝着御书房走去。

那个年长的宫女还真是有点儿本事,很快就央一个太监叫出了那个内侍,内侍一看见她就着急地说道:

“你到底有什么事,还跑到这里来找我,我正忙着呢。皇上这两天心情不好,我一刻也不敢大意。有什么事你快点儿说,说简单点!”

年长的宫女赶紧把事情一五一十地跟内侍讲明白,听完了事情的始末,内侍也变了脸色：

“你们怎么这么糊涂，这种东西也敢缝，你们都是第一天入宫的吗？协助蛊术这是死罪，你们知不知道。”

宫女也着急了：

“当时主子让缝，我们哪敢不缝啊，再说，我们也不知道她是干这个用啊。”

“就是啊，”那个伶俐的小宫女说道，“我们又不知道那个‘纯儿’是什么人，要是梁妃让我们绣的是皇后和太后，我们肯定不会绣的啊。”

小宫女话音未落，内侍就勃然变色：

“放肆，胡说，还不自己掌嘴！”

小宫女这时才惊觉自己说错了话，“扑通”一声就跪在了地上，磕头不已。

“好了，”内侍心烦地挥了挥手，“你们在这里等着，我去把这件事告诉皇上。”

内侍一边朝御书房走，一边在心里琢磨着，这件事该如何处理。说实话，他对梁妃的印象并不错，觉得梁妃不像后宫中别的妃子，那么多心机，只是一个单纯的小姑娘。而且，自己一直跟在皇上的身边，所以，他也很清楚地知道梁妃受了委屈。但是，他清楚自己的身份——内侍是可以长眼睛，可以长耳朵，就是不能长嘴巴的。

今天这件事，其实说起来并不大，不就是一个吃醋吃得失心疯了的女人，在发泄自己的嫉妒吗？这种事，在后宫中的每个宫院里都在不停地发生着。而梁妃的错误就在于，她太不该把这个布娃娃叫做“纯儿”了，今天，如果梁妃的这个布娃娃换做任何一个名字，哪怕真是叫皇后，内侍都敢替她担下来——抽个时间到她的宫苑里去一趟，吓唬吓唬她，再给她讲讲道理，然后把那个布娃娃毁了，这件事就算过去了。

可是，梁妃偏偏要和“纯儿”较劲。跟在皇上身边这么久，他太知道“纯儿”这个名字对皇上而言意味着什么了。所以，现在就是再借给他几个脑袋，他也不敢去担待这件事情了。

不仅不敢担待，他还要尽早把这件事告诉皇上，免得事情再闹大了，波及到更多的人。

内侍打定了主意，就又走进了御书房，他进入御书房后的第一件事，就是遣退了所有站班服侍的小太监。

当最后一个人也走出去以后，正在看奏折的端昊头也不抬地问道：

“出什么事了？”

“回皇上，刚才梁妃娘娘身边的宫女来跟我说，梁妃娘娘好像是身体不太好。”

“身体不好就回皇后,传御医,跟朕说什么,不懂规矩。”

“不是,主要是看梁妃娘娘的症状像是痰迷了心了,竟然让宫女们缝了一个布娃娃,在上面绣上一个名字,然后用针扎那个布娃娃。”

“无聊,”端昊语气一沉,“你现在就去,告诉她不许再这么胡闹。在后宫中这样的行为算是用蛊术害人,是最严重的罪行,要是万一让皇后和太后知道了,朕也不好保她。然后再把那个娃娃烧掉。”

“是,但是……”

“还有什么事情?”

“那个布娃娃身上绣的名字,是……纯儿。”

“什么?”端昊暴喝一声,拍案而起,“梁妃大胆!”

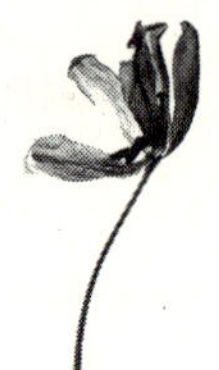

第四章　世上最痴情的男人

端昊扔下了奏折，都没有传唤御辇，就径直闯了出去。等他进入了梁妃的宫苑，第一眼就看见地上扔着一个支离破碎的布娃娃，布娃娃的身上扎满了钢针，手脚也都已经被剪断了，拖拖拉拉的挂在布娃娃的身体上，而布娃娃的胸前，用红色的丝线，绣着两个大字：

纯儿！

端昊狂嚎了一声就扑了过去，用颤抖的双手小心翼翼地捧起了地上的布娃娃，那一瞬间，他仿佛看见了纯儿正支离破碎地躺在血泊之中。

端昊的这一声狂嚎，也惊醒了梁妃。本来，梁妃发泄了一番，觉得心情稍微好了一些，也感到疲倦了，就和衣躺在了床上，正当她迷迷糊糊的时候，就听见了一声类似于野兽的嚎叫，她一睁眼，就看见端昊正站在自己的面前。

“皇上，您来了？”梁妃心中一喜，脸上露出了久违的笑容，可是就在她刚要坐起来的时候，那个支离破碎的布娃娃，就被送到了她的面前。

“这是你干的？”端昊怒声问道。

“我，我就是想……”

“到底是不是你干的?！”端昊彻底狂怒了。

“是，我就是想……”

梁妃已经再没有机会说话了，端昊一掌就扇了过去，梁妃的脸立刻就肿了起来，然后端昊左右开弓，十几个耳光就落到了梁妃的脸上……

端昊走了，还带走那个支离破碎的布娃娃，他带着这个布娃娃来到了怡琴小筑中，现在怡琴小筑已经变成了端昊的一处别院，里面的一切都保持着纯儿居住时的情景，使唤的人，还是曾经服侍过纯儿的那几个太监宫女。

端昊坐在了纯儿过去的卧室中，卧室中央的圆桌上，还摆放着那个打开着的小箱子，一眼就能看见箱子里装得满满的幸运星。

端昊坐在桌旁，轻轻地把布娃娃放在桌子上，然后用轻柔之极的动作，一点点地拔下布娃娃身上刺着的钢针，每拔一下，端昊的心都会疼得一哆嗦，就好像这些针现在真的刺进了纯儿的身体里一样。

“纯儿，别怕，千万别怕，这害人的把戏都是假的，伤不到你的，你不用怕，我轻轻地帮你拔下来，你不会疼的。

纯儿，放心吧，我一定会保护好你的，只要有我在，只要有我在，就没人能伤害到你。”

忽然端昊重重地闭上了眼睛：

“可是，你不会再相信我了对不对。因为自从认识了我，她们一直就在伤害你，而我一次也没能保护得了你。”两滴滚烫的泪珠，从端昊的眼中滚落了下来：“纯儿，你现在在哪里啊，西蜀国现在危机四伏，我的皇位已经岌岌可危，梨氏家族狼子野心，现在已经逼到了宝座之下，纯儿，我需要你！”

而此时，一道皇后的懿旨已经传到了梁妃的宫苑中：

“……梁妃失德，在宫中施用蛊术害人，……赐死……”

于是梁妃只能流着泪，度过她生命的最后一夜。

而梁妃因为嫉妒施用蛊术谋害皇上的宠妃，所以才被赐死的小道消息传出来之后，后宫中，那些比较得宠的妃子人人自危。她们每一个人都认为自己才是后宫中最受宠爱的女人，所以，都觉得梁妃嫉妒的一定是自己——天啊，不知不觉间，自己差一点被梁妃用蛊术给害死了，好可怕啊！每个人都这么想。于是，一时间，后宫中各个宫苑中，都在悄悄地进行着各种法事，好尽快消除因为梁妃的蛊术而带给自己的伤害。

西蜀国后宫，梨宫月的寝宫中。梨宫月身上穿着一件近似于黑色的锦袍，只有在走近灯光的时候，才能看出来，原来这件锦袍是深褐色的，锦袍上绣着同一颜色的祥云花纹。而梨宫月的头上，也只带着几串由深褐色宫绫扎成的宫花。

她整个人几乎不施脂粉，身上也没有任何珠翠。虽然梨宫月穿戴得如此简单，可是由于她身上的衣服材质豪华，做工精良，所以，看上去仍旧是雍容高雅。

“和梁妃姐妹一场，她自己糊涂办错了事，断送了自己，我这做姐姐的总要送她一程。”梨宫月这样为自己的穿戴解释，就好像，那道赐死梁妃的懿旨不是她所颁下去的一样。

当然，人们也都知道，赐死梁妃并不是皇后的意思，而是皇上让她这么做的。但是，如果人们真的认为梁妃这件事和皇后没有任何关系，那就大错特错了。因为关于梁妃的死，可以说从头到尾都是梨宫月一手安排的。

梨氏姑侄在西蜀国后宫中潜心经营近五十年，早已经培养出了无数的心腹。现在，后宫中每一处宫苑里，都有梨宫月派出的卧底。梁妃身边也不例外，那个年长的宫女，就是梨宫月的心腹！

所以，一开始梨宫月就知道了，端昊在频繁地宠幸梁妃，梨宫月从不担心端昊宠幸妃子，但是她担心如果这样下去，梁妃会很快怀上皇子。因为她悄悄让人在宫外给梁妃算了一卦，算卦的人说，梁妃肯定会生儿子，而且生出的儿子一定会非常富贵，超出常人！这一个卦，就要了梁妃的命！

从算完卦那天起，梨宫月就一直在盘算着，怎么着治死梁妃。终于，机会来了，梁妃竟然丧心病狂，做出了一个布娃娃撒气，而那个年长的宫女正好利用这个机会，彻底把梁妃逼上了死路。

只是每一个人都忽略了一个很关键的问题：梁妃是大梁国的公主。而用布娃娃施展蛊术，却是地道的中原人的做法，那梁妃又是从哪里学的这种法子呢？

其实答案很简单——这个法子，是前段时间，那个年长的宫女在闲聊的时候，看似无意中告诉她的。所以说，从一开始，梁妃就进了一张密不透风的大网，这张网就是要杀死她，即使没有纯儿这件事，她也会在怀上皇子之前，因为别的事情而死。

因为，这是梨宫月早已经决定了的。

梨宫月站在窗前，望着头上那一片狭小的青灰色天空，而她此时的心情，比这天空还要暗淡。

梁妃虽然死了，可是她的死却把另一个更大的威胁推到了她的面前——严纯儿！

她真没想到，端昊对严纯儿竟然会如此的痴情，她真的很庆幸，自己及时地把严纯儿送出了皇宫，否则，严纯儿留在宫中，一定会对她造成严重的威胁。

探子带回的消息说明，严纯儿很可能并没有死，而且，据可靠的消息说，无影远赴西域，就是为了寻找严纯儿！梨宫月目露寒光——杀手随时待命，一旦无影传递回来严纯儿还活着的消息，就马上派人把严纯儿杀死！严纯儿绝对不能回宫！

“还好，严纯儿是去了西域，而不是别的什么地方，梨氏在西域的活动还是比较方便的，毕竟，我们一直都和圣域合作得非常好。”梨宫月的脸上浮现出了一丝狞笑。

虽然是同一片天空，可是孔雀城头顶的天空看起来，就格外的纯蓝，格外的透彻！

肆虐了好几天的沙暴终于停歇了，天空明净如洗，美丽的孔雀河，弯弯曲曲穿过孔雀城全境，哗哗的流水声，让整个城邦都活跃了起来。

在树林中的小河边，传出了一阵阵比叮咚流淌的河水还要悦耳的笑声。

原来，纯儿正和玉环一起在孔雀河边嬉戏。端木的猎鹰也跟在她们的身边。

这么多天被沙暴困在房中不能自由活动的纯儿，早就闷坏了，现在，她躺在河边那温柔的草地上，望着头顶的蓝天：

“玉环，你有没有发觉，今天的天好像特别的高，颜色也特别的亮。”

玉环抬头望了望，此时的天空是一种明亮到了极致的蓝：

“还真是的，好像自从我们进入沙漠以后，天空的颜色就没这么好看过。”

纯儿痴痴地望着天空，此时的天空明净高远，就好像有人在画布上涂画了一大片最纯、最正的蓝色后，又在上面压上了一大块纯透明的玻璃，阳光照耀在玻璃上，映得这片纯蓝色熠熠生辉。

看着看着，纯儿就觉得好像自己的整个身体、整个生命都融入进了这片蓝色之中。

忽然，一道阴影从纯儿的眼前掠过，纯儿一定神，原来是猎鹰忽然飞了起来，在半空中打了一个旋儿，然后一头扎进了河水里，等它在飞离河面的时候，嘴上还叼着一条小小的鱼儿。

猎鹰站在河边的一棵矮树的斜杈上，得意扬扬地叼着鱼儿，炫耀地望着纯儿。好像在说：

“你不行了吧？要是不服，你也去水里试试！”

“哼，敢跟我挑衅。”纯儿一跃而起，捧起了一大捧清凉冰冷的河水就泼到了猎鹰的身上。

猎鹰措不及防，一捧水雾就迎头砸到了它的身上，鹰儿一慌乱就丢了嘴中的鱼儿，张开双翅用力一抖全身的羽毛，水雾尽数被它抖了起来。飞起的水雾呈一个扇面形飞起，阳光穿过水雾，半空中出现了一道缤纷亮丽的彩虹。

“好美啊！”玉环惊呼了出来。

可是这道彩虹也消失得极快，一眨眼的工夫就不见了。玉环大感遗憾：

“哎，这么快就没了。”

而纯儿则若有所思地望着鹰儿，眼中闪动着魔鬼样的光芒：

“原来你还有这个用处，能够制造彩虹，那我们连续制造一些好不好？”

纯儿说着话，就又去河里捧水，惊得鹰儿一下子就飞了起来——它可不想用这种方式来娱乐别人。

看着鹰儿惊慌失措的样子，玉环和纯儿两人大笑了起来。

正沉浸在快乐中的纯儿，又哪里想得到，遥远的西蜀国后宫，那一群曾经和她的命运息息相关的人们，一个个都生活在数不清的烦恼忧虑之中。

端木和无影刚刚从孔雀城的王宫里出来，正一起沿着小路一边走，一边商谈着什么，纯儿的笑声穿过树林，毫无预警地撞进了他们的耳朵，清脆的笑声伴着明快的流水声，组成了一道悦耳的音符，让人很容易的就会相信，在树林的那一边，有一位偷偷溜出来玩儿的仙子正在沐浴。

听见了纯儿的笑声，无影不禁有些失神，他跟在端昊身边十几年，从来也没有见过后宫中哪一位妃子，能如此的轻松、快乐，甚至于直到今天，他还能够回想起来，纯儿化身为鸿雁公主，穿一身大红的嫁衣，在奉先殿中辞行时，脸上那深深的忧伤。当时，自己做梦也不会想到，有一天，纯儿能如此的快乐。看来，纯儿终于找到了适合自己的天空，适合自己的生活。

这些天，无影被沙暴阻拦，一直滞留在孔雀城，他的大部分时间，都用来和国主还有端木一起，商讨目前西域的局势，要为回鹘部的复兴寻找一条最通畅的道路。

随着无影和端木交往的深入，两个人不约而同地兴起了惺惺相惜的念头。

今天，看沙暴停止，无影就要离开了，因为他还要继续在西域各个城邦游历，他复兴回鹘部的第一步，就是重新联合起曾经回鹘部的各个属国。所以，国主委托端木替他送一送无影。

纯儿的笑声停歇了，两个人又开始继续被纯儿的笑声打断的谈话：

“少主，我还是坚持我的看法，人心叵测，世态炎凉。西域这无数大大小小的城邦中，有像孔雀城主这样的重义之人，就会有那些趋炎附势的小人，毕竟回鹘部已经没落了多年了，难免有些城邦不会再重视回鹘部。这些城邦如果只是不再听命于你们回鹘部还好，怕的就是，还会有人落井下石，暗害你们，去讨好圣域，那你们就太危险了。”

无影点了点头：

“你说得很对，这些我也想到过。而我现在之所以一一去探访这些城邦，就是为了向回鹘部所有的故人展示出我们的诚意，和我们想要打败圣域、复兴回鹘、重新为西域带来和平的决心。他们对我们可以冷落，可以不屑，甚至可以暗害，但是，我们却一定要主动走出这第一步。汉人们讲究将心比心，讲究‘将欲取之，必先予之’，我现在就是将真心换真心。这一趟遍访西域各国，我如果能用我的真心换回十个，哪怕只有一个城邦的信任，那冒险也是值得的。可如果，从现在起，我们回鹘部故土自封，把一切城邦都当成自己的敌人来加以防范，不仅会伤害了朋友的心，也会让人嘲笑我回鹘部太胆怯，太懦弱了。”

“那对于那些曾经依附于圣域的城邦呢？”

“只要他们现在肯恪守中立，我就会把他们当作是朋友！”

听了无影这一番话，端木暗暗点头，这位少主果然具备了成为一位王者的胸襟和气度。

端木看着无影半晌，忽然莫名地一笑：

“少主，你马上就要离开孔雀城了，难道就没有什么想要问我的吗？”

无影的脸上也掠过了一抹非常淡的笑影，道：

“你觉得我需要问什么呢？”

端木的脸上笑意更深：

“比如说，问一问我和圣域之间的事情。”

无影听到端木这样说，就转回了头，注视着端木，目光深沉：

“在这些天里，我从来也没有提过关于你和圣域的事情，你又是怎么看出来，我知道你们之间有往来的呢。”

端木洒脱一笑：

“这些天谈论下来，我发现你对圣域的了解已经超过了一般人，可是，有时候你会故意回避一些事情，作为事中人，我当然知道，你所回避的这些事情，都是和我有关的。所以，我很容易的就猜想出来，你已经掌握了一些我和圣域之间的事情。”

无影听完端木的话，沉默了一会儿，才真诚地说道：

“端木王子，我们两个虽然认识的时间不长，但是可以说是一见如故，既然端木王子这么坦率，我也就不再隐瞒了。为了能够早日摆脱圣域的压迫，也为了能早日为我的父王报仇，我回到部落的第一件事，就是尽可能地搜集关于圣域的资料，所以，圣域虽然神秘，但是也被我零零散散地掌握了一些情况。这些情报中有的很关键，有的也只是一些关于圣域的风传野史。但是，我深信无风不起浪这句话，所以，任何情报，只要和圣域有关，我都是照单全收的。而在这些情报中，有一条说的就是，圣域似乎和一位波斯王子有些莫名其妙的纠葛，而人们所传说的这位王子，的确和你很相像。

所以，当我们在孔雀城刚一相遇的时候，我的侍卫就提醒我，你可能和圣域有关，但是，这几天接触下来，我认定了，你是一位光明磊落的君子，所以，至少从我这方面来说，不管你和圣域有没有纠葛，都不会影响到我对你的看法和态度。”

看到无影如此坦诚，端木也感到欣慰，他刚想说话，可从林中却响起了一个声音：

“你搜集的关于圣域的情报都是零散的吗？”原来，不知何时，纯儿已经走了过来。

无影略微迟疑了一下，问：

“纯儿，你怎么想起问这个？”

“没什么啊，我就是觉得，在对于圣域的这件事情上，你和端木大哥都是事中人，有时候难免看问题不够全面，而我作为一个旁观者，也许更能从这些情报中，发现一些你们发现不了的东西。”

无影和端木都认为纯儿说得很有道理：

“情报非常的零散，基本都是只言片语。”

“那你们情报的来源是什么？”

无影沉吟了一下：

“这怎么跟你解释呢？你对西域目前的状况并不了解，其实西域就是一大片辽阔的疆土，上面分散着无数个大大小小的城邦，这些城邦都势力单薄，为了生存，他们不得不依附于一些强大的势力。而近年来，圣域横行，很多城邦就会不得不依附于圣域，这种依附包括向圣域进贡，按照圣域的指示做一些事情……”

无影还没有说完，纯儿就豁然开朗：

“我明白了，既然这样，他们就会有接触，所以，你的情报，就是从这些和圣域有接触的人的口中得来的。”

“没错。”

纯儿的眼睛分外明亮：

“无影大哥，这些情报现在在哪里？”

“每一条都记在我的心里。”

“那好，耽误你一点时间，你都帮我写出来，我相信，我一定能从这里面找到我想要的东西的。”

无影按照纯儿的意思，把这些情报都写了下来，交给了她：

“好了，时间不早了，我这就走了。”

纯儿点了点头：

“行，等你回来再路过孔雀城的时候，你再来一趟，也许，那时候，我就已经有所发现了。”

无影淡淡一笑：

“你的本事，在洪泽湖区我就已经见识过了，我相信，你还有很多我没有见识过的能力。”忽然无影话锋一转，“但是纯儿，你一定要分外小心。这几天，我越想越觉得你说得有道理，梨氏不会这么轻而易举地放过你。太后和皇后都是毒辣之人，为了稳固住她们梨氏在西蜀国的地位，她们是不惜一切代价的，如果让她们察觉了陛下还在牵挂着你，你就太危险了。”

纯儿也笑了：

“好了，我都知道了，你就放心吧，我平时都待在孔雀城，就算出去玩儿，也是和端木大哥在一起，不会有事的。”

“纯儿……”无影还想再嘱咐两句，却被纯儿直接打断了：

“而且这段时间我会认真分析这些情报，更没时间出去玩儿了。很安全的。”

“那好，我走了，你照顾好自己。”

端木站在远处，看着无影和纯儿依依惜别，不由得心头失落，眼神慢慢地黯然了——真羡慕无影少主啊，能够那么早就认识纯儿，可以和纯儿一起拥有着一段过去的时光。

可端木又哪里知道，此时无影的心中，也是一片酸涩，曾经自己最大的愿望，就是能自由自在地和纯儿一起浪迹天涯，可如今，纯儿终于逃出樊笼了，自己却又背上了复兴部落的重任，不得不离开纯儿四处奔波。此时，他最羡慕的人就是端木臻华，因为他可以如闲云野鹤一般，朝夕伴在纯儿的身边。

无影走了，纯儿有些无奈地轻笑了一声：

“哎，这个无影大哥，简直是太老实了，我不过是随便找了个借口，说是怕梨宫月会害我，才不让他告诉端昊我的下落，他就当真了，还嘱咐我这么多。他也不想想，后宫中还有那么多女人呢，梨宫月忙着害她们都忙不过来，哪有那么大闲心来管我？恐怕，她早忘了我是谁了呢。”纯儿心中很轻松。

可是她真的想错了，梨宫月不仅没有忘了她，而且，梨氏的顶级杀手，现在正在朝着西域飞驰而来。

送走了无影，纯儿立刻就忙碌了起来，她把无影交给她的情报亲手抄成若干个小纸条，再把这些长短不一的纸条都钉在了一面墙上，然后，她就站在墙的前面，认真观察了起来。

这些情报长短不一，有的，洋洋洒洒不下几千字，而有的只有简单的一句话。

分析情报，是特警学中重要的一门学科，能够有效地搜集情报，并且做出正确的分析，那一场战役就等于成功了一大半。

纯儿一边看这些情报，一边暗暗点头：

无影真的很善于收集情报，要是放在现代，他会成为一名非常优秀的特警。

端木又走进了纯儿的房间，不出所料，纯儿仍旧站在墙前，而墙上所钉的那些纸条，又出现了变化。端木早就发现了，自己每离开一段时间，墙上那些纸条的位置就会发生变化，有时候数量还会发生增减，纯儿就像是一个玩儿积木的孩子一样，在随意组合着自己手里的材料，努力地搭建出更加完美的建筑来。

而且非常显然的，纯儿对于这种枯燥无聊的工作，非常的兴致盎然。

“纯儿，休息一会儿吧。你已经好几天没出房间了，别累着。无影少主不会很快回来的，你不用太着急了。”端木说。

纯儿笑了：

“我倒不是着急，主要是好不容易干上自己喜欢的事情了，就舍不得停下来了。”

“你很喜欢干这种事情吗？”端木也走到了墙边，看着墙上那些纷乱的纸条，纸条上的内容看上去比两天前更加混乱了，实在不知道纯儿的乐趣究竟是从何而来。

“是啊，我有没有告诉过你，我在前世的时候，是做特警的。”

“没听你说过，”端木很好奇，“什么是特警！”

“就是一种专门的职业。专门去抓坏人的。”

“捕快？”

“有点像是捕快，但是也有很大的区别。特警是专门去抓那些危险的罪犯的，而且在执行任务的时候不受国家、地域的限制。还可以使用很多普通警察在执行任务的时候不能使用的方式和武器。”

端木听得悠然神往：

“那不是很刺激吗？”

“当然了，那是我最喜欢的工作。比我在这个世界里干过的所有工作都要喜欢。”忽然纯儿的笑容垮了下来，因为她突然发现，她其实回到古代后并没有干过什么正经事——在后宫当妃子肯定是没当好，直接被送到冷宫去了；当公主吧又没等当完就差点儿被人杀了；好不容易想跟着严冰学当商人了，现在又半途而废了。难道真像端木所说的，自己在这个地方，就是适合当强盗吗？

端木看出了纯儿的失落，就故意换了个话题：

“你给我讲讲你当特警时候的故事吧。”

“好啊，我那时候的故事可多呢。”一提起特警生涯，纯儿就又神采飞扬了起来：“那天我和柳曼花决斗时跳的那段舞，就是为了执行一次任务学的。我们经常会根据需要变化身份，那次，我伪装成了一个舞娘，在夜总会里跳舞，跳的就是那段舞蹈……”

端木忽然失神了，因为一瞬间，他的脑海深处，又出现了那个舞动着的身影，无数的色彩围绕着那个身影闪动着，分外的热烈，那个身影究竟是谁？可是，当端木刚想用力看清楚的时候，那个身影就又消失不见了。

纯儿讲完了，端木用心地看了纯儿一会儿，认真地说道：

“纯儿，你能答应我一件事吗？”

“什么事？”

“我知道你很想帮无影少主，我也很想帮他，而且我一定也会尽我所能地帮助他，因为无影少主的确是一位值得人钦佩的英雄。但是纯儿，你一定要答应我，这些事都由我来做，你可以像现在这样，在家里分析情报，利用你的经验为我们出谋划策，但是，你千万不要到战场上去，答应我，冲锋陷阵的事由我们来做。我相信，这也是无影少主的心愿。”

“为什么？”

“因为太危险！圣域不是一般的敌人，他们很恐怖，很可怕，我不能让你去冒险。”

“那好吧。”纯儿答应得非常快，可她心里想的却是：这些事到时候再说吧。

无影一行人继续遍访西域中各个城邦，很快，消息就传遍了西域——回鹘部老首领的儿子终于回来了，而且是一位胸怀坦荡，武功高强的英雄。

同时，孔雀城为回鹘部保留的那些财宝也起到了极大的作用，见到回鹘部突然开始大规模地修筑王城，招兵买马，人们纷纷传说，回鹘部少主归来以后，启用了一批被世代埋藏着的珍宝，这些财富，足以把整个西域买下来！

这个时候，还真有几批不知死活的强盗，跑到回鹘城去妄图打劫这批财宝，却被早有防备的回鹘士兵抓的抓，杀的杀。

回鹘部一时名声大振，无数西域的城邦现在都怀着同一个念头，相信过不了多久，回鹘部就会卷土重来，重新振兴起来。

回鹘部的信誉不断地提升，无影的目的达到了。

回鹘部的这些消息不断地传到孔雀城，国主万分高兴，每听到一个消息，都会和端木、纯儿讨论半天。每当国主不住口地称赞无影的时候，纯儿都会想起远在天边的那个人——此刻，你也正是这样的踌躇满志吧？

纯儿想错了，现在的端昊正处在水深火热之中，北方的大梁国气势汹汹地在黄河北岸排开了阵势，拓跋傲疆早已经亲赴战场了，每天传回的战报上清楚地说明，大梁国已经做好了全部的准备，战争随时有可能爆发。

其实端昊心里也明白，鸿雁公主的事情只不过是一个借口，完颜洪烈和自己一样，绝不是一个能够甘心和别人平分天下的人，所以，两国之间的这一战迟早都会爆发。只是不知道由于什么原因，这场战争比端昊预计的早了五到七年，可就是这五年啊，就足以让端昊狼狈了。端昊相信，如果再给他五年的时间，他的军队，他的武器一定都可以达到最佳的状态，到时候，大梁国根本不是威胁，可是现在，这场战争的胜负还真是难料。

而火上浇油的是，一直固守西南边陲的梨氏家族突然变得难缠了起来，开始不断地向端昊提出各种要求。本来，梨氏家族既是封疆的王族，又是太后和皇后的娘家，一般的要求端昊还是不会驳回的。但是，随着端昊的让步，梨氏家族越来越得寸进尺了。而且，据密探回报，他们竟然已经开始在西南秘密屯兵！梨氏家族究竟想要干什么？

腹背受敌之时，端昊身边却连一个可以信任的人都没有，拓跋去了疆场，无影去了回鹘部，纯儿直到现在都下落不明，端昊生平第一次感受到了孤家寡人的悲哀。

这天，无影他们几个人来到了沙漠中一个小小的绿洲，其实这里都不能算是绿洲，只是有一小片小小的胡杨林，而胡杨林中，搭建着一处简单的房屋，这处房屋虽然很小也挺简陋了，但是在这方圆百里却是大大的有名。

因为在这附近很远一段距离内，只有这一个地方，可以为过往的商旅提供补给和清水，所以，这里成了过往商旅的一处必经之地。

因为还没有到达城邦的附近，所以无影他们几个人现在都换上了普通的西域人装束，他们坐在这个小客店中，吃着客店准备的非常简单的饭菜，准备稍事休息之后，就去下一个城邦。

这时，一阵马嘶声引起了他们的注意，几人回头一望，只见有五六匹马正在朝着客店狂奔而来，眼见着马头就要撞到门前的胡杨林了，几个人同时一勒手中的缰绳，马儿立刻就像被定住一样，笔直地站立在了沙漠上。

无影几人的目光都变得锐利了，因为从刚才这几个人一勒马的动作就能看出来，他们都是沙漠中的高手。

而沙漠中的高手只有三种人，一、强盗，二、各个城邦的护卫，三、圣域中人！

"你们怎么看？"无影回过身来，低声问道。

"不会是强盗，他们虽然身手高强，但是脸上的皮肤很细腻，不像是常年奔走在风沙中的人。"

"也不会是哪个城邦的护卫，城邦的护卫在沙漠中行走的时候，为了避免不必要的误会，都是穿着能够表明身份的衣服，而这几个人的服饰不属于附近的任何一个城邦的风格。"

"最主要的是，他们脸色木然，眼神收敛，一看就是努力地不想引起任何人的注意，所以，他们应该是来自于——圣域！"

结论一得出，无影的几个近臣侍卫，就都立刻绷紧了身体，手也下意识地握住了身上的佩刀。

"放松点儿，"无影淡淡地说道，"这只是几个小角色，看样子应该是去执行什么任务的，不要轻举妄动打草惊蛇，能不发生冲突最好，现在，还不是收拾他们的时候。"

侍卫们都稍微放松了一些，但是仍旧是全神贯注地戒备着这几个人。

其实无影的这几个侍卫的心情也非常的复杂。因为他们都知道，自己的这位少主武功实在是高强，而且行走江湖的经验，超过了他们所有人的总和。一方面来说，自己的少主如此的英雄，肯定是一件值得骄傲的事。可是，另一方面呢，他们也清清楚楚地知道，自己所保护的人的武功比自己高得多，这又实在是一件很古怪的事情。

无影表面上仍在专心地吃饭，可实际上，他已经在凝神运功，暗暗倾听——他想要知道，这几个人究竟要去干什么。

侍卫看见，少主吃饭的速度越来越慢了，可是看起来少主的脸色还是那么平静，当然，话又说回来了，他们还真没见过他们的少主，脸色不平静的时候是什么样的。

工夫不大，那几个人就吃完了饭，又装上了些清水，就很快地离开了，确定他们走远了，无影才简单地说了一句：

“都出来，我有话要说。”

众人不明所以，跟着无影到了外面空旷的所在，无影才说道：

“刚才那几个人的确是圣域的人，他们现在是要去孔雀城，给孔雀城的水源投毒，因为据可靠情报，现在那个人就在孔雀城。”

“那个人？”一个侍卫说道：“是指的波斯王子？”

无影点了点头，沉声说道：

“应该是，我们收集来的情报中不是有一条吗？不论这位波斯王子在哪里出现，圣域都要给这个地方带去灾难。”

一个侍卫满怀怒气地质问了出来：

“难道灾难还包括给水源投毒吗？弄不好，这会把孔雀城的所有人都害死的。他们也太狠毒了吧？”

另一个侍卫冷笑了一声：

“如果不狠毒，怎么能算是圣域呢？少主，我们现在该怎么做？”

“你们兵分两路，一路去孔雀城报警，让他们早做准备。另一路，返回回鹘部，把我们遭遇到了圣域中人的消息传递回去，这样，如果我们万一遭到什么不测，部落中就能尽早得到消息。”

“那少主您呢？”

“这几个圣域的人骑术精湛，就算我们抄近路，恐怕也只是和他们同时到达孔雀城。那样我怕孔雀城会来不及做准备。所以，我去拖住他们，能把他们解决掉最好，如果不能，我也能耽搁他们一段时间。”

“我们陪您去，我们是您的侍卫，不能让您孤身犯险。”

“不用了，圣域的人动起手来，都是不要命的，你们不要做这种无谓的牺牲。”

“少主说错了，我们也知道我们的武功不如您，但是，保护您是我们的职责，更何况，孔雀城对我们回鹘部重情重义，我们回鹘族人，为了保护孔雀城牺牲性命，也是应该的。”

无影再一次被西域汉子这种特有的豪情震动了：

“好，两个武功最好的，跟我来！其他人，按计划行动！”

众人向离弦的快箭一样，打马奔驰而去。

无影带着两个人沿着一条近路斜插了过去，没走多久，就见到了那几个圣域人的身影。

无影催马上前，挡住了他们的去路。

那几个圣域的人看见了无影，认出来他就是刚才在客店吃饭的那个人，微微一愣：

“你们想干什么？”

“如果有可能，我就活捉你们，尽可能地打探出圣域的消息，如果没有可能，我就杀死你们。”无影平心静气地说道。

回鹘部的侍卫在心中叫绝：

能够这样坦诚的，全天下恐怕也就是他们的少主了，这是不是就叫艺高人胆大？

而这几个圣域的人也挺绝的，其中一个礼貌地说道：

“你杀不死我的，但是现在我肯定会把你杀死。在你临死之前，我还是想知道，你为什么要和我们作对？”

“回鹘少主！”无影淡淡答道。

这四个字虽然简单，但是足可以说明一切了，一知道了无影的身份，那几个圣域人的眼中立刻就都冒出了凶光。打头的那个说道：

“原来你就是回鹘少主！那我改了主意了，我不会杀你了，我要活捉你，因为你活着比死了值钱多了。”

无影不再说话，纵身从马上跳了起来，飞身就来到了打头的这个人跟前，手中长剑刺出，那个人慌忙闪开，但是已经晚了，无影一剑就刺入了他左边的胸膛——这就是无影名震天下的剑法，绝不花哨，一剑毙命。

看见少主一击得手，两个回鹘侍卫精神大振——跟着一个武功盖世的少主就是好！

几个人打到了一起，无影一边打心中一边暗暗奇怪，这几个圣域的人武功并不高啊。忽然，一条情报出现在了无影的脑海里——圣域中人善用奇门暗器，杀人无数！

“小心暗器！”无影高喝了一声。

但是,还是来不及了,倒不是无影他们躲不开圣域的暗器——天下恐怕还没有能伤害到无影的暗器,只是,圣域所用的暗器,太独特了。

只见一个圣域中人抽身跳到圈外,从斗篷下面掏出了一把简易而且略显粗糙的手枪！

两个侍卫和无影都被手枪打中了,而无影更是身中四枪,在他晕倒前的那一刹那,无影抛出了手中的长剑,直刺中那个圣域人的胸膛,然后穿胸而过。圣域中人也全被杀死了。

无影紧紧摁住自己胸前的伤口,看着鲜血源源不断地涌了出来,他感到生命在一点点离自己远去:

“父王,孩儿没用,不能振兴回鹘部了。纯儿,永别了……”

那两个到孔雀城报信的侍卫,把消息送到之后,就迫不及待地要回去救援无影他们。

孔雀城国主也非常着急,派出大队士兵跟随着回鹘侍卫一起去救人。

“我也去。”看见端木要和士兵们一起出发去救无影,纯儿说道。

“你不能去,太危险。”端木态度坚决。

“哎呀,都跟你说过多少遍了,我什么样的危险都见过的,让我去了,没准还能帮上忙呢。”

无影在沙漠上昏迷着,黄沙已经掩埋了他大半个身子,他还全然不知。可能是因为死神已经临近了的缘故吧,从小到大的一幕幕情景在他的眼前一一闪过,可是,他却什么都看不清楚。

他既不知道此时自己的梦中究竟出现了些什么,也不知道, 这个时候,三四个骑马的人已经来到了他的身旁。

“首领,这个人还没有死。”一个人摸了摸无影的鼻息说道。

马上那个首领披着长长的斗篷,头上戴着一个风帽,斗篷的一角被提起来遮住了脸颊。只听那个首领冷哼了一声,这一发出声音,才听出来,原来,这个首领竟然是女人。

“哼,就算现在还有气息也没用了,你看他的脸色,已经完全是死人的颜色了,这个人没救了。就让他在这里等死吧。”

显然,这几个人已经习惯了他们首领的这种冷漠无情,也都不以为意,纷纷上马，就要离去。

忽然，首领又勒住了马头，说道：

“你们去看看，那是什么东西？”

首领用手一指，原来，被无影抛出刺穿那个圣域人胸膛的长剑，还钉在那个人的身体上，直立在沙海中。虽然长剑的剑身已经被黄沙埋上了大半，但是还有剑柄，和一截剑刃露在外面。

“好像是一把宝剑。”

“拿来我看看。”首领说道。

随从走到了尸体跟前，拔了拔宝剑，发现宝剑已经洞穿了那具尸体，于是一手握住宝剑，抬起一只脚，照着尸体就是一脚，把尸体踢飞了出去，宝剑就落到了这个随从手里。

“这个人的力气够大的，宝剑把整个人都扎透了。”

那个首领接过宝剑，认真地审视着，喃喃道：

“恐怕，他是受伤后才掷出的宝剑，否则，力道会比这大得多。”

“为什么，您认识他？”

“我不认识他！但是，我想我认出了这把宝剑！”

“您是说，您通过这把宝剑而猜出了这个人的身份？”

首领点了点头：

“但愿我猜错了。好了，把这个人带回去，看看还能不能救活他。还有，把这些尸体都带走，不要留下一点痕迹，省得麻烦。”

这一群人手脚麻利地把无影和那些尸体一起带走了，霎时，沙漠上就变得干干净净，好像什么都没有发生过一样。

孔雀城国主派出的侍卫各个都是骑术精湛的高手，他们从孔雀城出来一路狂奔，可是眼见着已经到了那片小小的胡杨林了，却什么都没有发现。人们又掉转过头来，原路返回，可是仍旧什么都没有发现，他们就这样来来回回了很多趟，沙漠上一直是一片寂静空荡。

无影的那两个侍卫都快急疯了，回头就又要去找，端木拦住了他们：

“你们这么瞎撞不是办法，沙漠这么大，你们这么漫无目的地找，就算是累死也找不到的。”

“那怎么办？”一个侍卫的眼睛都急红了。

端木沉吟了片刻：

“先让孔雀城的部队回去，免得打草惊蛇，我们几个到那个客店去，问一问最近都有哪些人经过这里。”

“如果他们没看到有人经过呢？”纯儿问道——她到底还是跟着出来了。

“那就说明，带走他们的那些人的巢穴，就在这附近，我们至少就可以圈定一些目标了。”

“会不会是圣域的人带走了少主？”一个侍卫问道。

端木缓缓摇了摇头：

“不会，我相信你们少主的身手，就算是圣域的人，恐怕也不可能就这样悄无声息地把他带走。”

而这时，去胡杨林的客店打探消息的人回来了：

“店家说，自从我们走后，就没再来过任何客人。”

端木目光凌厉：

“那就说明，劫走少主他们的人，在这附近一定有巢穴。我们现在先返回去，请孔雀城国主帮忙。”

国主正在自己的宫殿中，焦躁不安地等待着端木他们的消息，他一听完端木的分析，立刻就说道：

“如果是这样的话，那事情就好办了。我们孔雀城虽然只是一个城邦，但是在这方圆五百里之内，不论是城邦还是匪巢，都会给我些面子的！”

“雅鲁！”国主忽然高喝了一声。国主的身上，此刻再也没有了往日里那种纵情声色的浪荡，而完全变成了一位弹指间号令千军万马的元帅。

“在！”纯儿刚一到孔雀城时见到的那位铁塔般的高大武士应声走了进来。

他的身材太高大了，一进来，就好像一下子就填满了大半间屋子。

“你现在带几个人，和这两位回鹘部的朋友一起，带着我们孔雀城的信物，由近及远，去一一走访这附近的各个城邦、匪巢，不要遗漏掉任何一家。每到一处，就问他们今天正午，有没有在胡杨林客店通往孔雀城的大路上，见过几个陌生人，并且带走了他们。如果是他们带走了，不论是死是活，我们都要。如果没有带走，能告诉我们一些线索也可以！”

“是！”

“还有，千万不许透漏少主的身份！”

“明白！”

“另外，随时派信者跟孔雀城中保持联系，一旦有哪个城邦或者匪巢不予配合，立刻送信回来，我在城中集结好人马。如果接到你的消息，我会立刻派兵，直捣他们城下，救出少主！”

“是！”

站在一旁的纯儿不由得暗暗感叹：

“大漠中，果然是一个完全靠实力说话的地方。”

端木和纯儿跟着雅鲁骑快马离开了孔雀城，他们每到一处地方，雅鲁就会亲自上前，捧出孔雀城的信物，再说明来意。原来，孔雀城的信物，是一块坠在金链子上的巨大的孔雀石。

纯儿隐约知道，孔雀石好像是分为什么三孔孔雀石，七孔孔雀石，九孔孔雀石，孔数越多，孔雀石就越名贵。虽然，纯儿看不懂雅鲁手上的孔雀石是几孔的，但是，从孔雀石的光华和色泽上不难看出，这块孔雀石不是凡物。

一天的时间很快就过去了，雅鲁和端木他们马不停蹄地奔波了一天，还是茫然没有头绪。夜色四合，天空上没有星星也没有月亮，在沙漠中，这样的夜晚是绝对不能赶路的。众人只得暂时驻扎休息。

虽然劳累了一天，但是，因为得不到无影他们的消息，每个人都心急如焚，无心睡眠。

“雅鲁大哥，会不会有城邦或者匪巢把少主他们藏匿起来，然后又出于什么目的，故意不告诉我们。”

雅鲁沉吟着摇了摇头：

“应该不会。其实，这附近大大小小的城邦和强盗都认识我的，所以我平时出来办事，并不用带这个信物。今天，国主特意让我把信物带出来，就是要表明，这件事对于孔雀城的重要性。我们孔雀城的实力虽然无法和圣域、西域那些大国抗衡，但是，震慑住附近这一小片沙漠还是没问题的。”雅鲁这样解释道。

看着回鹘部侍卫那种忧心忡忡的样子，雅鲁又劝慰道：

“兄弟，你们放心吧，少主是为了给我们孔雀城报信示警才遇险的，我就是死也要救回少主。如果真的有人，敢把少主藏匿起来或者杀害了，那不用国主出兵，我雅鲁一个人，就能踏平他们的巢穴！”

回鹘部武士们知道雅鲁说的都是真心话，但是，他们真不愿意看到那样的局面出现。

而此时在胡杨女的驻扎地，无影仍旧在生死的边缘挣扎。——原来，救回无影的那个蒙面女人，正是胡杨女。

胡杨女正独自一人关在屋子里，在灯下，用心地看着无影那把宝剑，宝剑上的血污已经被擦拭干净了，宝剑上寒光闪闪，杀气逼人。

胡杨女反复看着这把剑，这把宝剑的剑身极为修长，剑刃极薄，而且上面隐隐的呈现出一种奇异的粉红色，宝剑微微一舞动，就会化作一抹红色的光影。

在胡杨女最深的记忆中，一个男人的声音隐隐响起：

“我见过的最奇异的一把宝剑，就是西蜀国第一高手日下无影所用的那把宝剑。那把宝剑的外形与所有的宝剑都不同。剑身又细又长，还带着一种红色，舞动起来，就好像一条时隐时现的神龙一样。

要说起他的宝剑来，真是大有来历，日下无影的师傅在早年间，无意中得到了一本上古留下来的剑谱，剑谱上所画的宝剑式样非常的古怪，剑谱上还专门有关于这把宝剑的锻造方法。

好像是冥冥中自有天意，他的师傅当时一看到这本剑谱，就被上面的那把宝剑迷住了，所以放下一切事情，用七年时间，按照剑谱上的提示，收集材料，亲手锻造出了这把宝剑。后来又过了一些年，才终于找到了适合使用这把宝剑的弟子，就是日下无影。无影果然也没有辜负他师傅的期望，年纪轻轻就靠着这把宝剑，威震江湖。”

“日下无影！日下无影！整天就听你说那个日下无影，你心里就只有他！”一个女子声音清脆地抢白道：“他就那么好吗？”

“他的确是很好啊，真的，一般人都觉得日下无影很冷漠，很不好接近，其实他心地正直，疾恶如仇，是一位真正的英雄。”

“就算他是英雄你也不用老说他啊？”

“不是你让我说的吗？”

“我让你说什么了？”

“你刚才不是让我说说都有哪些朋友吗？”

“好好，就算是我让你说的，可是我也不想听你说日下无影，我想听你说说别的朋友。”

“他是我最好的朋友，至于别的朋友，还有……”

“哎呀！”女孩在发火了：“你是真不懂啊，我是让你说女的朋友！”

“女的朋友？我从来没有女的朋友。”

“我不信。”虽然女孩子嘴上说不信，但是从声音中就能听出来，她听到这个答案非常的开心。

“真的没有。”

“那你，有喜欢的女孩子吗？”

“真的。”那个男人的声音分外的认真：“我从来不和女孩子做朋友。”

“为什么？”

“因为和女孩子在一起没意思。和她们在一起，又不能切磋武艺，又不能一起骑马打猎，又不能谈论战术，多没意思啊。”

“你真傻！谁和女孩子在一起，是为了谈论这些啊？”女孩子娇嗔道。

“那和女孩子在一起是为了谈论什么？”男人有些茫然。

“气死我了，不跟你说了！”女孩子又发脾气了。

胡杨女忽然用力地甩了甩头：

今天这是怎么了？怎么会想起这些事情来。

这时一阵敲门声响起，一个随从走了进来。

“首领。”

“那个人死了吗？”

“还没有。”

“哼，命还挺大！”胡杨女冷哼了一声。

“的确奇怪，这个人又是被圣域的那种奇特的暗器所伤，不过平时我们见过的受伤的人，只要被暗器伤了一处，就必死无疑，可是这个人被暗器伤了四处，直到现在竟然还有一口气！”随从露出了不可思议的神情。

“这也没什么可奇怪的，护龙一族，本来就有很多奇怪的法门。”

“什么龙？”显然，随从没有听说过这个名字。

“没什么，那是中原的一个门派。”胡杨女不想再多谈这个话题，问道：

“用草药给他止血了吗？”

“一直在用，但是用处不大。圣域的暗器好像有改良，这个人的伤口比以往的人又要严重得多。”

胡杨女点了点头，冷冷道：

“这个圣域改良暗器的速度倒是挺快，每隔一年半载的，他们的暗器总会有些变化。”胡杨女停了一下，吩咐道，“继续给他用草药止血，我们能做到的也只有这些了，是死是活就看他的命了。”

随从点头走了出去。

胡杨女喃喃自语道：

“护龙一族！这个名字也是当年他告诉我的，今天这是怎么了，多少年没有想起来的事，今天一下却全都想起来了。不是说这辈子已经伤透了心了，永远都不会再想起他了吗？可是为什么，一看这把宝剑，一感觉到这个男人有可能是他的朋友，我就毫不犹豫地出手相救了呢？胡杨女，你扪心自问，如果不是因为他，你今天会去管这件闲事吗？”

胡杨女的眼神愈加的凄厉无常，她“腾”的一下站了起来，用手轻轻抚摸着挂在墙上的，那根乌黑色的长鞭：

“那个用玲珑鞭的，叫方子纯的女孩子究竟和你是什么关系？你曾经说过，你不喜欢和女孩子在一起，因为和她们在一起的时候不能切磋武艺，不能一起骑马打猎，也不能谈论战术。

可是，据我看，这个方子纯马骑得不错，兵法战术也不错，虽然鞭法不怎么样，但是也算是个练武的坯子。正因为，你要求的那些，她都具备了，所以，她手中才会有玲珑鞭，对吗？”

胡杨女脸上的恨意愈加深重了：

“很长时间了，我都是只杀坏人，很久没有因为自己的心情而杀人了，可是今天，我想破个例，把那个方子纯杀来玩儿玩儿！”胡杨女深深地吐了一口气：“其实，我挺喜欢那个叫方子纯的小丫头的，但是既然她会武艺，会骑马打猎，会谈论战术，那么她就非死不可了！”

这时，又一个随从走了进来：

“首领，刚才得到消息，孔雀城的雅鲁今天一直带着孔雀城的信物，走访各个城邦和匪巢，每到一处地方，他都会出示信物，说要找几个人，听起来，他们要找的就是我们今天遇到的这批人。”

胡杨女一愣：

“雅鲁都亲自出面了，而且还带着信物，这说明，这个人对孔雀城很重要啊。可是护龙一族的日下无影和孔雀城又有什么关系呢？”

“首领，我们现在怎么办？”

“雅鲁他们现在在哪里？”

“在沙漠中扎营休整。看样子，明天天一亮，他们还会继续找。”

“去给他们送个信儿，就说人被我救了，让他们来接走吧。孔雀城的人都还不错。”

“是。”

“带队的就来了雅鲁一个人吗？”

“雅鲁带着几个孔雀城的武士，还有两个不认识的武士，还有那位波斯国的端木王子。”

胡杨女的眼睛忽然一亮：

“跟端木王子在一起的，有没有一个女人!？”

随从吓了一跳，愣了一下才说道：

“首领真是料事如神，还真有一个女人和他们在一起。十几岁的年纪，看长相应该是汉人！”

“方子纯!？”胡杨女一字字说道。“世上还有这么巧的事。既然你想自己送上门来，那，你就来吧。”

“首领，我们现在去通知雅鲁吗？”

“不用了。”

“不用了？”随从有点儿懵，首领怎么又改变主意了呢？

“我是说不用大晚上的再跑一趟了，明天早上再说吧。”

“那要是那个人今天晚上死了呢？”

“死就死吧。大漠中天天都死人，他死了又怎么了？”

随从跟了胡杨女很多年了，已经知道了，首领本来就挺喜怒无常的，所以也就不再说话，点点头，就出去了。

“你喜欢的女人，我就杀了她！你的朋友，我就不在乎他的生死！这样，就可以说明我已经忘掉你了吧！”胡杨女恨声说道，丝毫也没有意识到，自己的这种做法，有多么的自欺欺人！甚至连欺人都做不到，只是在欺骗自己。

犹在睡梦中的纯儿，丝毫也不知道危险已经又一次逼近了自己，而且这一次，这危险来得是那样的莫名，那样的诡异。

天色微明，端木他们就已经收拾起了营寨，准备上路了。就在他们的队伍刚刚一启动的时候，就看见一匹快马从远处飞奔而来。因为速度太快，所以，马到之处，卷起了茫茫黄沙，这一人一马就几乎都被笼罩在了黄沙之中，看起来显得模模糊糊的。

雅鲁看了一会儿说道：

“这个人好像是冲着我们来的。”话音刚落，那匹马已经奔到了雅鲁的面前。

雅鲁向前一进身，挡在了队伍的前面，正迎住马头。而马上的人，则一勒缰绳，马儿硬生生的顿住了。只见马上的人，也是头戴风帽，披一件长长的斗篷，斗篷的一角被提了起来，遮住了脸庞。来人轻轻一抬手，拉下了斗篷，雅鲁不禁微微一愣，这个人竟然是个女的。

马上的女人冲着雅鲁微微一笑：

“您是孔雀城的雅鲁壮士吗？”

“我是雅鲁，你是谁？”

那个女人没有马上回答，而是从怀里摸出来一件东西，递到了雅鲁的面前，雅鲁接过来一看，原来是一把用胡杨木雕刻的，两寸多长的小剑，小剑的雕工非常简单，但是雅鲁看到这把小剑，却神色一凛：

“原来是胡杨女头领的部下，失敬！”原来，这把胡杨木雕刻的小剑，就是胡杨女的标志。

“不知道胡杨女首领找我有什么事情？”

马上那个女人又笑了，看上去，她似乎对雅鲁很有好感：

“首领听说，你们在找一个人，而我们首领昨天恰巧在路上救了一个人，不知道是不是你们要找的那个，所以，派我来通知你们一声，你们如果愿意，可以跟我去辨认一下。”

众人一听这句话，都精神大振，回鹘部的侍卫更是喜出望外，急切地问道：

“你们救的人是什么样子的？”

那个女人歪着头想了一下：

“样子吗，我形容不出来，不过，他的兵器应该是一柄又细又长的宝剑！”

回鹘部的侍卫不禁欢呼了出来：

“你们救了他，那太好了，他现在好吗？”

女人摇了摇头：

“很不好，快死了。”

“啊？”

“不过我出来的时候还没死。”

"那就好……"

"但现在就不知道了,反正我看他的样子是活不成了。"女人看见雅鲁那么关注地盯着她,感到非常高兴,故意把话说得又慢又复杂,一边说还一边尽量笑得漂亮一点。却不知道,她这种不着调的态度,已经快把雅鲁气疯了,要不是因为她送来了回鹘少主的消息,雅鲁真想掏出马鞭狠狠地抽她一顿!西域男人,可不在乎打女人!

雅鲁不再理这个莫名其妙的女人,一挥手臂,大喝了一声:

"出发,胡杨女的地界!"

十余骑快马就飞驰而出。

"哎,你们等等我啊,我给你们带路。"那个女人在背后大喊道。但是再也没有人理她了。

刚才纯儿一直站在雅鲁的背后,用心观察着这个女人的一切,心中不禁涌起一阵迷雾。

行进途中难以交谈,所以,纯儿只好先和大家一起奋力催马飞驰。

他们的宿营地距离胡杨女的领地还真不近,饶是这十来个人都是骑术高手,也狂奔了将近半天的时间,才远远地看见了一块小小的绿洲。

雅鲁一勒缰绳:

"前面就是胡杨女的领地了,我们先放慢速度,免得对方觉得我们不敬。"大家都慢慢地让马儿慢了下来。

纯儿一催马赶上了雅鲁,说道:

"雅鲁大哥,我问你点事情。"

"纯儿小姐,什么事?"

"你了解这个胡杨女吗?"

雅鲁虽然不知道纯儿为什么要问这个,但是他知道纯儿是国主的座上客,所以,仍旧很礼貌地回答道:

"了解说不上,但是还算熟。"

"我和端木大哥还有四哥在来孔雀城的路上,遇到了强盗,是胡杨女救了我们。人们都说,她是大漠中一位大名鼎鼎的侠女,是吗?"

雅鲁点了点头:

"的确,胡杨女经常救助客商,但是她也打劫,不过她是黑吃黑,专门打劫那些作恶过多的强盗。而且她武功高强,一般强盗又都惹不起她,所以强盗们对她是又恨又怕。”

“那胡杨女和孔雀城的关系怎么样？”

“应该说不错，因为国主会定期送给胡杨女财物，来感谢她常年维护着这一片沙漠商旅的安全。可以说，胡杨女维持自己的领地，一半是靠打劫强盗的财物，一半是靠孔雀城的供给。”

“那胡杨女和孔雀城的关系应该很好了？”

“也不尽然，这主要是因为胡杨女这个人生性乖张孤僻，让人很难接近，而且，她似乎也不喜欢和人往来。跟我们也没什么太多的交往，但是她平时做事还是比较给孔雀城面子的。就像这一次，她知道了孔雀城在找人，就会主动派人来通知一声，要是换作别人，她才不会管这个闲事呢，顶多把人救活了，赶走完事。”

这时，他们已经来到了胡杨女的绿洲的不远处了。

“雅鲁大哥你先停一下，我还有最后一个问题。”

“什么？”

“胡杨女的手下做事都那么没头没脑的吗？”说着话，纯儿用眼神指了一下追上来的那个送信的女人。

雅鲁一提那个女人就烦，粗声说道：

“怎么会？胡杨女调教手下极为严格，我见过她几个手下，都是非常精明强干的，谁知道怎么派这么个人来传话！”

纯儿目光闪动：

“雅鲁大哥，端木大哥，你们不觉得这件事情有蹊跷吗？”

“怎么说？”端木问道。

“胡杨女肯定是昨天就知道了我们在不惜一切代价寻找无影大哥，既然她一向和孔雀城交好，为什么不立刻通知我们？而且，听那个女人的意思，无影大哥危在旦夕，所以按照常理来说，在这种情况下，她更应该第一时间就通知到我们啊！可她不仅今天才通知我们，还是派这么一个办事不着调的人来通知，这不是有些奇怪吗？”

端木频频点头：

“纯儿说得有道理，很有道理！”

雅鲁一直木然地听着，这时，忽然喊了一声：

“你，过来。”雅鲁用手一指一个部下：“纯儿小姐刚才说的话，你都听明白了吗？”

“听明白了！”

"都记住了吗？"

"记住了！"

"那好，你现在迅速赶回孔雀城，把纯儿小姐说的话，一五一十地转告给国主，请国主定夺！"雅鲁突然又恶狠狠地加了一句："你要是敢传错一个字，我就把你的脑袋拧下来！"

纯儿被雅鲁突如其来的话吓了一跳，可是那个手下却面色平静之极：

"知道了。"说完话，掉转马头就朝着孔雀城的方向飞奔而去。看来平时，雅鲁经常交代给他这种任务。

纯儿看着不禁暗暗咂舌：看来在没有任何现代化交通工具的古代，对特警的要求就更高了。

雅鲁又转过头来，对着身边的人低声却威严地说了一句：

"其他人，准备好武器，跟我进去！"

其实，胡杨女派这么个女人来送信也是不得已，因为她所有精明强干的手下都在忙着，实在是抽不出时间来——她们在忙着布置好一切陷阱，等着纯儿的到来。

孔雀城的宫殿内，国主正认真地听着雅鲁派回来的那个人在汇报，那个人还真是一字不差地汇报的，甚至直接是复述的纯儿和雅鲁的对话。

国主一边听，脸色也越来越阴沉，等那个人汇报完了，国主沉吟了一下，忽然高声喝道：

"来人！"

又有一名武士应声走了进来：

"你去选择六名最精良的武士，带领五百名精锐骑兵，带好武器，再多带些财宝，立刻出发去胡杨女那里。到达了胡杨女的绿洲之后，在绿洲外驻扎。然后派人通知雅鲁，并且随时和雅鲁保持联系，如果雅鲁他们能够带着少主平安出来，你们就把礼物送给胡杨女，如果雅鲁他们遭到不测，你们就带兵荡平胡杨女的营地，救出少主！"

"是。"

雅鲁他们走进了胡杨女的绿洲，纯儿放眼观瞧，来到沙漠这么久，她这还是第一次靠近真正的匪巢，相比较之下，这匪巢真是和城邦大不相同。

一般来说，建立城邦的绿洲都比较肥沃，树木繁多，枝叶茂盛。而且城邦的外面一般还会有一段段的城墙，透过树木，还能隐约看见里面毗邻的房舍。白天的时候，还能从城邦中传出一阵阵喧闹的人声。最重要的一点是，城邦都建立在交通要道上。

而匪巢就不同了。就说胡杨女的这个匪巢吧，它的所在地非常的偏远，来这里的人肯定都是专门来找胡杨女的，否则，就算是误打误撞，都撞不到这里来。而且，这块绿洲非常的贫瘠，远远一看，就让人觉得分外荒凉。

在绿洲的外围，是堆砌着的堡垒工事，而绿洲中则是一片寂静，偶尔还会有一个带着风帽，披着斗篷，蒙着脸的人，骑着马匆匆出入。

纯儿的心中不禁暗自琢磨：这些古代的强盗的巢穴，不管是选址，还是结构，样式，都和现代恐怖组织的基地很相像啊？这是为什么呢？这中间已经过去一千年了啊！难道，从古至今，强盗们的血脉也是相同的？纯儿一边胡思乱想，一边跟着队伍走入了胡杨女的营地。

雅鲁他们刚刚走到营地的大门口，就见营门大开，一个四十来岁的女人走了出来，这个女人穿戴简单，可能是因为没有骑马的缘故，她没有戴风帽也没有披斗篷，身上穿着一件粗布长袍，头发在脑后挽成了一个简单的发髻，脸颊被风沙吹得红彤彤的，眼睛有些浑浊，一看就是一个常年在沙漠中行走的女人。

雅鲁认识这个女人，一看女人出来，就赶紧上前打招呼：

"山阿姐，好久不见。"

那个女人也不多话，只是简单地点了点头：

"雅鲁壮士，你们来得好快，现在首领还有些事情，我先带你们到客房去看一看吧，看看那个受伤的人是不是你们要找的人。"

"好，那个人没事吧。"

那个山阿姐头也不回地说道：

"目前还活着，但是他肯定活不成了。"

"这么严重？"雅鲁一边走一边问道。

"你听说过哪个人在被圣域的魔鬼暗器伤了之后，还能活着的？"

雅鲁大惊，脸色都变了：

"他是被魔鬼暗器伤的?！"

"而且还中了四次！"

"什么?！"雅鲁吼了出来。

"不过这个男人还真是个汉子，被魔鬼暗器伤了四次，竟然还能活到现在！"说到这一点，山阿姐也显得挺佩服的。

"雅鲁壮士，你也知道，不管是我们，还是你们孔雀城，对于魔鬼暗器所造成的伤口，唯一的救治办法，就是用草药止血，如果血能止住，伤口能愈合，那也许还能捡回条命，如果止不住血，就只有等死了。所以，昨天首领一把他带回来，我们就不停地给他的伤口敷草药，但是效果并不明显。”

雅鲁勉强压下了心中的慌乱，尽量用正常的语调说道：

“我明白了，山阿姐放心，不管那个人能不能保住性命，我们孔雀城对胡杨女首领都会只有感激的。”

听到雅鲁的话，纯儿和端木不禁相互看了一眼，两个人目光中的意思很明白——这个山阿姐不简单，不动声色地就要了承诺，这样万一无影死了，他们也不会有任何责任了。

山阿姐走到了客房的门前，一推开门，一股浓重的草药味，就扑鼻而来，无影正赤裸着上身仰躺在床上，整个上身，都敷满了草药，但是仍旧有鲜血隐隐的从草药下面渗出来。看来从昨天起，无影就一直在流血，身体旁边都是一块块的血污。他的脸色是一种近乎于白的青色，雅鲁、端木和纯儿都是从死人堆里滚过的人，所以，一看到无影的脸色，他们的心就开始下沉，无影此时脸上的颜色，正是人们通常所说的死色！山阿姐说得不错，这样下去，无影死是早晚的事了。

望着无影的脸色，纯儿心中忽然一动，她走到床边，伸出一只手，摁在了无影脖颈边的脉搏上，用心感觉着。随着对无影脉搏的观察，纯儿心中的疑虑更重——难道世上真有这么巧的事情？

“雅鲁大哥，那个魔鬼暗器是什么样子的？”纯儿问道。

“见过的人很少有能活下来的，所以我也说不太清楚，但好像是一截管子，能喷火，声音很大……”雅鲁艰难地描述道。

纯儿目露寒光，对那个负责照顾无影的人非常快速地说道：

“清理出一个伤口来，让我看看。”

那个负责照顾无影的人还没来得及说话，一个冰冷冷的声音，就在门外响了起来：

“你想干什么？”

不用回头，从声音里就能听出来，来的人正是胡杨女，纯儿的脸上扬起了欢快的笑容，亲热地喊道：

“胡杨女姐姐，你来了。”说着话，纯儿就转过了头，一个蒙着面纱的女人正从门外走进来。

只见这个女人身材高挑，但不像中原女子那么窈窕，可能是由于常年骑马的缘故，这个女子的身材略显粗壮。她身上穿着一件黑色的布袍，布袍做工比较粗糙，没有任何花样和装饰。女子的整个头脸都被一块厚厚的黑纱蒙了起来，根本看不见她的长相，但是，纯儿却可以轻易地感受到，面纱后面，射出了两道充满敌意的目光。

纯儿有些不解——那天晚上在废弃的古城遭遇强盗的时候，胡杨女对自己挺好的啊，还约自己一起杀强盗玩儿呢。(可能也就纯儿能把这种邀请当做是对方的一片盛情。)怎么今天突然就变成这样了呢?

胡杨女没有理会纯儿热情的呼喊，而是又冷冷地问了一遍：

"你刚才说，要清理出一个伤口来，你是要干什么？"

"你有千般变化，我有一定之规。"纯儿心中暗自有了主张，所以，她就好像感觉不出胡杨女的敌意一样，仍旧那么笑容可掬地说道：

"姐姐……"

"我不是你姐姐，别这么叫我！"胡杨女毫不留情地打断了纯儿。

"哦，我知道了，"纯儿的笑容还是那么甜，"姐姐，我曾经学过一种治伤的方法，所以我想看看他的伤口，能不能使用我那种方法。"

"你？"胡杨女的声音中充满了不屑："你行吗？"

"试试看吧，反正他也快死了，就死马当活马医吧。"

站在一旁的端木听了这句话，差点儿没晕过去：

纯儿这是怎么了，怎么突然间变得比早上那个女人还不着调了?!

可是端木没有想到，真正让他崩溃的情景还在后面。

"你要真把他治死了呢？这可是孔雀城要的人，你负得起这个责任吗？"

"负得起，他是我丈夫。"纯儿快乐地说道。

一下子，端木和雅鲁全愣住了，好在这两个人也都是从各种变故中闯荡出来的，所以，虽然心中不明所以，但是都知道纯儿这么做一定有她的道理。所以，两个人都很默契地做出无动于衷的样子来，看着纯儿进一步的表演。

而胡杨女也愣住了，她真没想到，日下无影竟然会是方子纯的丈夫，那也就是说方子纯是日下无影的妻子！

那方子纯既然是日下无影的妻子，就肯定不会和"他"有关系，因为"他"是绝不可能打朋友妻子的主意的。难道，是自己误会了，她之所以得到了玲珑鞭，只是因为她是无影的妻子？胡杨女的心情忽然之间就变好了很多。

“他真是你的丈夫?”胡杨女其实心机并不深,此刻心情好些了,语气也就不自觉地缓和了下来。

她这语气一缓和,纯儿霎时心中雪亮:

“这个女人果然是为了某个男人在吃自己的醋!”纯儿从一开始见到胡杨女的态度,就有了这种猜想,因为女人因妒而生的嫉恨在表现出来的时候,和别的恨是不同的。而看胡杨女对无影的生死并不是很关心,所以,她认定了胡杨女心中的那个男人,不会是无影。因此,才大胆地把自己和无影说成是夫妻,试探了一下,这一试还真证明了纯儿的猜想。

“那她又会是为哪个男人呢?自己认识的男人很有限啊。无影被排除了,宇文端昊不太可能,而看起来胡杨女和端木王子也没什么交情。”纯儿在心中一一数过自己认识的这几个男人,可是却找不到答案。算了,不想这些了,还是先顾眼前吧。

纯儿用力地点了点头:

“是啊?他叫日下无影,我们是在西蜀国成的亲。”纯儿说瞎话不带脸红的。也是,要是特警乔装深入匪巢了,跟土匪说谎话的时候先脸红,那不是找死吗?

听了纯儿这句话,胡杨女深信不疑了:

“既然是这样,那你就为他疗伤吧。”

说完,胡杨女转身就走了出去。而她那个随从则开始麻利地为无影清理出一个伤口。

纯儿站在一旁,静静地注视着无影身上的伤口,四个伤口都分布在了无影的心脏附近,显然,打枪的人的目标就是无影的心脏,还好无影的身手敏捷,没有被打中心脏。

伤口被一点点地清理出来了。纯儿重重地闭了一下眼睛:

果然是枪伤!

“把这些伤口都清理出来!”纯儿毫不犹豫地说道。

随从已经得到了胡杨女的命令,也就不再迟疑,很快就把伤口都清理出来了。

“还有什么事吗?”随从清理完了之后问道。

“这种草药有麻醉的作用吗?”看着无影一直昏睡不醒,丝毫也感觉不到伤口的疼痛,纯儿这样猜测。

“有。”

“如果是一般的伤口,敷上这种草药,能愈合吗?”

“肯定能。”

“那好,你再去帮我多取点这种草药来,然后再点燃一个火盆什么的端进来,行吗?”

随从现在当然是对纯儿言听计从了,很快就端了一盆草药和一个火盆。

“好了,你先出去吧。”

纯儿不想让他看见自己治伤的过程,免得再多生是非。

随从出去了,还紧紧地关上了房门。

“端木大哥,雅鲁大哥,你们两个帮帮我。”

端木现在对于纯儿的本事当然是深信不疑了,雅鲁并不知道纯儿到底能不能治这个伤,但是他相信纯儿说的一句话——死马当活马医。雅鲁看得很明白,无影已经活不成了。与其等死,还不如让纯儿试一试!

纯儿从怀中掏出了一个小小的锦囊,锦囊中装着十二把柳叶形的飞刀,正是纯儿入宫前制作的那些暗器中的一种。这十二把飞刀尺寸各不相同,纯儿从里面挑出了四把刀身最薄最窄的,递给了端木和雅鲁:

“用火烧!”

端木和雅鲁也都是刀口上滚过来的人,多少都了解一些自救的常识,所以一下子就明白了纯儿的意思,她是要给这几把刀淬火消毒。

所以两个人也不多话,接过刀就径直在火苗上炙烤了起来,很快,刀身就被烧得通红了。

纯儿接过了一把烧红了的刀,全神贯注地对着无影身上的一个伤口,用刀尖一点点地割去了伤口四周被子弹烧焦了的皮肉,等到这些烧焦了的皮肉都被割掉了之后,伤口明显地扩大了一些。

最重要的一关到了,纯儿趁擦汗的工夫望了一眼无影的脸,喃喃道:

“无影大哥,我以前也帮战友的枪伤做过紧急处理,但是我现在手里没有急救包,肯定会很痛苦,你忍着点。”

纯儿在对无影说话,其实也是在对自己说话,第一次试图用飞刀取子弹,纯儿的心里也紧张。

纯儿凝神屏气,慢慢地把刀尖一点点地伸到了伤口中,她的动作很轻很慢,一点点地向里推进着,感觉着。

但愿,但愿,他们在古代制造出的这种枪,冲击力不是很强,子弹打入身体不会很深。

忽然，纯儿的手腕一滞，她清晰地感觉到，刀尖接触到了一个金属的东西。

纯儿不顾发根渗出的汗水，用刀尖轻轻碰了碰子弹，还行，子弹所处的位置还比较适于被取出来。

纯儿深深地吸了一口气，用力一咬嘴唇，手腕一沉，一颗子弹就被她硬生生地从无影的身体里挖了出来。

饶是无影已经被草药麻醉了一天一夜，这一下剧痛，还是让他发出了一声闷哼。

“敷上草药。”纯儿虚弱地说道，刚才太紧张了，以至于她都快要脱力了。

端木和雅鲁都看呆了，他们没想到无影的身体里还埋着这个东西，以前他们也见过被圣域的魔鬼暗器攻击而死掉的人，从伤口上看，真看不出里面还有东西。

难怪大部分人被魔鬼暗器伤了之后，即使伤口愈合，也难逃一死，一定就是因为这个东西在作怪。

听见了纯儿的话，两个人才醒过神来，雅鲁赶紧上前，给无影敷好草药，而端木则把另外一把烧红的飞刀递给了纯儿：

“纯儿，我知道你累坏了，”端木怜爱的说道，“但是，死神是不等人的。”

纯儿点了点头：

“我明白。放心吧，第一次是因为没做过，接下来就容易了。”话是这么说，可是纯儿在取出另外三颗子弹的时候，一点都不比第一次省劲。等纯儿把最后一颗子弹也取出来之后，心中只剩下了一个念头：

回到孔雀城，第一件事，就是做出急救包来。

子弹取出来了，无影的身体上重新又被敷上了草药，这一次血止住了。而且血色也一点点地回到了无影的脸上。

纯儿依着床软软地滑了下去，手也软绵绵地垂着，虽然她满手的血污，但是却连去洗一下的力气也没有了。

雅鲁把那两个回鹘部的侍卫叫了进来，他们那会儿听说，那个叫方子纯的小姑娘要给少主疗伤，心都提了起来，而且，屋子里那么久都没有一点声息，他们都快紧张得断气了。

现在见雅鲁叫他们，他们一头就冲进了屋里，第一眼，他们先看见了床上的无影，此时的无影脸上已经没有了那种死气，呼吸也平稳了。

两个侍卫双腿一软，差点瘫软到地上：

“天神啊，你终于保佑我们的少主了。”

这时他们才看见仍旧坐在地上的纯儿，两个侍卫“扑通”一声就跪倒在了纯儿的面前，哽咽着说道：

“多谢姑娘。”

纯儿疲倦地抬起了眼帘，嘴角扬起了一丝温和的笑意，她轻轻摇了摇头：

“不用谢，这是我应该做的，我们是朋友……”忽然，纯儿嘴角边的笑意凝固了，胡杨女出现在了两个侍卫的身后，手中拿的一柄长剑对准了纯儿的咽喉：

“死丫头，你敢骗我！你和他根本就不是夫妻！”

第五章　生死与共

端木和雅鲁没有想到胡杨女会突然发难，他们两个此时站在屋子的另一端来不及救援，而地上跪着的两个回鹘部侍卫倒是反应迅捷，他们一见有一把长剑抵住了纯儿的咽喉，也不管背后使剑的是谁，其中一个侍卫掏出佩刀反手就向身后刺去，直攻胡杨女的下巴，而另外一个侍卫则利用这个时间，腾身而起，手中的钢刀就直砍向胡杨女的脖颈，两个人配合得天衣无缝，胡杨女一时还真让他们给逼退了。

胡杨女挥舞着长剑抵挡住两把钢刀，同时口中说道：

“你们是不是疯了，这是我的地盘，我是这里的首领！”

“我们不管你是谁，你敢动方姑娘，你就是我们的仇人！”两个侍卫刀刀紧逼，而胡杨女用不惯长剑，反被他们逼得节节败退。

“找死！”胡杨女忽然大喝了一声，抛掉了长剑，一扬手就挥出了那根乌黑色的长鞭！

长鞭一出，那个威震大漠的胡杨女就又出现了，两个侍卫根本不是她的对手。就在这时，纯儿忽然虚弱地喊了一声：

“两位大哥请住手，我有话要说。”

两位侍卫倒是真听纯儿的，闪身就跳出了圈外。胡杨女手中拖着长鞭，注视着纯儿，阴森森地问道：

“卑鄙的骗子，你还有什么话说？”

纯儿仍旧背靠着床沿，坐在地上，不过此时她已经不是因为劳累了，而是因为她的手中已经扣住了暗器，万一胡杨女发难，纯儿现在所处的这个角度是最好发动攻击的。

“胡杨女姐姐……”

“不要叫我姐姐！”

“我承认，我是不该说谎，但是我也是为了救无影大哥。当时我如果不这么说，你不会放心让我救他的。现在，看在无影大哥已经脱离了危险的分上，姐姐就原谅了我吧。”纯儿一番话说得优柔委婉，任谁也想不到，她此刻手中已经扣住了夺命的落蕊神针。

“严冰的确是我亲哥哥。只不过我们两个是同母异父的兄妹，所以才会他姓严我姓方，真的，这回我说的是真话。”纯儿的话是张嘴就来，纯儿也记不清严冰的母亲是严丞相的几夫人了，现在也管不了那么多了，先这么认了再说吧。

因为纯儿想了一圈，胡杨女正在为之大吃飞醋的那个男人，只能是严冰了，严冰遇险，胡杨女就会出现，最重要的是，自己实在不认识别的男人了。而且严冰虽然说自己是他的妹妹，但是名姓全不一样，也难免让人怀疑。所以，胡杨女如果爱上了严冰的话，仇恨自己倒也情有可原。

不过，自己这样胡说，好像就等于给严冰的父亲戴上绿帽子了，这样是不是挺对不起严冰的？不过话又说回来了，严丞相也不是什么好东西，没事娶那么多老婆，也是活该戴绿帽子。可是转念一想，纯儿又觉得不对了：严丞相不光是严冰的爹，还是严纯儿的爹，而自己现在就相当于严纯儿……嗨，全乱了！

胡杨女无动于衷地盯着方子纯：

“我管你们究竟是一个爹俩妈，还是一个妈俩爹，那和我有什么关系？我现在就是看你不顺眼，想杀了你，所以我就必须杀了你，你听明白了吗？”

端木和雅鲁此时已经都站到了纯儿的身边，听胡杨女说出这样的狠话来，都变了脸色，想要扑上来，挡在胡杨女和纯儿的中间。

而纯儿不等他俩过来，就已经扬起了右臂：

“如果你我真要决一生死的话，那么至少这一局，还不一定鹿死谁手！”

话音落处，落蕊神针射出，直接没入了胡杨女的发髻，纯儿淡淡地说道：

“如果刚才我的手再低两寸，神针就会直接射入你的额头！”

此时的纯儿，已经和刚才那个娇弱委婉的小丫头判若两人了，浑身上下充满了凌厉逼人的杀气。

可是胡杨女并不买账，因为在纯儿扬起右臂的那一刹那，她手中的长鞭也已经卷了起来：

“可我也完全能够在被你射杀的同时抽死你！”

“这我相信，”纯儿还是那么淡定，“但是，你记住，决战的时候，我从来不在乎同归于尽，只要你是先死的那一个就行！”

端木、雅鲁，还有回鹘部那两个侍卫都看傻了：

这个平日里看上去像个小仙女似的纯儿小姐，怎么突然变得比胡杨女还像亡命徒了？

的确，方子纯不是强盗，更不是亡命徒，但是，她是把逮捕并惩治亡命徒当做终身职业的人。

胡杨女也愣住了，纵横多年，她见过无数的悍匪，却从来没见过像纯儿这样的人。

“你到底是什么人？”

“方子纯。严四公子的妹妹，现在在孔雀城做客。”纯儿冷冷地望着胡杨女。

“你又是什么人？”

“胡杨女。”

“我是问你的真正的名字？”纯儿的声音突然凌厉了起来——审犯人最讲究的就是突然击破对方心理防线：“例如柯韵琪！”

“当年我在大漠剿匪的时候，偶遇大漠第一美人柯韵琪，后来，她就把这根玲珑鞭送给了我。”拓跋傲疆在传授纯儿玲珑鞭的时候，曾经这样对她说道。

“你别直接说后来呀，你别直接说后来啊，那中间呢，中间你们两个怎么样了？”当时，纯儿还曾经这样追问过。

“中间的事，等你长大了我再告诉你。”而拓跋傲疆对于这个问题则敷衍了过去。

纯儿这也是刚才心念一动，想到胡杨女在鞭术上的造诣如此之深，也许真的就是拓跋傲疆的那个旧情人柯韵琪，现在看纯儿身上带着玲珑鞭，所以才会怀疑她和拓跋傲疆有什么关系，以至于非要杀死她不可。

可是让纯儿失望的是，柯韵琪三个字，在胡杨女的身上并没有引起任何反响，难道是自己猜错了？而胡杨女则冷冷地对着纯儿，再一次扬起了长鞭：

“我不知道你说的是什么，你再怎么啰唆也没用，今天，你是非死不可！”

“胡杨女首领，你不能这样？”站在一旁的端木早已经急了，现在好不容易逮着个说话的机会，就赶紧上前一步，想要挡在纯儿的前面。

胡杨女阴森一笑：

“你们汉人的女子果然都是狐狸精！你这么小小年纪，就勾搭上了这么多男人！”

雅鲁也挡在了纯儿的面前，他太健壮高大了，这一挡，就像在纯儿的面前垒了一堵墙一样：

“胡杨女首领，纯儿小姐是严四公子的妹妹，现在又救了我们孔雀城的贵人，所以我是无论如何也不能让你伤害到她的。还有，刚才我得到消息，我们孔雀城五百精锐骑兵已经带着重礼来到了贵地，现在就在寨门外。还请首领送我们出去，再把礼物收下。”

“如果我不让她走呢？”胡杨女声音狠毒。

“那我就只能得罪了，现在只要我发出一个信号，五百精锐骑兵就会马上冲进来，不费吹灰之力，就能踏平你的营寨！”雅鲁的话中杀气隐然。

“你在威胁我？”胡杨女冷冷地说道。

“孔雀城从来不威胁朋友，首领如果肯放我们走，那么，你就还是孔雀城的朋友。”

胡杨女竟然点了点头：

“我可以放过她。”忽然胡杨女话锋一转：“但是，你们走后，我就会放出风声去，有一个人能够治疗魔鬼暗器的伤，而且手到病除！到了那个时候，圣域会不会放过她，我就不知道了……”

胡杨女话音落处，端木和雅鲁就已经知道，纯儿现在已经危在旦夕了！

端木的目光变得冰冷了：

“胡杨女首领，我们是不是没有选择的余地了。”

“不，你们当然还可以选择。”胡杨女又恢复了那种冷漠的姿态。

“怎么选择？”

“你们可以选择方子纯的死法。看是让我痛痛快快地杀死她好呢，还是让圣域把她折磨致死的好！”

要是换作一般人，这个时候，恐怕都会说，要是非死不可，那肯定是希望能得个痛快，而不希望被折磨致死。可惜，方子纯实在不是个一般人——她是个比一般人可气得多的人。

这时方子纯已经站了起来，慢悠悠地说道：

“如果非死不可，我肯定是希望被折磨致死，既然怎么着都是死，那当然要选择一种比较刺激的死法了。”

听了纯儿这句话，就连胡杨女都有些发愣了，她实在不明白，这个外表看上去才十几岁的小丫头，怎么说出的话做出的事总是这么不可思议。

“但是很可惜，”纯儿突然话锋一转，“我现在还不想死。”

“哼，”胡杨女冷哼了一声，“这件事你说了可不算。”

纯儿竟然微微一笑：

“我说了当然算，我可以让外面驻扎的那五百精锐踏平你们的营寨，把这里的人全部杀光，不留一个活口，然后再一把火烧了你的营寨！这样，我会治伤的消息就传不出去了。”纯儿说话的时候始终是面带微笑，可是说话的语气却是又狠又毒！

胡杨女暗暗心惊，说道：

“恐怕孔雀城是不会做这样的事情的。”

“孔雀城不会，可我方子纯会！”

话音未落，纯儿突然扬手抛出了一个什么东西，东西落地，一阵浓浓的烟雾霎时升腾了起来，烟雾来得太猛烈也太浓重了，一下子就布满了整间房屋，人们什么都看不见了。

浓雾中就听见胡杨女大喝了一声。等端木和雅鲁奋力地拨开烟雾，看清眼前的境况，不仅目瞪口呆。就只见在屋子当中，纯儿正站在胡杨女的背后用力地抱住胡杨女，两个人的身体紧紧地贴在一起，而纯儿的手中，正握着那十二把柳叶刀中最长的一把，刀尖已经刺进了胡杨女的胸口，只是刺得并不深。

而胡杨女手中的长鞭也缠在了纯儿的脖子上，看样子，是纯儿趁着烟雾偷袭胡杨女，而胡杨女也不简单，反手就甩出了长鞭，缠住了纯儿的脖子。

雅鲁不禁心中暗暗称赞：

这个纯儿小姐好聪明，胡杨女的背后，的确是长鞭的攻击范围内的唯一死角。

胡杨女低头看了一眼刺进自己胸口的尖刀，喝道：

“你就算杀了我，你也好不了，我临死前肯定能勒死你！”

“我早就说过，只要你能死在我前面，我不在乎同归于尽！”说着话，纯儿的手腕一用力，飞刀就又向里刺进了一点。

两个女人一时僵持在了一起。

现在要是拓跋傲疆在这里，看见了纯儿这样和人决战，一定会说纯儿这么做不合套路。

同样，要是无影苏醒着，看见纯儿做出的这件事，可能会说纯儿不守江湖规矩。

可是，纯儿就是纯儿，来自未来，独一无二。她的心目中没有那些死板的规矩和教条，做事唯一的标准与准则就是，在最短的时间内用最有效的方式，制伏匪徒，完成任务！

胡杨女只是想杀死纯儿，并不想和纯儿同归于尽，可是她也看出来了，纯儿是在玩真的！她一直以为，自己是这个世界上最狠、最杀人不眨眼，决斗起来最不要命的女人，但此刻，她终于相信了，她不是！这个方子纯到了危急关头，比她还要狠，还要杀人不眨眼，还要不计生死！

于是，胡杨女深深地吸了一口气，说道：

"好吧，你先放开我，我们再谈条件。"

纯儿轻笑一声：

"我现在已经抓住你了，凭什么要放了你，然后再和你谈条件？"

"那你到底要怎么样？"

"你先把鞭子拿开，我们再说其他的事情。"

胡杨女看了看身边，那两个回鹘侍卫已经把住了门口，自己的随从们无法进来救援，而端木和雅鲁也都在立目横眉地怒视着她。看来，自己刚才一时轻敌，致使现在已经错失了一切先机。胡杨女无奈右手一松，长鞭就从纯儿的脖颈上滑落了下来。

而让胡杨女意外的是，几乎就在她放开了纯儿的同时，纯儿也向外一推，松开了胡杨女的身体。

胡杨女倏然转身，护住胸口，怒视着纯儿：

"你又想耍什么花招？"

纯儿的目光寒气逼人：

"我没有耍花招，我自从进入你的领地以来，所做的每一件事情，都是被逼无奈，是你在一步步地苦苦逼我，我想知道，你为什么非要置我于死地！"

"因为我看你不顺眼！"胡杨女冷硬地答道。

"为什么？在我们第一次见面的时候，并不是仇人！"

"为什么？因为我和你第一次见面的时候，我以为我忘了他，而直到昨晚我才知道，虽然时间已经过去这么久了，但是我还是不能容忍他有其他的女人！"胡杨女在心中说道。但是这个理由，她肯定是不会说出来的，所以，她选择了沉默不语。

见胡杨女不说话，纯儿又换上了非常真诚的语气说道：

"胡杨女姐姐，从我一进入大漠，他们就告诉我，说你是一位真正的侠女，而且你不仅救了我和四哥，还有端木王子的命，这次又救了他。"纯儿朝床上一指，"我佩服你，也欠你太多。"

纯儿忽然话锋一转：

"但是，命只有一条，虽然我欠你的，但是我也不会这么糊里糊涂地就把我的命交给你。我不想死，又不能放任你把我会治伤的事情告诉圣域，可我也不想杀死你，我总觉得你我之间是存在着某种误会，如果给我们一些时间，我相信，我们一定能够把这些误会都消除掉。"

胡杨女看了看四周，很显然，自己现在是占尽了下风。胡杨女惨笑了一声：

"没想到，我纵横大漠这么多年，今天却栽到你一个小丫头手里！好，你不是想找个方式解决我们之间的问题吗？我现在就告诉你一个办法。"

"什么办法？"

"走天梯！"

纯儿一下子没听明白：

"走什么？"

可是雅鲁显然听明白了，他怒吼了一声：

"胡杨女，你这是什么意思？"

"没什么意思，她不是要和我做个了断吗？那我们就用这种方式了断，不是很公平吗？"

"她才是个十几岁的小姑娘，怎么可能通过你的天梯？！"雅鲁愤怒地质问道。

"这就不是我要管的了。"胡杨女冷哼了一声："她要是真有本事，能过去，我们的仇怨就一笔勾销，她要是过不起，就只能怪自己命薄了。"

"你和纯儿小姐到底有什么仇怨，值得你逼她去走天梯？"

"这你就管不着了。"胡杨女又紧紧地闭上了嘴，不再说一个字。

忽然，雅鲁目露凶光：

"你的天梯已经准备好了？"

"没错，你们来之前，我就已经准备好了。"胡杨女答道。

"你果然是别有用心！"

"只不过我的天梯是给你雅鲁壮士准备的。"

"为什么？我又怎么得罪了你？"雅鲁有些不解地问道。

"你没有得罪我。但是我既然想要方子纯的命，那你一定就会阻拦，所以我本来计划，让你去走天梯，如果你能活着出来，我就放过她，如果你出不来，那我就可以杀死她了。”胡杨女说得天经地义。

“也就是说，你的天梯连我都走不过去？”

“也不一定，但我确实是按照你的能力，设计的天梯。”

“胡杨女，你既然知道自己是按照我的能力设计的天梯，那为什么还要让纯儿小姐去走？我都有可能走不过去，她怎么会走过去?！”

“那可不一定，”胡杨女冷笑了一声：“这个方子纯这么嚣张，没准儿真能走过去呢。”

雅鲁大怒，“噌”的一声拔出了佩刀：

“胡杨女，你不要逼我大开杀戒！”

“怎么，孔雀城的雅鲁壮士也要滥杀无辜了？”

“我没有滥杀无辜，我再跟你说一遍，纯儿姑娘救了我们孔雀城的贵人，就是我们孔雀城的恩人，你敢对我们的恩人不敬，我当然可以杀了你，再毁了你的营寨！”

“雅鲁壮士，你太糊涂了，我既然天梯都布置下了，当然对一切情况都已经有了准备，刚才只是一时大意，才遭了这个死丫头的算计，现在如果真刀真枪的拼，你觉得就算你们几个加起来，会是我的对手吗？”

“等等，”方子纯下意识地做了暂停的手势，但是她马上意识到没人能看懂，“我是想说，既然你们好像是在说我的事情，那我能先问个问题吗？”

“什么问题？”胡杨女冷冷地问道。

“什么叫走天梯？”

这次没等胡杨女回答，端木就开口了：

“走天梯只是当地民族的一种说法。在当地，如果两个人结下了仇怨，或者一方想要考验另一方的能力，就会设置一些陷阱、障碍之类的东西，让另一个人去闯，如果这个人能活着出来，就算通过了考验，两个人的仇怨也就可以化解了。如果死了，那当然也就不用说了。这就叫走天梯。所以，走天梯没有固定的形式，所有的形式和危险程度，全凭设置者的喜好决定。而这一次胡杨女设下的天梯，是专门为了困住雅鲁而设置的，雅鲁是孔雀城的第一壮士，所以，其难其险可想而知。”

端木解释完以后，不等别人说话，就又继续说道：

“胡杨女，我虽然不是西域人，但是我也知道，走天梯还有一种解决方式，就是如果这个人的一个亲人愿意代替她去走天梯，那么，不管最后这个亲人是生是死，仇怨一样可以化解，我说得对吗？”

“对。”

“那好，”端木的脸上带着温暖如春风的笑意：“那就由我来替纯儿去走天梯！”

端木此言一出，众人大惊，胡杨女喝道：

“不行！你是她什么人？凭什么替她走天梯？！”

端木脸上的笑容更浓，饱含深情：

“如果她愿意，我就是她的丈夫。如果她不愿意，我就做她的知己，终身不娶，只追随她一人，无怨无悔。这样可以了吗？”

这一次，连胡杨女都呆住了。

“不、可、以！”一个声音响起，不过拒绝的不是胡杨女，而是纯儿。

“为什么？”端木急道。

“如果我愿意你做我的丈夫，那我肯定不能让你去走天梯，因为你要是死了，我就成寡妇了。如果我不愿意你做我的丈夫，那我也不能让你去走天梯，因为你要是死了，我就会失去一个终身的知己，所以，不、可、以！”

“纯儿……”端木刚要说话，就被纯儿打断了。

“好了，什么都不用说了，我都明白。天梯在哪里？”她看向了胡杨女。

“你如果想走我会带你去！”

“什么时间走？”

“今天天黑以后，一夜时间，你如果能活着回来，你我之间的仇怨就一笔勾销！”

“纯儿！”端木已经喊出来了。

“端木大哥，你忘了，我曾经是一个特警，这点事难不倒我。”

“纯儿，你不知道这里面的危险！”

“我们还有更好的办法吗？”纯儿望着端木，眼神清澈，“你我心里都很清楚，孔雀城是因为公正仁义，才威震四方，我们肯定不能让孔雀城为了保护我们，而滥杀无辜，把这里斩尽杀绝！”

“纯儿小姐，我相信国主为了救你什么都可以做的！”雅鲁着急的说道。

“雅鲁大哥，这我相信。但是，我们不能这样做，对吧，端木大哥。”

端木点头：

“对，我们不能让孔雀城为了我们而放弃原则，滥杀无辜。但是，那也不一定非要你去，我可以去！”

胡杨女看烦了：

“好了，你们慢慢商量吧，反正天黑以后，不管是这个死丫头，还是端木王子，肯定有一个人要走一趟天梯，否则，就像我刚才说的那样，或者我杀死她，或者让圣域折磨死她！”

胡杨女走了，只剩下了纯儿几个人和昏睡的无影。

众人一时无言。

回鹘部的两个侍卫低声商量了几句什么，然后其中一个开口说道：

“纯儿小姐，雅鲁壮士，端木王子，这样吧，我们不是孔雀城的人，就由我们去杀死外面这些人，这样，纯儿小姐既不用走天梯了，她会治伤的秘密也不会泄露出去。”

纯儿有些无奈地苦笑：

“先不说，你们两个能不能杀死这些人，就算是你们能把他们全杀死，那也不行啊。我既然不能让孔雀城为了我滥杀无辜，当然也不能让回鹘部为了我而滥杀无辜啊。”

“您救了少主；这是我们应该做的。”

“绝对不可以，无影大哥奔走于西域，就是为了要重树回鹘部的威信，在这个时候，你们无论如何也不能做这样的事情。”

“如果，我发出信号，让外面驻扎的那五百精锐突然袭击，把这些人都捉住，然后带到孔雀城，让他们无法泄露消息呢？”雅鲁沉吟道。

端木缓缓摇了摇头：

“我刚才想过了，这样太冒险，胡杨女性格乖张，做事古怪，情绪反复无常，如果我们逼急了她，她没准真会把纯儿会治伤的消息传出去。她在这里经营多年，地下难免会有秘道之类的东西。而且绿洲之外肯定还有她的联络点，到时候，只要有一只信鹰飞出去，消息就传出去了。”

众人都焦躁不安，唯有纯儿却安详平静，一如狂风前的海面，那么波澜不兴，深不可测。

纯儿忽然问出了一个貌似离题千里的问题：

“西蜀国有沙漠吗？”

“什么？”

“啊？”

人们一下子都没弄明白纯儿在说什么。

“我问，西蜀国有沙漠吗？”

几个男人互相望了望，这个问题虽然很简单，但是对于这些西域的武士，波斯的王子来说，却有些难以回答。

纯儿似乎是在自言自语：

“西蜀国和大梁国以黄河为界，而事实上，他们是以黄河中下游为界，那就是说西蜀国没有沙漠，可如果西蜀国没有沙漠，那师兄又怎么会去沙漠剿匪，而认识了大漠第一美人柯韵琪呢？”

“纯儿，你说什么呢？”端木问道。

“只有知己知彼，才能百战不殆，所以我一定要在去走天梯之前，挖出胡杨女的真正来历！”

雅鲁目光闪动：

“在这大漠中讨生活的强盗，从来都是隐瞒自己的行踪和来历的，胡杨女也不例外，她在十来年前突然出现，然后就一直特立独行，既是救助客商、打劫强盗的侠女，可同时又是杀人不眨眼的女魔头。她常年都蒙着面，好像从来都没有人见过她真正的样貌。只是，从她的武功和她的性格，以及做事的方式上来看，她应该是出自强盗世家，从小就过惯了这种喋血刀头的生活。”

“雅鲁大哥，那你听说过柯韵琪吗？”

“没有，从来没有。”雅鲁摇了摇头。

今天是皇帝宇文端昊的寿诞之日，西蜀国后宫中，处处张灯结彩，太后和皇后早就商量好，要大大的操办一番，好让后宫重现往日的欢乐祥和。也是要利用这个机会，好好缓和一下，皇帝和梨氏家族之间日益尖锐的矛盾。

这天，天刚刚才过了正午，皇后梨宫月就开始亲自监督着宫女，认认真真地为一个女孩子梳妆了起来。这是她费尽苦心为端昊选择的寿礼——一个长相酷似纯儿的少女！

梨宫月足足打扮了她两个多时辰，精雕细琢的程度几乎可以媲美纯儿化身鸿雁公主出嫁的那一天。

终于梳妆完毕了，梨宫月站在少女的前面，用心地欣赏着。少女的一头青丝蓬松地向后挽起，露出了酷似纯儿的额头和那修长圆润的脖颈。少女的鬓边插着一朵刚刚采摘下的牡丹。娇艳欲滴的牡丹映衬着她美丽的脸庞，使她那美玉般的脸颊透出一种醉人的酡红，只有正逢豆蔻年华的少女，脸庞上才会拥有这样美丽的颜色。

少女的身上穿着一件红色的裁剪得非常合体的整身长裙，完美地勾勒出她那坚挺的胸，纤细的腰，圆润的臀和平滑的小腹，所有这些少女身上最能诱惑男人的地方，都被这件衣服完完全全毫无保留地暴露了出来，今天，这完美的曲线，这诱人的酮体，可会得到端昊的爱抚，是否能够让端昊情不自禁、流连忘返？长裙的外面，罩着一层薄薄的红色轻纱，轻纱摇曳，让人情不自禁地想起洞房之夜，红烛照耀之下的那个未着寸缕只披一层红色薄纱的妩媚新娘……

今天的晚宴上，梨宫月将把这份大礼送给端昊，既然，端昊被严纯儿的美丽迷惑了，那么就再为他找一个严纯儿吧，这个少女性格温婉，年幼无知，长相又酷似严纯儿。这样，她既可以在端昊的心中，取代了纯儿的位置，又不会威胁到自己的地位和利益！一想到这些，梨宫月的脸上不禁浮现出了一丝不易察觉的微笑。

在胡杨女营寨中的那间斗室内，纯儿正在一件挨一件地擦拭着自己随身所带的那些暗器。雅鲁和那两个回鹘部的侍卫都看傻了——他们简直不能相信自己的眼睛，这个看上去就像水一样轻柔的纯儿小姐，怎么身上竟然会带着这么多杀人的利器！

不论是雅鲁还是回鹘部的侍卫，都是身经百战的高手，所以，他们很容易就看出了，这些暗器的精彩绝妙之处。他们看着看着都不由自主地朝着纯儿越凑越近，而且三个人的眼睛中都闪动着同样如饥似渴的光芒，仿佛现在桌子上摆的不是一堆暗器，而是一群没穿衣服的少女！

纯儿检查得非常认真，今夜，这些暗器是她的战友，是她的依靠！她能不能活着闯过胡杨女的天梯，就靠它们了！

随着一件件暗器被拆开，又被重新组装，纯儿能够感觉到，自己心中的血液正一点点地调整着流动的速度，自己的心跳正越来越趋于平缓，自己的呼吸已经沉静如雪夜的黎明——现在的方子纯，整个人，都是为了战争而生！

“纯儿！”当纯儿刚刚组装完最后一件暗器，端木摁住了她的手，“纯儿，答应我，让我去！”看着纯儿这样一点点地做着闯天梯的准备，端木都快急疯了。

“闻道有先后，术业有专攻。”纯儿低着头一字一句地说道。

“你说什么？”端木虽然听懂了纯儿的话，但是不明白她的意思。

纯儿抬起了头，四目相对之下，端木不禁一怔，他意外地看见，纯儿的眼睛竟然是那样的清澈，她现在的眼神不像是即将走上决斗的战场，倒像是一只天鹅飞过了万里关山，终于看见了美丽的湖泊！

端木呆住了，他难以理解，马上就要去闯鬼门关的纯儿，怎么会是这种状态？

“端木大哥，我问你一个问题，如果，今天胡杨女要和我们决斗的项目是绣花，那你会不会替我去？”

“当然不会，因为……”

纯儿打断了他：

“因为你不会绣花，而我会。所以，这就说明你也了解决斗的关键！决斗，就是应该由擅长这个决斗项目的人出马。相信我，端木大哥，今夜这场决斗的项目，是在挑战我的专长。”

“纯儿，我相信，而且我越来越相信，你的很多本领都超出了我的想象，但是，我是男人，只要有我在，就不能让你去冒险！”

“端木大哥，你的心意让我感动，但是，我最不赞成的就是鲁莽地感情用事！如果今夜要决斗的项目是你的专长，那么，我肯定不会和你争，因为如果我不擅长，去了只能是送死，而你擅长，你去了，就有可能活。同样的道理，今夜这个天梯，你去是送死，而我去，”纯儿突然目露精光，“就一定就能活着回来！”

霎时，屋内四个男人，都被纯儿那威严逼人的气势震慑住了，在这一瞬间，所有的人都相信，就算是龙潭虎穴，方子纯也能活着回来！

端木还想说什么，纯儿阻止住了他：

“端木大哥，你曾经问过我，我心中所期待的究竟是一个怎样的男人。其实，我的要求很简单——信任我的能力，尊重我的选择，给我足够的自由！”

端木沉默了。

纯儿把暗器一一收拾好之后，开始整理衣装。她先把自己的一头长发拢到头顶束紧，然后又看看自己身上的衣服，昨天出来得匆忙，并没有带多余的衣服，只穿了一身深褐色的骑马装，上身是一件紧身立领细袖的贴身上衣，长长的下摆，高高的分衩，倒也不妨碍活动，颜色也还适合夜间活动。

看着纯儿的飒爽英姿，端木心中又爱又怜。初见面时，纯儿固然貌美如花，却丝毫也没有吸引住端木的注意力，常年往来于四海，端木早就见惯了各个民族的顶级美女。可是后来，纯儿所表现出来的那种，她所特有的独立、坚强的个性深深地吸引了他。

随着对纯儿的了解越来越深入，端木越来越相信，他终于找到了那个可以伴随他度过此生的女子。

只是不知道为什么，纯儿的心永远封闭得那么严，让人无从接近。后来，端木最大的愿望，就是能让纯儿敞开心扉，告诉自己，在她的心底深处究竟有怎样的一段伤痕。不管纯儿有着怎么样的经历，他都愿意陪着她去愈合，去忘记。

可是，天有不测风云，今夜，纯儿就要去走天梯了。其实，端木也知道，凭自己的身手，肯定走不过天梯，要替纯儿去走天梯，就是想替她去死！可纯儿坚持不给他这个机会。

此刻，端木深深地望着纯儿有条不紊地忙碌的身影，心中默默地说道：

纯儿，既然你说了，爱你就要信任你的能力，尊重你的决定，那么我就信任你，尊重你。你去吧，我会一直在这里等着你回来。你一定要回来！

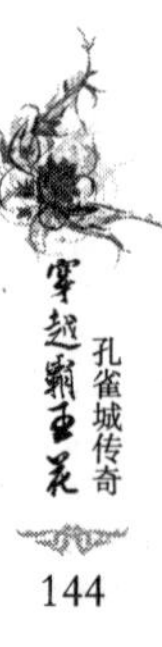

你曾经说过，莫名地来到这个陌生的世界，你觉得好孤单。所以，如果万一你回不来了，我会亲手杀死胡杨女为你报仇，然后追随于你九泉之下！一直陪着你，永远都不让你再孤单！

夜色慢慢来临，一阵敲门声响起，山阿姐出现在了门口：

“首领让我来接方子纯，该上路了。”

听到这个不祥的说法，端木和雅鲁以及那两个回鹘部侍卫的心里，都不禁一沉……

夜色四合，华灯初上，西蜀国后宫中一片喧腾。为了庆祝端昊的寿诞，各个宫苑中都费尽心思，张挂起了最绚烂的灯火，渴望能讨得皇帝的欢心。祝寿的晚宴马上就要开始了，各宫的嫔妃正在按照品位的高低依次走进设宴的宫殿。

一时间，宫殿中衣香鬓彩，燕语莺声。端昊望着下面陆续走进来的这一位位绝色佳人，她们都是他的女人。这些女人的生命中只有他，除了他什么都没有，甚至连自己都没有。今天，为了讨得他的欢心，这些女人都不遗余力地打扮着自己，希望能够让皇帝多看自己一眼。

端昊的眼睛一一扫视过这些嫔妃，这里面除了十来个是他最近这段时间经常宠幸的之外，其他的那些女子都是他很久没有见过的，有的，他甚至一下子都叫不出名字了。

这些女子们都是美丽的，而且都美得各有千秋，极态妍妍，但是她们都有一个共同之处，那就是她们的眼神都牢牢地钉在了端昊的身上，而且她们的眼神中都充满了爱慕与渴望，她们都在渴望能够得到端昊的一点雨露，一点垂怜！

这不才是女人该有的恭顺温良吗？为什么，那个纯儿，就偏偏要那么与众不同，偏偏要那么高傲，把自己给予她的宠爱弃之如草芥！

端昊心中一阵烦闷，端起一杯酒一饮而尽。

这时，梨宫月含笑唤了他一声：

"陛下，今夜臣妾还为您准备了一份大礼呢。"

"哦？是什么？"

"陛下请看。"梨宫月轻轻拍了两下手，立刻，就有一个内侍，引着一个身着红衣、披着红色轻纱的少女，来到了端昊的面前。端昊抬眼一看，不禁愣住了：

纯儿！

这两个字差点脱口而出，但是，端昊马上就意识到，这个少女不是纯儿，虽然她的容貌和纯儿有七八分相似，但是，她的眉目之间，却没有纯儿所特有的那份英气，她的眼神也没有纯儿的那份清澈和睿智。端昊微微定了定神，问道：

"这是谁？"

皇后温婉地一笑：

"这是臣妾刚刚为皇上选择的一位美人，名叫怡娃。不知道皇上可还中意？"

怡娃，怡人的娇娃，果然是人如其名。这个怡娃脸上几乎不施脂粉，身上也没有什么珠宝，只是在鬓边插着一朵硕大的牡丹，尽显青春娇艳。红色的衣裙勾勒出她窈窕的身段，鸡心领裁剪得很开，隐隐露出一抹玉色的沟壑，引人遐思。

尤其是她的眼中那种羞涩却又期待的目光。让端昊一眼就能看出，她此刻心中对皇帝的无限渴望，此刻，怡娃的心里只有一个念头——快一点儿得到皇帝的宠爱！就是这一点眼神，让端昊不禁怦然心动，因为这恰好弥补了纯儿的不足——端昊太需要纯儿有这样的一种心思，一种神情了。

纯儿，为什么，你就不能像眼前这个少女一样，恪守着女人的本分，不任性，不嫉妒，好好留在我的身旁，如果你肯留下来，那你一定会是我最宠爱的女人，会有享不尽的荣华富贵！现在，有一个和你一样美丽，一样青春无瑕的少女出现了，纯儿，你后悔了吗？

纯儿没时间后悔，甚至她现在心里根本就没有想端炅，她的全部注意力都集中在了即将到来的挑战之上。

上一世出生入死已经成了习惯。那时候经历的那些情况都太危险了，以至于每一次劫后余生，纯儿都会对上天心生感激，因为这一次她又活了过来。

经历过的太多危险，让纯儿懂得了，世界上从来就没有侥幸逃生这样的事，有的，只是靠自己的力量去打败危险，赢得生存的机会，这一次也不例外。

纯儿跟在山阿姐的背后，小心地走着每一步。她全神贯注，感受着空气中温度的变化，感觉着风向的转变，遥望着星光的移动，体会着每一步踏出时脚下不同的质感！——特警的观察力已经发挥到了极限！

天上的星光似乎被什么东西遮挡住了，渐渐的隐去，四周陷入了一片漆黑之中。空气中多了一种特殊的气息，那应该是古老的城墙上所散发出的陈旧之气，还掺杂着尸骨所特有的阴郁气息。风的走向突然变得很没有规律。而与此同时，纯儿还清晰地感受到，她现在脚下所踩踏的已经不再是沙地了，而变成了坚硬的石材！纯儿心中一凛——他们现在好像是走到了一处残破的古城之中！

白天的时候，纯儿曾经向雅鲁详细地询问了这块绿洲周边的情况，一点也没有听雅鲁说起过，这里还有一座被废弃的古城。

“沙暴过后，很多建筑会被埋没，而且还会有很多曾经被沙土掩埋着的古城会显露出来，大漠就会完全变成另外一副样子，变得谁都认不出它了。”

这是沙暴来临的那天，端木对纯儿说过的话，纯儿嘴角浮现出一丝苦笑，看来这座古城，就是在沙暴过后刚刚才显露出来的。胡杨女的运气还真是不错，想给别人设天梯，老天就为她送来了一座陌生的古城，让人无从防备。

突然，纯儿感到空气中竟然多了一丝温润！这附近有活着的植物！又有一丝呼吸声传来，是动物！纯儿的脚底又有了变化，脚下的石板竟然变得有些光滑了，附近有水！？天啊，这些东西都不该是属于废弃的古城的啊，这里究竟是一个怎样的所在?!

“就是这里了，我回去了，明天天亮的时候我会来看看，如果你还活着，我就带你回去。”山阿姐停住了脚步，说道。

“我什么都不用做，只要活着就可以了吗？”纯儿静静地问。

“叱，”山阿姐不屑地冷哼了一声：“你还想干什么？不过，如果你愿意，你想干什么就干什么吧。”听她的口气，分明就是在对一个死人说话——反正你也活不了多久了，你就自便吧。

说完后，山阿姐就头也不回地走了。

“那我现在是什么都不做呢，还是做点什么？”纯儿心中沉吟，不过有一点她很清楚，今晚肯定有说不清的麻烦在等着她，而唯一的区别就是，她要是到处溜达，就是她去找麻烦，而她如果坐着不动，麻烦一定就会来找她！

怡娃正在大殿中轻歌曼舞，她的歌喉委婉，她的舞姿曼妙，举手投足间，都充满了少女的娇柔和妩媚。

“蒹葭苍苍，白露为霜。所谓伊人，在水一方。

溯洄从之，道阻且长；溯游从之，宛在水中央。”

这耳熟能详的词曲，此刻被怡娃唱出来，却分外的动人心弦，那是因为这个美丽的少女，此时已经情窦初开，她那一片少女的痴情已经完完全全地系在了端昊的身上。在她看来，端昊就像是诗中所描述的那位神仙一样的人物，高高在上地俯视着她，让她心动，让她惶恐，让她心甘情愿地为端昊付出自己的一切。

端昊手中端着一只金杯，眼睛紧紧地胶着在了怡娃的身上，虽然他很清楚，怡娃不是他的纯儿，但是怡娃那双充满了深情的眼睛却吸引了他，那是一种端昊所熟悉的感情——愿意为了他而放弃自我，愿意为了他而忘记一切！这样的眼神让端昊心动！

看着看着，端昊情不自禁地迷醉在了这双春水般的眼眸之中，天涯何处无芳草，既然你方子纯那么任性，那么自私，那你也就不配再得到我的牵挂！我尽可以把我的宠幸恩赐给那些懂得珍惜，懂得感恩的女人，例如这个怡娃！

端昊含笑看着怡娃，他满意地看到怡娃在自己的注视下渐渐变得扭捏不安，却又难以掩盖心中因为受到皇帝的欣赏，而产生的那一份骄傲和得意。怡娃的这种情态，让端昊的心中充满了成就感，这才是能够引起人怜爱的女人，也许，今夜应该给予她更大的恩赐……

山阿姐走远了，偌大的黑暗中只剩下了方子纯。随着方子纯的精神一点点地融入到了这个环境之后，她越来越困惑了。因为她清晰地感受到，空气中的湿度越来越大了，甚至还有细微的流水声从极遥远的地方传来，这是一种酷似于雨林的夜，可是，要知道，这里是沙漠的深处啊？一向胆大包天的方子纯竟然不由自主地打了个寒战——这里太过诡异了。

“在这个世界上。并不是所有的东西都是我们所了解的，甚至不是我们所能够理解的，所以，作为一名专业的特警，你们不仅要有足够的思想准备，去面对世界上最尖端的武器，最古老的毒药，最凶残的罪犯。同时，还要有足够的思想准备，去面对一些超自然的，现代科学还无法解释的东西。”在学院的时候，教官曾经在课堂上这样对方子纯和其他学员说，现在，方子纯独自置身于黑暗中，教官的这些话，又回荡在了她的耳畔。后来，教官又说了些什么？对了，接下来他是这样说的：

“我说你们有可能会遇到一些科学无法解释的东西，并不是说，你们会遇到那些怪力乱神之类的东西，因为，作为我个人来讲，我是一个绝对的无神论者，我从不相信那些关于妖魔鬼怪的传说。我所指的科学无法解释的东西，是指那些在现阶段，科学还没有研究透，没有涉及到的领域。

毕竟，对广漠的宇宙，对于已经有了几十亿年寿命的地球，对于辽阔无边的大海，我们人类还太年轻，太渺小。因此，在自然界之中，一定还存在着很多人类不了解的东西。

所以，我要求你们，当你们在执行任务的时候，如果遇到了你们从来没有听说过，也无法理解的现象，首先不要产生恐惧的幻想，因为幻想往往比真实更加可怕！你们要树立一个信念，不管你们所面对的事物，有多么的古怪，多么的诡异，它们都不过是自然界中的一个普通现象。只要是自然界中的现象，就一定会有规律可循……”

随着脑海中，教官的殷殷教导，方子纯的心一点点地平静了下来。在上一世，她还真的从来没有遇到过超出人类认知范围的险境，看来，今天，是老天要为她补上这一课了。

纯儿用脚摸索出了一块平展一点的地方，然后盘膝坐下，一只手中握着十二把飞刀里最长的那一把，而另一只手则把持着落蕊神针，让它保持着蓄势待发的状态。

她平心静气，全身心地融入进周围的环境中去。渐渐地，在纯儿的意识中，连自己都不存在了，她的身体都已经变成了这个环境的一分子。

她身边的动物开始慢慢遗忘了方子纯的存在，又重新活动了起来。

纯儿静静地数着自己的脉搏，计算着自己血液流动的速度——她通过这种方式，来推算时间，这是一种很准确的计算方法，因为人体内各个器官的运行，本身就是最准确的生物钟。

在自然界中，很多现象都是暗合着一些关键时间的，例如，午夜十二点，就是一个非常独特的时间，很多超自然的现象，都会在这一时刻发生变化，所以，纯儿准备把今夜的决战时刻，定在午夜十二点！

夜慢慢地深了，胡杨女营寨中的那间斗室内，端木、雅鲁和那两个回鹘部侍卫，全都了无睡意，他们的心现在可能比纯儿还要紧张。这种等待所带来的折磨，远远超过了让他们自己去面对死亡，雅鲁已经无数次拿起了自己的佩刀，他真想闯出去，直接带领五百精锐骑兵杀死胡杨女，踏平营寨，从天梯中救回纯儿，让这一切赶紧结束。

忽然，一直昏睡着的无影发出了一声含混的呻吟，屋子里太安静了，而那四个男人也都太专心了，以至于无影这一声细微的呻吟，把屋子中四个男人都吓了一跳，他们都愣了一下，才意识到，床上还躺着一个人！

两个回鹘部的侍卫最先反应了过来，一下子就扑到了床边，急急地呼唤道：

"少主！"

又过了一会儿，无影才缓缓地睁开了眼睛，可能是因为昏睡了太久了，他的眼睛有些迷蒙，稍后，无影才看清了周围的环境和身边的人。

"这是什么地方？"他问侍卫。

"少主被圣域的魔鬼暗器伤害了，在我们赶来救援之前，又被胡杨女救走，这里是胡杨女的营寨。"雅鲁言简意赅地说道。

看见雅鲁，无影忽然精神一振，翻身就要坐起来，可是他刚一动，胸前的伤口就一阵剧痛：

"雅鲁壮士，你怎么来了？孔雀城怎么样了？圣域有没有破坏了你们的水源？"

看到无影如此牵挂孔雀城，雅鲁心中感动：

"少主请放心吧，这两位壮士来得很及时，我们已经做好了充分的准备，圣域的阴谋不会得逞的。"

无影这才松了一口气：

"这么说，是胡杨女救了我？"

"不，是纯儿小姐救了您。"侍卫说道。

"纯儿？"

"对，您被圣域的魔鬼暗器所伤，魔鬼暗器是世界上最凶残的暗器，没有人能够治愈它造成的伤口。多年来，我们回鹘部，还有西域其他部族的人，死在魔鬼暗器之下的不知道有多少。圣域就是凭着这些魔鬼暗器才在西域肆意作恶。这次，少主身上有四处中了暗器，等我们赶到这里的时候，少主已经危在旦夕了，我们都以为少主没有生还的希望了。结果，没想到，纯儿小姐竟然会治疗这种伤，把少主的生命挽救了回来。”

听说是纯儿救了自己，无影心中一甜，他向周围看了看：

“纯儿呢？”说完后，无影才觉得自己太直接了，有些不好意思，就又加了一句：“我想当面向她道谢。”

四个人都沉默了，无影的观察力何等敏锐，一看四个人的神情，他就知道，事情又有变化，而且肯定是非常不好的变化。因为事关纯儿，无影的声音都有些变了：

“到底出什么事了？”

侍卫低声说道：

“不知道那个胡杨女犯了什么毛病，突然非要杀死纯儿小姐不可，还要把纯儿小姐会治伤的消息告诉圣域，让圣域的人来找纯儿小姐的麻烦。”

“那现在呢？”无影字字冰冷。

侍卫低下了头：

“纯儿小姐不愿伤及无辜，答应了胡杨女的挑战，现在去走天梯了。”

“什么?！”无影勃然变色。

虽然来西域的时间不长，但是作为回鹘部少主，无影已经对西域的各种风俗做了充分的了解，所以，他非常明白所谓走天梯的严重性。

“你们为什么要让她去?！”这一次，他说的是你们，可是他那喷射着怒火的目光却投向了端木臻华。虽然被无影这样怒视，端木却没有感到被冒犯，相反，看到这个平日里冷如冰川，稳如山岳的男人，此刻为了纯儿这样真情流露，端木的心中还有些感动。

雅鲁上前一步，把事情的来龙去脉一五一十地解说清楚了。等雅鲁把事情都说完之后，端木苦涩地接着说道：

“总之是我无能，如果我有很高的身手，有必胜的把握，纯儿会让我去的。”

无影无力地摇了摇头：

“端木王子，你不用自责，说你武功不高，没有必胜的把握，所以才不让你去，那只是纯儿的借口。我了解她，她永远也不会让别人替她去涉险的。而且，这次的事，说到底还是我拖累了她。”

无影和端木都沉默了，因为他们此刻的心情是一样的，既自责，又担心。

雅鲁看了看他们两个，说道：

“少主，端木王子，你们都不用自责了，万事都自有天意安排，如果一定要说拖累，那这件事情也是为了救我们孔雀城而起。再说了，刚才，我亲眼看见了纯儿小姐身上所带的那些暗器，说实话，白天明刀明枪的打斗，纯儿小姐可能不是我们的对手，但是，如果真是像现在这样，深夜闯过一道道陷阱，恐怕我们的本事都远远不如纯儿小姐。所以，今夜如果纯儿小姐闯不过这个天梯，那么，我们就没人能闯过去。

而且纯儿小姐又那么善良，如果我们真有一个人去替她走天梯，用我们的死换回了纯儿小姐的生命，那纯儿小姐就算活着，也永远都不会快乐的。”

无影静静地望着屋顶，沉默了很久，忽然问道：

“纯儿做的准备充分吗？”虽然明知道自己已经帮不上纯儿了，但是无影还想多了解一些纯儿的状况。

雅鲁说道：

“反正能准备的都准备了，但是毕竟准备时间太短了，而且，走天梯这种事情，是防不胜防的。”

“雅鲁壮士，你对周边环境了解吗？”

“非常了解，我奇怪就奇怪在这里。”

“怎么说？”

“少主请看。”雅鲁示意那两个侍卫把无影扶起来，然后就用手指在床上画起来：“这里，就是胡杨女的营寨所处的位置，这附近的地理状况我非常了解。胡杨女的营寨所处的本身就是一个非常贫瘠的绿洲，基本不具备设天梯的环境，而营寨附近就都是沙漠了，只有西北边有几十棵胡杨树，还有活的有死的，都长在沙地上，也没办法设天梯，所以，我实在想不出胡杨女会把天梯设在什么位置。”

而无影注视着床上雅鲁所画的简图，目光突然变得冷峻尖锐了：

“现在外面的天气怎么样？”无影又问。

“很好，虽然看不见月亮，但是有很多很多明亮的星星。”

“现在什么时辰了？”

“快午夜了。”侍卫答道。

无影顾不得身体的剧痛，翻身坐起，眼中射出了两道逼人的光芒，像是困入了绝境的猛兽！

“少主，你怎么了？”

无影瞪着窗外：

“你们有没有听说过，鬼河！”

无影的这句话刚一说完，雅鲁一下子就跳了起来，他那巨大的拳头一下子就砸到了桌子上，然后又一拳砸到了自己的头上：

“我怎么这么混，把这件事给忘记了！”说着话，雅鲁就要朝外冲去。

“拦住他！”无影低喝道。

两个回鹘部侍卫虽然不知道发生了什么，但还是立刻扑上去紧紧抱住了雅鲁。可是，雅鲁身体高大，又正处于盛怒之中，两个侍卫根本拦不住他。

“雅鲁!”无影又喝了一声：“不得莽撞！”

无影的话中尽含着王者的威严，这让雅鲁想了起来，无影还是他的上国君主。雅鲁颓然转过身来，扑通一声，单膝跪倒：

“少主，属下无能，竟然忘记了鬼河的传说。”

无影摇了摇头：

“这也不能怪你，鬼河，本来就只是一个传说。”

“少主，让我出去，劫持胡杨女救出纯儿小姐。”

无影声音沉重地说道：

“不是我不让你去，你想过没有，你这一冲出去，胡杨女就有可能放出信鹰，把纯儿会治伤的消息传播出去，就算她不这么做，纯儿如果中途退出走天梯，那么也就算输了，她的命就还是胡杨女的。”

“到底什么叫鬼河？”一直站在一旁的端木问道，看到竟然连无影和雅鲁都变得惊慌失措，他的心已经颤抖成了一团。

看雅鲁犹在自责，根本没有心情说话，无影就解释道：

“鬼河，是大漠中的一个古老的传说，相传很多年前，大漠中有一个繁华的古国，一条河流贯穿它的全境，有一天他们触怒了魔鬼，魔鬼就把这条河沉到了地下，一同沉下去的，还有那座古城，从此古城和河流就都销声匿迹了。但是，每当凶猛的沙暴过后，在没有月亮只有星星的夜晚，古城和这条河流就又会从沙海中钻出来，在地面上待几天，然后就又会沉下去。而古城出现的标志就是在一片绿洲旁的几十棵胡杨树中，传说，这些胡杨树曾经就属于这个古城。

每当鬼河和古城出现的时候，沙漠中的很多动物都会被这大量的水源吸引而来。

而且，因为古城和鬼河常年都沉在地狱中，被魔鬼所控制，所以，那里面会有很多很多可怕的东西。”

“也就是说，这次沙暴之后，鬼河和古城很有可能又在胡杨林中出现了，所以胡杨女才在那里设下了天梯。”端木的目光中充满了绝望的光芒，“这样一来，天梯的环境就会变得复杂很多。”

无影没有说话，因为他的心中还有一层更重的担忧：

鬼河和古城虽然出现了，但是，它们也随时都可能消失。重新被沙海淹没，如果，鬼河消失的时候，就在今夜，那纯儿就有可能被疯狂的流沙卷走……

无影重重地闭上了眼睛，不敢再想下去了。虽然心中这样想，可无影嘴里说的，却是另外一句话：

“不过，这毕竟只是个传说，也许事情没有这么凑巧。”

无影一边安抚着众人，手一边下意识地想要摸到自己的长剑，同时他的嘴角还挂着一丝淡然的微笑：

纯儿，我不如端木王子那样敢于表白，但是，我知道，他所能做的每一件事，我也都能做到。义无反顾，无怨无悔！

十二点了！纯儿的双眼倏地睁开，一反手，一个硫黄弹就高高地抛了出去，硫磺弹在空中炸响，黑暗中爆发出了一丛火光，火光下，纯儿清楚地看见，她身边不远处有几十棵胡杨树，其中还有的只剩下了一截干枯的树桩。

纯儿立刻有了主意，不等这颗硫黄弹熄灭，就又对准那棵枯树抛出了一颗硫黄弹。枯树被点燃了，四周的景致，立刻就被纯儿尽收眼底。

不可思议的一幕出现了，纯儿现在果然是置身于一座古城之中，或者说是一座高高的神殿，正是神殿的屋顶遮住了星光，而被纯儿点燃了的那棵胡杨树，就在神殿的不远处，可能，就是雅鲁介绍道的那片树林。神殿的地上铺着整块的石板，哗哗的水声不知道从什么地方传了出来，反正地板上的水痕非常清晰，有的地方，还聚集起了一洼洼的水迹。而神殿的地面和墙壁上都爬满了绿色的苔藓和水草，那种湿漉漉的植物的气息就是从它们身上散发出来的。而植物中间还隐隐的有蠕动的身影。

再远的地方就看不清了，但是影影绰绰的能够看见一群群动物的影子。

纯儿的心中越来越明了了，这应该是一条可以定期显出地面的地下河，对于一个现代人来说，这并不是什么新鲜事，现代科学早就把这种现象破译出来了，只是没想到，胡杨女竟然这么幸运，能找到这种百年难得一见的情景，来设天梯。

就在这时，忽然在纯儿的脚下传来一阵雷声般的轰鸣，纯儿一惊，就看见滚滚洪水不知道从什么地方奔涌而来。纯儿一愣神的工夫，洪水就已经到了她的眼前！

眼见着洪水冲来，纯儿纵身跃起，想着先攀到神殿一侧的一个破损的石台上，躲避洪水。可是她刚刚在石台上站稳，三支箭羽就呈品字形朝她飞了过来。纯儿被吓了一跳，一弯腰迅速躲过。可她一转身的工夫，就又有三支箭羽射向了她，纯儿又向后一躲，脚下一空，就坠下了石台。

怡娃已经被特准坐到了端昊的身边，她手中端着端昊亲手递给她的一杯酒，脸颊由于激动和兴奋而变得通红。端昊斜睨了她一眼："你的脸为什么这么红？"怡娃颤抖着声音说道："能够坐在陛下的身边，我觉得好骄傲！"

"那如果我今夜宠幸你呢？"端昊也有些醉意了，就对着怡娃肆意调笑道。因为端昊心里很清楚，这样的女人本来就是可以由着男人的喜好，尽情寻欢的。

怡娃听到端昊挑逗自己，嘤咛一声，竟然在众目睽睽之下，就一头扎进了端昊的怀里。怡娃的举动真是震动了全场，所有的嫔妃都傻了。虽然在她们的心目中，都渴望着得到端昊的宠爱，都希望能够有怡娃这样的机会，可以在所有御妻的面前展示自己有多么的受宠，但是，她们却没有一个人敢就这样当着皇后和众位嫔妃的面，躺到皇帝的怀里去。

嫔妃们强压着心中的妒火，都看向了皇后，希望皇后可以管教一下这个嚣张的怡娃，但是她们失望地发现，梨宫月就好像什么都没看见一样，悠然地品着手中的美酒。

怡娃突然躺进了端昊的怀里，也让端昊有些措不及防，毕竟端昊这么多年以来，还是很自持帝王的尊严的。他想推开怡娃，可是一低头，却看见了那张酷似纯儿的面庞。此刻，这张酷似纯儿的脸上艳若桃花，春色荡漾，红润的樱唇微启，还发出细细的喘息。而且，不知道是有意还是无意，怡娃那娇嫩柔软的胸脯竟然刚好靠在了端昊的手背上。

端昊的手指触摸着怡娃那沁人的柔软，心中不禁一荡，但口中还是说道：

"小丫头，怎么敢这么放肆，快起来。人们都看着你呢。"

而早在自己的酥胸挨到端昊手背的那一刹那，怡娃整个人就已经酥软了，她喘息着说道：

"不，我不起来，能靠在陛下的怀里，是我这辈子最大的愿望，现在我的愿望好不容易实现了,我不想离开嘛……”说到最后,怡娃干脆撒起娇来了。

而且,她好像还生怕端昊会推开她一样,更加用力地把自己的胸脯朝端昊的手里蹭了蹭。

端昊本来就已经酒意半酣,此刻再面对着这样一张酷似纯儿的脸庞,就再也把持不住了。

端昊索性在桌案的掩盖下,一反手,就紧紧握住了怡娃胸前的玉峰,肆意揉捏了起来。

怡娃那处子的玉峰仿佛一只娇嫩的白鸽,玲珑小巧,却又分外的结实。随着怡娃的身体的颤动,那一点蓓蕾就像鸽子那小小的尖嘴一样,轻轻地啄着端昊的掌心。

端昊被招惹得兴起,干脆又把另外一只手也伸到怡娃的胸前,肆意玩弄着怡娃的双峰。同时,他还满意地看着那张酷似纯儿的脸,在自己的挑逗下变得更加娇羞,却又因为食髓知味,而越来越投入地去配合自己双手的动作。

端昊知道,此刻怡娃身上的欲火已经被自己点燃了。其实说实话,现在端昊的心中也已经充满了欲望,但是,他的理智还是很清明的,他知道,在这大殿之上,酒席宴前,是绝对不能再有更加过分的行为了。所以,端昊的手停了下来,改而扶住了怡娃的肩头,低声说道:

“怡娃,你醉了,我让内侍送你回去。”

“不嘛,”怡娃嘤咛道:“我不回去,我就要和陛下在一起。”

看着这个已经醉倒在自己怀中的杏眼桃腮的美人,端昊还真不忍心就那么不管不顾地一把把她推开,只好又低声哄劝道:

“先起来吧,人们都看着你呢。你这样做,会引起别人的嫉妒的。”

“我就是要让她们嫉妒嘛。”怡娃又撒起了娇来,“我就是要让所有的人都知道,陛下有多么的宠爱我。”

听到怡娃这样说,端昊的心中忽然一动,一直刻在他内心深处的,那个美丽却倔强的女孩儿,曾经也对他说过类似的话,不过那个女孩儿说的却是:

“我不要专宠,我只要专一,我不需要别人的嫉妒,也不想去嫉妒别人,只想和一个爱我,珍惜我的人,一心一意地过一辈子。”

想到了纯儿当初的决绝,端昊的心中不由得一痛,他望着怀中的怡娃,不禁问道:

“你想得到我的宠爱,那你想过没有,我是永远都不可能专属于你一个人的。”

听了端昊的话，怡娃不禁轻笑了起来：

“那又怎么样？陛下是天子，是皇帝啊。皇帝怎么可能只属于一个女人呢？”

“曾经就有一个女人就这样要求过我，要求我成为她的专属。”端昊已经深陷到了对纯儿的回忆中，情不自禁地脱口而出。

“那她一定是疯了。”怡娃极快地说道，“或者是她太没有教养，才会提出这样粗鲁的要求。她怎么就不想想，别说是皇帝，就算是一个普通的男人，只要有本事，也都是三妻四妾的啊，这才能证明男人的成功啊。会提出这种要求的女人，根本不配得到皇帝的爱。也不会得到任何一个成功的男人的爱。”

“那你呢？你的愿望又是什么？”

“我？我只要能做陛下众多妃子中的一个，如果，可能的话，再稍微多得到一点点陛下的宠爱，我这辈子就知足了。”

怡娃的每一句话，都说到了端昊的心里。

纯儿，纯儿，你听见没有，你离开我，错不在我，而在于你那太过于古怪的思想，太过于自私的任性。

一想到纯儿，端昊的心又不禁开始疼得发颤，他重重地一拍桌案，禁止自己再想下去——他决定了，自己已经为纯儿伤够了心，今夜，他就要让这个长相酷似纯儿的女孩子，来代替纯儿，来抚平自己心中的伤痛。

“来人。”端昊喝道。

“在。”内侍上前一步。

“送……”端昊沉吟了一下，怡娃现在肯定还没有任何封号，怎么办，忽然，一贯理智自律的端昊决定今夜要好好放纵自己一下——曾经想过，如果纯儿肯留下来，那就把一切荣耀都送给她，可是，纯儿辜负了他。既然纯儿不懂得珍惜，那就把这一切，都给了怡娃吧，算是惩罚？算是报复？算是宣泄？端昊也说不清这究竟算是什么，总之，他就是想这么做！

“送怡娃贵妃先回朕的寝宫，明天，再拟旨册封宫苑！”

端昊此刻就是想要证明给纯儿看，证明给天下看，证明给所有的人看，证明给自己看！——自己是皇帝，只要自己愿意，那就可以拥有想要得到的一切！失去了一个纯儿又怎么样，他立刻就能找来一个和纯儿一样的少女，来填补由于纯儿的离开而造成的空白！

而端昊此言一出，众人大哗！

"怡娃贵妃！"这个众人尚不知道来历的女孩子，竟然一下子就成了贵妃！

如果说刚才众位嫔妃看着端昊和怡娃当众亲热，还只是嫉妒，那么现在，人们简直都要疯了！凭什么，凭什么！？从哪里来了这么个野丫头，就一下子飞到了众人之上，拥有着仅次于皇后的地位！

在这后宫中，人们拼着命争宠，说到底，争的还不就是一个在后宫中的名分吗？

这些女人们都是豆蔻年华入宫，把自己最美的时光，都交给了后宫，都献给了同一个男人。

每天，她们都不遗余力地打扮，费尽心思地讨好端昊，就是为了能得到他的宠爱，就是为了能当上皇妃。因为，在她们看来，皇妃，就已经是高不可及的荣耀了，是一个女人毕生至高的追求。而皇贵妃，则是她们连想都不敢想的东西。

可是，现在，却被这样一个小丫头，轻而易举地就拿到手了。

而怡娃也呆住了，等她清醒过来以后，她整个人几乎都欢喜疯了。皇贵妃！皇贵妃！她竟然做上皇贵妃了！没想到，皇帝竟然会这么宠爱她，一下子就给了她这么高的荣耀！刚一见面，还没有侍寝，就当上了皇贵妃，那么，等到她生出了皇子，皇帝一定会改封她为皇后的！也许，根本等不到她生出皇子，可能，到了明天早上，她侍寝之后，就已经坐到了皇后的宝座之上！

偌大的宫殿中，现在只有两个人是清醒的，淡然的，一个是端昊，而另一个则是梨宫月。

端昊端着一杯酒，冷眼看着眼前的一切，看着怡娃的得意，看着嫔妃们的嫉妒，端昊的心中却感到了无限的苦涩和失落：

纯儿，你知道吗？这个贵妃的位置是留给你的。如果，你当时肯留下来，今天，就是你坐在我的身边，做我的贵妃，享受着这无上的荣耀，享受着后宫中所有这些女人的嫉妒。可是你却偏偏要离开，为什么，你非要这么与众不同！你心中想要的，到底是什么啊？！

现在端昊真希望纯儿就站在自己的眼前，亲眼看着他册封怡娃的这一幕。好让他看一看，纯儿现在是否也会为了自己错失了贵妃的宝座而后悔，是否也会为了自己而伤心，痛苦？

梨宫月也在冷眼看着这一切，怡娃的骄狂和浅薄，她尽收眼底，所以，虽然怡娃被封做了皇贵妃，可梨宫月并没有感受到威胁。这个不知道天高地厚的怡娃，自有后宫中的诸多嫔妃会去收拾她！

现在,梨宫月心中所想的是另外一个人——严纯儿! 和端昊做了将近二十载的夫妻,使得梨宫月已经非常了解端昊了。所以,今天她的心里很清楚,端昊不管是和怡娃亲热,还是册封怡娃,他的心中所想的都是另外一个女人!

看到一贯冷静过人,从不感情用事的端昊,竟然因为心痛,而做出了这样的荒唐事——当众越级册封一个女人。梨宫月的心中感到了一种久违了的嫉妒——没错,久违了的嫉妒。多年来,因为她了解端昊,知道男女之情在端昊心中所占的比例太有限,也知道女人在端昊的心目中只是一种娱乐,一种生命的陪衬。所以,她从来没有真正嫉妒过那些被端昊宠幸的女人。可是今天,她心中却涌起了难以遏制的嫉妒——严纯儿,你必须得好好活着,因为我决定了,我不仅要杀死你,还要在你临死前,彻底破坏了你和他的感情!

方子纯也想好好活着,可是看现在的局势,她能好好活着实在是一个很大的奢求。

第六章　惊天的秘密

刚才她为了躲避飞出的暗箭，差点儿失足落入水中，亏了纯儿反应敏捷，把手中的尖刀插进了石台的缝隙，才稳住了身子，又翻到了石台的顶上。洪水奔涌而出，浇灭了那棵燃烧着的胡杨树，神殿中又恢复了漆黑一片。而更多的洪水则渗入到了沙地之中。

纯儿坐在石台上，强迫自己冷静下来，审度眼前的局势。

很显然，这座神殿正好坐落在了一条地下河之上，等到某种特殊的情况之时，地下河就会显出地面，而同时，神殿也就显露了出来。

自己刚到这里的时候，地下河的流量还不是很大，而刚才的洪水，应该就是地下河河水在大量地奔涌出来。

那些箭羽应该是胡杨女安排好的机关，像这样的机关，胡杨女还不知道安排好了多少个，反正应该还有不少。

现在神殿中肯定是危机四伏，可是纯儿也不敢走出神殿，因为地下河既然出现，那么这附近就都有可能是地下河的流域范围，如果是那样的话，那这附近的沙漠就已经都变成了吃人的流沙！

就在纯儿思索的时候，忽然，一张大网迎头落下，纯儿心中一惊，翻身就跃下了石台，再次用刀插在了石壁上，稳住身形，大网落空了。

看着那张大网，纯儿心生怒气——这胡杨女还真是心狠手辣，算准了洪水一来，自己只能跳上石台躲避，所以先安排好暗箭，又布置下了大网。

一把薄薄的尖刀负荷不住纯儿的重量，纯儿想暂时抱住石壁，可她的手刚一碰到石壁，就发现石壁上面也长满了浮游植物和青苔，滑不溜手。而且也不知道，还会有什么东西寄生在这些植物中，所以纯儿也不敢轻举妄动。

纯儿又抛出了一颗硫黄弹，硫黄弹打到了对面的墙壁上，趁着火光，纯儿看见，地面上的水已经退去了，有的地方又露出了石板来。看来，这条地下河的水，是一阵一阵地涌出的，刚才已经涌出了一次洪水，应该再隔一段时间，才会出现下一次洪峰。

打定主意之后，纯儿瞅准了一块石板就跳了下去，稳稳地落在了石板上。纯儿站在这块石板上，在黑暗中四下观望，黑黢黢的神殿现在显得分外的高大，不知道究竟是哪一个民族的先人们，竟然有如此高超的技艺，建造出了如此巍峨的神殿，可惜被淹没在了沙海之中，而更可惜的是，今天还被用来当做了杀人的陷阱。

忽然，纯儿只感到一阵腥风吹来，纯儿心中一沉，骤然回首，就见在胡杨林的方向，出现了一盏盏绿色的小灯笼，这些小灯笼纯儿太熟悉了——这是狼的眼睛！纯儿心中不禁惨叫了一声：

为什么这段时间里，自己好像和狼格外的有缘？

从狼眼的数量上判断，这群狼还为数不少。它们应该是游弋在大漠深处的狼群，此刻，被这里浓烈的水的气息吸引而来。

纯儿刚想发出飞刀射杀狼群，忽然就看见从另一个方向又亮起了一盏盏的小灯笼，只不过这一次的小灯笼不是碧绿色，而是黄绿色的，也不如狼眼明亮，这又是什么动物？

现在，这两群野兽显然都发现了对方，一阵阵挑衅的低嚎声响起。

纯儿一看这种阵势，心中马上有了主意——不如先让它们互相残杀，然后自己再坐收渔翁之利！

纯儿已经看见，自己刚才落脚的那个石台不是独立的，在它的对面，还有一个石台，纯儿略一沉吟，就又纵身跳到了刚才落脚的那个石台，这个石台的顶上已经落下了一张大网，纯儿就落在了网的上面。

纯儿刚一在石台上面站稳，就听见一阵划破空气的风声，又有几支箭羽打到了对面的石台上。

纯儿心中一松，她知道，这一次自己猜对了。看来胡杨女已经在神殿中任何一个可以落脚的地方，都布置了机关，而纯儿现在落脚的这处石台上的机关，已经都被纯儿破坏了。可是，如果纯儿是跳上了对面的石台，那将又是一场恶战。

此刻，神殿中，那两群野兽已经打斗在了一起，瞬间爆发的血腥气，正在把更多的野兽吸引过来。好在纯儿站的地势较高,一时还没有什么危险。

怡娃在端昊的寝宫之中,焦急不安地等待着端昊回来。虽然,她回到寝宫的时间不长,但是,她却仿佛已经度过了千年万年一样。"皇上怎么还滞留在酒席宴上?干吗还要陪着那些女人们饮酒? 干脆把她们丢到一边,早些回来好了。"怡娃心中想着,"看看那些女人的样子,都那么赤裸裸地望着皇上,好像恨不得把皇上拉到自己的身上去一样!"怡娃心中充满愤恨,浑然忘了,她刚才在酒宴上过火的表现。"皇上怎么还不回来啊? 他会不会又被哪个女人给迷住了?"怡娃的心中忽然充满了不安,而她刚才那无比的骄傲和自信,也一下子都跑的无影无踪了。"皇上驾到——"就在怡娃已经被等待皇帝的焦急,和唯恐得不到皇上的宠幸的恐惧折磨得快要死掉的时候,内侍的传唤声响了起来。

一听皇上来了,怡娃忽然慌乱得不知如何是好了。刚进宫时所学的那些礼仪都被她忘到了九霄云外。

看见端昊走了进来,怡娃竟然赤着脚就跑下了龙床,一下子就扑到了端昊的身上,全然不顾身边随侍的那些太监宫女的诧异的神情。

端昊也被怡娃吓了一跳,他试图推开怡娃,问清楚发生什么事情了,可是怡娃却紧紧地抱住了他,不让他推开自己,同时,还把自己的胸脯紧紧地贴在了端昊的身上,用力地挤压着。然后又踮起脚尖,把自己的两片嘴唇直接贴到了端昊的嘴唇上,使劲吸吮了起来。

平心而论,怡娃并不太懂得这些技巧,她只是凭着本能在做这些事情,她现在的心已经乱了,心中只剩下了一个念头——不惜一切,也要迷住皇上,让皇上宠爱自己,离不开自己,这样自己才能够永远在后宫中高高在上,可以骄傲地去面对一切女人!

这个念头足以让怡娃变得疯狂。怡娃一只手紧紧地抱着端昊,好像生怕端昊会消失一样,另一只手则胡乱地撕扯着自己的衣服,恨不得一下子就把自己毫不遮盖地呈现在端昊的面前。

端昊开始还真被怡娃的疯狂给吓了一下,但是很快,他就从怡娃的眼中看出了她的想法,从怡娃含糊不清的呓语中,明白了她的渴望。

一个不顾一切,只把能够得到一个男人的宠幸当做生命的全部意义的女人,是可怜的,但却是能够让男人,尤其是让端昊这样的男人心动的。所以,当端昊看明白了怡娃的想法以后，也就不再迟疑，打横抱起怡娃，就走到了龙床的旁边。

端昊把未着寸缕的怡娃扔到了龙床上，映着烛光，久久地望着怡娃。不知道是因为羞涩，还是因为急切，还是因为酒的原因，怡娃的脸上和身上都泛起了一层诱人的红晕。

此时的端昊已经有了七八分醉意，他好像看见了纯儿正躺在自己的面前，含羞带笑地乞求着自己的怜爱，尽情地敞开身体等待着自己的恩赐。

这样的纯儿，才是他想要的纯儿，才是他最期待的纯儿！

虽然已经快醉了，但是端昊还是很清醒地知道，现在，躺在他面前的这一个不是纯儿，而是一个长得酷似纯儿的，叫怡娃的少女。

“不是又怎么样?！”端昊的一只手重重地摁在了怡娃的胸脯上，“纯儿能迷住自己，无非也就是因为青春美貌！这个怡娃长相和纯儿不相上下，可是却比纯儿温柔可爱许多！”端昊的手在怡娃的身上肆意游走着，揉捏着。“现在，上天为自己送来了这个怡娃，那正好，自己正可以把纯儿远远地抛到九霄云外！从此再也不去想起她！再也不为她而心痛，再也不为她而思念！方子纯，你不过是一个普通的女人，最普通的女人！从今天起，怡娃就取代了你！我要给她世界上最好的一切！忘了你，永远的忘了你！”随着心中的想法愈加的狂躁，端昊手中的动作也越来越疯狂，越来越野蛮。最后，端昊重重地闯进了怡娃的身体。

怡娃早已经不堪疼痛了，她在拼命忍着眼角的泪花，尽管如此，看到皇上能够宠幸自己，怡娃的脸上还是出现了骄傲而自豪的笑容……

坐在石台上的纯儿，现在眼睛已经适应了黑暗，所以她也看清楚了，在下面打斗的这两群野兽，是一群狼和一群沙漠狐。

纯儿在上一世的时候，倒是了解过沙漠狐这种动物。沙漠狐的体型比普通狐狸大，性格残忍狡诈。出没于沙海，以捕捉小型动物为食，但也经常围攻大型动物。

此时，在和狼群的打斗中，沙漠狐的优势充分显示了出来。虽然，它们不如狼凶猛善战，但是却很善于使用计策，所以，一时间，也和狼群打了个势均力敌。在这片沙漠上，这群狼和这群沙漠狐可以说是宿仇，从来都是一见面就要拼个你死我活。而这一次，却被纯儿捡了个现成的便宜。

纯儿在上面观战，虽然不敢发出一点声音，但是心中却非常的兴奋，不时地在心底为两边呐喊助威：

打啊，快打啊，最好你们都把对方打死了，我就可以下去了。

野兽们的打斗愈演愈烈。而纯儿则又陷入了思索之中：

“所谓的陷阱，就是针对目标物的弱点所设定的圈套。所以，当一个人想要为他人设置陷阱的时候，一定会首先考虑对方有什么弱点。同样，当你面对着敌人的陷阱的时候，你要努力让自己站在对方的立场上去思考，想一想，你自己有什么弱点，如果是你想布置这个陷阱，你会怎样去做……”在特警学院的时候，教官曾经这样教导她。

纯儿心中暗自沉吟：

“如果是我布置的这个天梯，我一定会先找到敌人的缺陷，然后再针对他的弱点下手，而胡杨女的这个天梯本来是针对雅鲁而设计的，雅鲁的弱点在哪里呢？”

雅鲁身为孔雀城的第一武士，武功高强，有千钧之力，而且实战经验非常丰富，他简直就是没有弱点。每个人都有自己的弱点，找到了雅鲁的弱点，也就等于找到了胡杨女所设的这个天梯的命门死穴！

雅鲁的弱点究竟是什么呢？纯儿苦苦思索着。胡杨女和雅鲁并不是很熟，所以，她不可能掌握着雅鲁什么深藏不露的弱点。也就是说，如果胡杨女这个陷阱有什么针对性，那一定是针对雅鲁一个显而易见的弱点的。

纯儿的手下意识地摁住了石台，忽然，纯儿眼前一亮：

“高大，有千钧之力！”对啊，这是雅鲁的特点也是他的优势，可是，在这个特定的时候，这反倒成了雅鲁的弱点。因为，胡杨女在神殿中所埋伏的所有的机关，都是以灵动见长，她的目的，就是利用身材高大、沉重的特点，让雅鲁难以躲闪。

如果是这样的话，那自己可不可以通过胡杨女的这种心态，而发现陷阱的漏洞呢？

“当敌人认定了你存在某一种弱点的时候，就会在某一方面分外用心，而相应的，又会在另一方面掉以轻心，而他掉以轻心的这些地方，就是你可以逃出的希望所在！”

纯儿目光投向了神殿之外。在神殿和胡杨林之间有着一片宽度为五六十米的沙漠。现在，这片沙漠看上去非常的平静，可是纯儿知道，这里已经变成了一个死亡陷阱，因为一条地下河正在这片沙漠下奔涌着。流水已经浸透了沙漠，只要有重物落到这片沙漠上，立刻就会陷入到沙海中，然后被地下奔涌着的流沙吞没。

如果，雅鲁为了躲避神殿中的机关暗器，而想走出神殿的话，那他那沉重的身躯，一旦落到流沙上，就会立刻陷落下去，然后被淹没。等他进入沙海之后，因为浸透了水而变得分外沉重的流沙，就会生生地压死他！所以，对于雅鲁来说，这片沙漠就是死神！

也正因为如此，胡杨女不会再在沙漠中做什么埋伏，沙漠本身就已经是最好的陷阱了。而且，她也不会在胡杨林中再设置机关，因为雅鲁根本没有可能通过这片流沙。

纯儿的眼中精光毕露——胡杨女，你失算了，因为今夜来的不是雅鲁而是方子纯！

纯儿暗自打定主意，如果有机会重返现代，那她一定要写一篇论文，题目就叫《论对敌时设置陷阱的几种易犯的惯性思维错误》。而在这篇论文中，她一定要单开辟出一章，详细说明在设置陷阱时，绝对不能只针对一个人，而要把所有有可能闯到这个陷阱中的人都做出分析，并且一一采取针对性措施，以保证陷阱的功效！

当然，这种论文能公开发表的可能性不大。

看着神殿中那些碧绿的小灯笼和那些黄褐色的小灯笼已经熄灭得差不多了，纯儿也就结束了自己信马由缰般的胡思乱想。

“既然，你们死得差不多了，那就该我出马了。”

野兽的眼睛给了纯儿极好的坐标，她通过那些眼睛算出了野兽的身体的位置，抛出了飞刀。

就仿佛切瓜剁菜一般，三下五除二，这些剩余的野兽就被纯儿打扫干净了。眼看着那些小灯笼都熄灭了，纯儿仍旧不敢轻举妄动，她心里很清楚，在这样的自然环境中，人和野兽比起来，实在强大不了多少。

纯儿小心地溜下了石台，然后紧紧地贴在石台的壁上，解下了玲珑鞭，对准那些野兽尸体的位置就是一顿猛抽，没有任何反应，纯儿暗暗松了一口气，看来这些野兽真的全死了。

“好，你们死了，接下来就该看我的了。”

纯儿又抛出了一个硫黄弹，透过火光中她清清楚楚地看见，在神殿的地上，横七竖八地堆叠着狼和沙漠狐的尸体。

纯儿现在什么也顾不得了，挥起玲珑鞭，就把这些尸体连推带卷地弄到了神殿的门口。

哎，要是让师兄知道，自己把他如此珍爱的玲珑鞭当扫把用，他一定会生气的。

虽然心中在检讨,可是纯儿的手里却一点儿都没闲着——闲着行吗?今天晚上能不能活命,就靠这些尸体了。

尸体都被运到了神殿的门口了,纯儿又对准对面的胡杨林抛出了一颗硫黄弹——反正现在纯儿烧树也烧顺了手了。

又一棵枯树被点燃了,沙漠霎时间就被火光照亮了,纯儿双手齐飞,拎起尸体,左右开弓,就抛到了沙漠之上。

体积比较大的尸体,一落到流沙上,直接就沉了下去,而体积较轻的尸体,就浮在了流沙的表面,不大工夫,纯儿就用这些狼和沙漠狐的尸体,摆出了一条通往胡杨林的桥梁!

这就是纯儿的计划,她要踩着这些尸体,走到胡杨林中去。纯儿知道,眼前的这一片沙漠虽然都是流沙,但是流沙与流沙不同,有的流沙因为吃水量大,所以毕竟疏松,更易于陷落,而有的流沙,则因为吃水量小,相对来说干燥一些,比较结实。

刚才,用尸体试验了一下,疏松的地方,肯定禁不住尸体,而结实一些的地方,则放上了尸体,现在,纯儿要做的,就是凭借着轻功,走过这些尸体。

纯儿望着这片流沙,深深地吸了一口气,因为她知道,自己的轻功实在是不算高明,万一有哪一步真气没有走好,很可能身形就会下坠,到时候,后果不堪设想。

“四哥,师兄,端木大哥,无影大哥,你们保重。”

纯儿屏气凝神,抛开一切杂念,纵身跃出。

她浑然没有觉察到一件事,在刚才那个生死抉择的时刻,她竟然忘了向端昊道别。

而此时,醉酒之后又尽兴宣泄之后的端昊,已经进入了深深的梦乡,怡娃睡在他的身边。但是端昊并没有搂抱着怡娃,而是背对着怡娃,手中握着一块光滑圆润的蜂蜜色的琥珀,琥珀中包裹着一朵简单之极却动人心魂的小花。端昊的脸正紧紧地依偎在这块琥珀之上。

纯儿身轻如燕,足尖一一点过那些野兽的尸体,眼看着她已经走了一半的路程。忽然,纯儿就听见背后传来了一声轰鸣,纯儿第一个感觉就是:完了,洪水又来了。

她不敢回头,一个劲儿地向前奔去,只想赶在洪水的前面抓住一棵胡杨树。

可是,她预想中的洪水并没有出现,反倒是脚下的流沙突然开始迅速地移动了起来,仿佛是沙漠整个都跌进了一个巨大的漏斗,所有的沙子都向着同一个地方倾斜而去。

纯儿现在也好像变成了一粒小小的沙子，使不出一点力道。只能任凭流沙卷裹着自己朝着一个方向猛冲而去。

这究竟是发生了什么事?!

纯儿蓦然回头，却被惊得目瞪口呆。只见那座高大巍峨的神殿，竟然也在朝着一个方向倾斜，恍然间，纯儿还以为是自己看花了眼，但很快，她就意识到，自己并没有看花眼，神殿的确是在倾斜，在陷落。纯儿突然明白了，现在又到了地下河消失的时候，就像这条河不久前莫名的出现一样，现在，这条河又要莫名地消失了，而且强大的水流，还要在自己回到地底下的时候，带走能够带走的一切！

那些被水源吸引而至的动物，那些野兽的尸体，甚至包括她——方子纯，这一次都将成为神殿的祭品！

还好，现在纯儿已经闯出了神殿，躲开了地下河的旋涡的最中心，否则，地下河强大的力量，将直接把她拽到地下深层去。

纯儿奋力地抵抗着流沙陷落的力量，又朝前冲了一步，现在距离最近的一棵胡杨树也就有十几米的距离了，没时间了，前面的那些野兽的尸体，已经都消失在了沙海中，纯儿即使还想往前走，也无处落脚了。

纯儿一咬牙，对准最近的那棵胡杨树，甩出了玲珑鞭，同时身体也向前飞去。

纯儿清楚自己的能力，自己这一跃也就是七八米的距离，再加上手中的鞭子，如果一点误差不出的话，勉强可以用鞭梢缠住胡杨树的树身……

看到人们闯出了房门，胡杨女冷然地问道：

“怎么，你们想去救她？”说着话，胡杨女的目光冷冷地扫过了众人。

“现在天已经亮了，难道你还要阻拦我们吗？”雅鲁质问道。

“当然，现在天已经亮了，你们可以去了。但是，恐怕已经太迟了。”

“你这是什么意思？”雅鲁嗓音粗哑的问道。

胡杨女的眼神中竟然带着一丝疲惫：

“这么简单的话你还听不明白吗？我的意思就是说，你们已经救不了她了，现在，已经没有人能救她了。不信，你们听。”

众人凝神细听，果然，远处，一阵隆隆的轰鸣声传来。

胡杨女继续喃喃地说道：

“沙暴过后，在一个充满星星的夜晚，鬼河出现了，还带来了魔鬼的殿堂。在几天之后，在一个黎明将要到来的时候，鬼河就又要带着魔鬼的殿堂消失了。鬼河消逝，会把附近所有的生灵都带走，作为魔鬼的祭品……”

雅鲁知道，这是沙漠中关于鬼河的一首古老的咒语，沙漠中有很多关于各种神秘现象的咒语，平时听起来也不觉得有什么，可是不知道为什么，现在这段咒语被胡杨女说出来，却显得格外让人恐惧！

雅鲁仿佛看见了纯儿已经被绑在了魔鬼的祭坛之上，而她的血正滴滴答答地流下来。饶是雅鲁胆子极大，想到了这一幕情景也不禁打了寒战。

而那两个回鹘部的侍卫，因为熟知这个传说，也变了脸色。端木和无影则因为不是在西域长大的，所以这种在西域流传广泛、深入人心的咒语，对他们两个并没有太大的影响。

所以，他们两个也不多说话，而是绕过胡杨女，径直朝着胡杨林冲去。他们的行动惊醒了雅鲁和侍卫，三个人也紧紧地跟了过去。

天上的第一缕曙光已经出现，天地间变成了一种被冲淡了的铅灰色，五个人都身形极快，一眨眼工夫就到了鬼河的边缘，远远的，他们就看见，一座高大至极的石建筑，正在缓缓地倾斜着朝着地面下陷落而去。

等到他们再冲到了这座石头建筑的旁边的时候，石头建筑只剩下了一个尖顶还露在地面，而且一转眼，这个尖顶也淹没在了沙海中。

而地上的流沙仍旧朝着那座石头建筑物消失的地方，不断地打着旋倾斜陷落。随着这个地方流沙的陷落，其他地方的沙子则不断地朝着这个地方涌来。很快，这片沙漠上就重新被金黄色的干燥的沙子所覆盖了，地下河彻底失去了踪迹。

这片恢复了原样的沙海，是那样的平静，那样的普通，上面连一点儿水印和一个动物的足迹都没有，普通得就一如这万顷沙海中的任何一个角落。任谁也看不出来，这里曾经发生过那么多惊心动魄的事情。

如果说，在听到胡杨女所吟唱的咒语的时候，无影和端木凭借着自己超人的坚定和毅力，都保持住了理性，那么此刻，他们已经心神大乱了！因为他们的心中都在牵挂着一个人，而这个人现在却行踪杳然。

无影的伤势本来就非常重，又失血过多，现在心中一急，不禁眼前一黑，就跌倒了下去。两个侍卫赶紧过来扶住了无影，而端木也已经双目尽赤——整整一夜的等待，整整一夜的煎熬，到头来，却是这样一个结果——纯儿，竟然被这无情的流沙卷到了地下！她那娇嫩的身躯，从此就要长埋于黄沙之下！她那明亮的眼眸，再也看不见这世上的一切繁华。

端木此时脸上的表情非常的麻木，可他的心却痛得在发抖：

纯儿，别怕，我答应过你，不让你一个人在黄泉路上受孤单。现在，无影少主已经被救活了，我相信，为你报仇的事，他和雅鲁会去做的，所以，我现在就来陪你！

端木打定了主意，用袍袖掩住了手中的弯刀，就要刺进心口！因为他不想让人看见他的这个举动。端木知道，如果人们看见了他要自杀，一定会来阻止他，就连无影也不会例外，但是他们不明白端木的心思。没有了纯儿，这个世界在端木的眼中，已经彻底失去色彩和一切温暖。而且，他也没有时间和他们纠缠，纯儿已经上路了，他不能再耽搁了，他得赶紧去陪她，去照顾她。这一次，就是因为自己没有照顾好纯儿，纯儿才会发生这样的意外，所以，他再也不会犯这样的错误了。

就在端木手中的尖刀要刺进胸口的那一刹那，他忽然听见雅鲁发出了一声号叫：

“你们快看，那是什么？”

雅鲁说完，不等众人反应过来，就径直朝着胡杨林奔去，无影和端木被他这一声大叫惊动了，也都顺着他奔跑的方向望去。胡杨林中什么都没有啊？

就在端木困惑不解的时候，一个回鹘部的侍卫，忽然也叫了一声：

“少主，你快看，那棵树上，好像有红色的东西！”

侍卫的这一声大喊，提醒了端木，他顺着侍卫手指的方向一看，也看见了在胡杨树上缠着一个红色的细影。端木略一迟疑，忽然狂喜地大叫了起来：

“玲珑鞭，那是纯儿的玲珑鞭！”

这时，无影也挣脱了侍卫的搀扶，努力地站了起来，他对玲珑鞭也不陌生：

“是玲珑鞭，而且，好像还有一个人！”

无影说完，就已经不顾身上的剧痛，提气移形，直扑胡杨林而去。端木和两个侍卫则紧随其后。

这时，雅鲁已经来到了胡杨树下，等快到树下的时候，他几乎都不敢再向前走了，因为他唯恐看不见纯儿——这，是他们能找到纯儿的最后一线希望。

雅鲁在树下站定了，这个一贯粗鲁豪放的汉子，此刻，却分外的小心，好像生怕自己哪里做得不好，会闯出什么塌天的大祸一样。雅鲁闭上眼睛，虔诚地向着心中的诸神祈祷了片刻，然后，才重重地睁开了眼睛，向树干的另一侧望去……

“纯儿！”雅鲁大禁大叫了出来，他太兴奋了，连称呼都忘记加了，直接就喊出了纯儿的名字。

纯儿果然正靠在胡杨树的另一侧,她身体的大半截都埋在了沙子里。玲珑鞭的一端缠在了胡杨树的树干上,而另一端则缠在了纯儿的腰上。

纯儿发髻凌乱,脸上还带着明显的被沙粒划出来的血痕,而纯儿此刻正紧闭着眼睛,连雅鲁那一声大吼,都没有惊醒她。

雅鲁的心又提了起来,这时,端木和无影几个人也来到了树下。端木想喊纯儿,可是他张了张嘴,却发不出声音来,因为他真怕自己再也唤不醒纯儿了。一次次地看到希望,又一次次地失望,端木已经失去了尝试的勇气。

"去救她!"无影声音低哑地命令道。

不是无影不想亲自去救,而是现在的无影也和端木一样,再也承受不住任何有关于纯儿的打击了。

就在刚才,无影还以为,没能见到纯儿最后一面,是世界上最残酷的事情,可是现在他才明白,最残酷的,其实是亲眼看见纯儿已经冰冷了的尸体。

"少主,纯儿小姐还活着!"侍卫忽然高喊了一声。

人们一下子都被震呆了,紧跟着无限的欢喜就朝着他们冲撞而来——还活着,纯儿竟然还活着。

众人从沙子中挖出了纯儿,解开玲珑鞭,把她小心翼翼地放在地上,果然,纯儿只是晕过去了。雅鲁握住纯儿的手腕,暗运真气,一股强劲的真气送到了纯儿的体内,纯儿悠悠转醒。

纯儿缓缓地睁开眼睛,发现眼前竟然不再是黑夜了,而变成了一团灰白色,纯儿有些不适应,就又闭上了眼睛。刚才发生什么事情了?

自己去走天梯,竟然见到了一座巍峨的神殿,和一条地下河,后来自己想穿过流沙,到胡杨林中去,结果就在那个时候,地下河和神殿却都仿佛受到了某种巨大的牵扯引力一样,忽然向着地下沉去,而自己脚下的流沙也在向地下沉。

自己当时用力向上跃起,同时抛出了玲珑鞭,还好,玲珑鞭缠住树干,可就在这时,流沙中忽然涌出了一股巨大的吸引力,自己的身体一下子就被拽了下来,落到了流沙中。疯狂流动着的细沙在身边滚动,裹挟着自己的身体,一起向着大地深处坠去。一眨眼的工夫,流沙就已经淹没到了自己的胸口。

自己当时一咬牙,用力向上一探身体,把手中的玲珑鞭紧紧地捆在了自己的身上。就在自己刚刚把玲珑鞭系好的时候,流沙就已经淹没到了自己的脖颈。

那时的纯儿干脆就放弃了挣扎,任凭流沙翻滚卷动,自己只是一味地顺着流沙的走势而移动，因为纯儿知道，流沙的力量太大了，现在如果和流沙硬顶，那自己非粉身碎骨不可。

纯儿陷在滚动的流沙之中，就好似江面上的一片落叶，被冲得肆意飘零。而她唯一不肯放弃的，就是手中紧握着的玲珑鞭。

终于，纯儿战胜了流沙，留在了地面，没有被流沙带到地狱去，没有成为魔鬼的祭品！

纯儿叙述完了，人们也都听呆了。他们愣怔了好一会儿，才从震撼中苏醒过来。

而雅鲁清醒过来后所做的第一件事情，竟然是紧紧地拥抱住了纯儿，然后一边转着圈子，一边欢呼了起来，他欢呼的音调单一却快乐，仔细一听，原来是一支曲调简单却和谐动人的歌谣，那是大漠人一种特有的欢呼声。

大漠的生活环境太过于恶劣了，人们的生命经常会受到威胁和考验，所以，每当他们战胜了危险，生还的时候，就会唱起这古老的歌谣，以表示自己心中的快乐。而今天，看到纯儿生还，雅鲁也唱起了这首歌谣。

听到了雅鲁的歌谣声，那两个侍卫也情不自禁地走上前去，抱住了雅鲁和纯儿，并且和雅鲁一起唱了起来。整整三天的时间，几番生死轮回，现在，他们终于又都活着团聚到了一起。

望着他们几个拥住纯儿欢呼雀跃，无影和端木都没有感到被冒犯，相反，他们都被深深感动了，因为他们体会到了人们心中那真实的快乐，也体会到了这场劫后余生的来之不易。无影和端木也不约而同地走了上去，和人们拥抱在了一起。

此时，他们的心中忘记了一切，忘记了地位的差异，忘记了种族的不同，甚至忘记了心中的私情，在这一刻，他们彼此都是血脉相连的亲人，是生死与共的战友，他们欢呼歌唱，为了这来之不易的胜利！太阳出来了，温暖的阳光，照耀着这一群欢庆胜利的勇士……

同样的清晨，端昊在龙床上醒来，宿醉让他感到有些头疼。端昊清醒后的第一件事，就是习惯性地把手伸到了枕头下面，再伸出来的时候，手中已经握住了那块温润的琥珀，这块琥珀由于总是被端昊攥在手中，表面更加的光滑了。

端昊深深地注视着这块琥珀，似乎在期待着，琥珀中的那朵小花能够走出来，幻化成纯儿的影子，好一解他的相思之苦。但是，这一次，端昊又失望了，不管他心中如何的祈祷、期盼，小花始终静静地伫立在琥珀中，一如他的纯儿，虽然就驻在他的心头，却又和他相隔着万里关山。

想到这一切，端昊发出一声深深的叹息：

纯儿，你不会忘记我对不对？你现在不回来，只是身不由己，等无影救出你以后，你一定会要求他把你送回到我的身边，对吗？

这个问题，端昊已经在心中问了千百次，可是随着时间的推移，他对于答案，却越来越没有把握，端昊真的感觉到，纯儿已经距离自己越来越远了。

端昊的身体微微一动，忽然碰到了什么东西，他这才意识到，在自己的背后还睡着一个女人，一个长相酷似纯儿、昨晚才被他封为皇贵妃的女人。

端昊回转过头，用心地打量着怡娃，怡娃此时还在酣睡，嘴角还挂着一丝笑容，这笑容是那样的发自内心，那样的得意。

昨晚的酒宴上，是端昊生平第一次这样放纵自己的行为，当众越级册封了一个第一次出现在后宫中的女人！而他所做的这一切，只不过是因为当时，他的心在为了一个女人而疼痛难挨！

这时，怡娃也苏醒了，她一睁眼就看见端昊正在凝望着自己，不由得脸都羞红了——皇上也太宠爱自己了，连自己睡着的时候，都要一动不动地望着自己。

怡娃不依了，娇羞地嘤咛了一声，说道：

“陛下不要这样看着人家嘛，人家还没有穿好衣服，多难为情啊。”

而端昊虽然在盯着怡娃的脸，但是他的心中却在想着自己的心事，所以，并没有注意到怡娃在说些什么。仍旧眼睛一眨不眨地望着怡娃，目光空洞，全无表情。

怡娃有些害怕了，不知道端昊为什么会变成这个样子，她又轻轻地喊了一声：

“陛下！”

这一声轻唤，让端昊的注意力又转移了回来，他从冥想中回过神来，目光刚好触及到了怡娃的眼神。而这时怡娃看见端昊的目光，情不自禁地打了个寒战，因为端昊此时的目光，再也不像昨晚那样温柔多情，而是变得冰冷逼人。

端昊的眼光投到了自己的身上，怡娃就好像突然被浇了一大桶冰水一样，彻体生寒。怡娃再也不敢看端昊的眼睛，胆怯地低下了头。

“怎么，你怕我？”端昊问怡娃，声音冰冷默然，不带丝毫的感情。

怡娃心中凛冽，她直到此刻才发现，原来自己一点都不了解这个男人，现在的皇上竟然那么冷，那么硬，浑不似昨夜时的万种柔情。

“我，我不敢。”怡娃愈发的慌乱了。

怡娃不明白，她现在越紧张，就越让端昊厌烦，因为端昊之所以宠幸她，只是因为她像纯儿，本来，她巧笑嫣然的时候，还真和纯儿有几分相似，可是，她这一表现得懦弱，就一点都不像纯儿了。

“不敢？哼！”端昊冷哼了一声：动不动就被吓成这个样子，哪里像我的纯儿，纯儿可从来什么都没怕过！

端昊仍旧望着怡娃的脸，现在的怡娃，由于昨夜的疲倦和过度的兴奋与紧张，脸色稍稍有些苍白浮肿。更因为刚刚被端昊的冷漠和严厉吓倒了，眼神全然没有了神采，变得怯懦呆滞。而眉眼之间，更没有纯儿所特有的那种坚定和聪慧。

看着看着，端昊越来越发现，怡娃其实长得一点儿也不像纯儿，她连纯儿的十分之一，甚至百分之一都不如。

纯儿的灵气，纯儿的睿智，纯儿那独特的美丽，纯儿那明亮的眼睛，纯儿面对危机时飒然挑起的柳眉，纯儿安慰自己时，嘴角那了解的笑意……这所有的一切，都是怡娃无法比拟的，端昊真的怀疑，自己昨晚是不是疯了，竟然会认为怡娃可以代替自己心中的纯儿？

端昊的心一下子就被失望和愤怒填满了——难道，这就是对自己辜负了纯儿的惩罚吗？必须永远和这样的蠢女人生活在一起！？

端昊想到了这些，厌恶地别过了头，不想再看见怡娃，径直唤来内侍，为自己穿戴衣冠。

怡娃躲在端昊的背后，怯怯的，想要说点儿什么，却又不敢开口，可是眼看着端昊就要走出去了，再不说话就来不及了，怡娃才鼓足勇气喊了一声：

“陛下！”

“你又有什么事？”端昊头也不回，冷冷地问道。

“我……”一听见端昊如此威严的声音，怡娃一下子又吓得不知道说什么好了。端昊心中朝思暮想的，都是纯儿那活泼轻快的语调，那从来都无所畏惧的傲气。所以一看到怡娃这副样子，就更感到厌烦了，见怡娃说不出来，他连脚步都没有停下来，一甩袍袖，就又向外走去。

眼看着端昊就要走出门口了，怡娃也着急了，所以也就顾不上害怕了，高喊道：

“陛下！我今天一直在这里等您回来吗？”这是怡娃现在心中最想知道的事情，此刻一着急，就直接说了出来。

可是怡娃却没有想到,她这句话说得是多么的不合体统！这里是皇帝独立的寝宫,一般都是皇上想独自过夜的时候,才会在这里安歇,如果想要宠幸妃子,都是直接到各个妃子的居所去。

而如果遇到极特殊的情况,皇上在自己的寝宫中宠幸了妃子,那么被宠幸的妃子不管心中多么的欣喜若狂,表面上都会做出矜持的样子来,一大早就悄悄地离开皇帝的寝宫。因为,在皇帝的寝宫中被宠幸,怎么说都让人觉得好像是有些偷情的感觉。所以,这种事情虽然能说明皇帝对自己格外的恩赐,但毕竟与自己御妻的身份不合,妃子们都是很自觉地淡化这件事的。

而此刻,怡娃不仅不赶紧离开,还大喊着问,自己是不是可以整天留在这里等皇上回来。这简直是太匪夷所思了。所以,怡娃此言一出,包括端昊在内的所有人都愣住了。

端昊愣了片刻之后,重重地说了一句:

“不识大体！”说完后就扬长而去。现在在他的心中，这个怡娃已经一无是处了——远远不如纯儿也就罢了,可她的教养却连一般的妃嫔,甚至美人都不如,真是不可救药!

端昊只管在心中指责怡娃,却一点儿也想不起来了,昨晚,是自己亲口赐给了怡娃皇贵妃的头衔。

端昊走远了,怡娃仍旧愣愣地坐在龙床上,一点儿也不知道这会儿自己应该做些什么。她也确实是不知道,因为皇后只是把她培养成了一个可以取悦男人的舞姬,却没有教给她任何作为御妻的行为准则。

怡娃看着眼前这座陌生的宫殿,第一次感觉到,飞上枝头变凤凰并不是一件容易的事情。

一个在寝宫中随侍的内侍看不过去了,见皇帝已经走了,而人们又都各忙各的去了,就走到了怡娃的身旁,低声说道:

“请皇贵妃梳妆吧,时辰不早了,您得去给皇后请安了。”

怡娃仍旧在发愣,根本没有听见内侍在说什么,她在认真地回想昨晚从见到端昊起的每一幕情景,她不知道自己究竟哪里做错了,为什么端昊会突然变成这个样子。可是任凭怡娃想破了头,也想不明白。在她的记忆中,端昊还是那个温柔多情,对自己万般宠爱怜惜的男人,可是为什么,一梦醒来,皇上就变成了一个冷若冰霜,全无情意的男人了呢?

内侍看着怡娃只顾自己发愣，根本不听自己说话，有些无奈，就又说道：

“贵妃娘娘，贵妃娘娘！”

这次，内侍总算把怡娃叫回了魂。

“贵妃娘娘？你，是在叫我吗？”怡娃将信将疑地问道。

“当然是在叫您啊！昨晚的宴席前，陛下不是亲口册封您为皇贵妃了吗？”

怡娃这才猛醒了过来：

对啊，自己是皇贵妃啊，而且还是皇上亲口册封的皇贵妃！那自己还有什么可害怕的？在这后宫之中，除了皇后，就属自己地位最高了。而且，皇后已经那么大年纪了——作为才十几岁的怡娃来说，年过三十的皇后，无疑已经进入了老年人的行列了——而自己却正值青春年华。所以，只要自己能紧紧地抓住皇上的心，得到皇上的宠爱，这个后宫早晚都还是自己的！

想明白了这些，怡娃心中的自信又重新高涨了起来，对内侍的态度也一下子就变得高高在上了：

“你刚才对我说什么来着？以后跟我说话，要说清楚，你说得那么不清不楚的，让我怎么听啊?!”

听了怡娃的这句话，内侍不禁心头火起：

这个小丫头怎么这么不懂得人情世故啊，像她这种不知道天高地厚的脾气，在这后宫里，恐怕连一个月都活不过去，就得让人给整死，还不知道自己到底是怎么死的！

看内侍没有马上回答自己的问题，怡娃有些生气了：

这个内侍怎么这么不懂得规矩?也好，今天就拿他立立威，也好让这后宫中的众人知道自己的厉害！

想到这里，怡娃大喝了一声：

“我问你话，你竟然敢不马上回答！跪下掌嘴！”

这句话怡娃倒是说得挺熟，在练习舞蹈的时候，她经常被教习这样训斥。

内侍现在才是真正的上火，心中一阵阵懊悔自己多管闲事，结果落得个好心不得好报。早知道这个怡娃是这样的人，就该什么都不告诉她，让她一个人在这里待着，到时候，自然会有人来惩治她。

内侍压了压心头的怒火，淡淡地说道：

“贵妃娘娘可能还不知道这宫里头的规矩。我是在陛下寝宫伺候的人，不受各宫贵主儿的节制，犯了错儿，自有皇上这边的家法处置我，就不劳贵妃娘娘费心了。”

一番话说得软中带硬，直接就把怡娃给噎了回来，怡娃被噎得咬了半天牙，才蹦出了一句：

“那好，等晚上皇上回来，我就告诉皇上，你对我不敬，让皇上再来惩罚你！”

内侍没有说话，只是在心中冷笑了一声：

让皇上惩罚我？你今天还能不能再见到皇上都是问题！

内侍也不答理怡娃，只是冷冷地说道：

“请贵妃娘娘更衣吧。我得收拾寝宫了。”

“你敢赶我走?！”怡娃又要找茬，好不容易变成了一个有权有势的女人，怡娃实在是想好好施展一下自己的威风。

内侍已经动手收拾了起来，连正眼都懒得看怡娃，百无聊赖地说道：

“皇上的寝宫白天是不允许有任何闲杂人等逗留的。即使是皇后都不行。而且，贵妃娘娘现在也该去向皇后请安了，这是宫里最起码的规矩。”

说完话，内侍就头也不回地离开了，把怡娃一个人剩在了寝宫中。

怡娃被内侍抢白一顿，心中窝火，但也无可奈何，她现在心中唯一的安慰，就是赶紧去到端昊面前告状，让端昊好好教训教训这个不懂规矩的内侍，可是现在又见不到端昊。又想起内侍说的，自己还得去向皇后请安，怡娃虽然不情愿，但是还真没有胆子不守这些规矩。

“哼，我今天先给你这个皇后一个面子，”怡娃心中愤愤地想到，“要不了多久，我就让你来给我请安！”

怡娃开始穿戴衣服，因为本来在宫中地位极低，所以她的身边连一个宫女都没有。怡娃开始穿衣服了才发现，自己竟然没有适合的衣裳，此时，她身边除了昨夜参加宴会时，穿的那身大红的衣服以外，连一件多余的都没有。而且，皇帝的寝宫中，肯定也没有胭脂花粉，金银首饰这些东西。怡娃真的有些懵了。

其实要是放在平常，这些事皇后都会想到的，既然皇上已经当众册封了她，那么皇后就会连夜为她准备好宫苑，并且调遣好太监宫女一早就等在皇帝寝宫的外面，并且赏赐给她诸多财物，以保证她刚一开始的日常所需。

可是，这个怡娃昨夜表现得实在是太嚣张了，皇后下决心要对她不闻不问，好给她一个教训，让她明白，在这后宫之中，谁才是真正的主人。

所以，此刻梨宫月正一身雍容华贵的打扮，端庄地坐在自己的宫殿中，悠然地品尝着香茗，静静地等待着怡娃的到来。而其他的嫔妃，也已经根据品位分侍两厢，她们也都想看一看，那个昨晚幸运到了极致的女人，今天又会有什么表现。

怡娃终于走出了皇帝的寝宫，她发现自己竟然连中宫所在的位置都不知道。可是，身边还只有那个内侍。无奈，怡娃只好生硬地对内侍说道：

“带我去中宫。”

内侍正背对着怡娃，他本来想要拒绝，可是当他一回过身来看见怡娃的打扮，内侍差点儿没喊出来——不是吧，她打扮得也太过分了！

内侍刚要告诉怡娃，她这身穿戴真的很有问题，可是转念一想，这个女人实在是不知好歹，跟她讲道理，简直是对牛弹琴，弄不好，又会招来一顿辱骂。索性，内侍咽回了已经到了嘴边的话，而是改成了：

“你要去给皇后请安？那好吧，我带你去。”

怡娃紧紧地跟在内侍的后面，在重重殿宇之间急急地穿行着，一路上，怡娃感受到有无数诧异的目光都投射到了自己的身上。

怡娃越是发现人们在看自己就越发的慌乱，因为她知道人们为什么看自己。此刻，她穿着一件红色的薄绢长裙，外面披了一层红纱。这身衣服，在昨夜的酒席宴前，在烛光的照耀下，还算是能烘托出怡娃的娇嫩和婀娜。

可是此刻，这大清早的，穿着这样一身衣服在宫中走，实在是显得太不庄重了。

而且因为没有宫女帮助梳头，所以怡娃只是挽了一个简单的发髻，这样的发髻在平日里练习歌舞的时候，还不显得有什么问题，可是，现在行走在这后宫之中，就显得非常的潦草了。甚至一个普通宫女的发式，都比她的要精巧、美观。

昨晚，她只在鬓边插了一朵牡丹，经过这一夜，牡丹已经失去了颜色，怡娃本来不想插它了，可是除此之外，她的头上就再也没有其他任何装饰品了。无奈，怡娃只得又把那朵已经略显枯萎的，而且花瓣还稍微有些残缺了的牡丹又戴在了鬓边。

怡娃没有找到任何胭脂水粉，所以，她现在只能素着一张脸了。没有了脂粉的映衬，她的脸显得很普通。原来昨天，怡娃也只是经过了刻意的打扮，才和纯儿有了七八分的相似的。

而今天，没有了脂粉和烛光，她的容颜只能算是一般而已。

怡娃急急地往前走着，心中不住地埋怨，这后宫怎么竟然会这么大，这宫中的人怎么竟然会这么多，她真不希望有这么多的人看到自己这副狼狈的样子，她真恨不得一步就跨到皇后的宫殿中去。

“看吧，看吧，等我当上了皇后，就把你们这些人的眼珠都挖出来！”怡娃怒气冲冲地想到。

可是，当怡娃走入了皇后的宫殿，她就发现，自己真的想错了，这一路上被人用异样的目光打量还不是最可怕的事，最可怕的事，是在打扮成这样的时候，被自己所有的情敌——后宫中所有的御妻见到！

当怡娃一跨入宫殿，她就恨不得找个地缝钻进去。因为她第一眼就看见了高高在上，居中而坐的皇后。

只见皇后穿着一件底色为极深的粉色、上面绣满了金黄色祥云的对襟长裙。长裙上掐金边，走金线，富丽堂皇。皇后的一头乌发高高地梳到了头顶，头发上插着一根根紫金簪花，光华流转，耀人眼目。

皇后的脸庞犹如一朵盛开的莲花，白中带粉，略显丰腴，明亮的眼睛，殷红的嘴唇，整个脸庞上都充满着一个幸福的女人所特有的光辉。

皇后的两个耳垂上坠着两个水滴形的翡翠坠子，轻轻地摇晃着，一看那碧水般的颜色，就知道是稀世珍宝。

皇后的双手轻轻地搭在宝座的扶手上，指甲上戴着金镶玉的护指。一双莲足收在裙下，只露出一点鞋尖，鞋尖上各缝着一颗硕大的明珠。

而在大殿的两旁，更有几十位盛装的丽人，或坐或站，她们美得各具特色，而且她们都穿戴华丽，绫罗满身，珠翠满头，似乎，俗世间的一切珍宝，都集中到了她们的身上。

而在这些丽人身上，唯一相同的，就是她们看向怡娃的目光都充满了嘲弄和不屑！

昨晚，怡娃的轻狂，已经激怒了所有的嫔妃，而今天，怡娃竟然这样出现，这足以说明，不管她昨晚有多么受到皇上的宠爱，可是她已经失去了皇后的眷顾。

这样的一个女人，别说她只是一个皇贵妃，就算她是皇后，是皇子的母亲，都没有用了。在后宫之中，只有一种地位是真实的——那就是得到了皇上和皇后还有太后真心的认可，否则，你就连草芥都不如。

怡娃愣愣地站在大殿的中央，她知道自己应该向皇后行礼，可是她的确是不会向皇后请安行礼。而皇后，也没有教导她或者放过她的意思，只是那么端庄地望着她，静静地等待着。

现在在梨宫月的眼里，怡娃就和一个关在笼子里的小白鼠一样，梨宫月能清楚地看见怡娃的每一点心思，和她接下来要做的每一件事情。

很久没有主动惩治过嫔妃了，今天，就拿这个怡娃开开刀吧，不为什么，就只为昨晚，自己被那个严纯儿折磨得彻夜未眠，既然，她不能一下子把严纯儿置于死地，那么，就让这个怡娃来暂时承担她的怒火吧。

怡娃终于重重地跪倒在了地上，她不懂得行礼，但是下跪总没有错吧。

“怡娃给皇后请安。”怡娃仍旧按照自己做舞姬时的规矩说道。

皇后上下看了看怡娃，轻轻地叹了一口气：

“是谁教的你，这样给本宫请安的？”皇后的声音不大，但是充满了不怒而威的庄严。

怡娃心里一慌，她那做上了皇贵妃宝座的骄傲，在见到了梨宫月的那一刹那，就已经消失殆尽了，现在，心中剩下的只有惶恐和紧张：

“回、回皇后，是乐坊的教习……”

怡娃此言一出，众位嫔妃一时大哗，虽然，已经看出来这个怡娃并不是什么名门闺秀，但是她们还真没敢想，这个怡娃竟然是出自于乐坊的舞姬！

梨宫月冷冷地一拍扶手：

“教习大胆，竟敢教导皇贵妃如此向本宫请安行礼。来人。”

“在。”

“传我的懿旨。乐坊教习忽略礼仪，不敬皇家，按律惩处，不得轻饶。”

“是。”一个女官领旨而去。

皇后的目光又投向了怡娃：

“又是谁让你穿戴成这样来给本宫请安的。”

怡娃张了张嘴，却不知道该如何解释：

“我，我没有别的衣服。”

“你的衣服呢？”

“都放在了乐坊……”

梨宫月又重重地一拍扶手：

“够了，身为皇贵妃，你却张口乐坊，闭口乐坊，你把我们皇家的脸面置于何地！？”

梨宫月声音充满了愤怒，大殿中的妃嫔们，都不禁有些心惊胆战，因为她们从来都没见过皇后发这么大的火。怡娃更是被吓得浑身打颤，腿一软，就瘫倒在了地上。

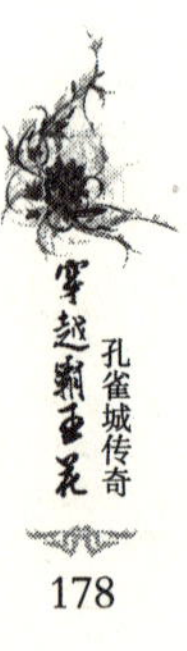

皇后看自己的目的达到了，就又换了一个话题，只听她悠悠闲闲地问道：

“你昨夜一直在皇上的寝宫。”

“对。”怡娃忙不迭地点头：“我一直在皇上的寝宫，皇上上朝后，我才起来。”

怡娃现在已经不知道自己究竟该说些什么了，她只知道皇后问什么，自己就如实地说什么，全然没有发觉，自己这句话一说出来，所有嫔妃的心中，立刻就都妒火中烧——整夜在皇上的寝宫中侍寝，而且，竟然还敢在皇上起床以后再起来。难怪这个怡娃这么嚣张，原来她是在仗着皇上给她撑腰！

“那你今晚还去皇上的寝宫吗？”皇后早就把众位嫔妃的心思看了个清清楚楚，所以，又故作漫不经心地问道。

“我还没有问皇上。”怡娃说道。

“噢，是这样，”皇后点了点头：“你先起来吧。”

怡娃赶紧站了起来，皇后接着说道：

“那这样吧，我先拨给你一处宫苑，你暂时居住，再按照品位派给你内侍和宫女，还有每月的用度。你呢，先住进去。等今天见到皇上，再问问他，你今晚究竟如何安置。”梨宫月不动声色间，就又给所有妃子的心上插了一把刀。

“嗯，我知道了。”怡娃仍旧按照教坊中的规矩答道。

“还有，你现在毕竟是皇贵妃了，宫苑马虎不得。所以，我今天给你的宫苑，只是让你临时居住的，你有空的时候，到这宫里各个地方去转一转，选一处自己喜欢的宫苑，找到了就来告诉我。我就把它赐给你。”

“真的，那太好了。”怡娃喜上眉梢。

“当然是真的。现在你已经是皇上的人了，我们就是自家姐妹了，有什么事情，你尽管来找我就可以了，不用客气。还有这里的这些位妹妹，”皇后用手一指，“都是皇上的御妻，希望你们以后能够多亲多近。一起同心协力地服侍好皇上，才不枉我和陛下疼爱你们一场。”

“是。”众位嫔妃纷纷离座，点头称是。

直到这时，怡娃才松下一口气来：

“哎，还以为今天会再挨顿打呢。没想到，竟然这么着就没事了，看来还是当了皇贵妃好，连皇后都得让自己几分。”怡娃越想越得意。

怡娃的心思，皇后看在了眼里，心中冷哼了一声：

“本来希望你能代替了严纯儿那个贱人。可是没想到你竟然这么没用，连一晚上都没糊弄过去。”皇上寝宫中发生的一切，梨宫月早就知道得清清楚楚了，“不过，你代替不了也好，像你这样嚣张的性格，要是再让你得了宠，你还不爬到我的头上来?!现在这样也好，正好我需要一个人，为我去做一件事情，你最合适了。毕竟你是他封的皇贵妃，而不是我封的。所以，你是最合适的人选。”皇后的眼中闪过了一抹异样的光彩，“他竟然会当众越级册封你，这真是天意！也许，是苍天都在眷顾我们梨氏了。”

长江南岸还是乍暖还寒的季节，而岭南现在已经是满目葱茏了。

昨夜一场春雨，润物无声。清晨起来，只见漫山遍野都布满了愈加葱翠的绿色，山谷间晨雾蔼蔼，薄薄的晨曦透过淡淡的薄雾射了下来，笼罩在早春的大地上，让大地越发显得朦胧温润、春意盎然。

在这样的初春的早晨，一切都是和煦的、光明的，就好似有一根柔软的手指，在轻轻地触摸着人心深处最易动情的那一个角落。让人不由自主地就陷入到了无边的遐思和憧憬之中。

而正处在这个季节、这个时候的每一个人，不论是贫穷还是富裕，不论是官高权重的王侯，还是山野间一个普通的农家，不论是气质美如兰的名门闺秀，还是青春靓丽的村间少女，他们的心情都是一样的，都充满了对生活的满足和对生命的礼赞。因为这是一个能够给人以希望、能够让人感受到幸福的季节。

每一个岭南人都知道，在非常非常遥远的长江边，有一个皇帝，那是他们的统治者，但是那个统治者却是那样的遥不可及，就像是传说中的神仙一样，虽然拥有着无限的权威，却顾及不到他们的生活和生命。

而在岭南，在昆明，有一处深深的王府，那里面住着梨氏岭南王，那才是他们真正的王！他掌控着他们岭南每一个人的生死，拥有着岭南每一个人的财产乃至生命和子孙万代！

因为在很多年前，整个岭南都是属于梨氏的，后来，中原宇文氏统一西蜀国，梨氏和宇文氏缔结合约。合约写明：梨氏臣服于宇文氏，成为西蜀国除宇文氏之外的第二大王族，并且为西蜀国永世镇守岭南。

时间如流水般飞逝，西蜀国宇文氏换了一个又一个皇帝，而梨氏也换了一个又一个王爷，每一代的西蜀国皇帝和梨氏之间都保持着姻亲的关系，直到现在也不例外。

所以，对于世代居住于岭南的百姓来说，这一纸合约并没有什么实际的意义，因为他们仍旧是生活在这块土地上,他们的王、他们的主人仍旧是梨氏岭南王。

今天,在这个如诗如歌的初春的早晨,昆明城外的岭南王府别院,更是风光怡人,美如仙境。

这里,是昆明城附近最优美的一块山地。昆明这个地方的山本身就是以秀丽而著称,而这座小山,更是秀美非常。

圆润的小山包上,长满了各种绿色的植物,因为是早春时节,这些绿色植物上的枝叶都是娇嫩的,柔软的,使得整个小山包看起来,都是那么妩媚轻柔,宛如处子的酥胸。所以,这座山的名字就叫仙子山。

在仙子山的山脚下,有一座豪华的府邸,一条清澈的山泉悠悠围绕着这座府邸流过,让人身在府邸之中的时候,鸟鸣水声尽收耳底,如入仙境,心旷神怡。

这里只是岭南王府的一座别院,旁日里,一般都是梨家的公子小姐们来踏春郊游,或者是王爷的姬妾们结伴出来游玩,才会在这里停留一会儿。可是今天,梨氏的大家长,这一代的岭南王,西蜀国皇太后的兄弟,梨宫月的父亲,却轻车简从来到了这里。

岭南王一来到府邸,就径直进入了府中的一处书房,这处书房是专供岭南王使用的,对于所有的人来说,这里都是禁地。

岭南王进入书房后,就屏退了所有的随从,在书案前坐了下来,开始凝神静思。他面色沉重,手中捏着一张薄薄的信纸,信纸上只有简单的两句话,说明了见面的时间和这一次的接头暗语。上下都没有落款,但是很显然,岭南王非常清楚究竟是谁给他寄来了这封信。

这张信纸很独特,黄色的信纸上还撒上了点点金黄色的粉状痕迹。岭南王知道,这是寄信的人在向他说明自己的身份,这种独特的黄色象征的是西域,这星星点点的粉状痕迹,则是大漠的标志,而西域大漠中会不远千里来到岭南的,只有——圣域!

作为岭南王府的最高领袖,岭南王都说不清自己的家族是怎样和那远在天边的圣域发生联系的。

那大概是三十年前了,他还非常年轻,有一天,岭南王府来了几个奇怪的客人。多年来,岭南王府一直都在网罗能人异士,所以,这几个人虽然形容非常普通,但是一看就是非同一般的高手,因此,王府就用非常隆重的礼节把他们迎进了府中。

果然,这几个人都是身怀绝技的高手,他们向岭南王展示了自己的才能,在获得了岭南王的欣赏和认可之后，才说出了此行的目的。

原来，他们来自于西域一个叫做圣域的神秘组织，这个组织的实力非常的庞大，而他们的野心却更加的庞大，乃至于直至今日，岭南王都没能彻底弄清楚，圣域的终极目的究竟是什么。

这几个人代表圣域向岭南王提出了他们的打算，他们想和梨氏建立一种互助关系，如果梨氏有想要在西域办的事情，圣域可以替他们做。而同样，圣域如果想在西南办什么事情，就由梨氏代劳。

梨氏本来就不安于只居于一隅，所以，面对着这样的合作计划，他们欣然应允。

圣域也很守信用，这么多年下来，帮助梨氏在西域了断了很多事情，这些事情都是梨氏急需要办，却不方便出面的。虽然梨氏对圣域也有过一些小的帮助，但是三十年算下来，却是圣域帮梨氏的要多得多。

渐渐地，这也成了岭南王心中的一块心病，因为他很清楚，像圣域这种组织，是从来也不会做亏本的买卖的。

而今天，圣域发来讯息，说是要派出使者和岭南王单独见面，有事情要详谈。岭南王当下心中就清楚了，这是圣域该要他们梨氏出力的时候了。因为多年以来，他们一直都是书信往来，极少会有人登门。

天到正午，一个随从进来禀报，有一位客人要见王爷，岭南王心中暗暗纳罕，从西域到岭南，万里关山，这位圣域使者竟然真的就在规定时间中赶到了。

岭南的早春已经有些溽热了，但是这位圣域使者依旧是一身黑衣，穿戴得一丝不乱。脸上皮肤粗糙，目光浑浊，怎么看都是一个非常普通的中年汉子，但是岭南王知道，这只不过是经过了易容后的假象。

圣域使者向岭南王行礼。

岭南王端坐在书案后面，面沉如水，手中仍旧捏着那张信纸：

“西域一切还安好吗？”这是信上所表明的接头暗语。

“还好，而且美人更多了。”暗语对上了。

这一对上暗语，岭南王心中的疑问就又升起来了：

“怎么，美人真到了西域？”

圣域使者微微一笑：

“接到了王爷和皇后的指令，我们马上就去查找，已经找到了。接下来，我们会按照王爷和皇后的指令处理好这件事的，请王爷放心。今天我来，是为了另外一件事

情。”

“好,使者请坐,慢慢说。”

使者点头谢坐之后,就开始徐徐道来:

“前段时间,我们主人曾经送信给王爷,希望王爷能够给西蜀国皇帝小小地添一些麻烦。”

“我已经做了。”岭南王心中一沉,圣域使者果然是为了这件事来的。

前段时间,岭南王接到了圣域的消息,要他给端昊制造一些麻烦,当时,岭南王正好心中也对端昊不满,也想趁这个机会,再争取一些利益,所以,就向端昊提出了一些要求,并且开始明目张胆地操练兵马。

而后来,端昊就一再让步,满足了岭南王的这些要求。岭南王现在还不想逼急端昊,所以也就有所收敛了。

圣域使者微微一笑:

“我们知道王爷已经给宇文皇帝添了一些麻烦,但是,还不是很够。我们希望王爷能够再多做一些,最好是能让皇帝真正地感到威胁!”

岭南王面色阴沉:

“说实话,我前段时间所做的那些事情,已经有些过分了,如果再做,尤其是像你说的让皇帝感到威胁,那就等于是在谋反,可是现在,我们梨氏还不想谋反。”

圣域使者了然地望着岭南王:

“可是就算王爷不谋反,西蜀国皇帝能容得下王爷吗?历朝历代,这样的事情太多了。建国之初的那些功臣,不全都是因为功高震主,而被皇帝多有忌惮,等到皇帝的皇位一旦坐稳,就会首先剪除掉这些功臣。”看岭南王沉吟不语,圣域使者又继续说道:

“更何况,现在的这个西蜀国皇帝宇文端昊野心勃勃,做人做事都非常强势,他还能像他的父亲和爷爷那样,容忍着你们梨氏一直都在岭南自立为王吗?恐怕西蜀国剪除你们梨氏的日子已经不远了!”

岭南王的目光始终都是深不见底的,没有人知道他在想些什么,听完了圣域使者的话,岭南王稍稍沉默了一会儿,声音低回地说道:

“因为功高震主,而被杀戮者古来有之,梨氏可能也不能例外。现在的陛下,为人强势,是真正的人中之龙,这也是事实。也许,换作别人来做这个岭南王,现在,已经被陛下剪除了,但是,梨氏却不会。”

“哦？为什么？”圣域使者问得兴致盎然，就好像心中已经知道了答案一样，只是想等着岭南王亲口说出来。

岭南王也不理会他的态度，只是淡淡地说道：

“使者可能也知道，梨氏和陛下是至亲，陛下是我的亲外甥，而现在的两位皇子——大皇子和二皇子则是我的亲外孙，除了他们两个，现在后宫中还没有其他的年纪超过三岁的王子，我的外孙是长子，又是嫡出，未来的皇位应该说就是属于他们兄弟中的一个的。在这种情况下，西蜀国虽然是宇文家的，但也等于就是我梨氏的，我们何苦要自己反自己呢？我去反我亲外甥，亲外孙的皇位，那不是太荒唐了吗？同样，对于陛下来说，西南重地，当然要让最信任的人来把守，而在西蜀国，他最亲的人，恐怕除了先帝，就是他的母亲和我了，他又为什么要剪除自己的亲舅舅呢？”

岭南王一番话说得中情中理，有根有据，条理分明。恐怕任何一个人听了他这样一番话，都会从心中认同的，但是圣域使者却一直面带微笑地听着，他的那种笑容就好像是在看戏一样，让人感到非常恼火。

“怎么，使者有什么话要说吗？”岭南王怒气隐然。

使者呵呵一笑：

“确实是有几句话要说。”

“那就请讲！”

“王爷说得都对。但是，您所说的这一切，都需要有一个前提，那就是，宇文端昊必须得是您的亲外甥。”

“他当然是我的外甥，这件事全天下人都知道！”

“全天下人都知道的事情，不一定就是事实！”使者的声音突然提高了起来，语气严厉：“三十多年前，梨贵妃怀上了龙种，梨氏花重金请人推算，知道了贵妃所怀的是一位公主。而梨氏又经过多方打探，得知在某一个地方，也有一个将要临盆的妇人，经过高人掐算，这个妇人所怀的儿子如果能够在特定的时间出生，将会是一位贵不可及的人物。所以，你们梨氏就暗起杀心，掠来了那位妇人，在特定的时间里为她剖腹取子。孩子出生了，妇人却被折磨而死，而你们为了杀人灭口，还杀害了那个妇人的全家，并且偷偷把那个男婴送进了宫里去，在梨贵妃临盆的时候，替换下了梨贵妃所生的公主，才有了今天的宇文端昊！”

圣域使者一番话，说得岭南王冷汗直流：

“你胡说！”岭南王大喝一声，似乎想用高亢的声调，来推翻圣域使者所说的话。

“若想人不知,除非已莫为!我是不是在胡说,王爷的心里很清楚。而且,我说的还只是其一,接下来,我还要说其二!”

岭南王冷汗涔涔,他狠狠地注视着圣域使者,一个字一个字地说道:

“我看你是在故弄玄虚,哪还有什么其一、其二?!西蜀国只有一个皇帝宇文端昊,难道,你还能再编造出一段皇帝的身世来不成?就算是你能编造出来,恐怕也没有地方去找第二个皇帝来让你编造了!”

圣域使者微微一笑:

“皇帝是没有了,但是还有皇后!”

圣域使者一说出皇后二字,岭南王的脸色霎时变得铁青:

“皇后怎么了?皇后是我的女儿!”

“您的女儿?”圣域使者冷笑了一声:“您倒是真想生出这样一个好女儿!”

圣域使者直视着岭南王,眼中闪动着逼人的光芒:

“自从梨贵妃那个所谓的皇子诞生了以后,您就又开始处心积虑地想要生出一个女儿了,好等她长大以后,把她嫁给宇文端昊,这样,你们梨氏的血脉,就可以真正地绵延进西蜀国未来的皇位继承人的身上了。

只可惜,事实太让您失望了,您虽然广置姬妾,但是却没有一个姬妾能为梨氏生下一个符合您要求的女儿!眼看着时间一天天地过去,那个所谓的皇子已经在慢慢地长大了,您不能再等了。因为如果再等下去的话,皇子和您女儿的年龄就会差距过大,那样,您想让您女儿成为皇子正妃的希望就会成为泡影。所以,您在万般无奈的情况下,只能又故技重施了。

您又请来高人掐算,为您找到了一个即将出生的女婴。女婴在您的监控下降生了,果然是一位天生丽质的小美人,而且她的命格极为贵重,真的就是皇后的命数。

而您为了不走漏一丝风声,再次痛下杀手,把这个女婴的所有家人都斩尽杀绝,一个活口不留。于是,您在有了一个聪慧过人的外甥之后,就又有了一个秀外慧中的女儿——梨宫月!您的大计正在一步步地走向成功。不过,关于梨宫月的这些内幕,恐怕您的妹妹,西蜀国当朝的皇太后都不清楚吧。”

岭南王头上的青筋都一根根地暴露了出来,他像看见鬼一样盯着圣域使者,嘴唇颤抖着,良久才发出声音来:

“你究竟是什么人?”

“我是圣域中人,万里而来,就是为了替我们的主人给您传达一个口信。”圣域使者不慌不忙地说道。

“你是怎么知道的这些?”现在岭南王已经不再否认了,因为他知道,自己再也否认不了了,这个圣域使者对当年的情形真是了如指掌。这么多年以来,参与过这些事情的人,都被岭南王斩的斩,杀的杀,一个也没有留下,时至今日,所有的知情人都已经不在人世了。

以至于岭南王一直都认为,这些内幕,只有他自己一个人是最清楚的,而这些秘密,将永远都埋藏在他的心里,会一直跟他到坟墓中去。可是今天,却突然出现了这样一个人,如此详尽地向他描述着这些往事,就好像这个人亲眼看见了一切一样。随着圣域使者的描述,岭南王似乎又看见了,当年那一幕幕惊心动魄的血腥情景,那时,他也知道自己是在冒险。一次次的欺君罔上,一旦暴露,就是株连九族的死罪!但是,为了梨氏,为了梨家几代人的那个称霸天下的梦想,为了自己心中的皇图梦,他还是这样做了。

还好,所有的这些事情都被圆满地掩盖了过去,随着先皇驾崩,端昊登基,梨宫月被册封为皇后,两位皇子诞生,这一系列的目的都达到了,岭南王的心中也慢慢地踏实了。他认为,当年的这些阴谋终于都瞒天过海,而且都结束了。不管是端昊还是梨宫月,都不会再有人对他们的身份有所怀疑了,自己也可以松一口气了。

可就在这个时候,竟然出现了这样一个人,如同鬼魅一般,揭穿了这一切。看着圣域使者那双阴沉的眼睛,岭南王真怀疑他是来自于地狱的鬼魂,是当年被他害死的那些人中的一个,来专门找他讨债复仇来了。

“皇帝是不会相信你的!”岭南王虚弱地说道。

圣域使者阴森森地一笑,声音犹如夜枭般尖锐刺耳:

“他自己都是个冒牌货,他相不相信又有什么关系呢?可是自然会有别人相信的——西蜀国中有的是仇恨你们梨氏的王公贵族,有的是想要图谋皇位的皇亲国戚。而且,你自己想一想,当年为了帮助宇文端昊争夺皇位,你们梨氏曾经暗中陷害了多少皇子,这些皇子一直都在等待着复仇的机会!一旦让他们知道了,龙椅上的这个宇文端昊连宇文家的人都不是,根本就是一个来历不明的家伙,那么,他们会怎么样呢?”

会怎么样,这还用问吗?这件事一旦大白于天下,那就是天崩地裂的大祸!

岭南王已经说不出话来了,可是圣域使者却仍旧没有结束谈话的意思,他继续说道:

"其二说完了,我还有其三!"

这次,岭南王连质问的力气都没有了,只能虚弱地坐在椅子上,听着圣域使者说。

"其实你心里一直都很清楚,假的就是假的,这个假的一天不变成真的,你的心里就一天不会踏实,所以你才会不遗余力地,去杀害每一个有可能威胁到梨宫月地位的女子,还要去不择手段地残害每一位怀了龙种的妃嫔。也正是基于这个理由,你才不惜动用我们圣域的力量,去铲除区区一个后宫中的美人!只不过因为宇文端昊对她有感情,而这个女孩子,又确实有些过人之处。你们怕她威胁到梨宫月的位置,怕她会生出宇文端昊的孩子。

当你做了这一切以后,还是不踏实,所以,你又指使梨宫月,开始了又一个更加阴险的计划……"

"什么计划?"岭南王咬着牙问道,他不相信,不相信圣域使者竟然会连这个计划都知道。

圣域使者又冷哼了一声:

"你的这个计划本来实在是个下策,可是,没想到老天竟然那么帮你,让皇上自己册封了一个叫怡娃的皇贵妃,于是,你的计划就变得可行了!至于你究竟想怎么做,还用我都说出来吗?"

岭南王彻底地崩溃了,究竟还有什么是这个圣域使者不知道的?自己现在正在实施的这个计划,甚至连梨宫月都不是知道得很清楚,只是在按照他的指令去做罢了,可是,圣域使者竟然全部都知道了!

岭南王无力地摇了摇头:

"你不用说出来了。我现在只想知道,你到底想要怎么样?"

"要你好好的跟我们合作!"

"说出你们的要求。"

"囤积兵马,等待我们的通知,一旦得到命令,就立刻起兵造反!"

"我现在如果起兵,根本就不会是皇帝的对手!"

"我们也不会让你现在就起兵谋反。当然会等到适当的时机再让你起兵的。"

"什么时机?"

"到时候我会告诉你的。"

"还有多久?"

"应该很快了,不然我也不会现在就来和你商讨这一切细节。"

"但是这究竟是为什么?我起兵谋反,你们能得到什么好处?"岭南王确实无法理解,西蜀国南疆造反,跟远在西域的圣域有什么关系?

圣域使者又是一笑:

"这个问题其实我可以不回答你,但是既然你问了,那我告诉你也无所谓——你谋反,跟我们圣域是没什么关系,可是,"圣域使者的声音突然变得郑重之极,"却和大梁国很有关系!"

使者的一句话,让岭南王犹如醍醐灌顶!

"原来,你们是大梁国的人!?"

"错!"

"怎么错了?"

可是圣域使者却再也不肯多说一个字了。

岭南王毕竟也是老成谋国之人,他现在已经慢慢地平静了下来:

"我帮助大梁国,去打击西蜀国,这对我有什么好处?"

圣域使者微微一笑:

"如果你不按照我们所说的去做,你曾经所作的这一切阴谋诡计就会大白于天下。而如果你按照我们所说的去做,也许你在未来还能有一些和大梁国讨价还价的资本!"

岭南王沉默了,他已经无话可说了。过了很久,岭南王才低声说道:

"好吧,我按照你们所要求的去做。"停了一会儿,岭南王又问道:"我能再问一个问题吗?"

"请说。"

"当年你们圣域来和我们梨氏合作,是不是就是为了现在这一天。"

圣域使者微微摇了摇头:

"那倒不是,我们也不可能预见得那么准确,只不过和各方势力合作是我们的习惯。"

"那如果我们没有合作过,你们还会这么关注我的事情吗?"

"当然会了。事实上,我们不仅在关注您,我们是在关注所有值得关注的人。"

"那你们的终极目的究竟是什么?"

"这就不是我能议论的事情了。"

岭南王点了点头：

“那好吧，我就没有什么要问的了。”

圣域使者笑容真诚：

“既然我们都谈好了，那我就该走了。对了，请您转告您的女儿，让她放心，逃到西域的那个小美人儿，我们会让她死的，而且是严格按照皇后陛下所提的要求操作！”

第七章　冷血后宫

孔雀城里，纯儿被圈在屋子里养伤。

“我的身体真的没什么问题。”纯儿第 N 次对玉环说道。

“可是端木公子和无影公子都说了，小姐这次所经历的事情太过于凶险，对身体有很大损伤，因此一定要好好休养。”

“玉环，生了病躺着没用，你没听人说过吗？生命在于运动。”

“别人的生命可能在于运动，可是您的问题在于运动得太多了，所以，您现在必须静养。”玉环丝毫也不通融。

纯儿百无聊赖地躺在床上。

“上药。”玉环捧着一个药罐走了过来。

“又要上药?！”纯儿奋力反抗，因为一旦上了药，就意味着得有四五个小时的时间不能自由活动：“我的伤基本上已经好了。”

“可是您的伤不是在别处，是在脸上！”玉环的态度比纯儿的还要坚决一万倍。

“您是女孩子，脸上是不能有一点伤的。”玉环说道。

“这个道理我懂，但是玉环，我对伤很有研究的，所以我很清楚，我脸上的这点伤落不下疤的。”

“但是我对伤没有研究，所以我不清楚，因此我也绝对不会让您冒险。”

“玉环，你不用说得这么严肃，不过就是脸上的一点小伤痕，就算是落下一个小疤，也算不得是什么大问题的。”

“绝对不行！”这次玉环干脆地喊了出来：“您的脸上如果真的有了一个疤，那以后还让我怎么出门啊，我可丢不起这个人！”

纯儿无法理解玉环的思维方式：

“等等，等等，玉环，就算是我脸上真的有了疤，那也是长在我的脸上啊，为什么你会没法出门呢？”很奇怪的思想。

玉环狠狠地白了纯儿一眼，就仿佛在责怪纯儿是世界上最大的白痴，连这点问题都想不明白一样。

“我是小姐的贴身丫头。我是干什么吃的，竟然会让小姐的脸上落下疤，做丫头做到这个份上，我还有脸见人吗？”

“啊?！”纯儿差点喊出来，她被玉环说得一愣一愣的，半晌，纯儿才回过神来，由衷地在心中感叹：哎，玉环要是生在现代，一定是一个好员工，太敬业了。

“好了，我要开始给您上药了，您不要再说话了。”玉环开始往纯儿的脸上涂抹厚厚的草药。

让纯儿不说话，简直比登天还难：

“玉环，你说这种草药有用吗？”

“应该有吧，当地人都是用这种草药治疗外伤，据说消除疤痕的效果极好。而且国主还专门拿出了宫中珍藏的一种果子，据说是从西方流传来的，研碎了放在药里，对皮肤特别有好处。”

“还有这样的好东西，什么时候有机会，找到这种药的配方看看，万一能回到现代，批量地生产出来，当化妆品卖一定能赚大钱。”纯儿天马行空地想着。

“哎，玉环，你不要总把所有的注意力都放在我的身上好不好，你也去干点儿自己的事情吧。”

“我的事情就是照顾您啊，除了小姐，我没有别的事情。”

“天啊。”纯儿又哀号了一声，“看来职工教育得从婴儿期开始。你看玉环，从小就被卖进了宰相府，从小就被灌输做个好丫头的思想，现在怎么也改不了了。再比如说自己，从小就觉得当特警是世界上最好的事情，现在可好，不让自己在现代当特警了，回到古代，仍旧难改特警的本色。”

“你当然有别的事情啊。比如说，你可以去交个男朋友。”纯儿热心地建议。

其实自从加入商队以后，纯儿就开始不停地向玉环提这种建议，平均一天三次，早中晚均匀分配，可是玉环一直都当她是没事闲得胡言乱语。

可是今天情景却发生了些变化，当纯儿一说让玉环去交男朋友，玉环捧药的手竟然哆嗦了一下，差点儿把药罐子给扔了。

"小姐,您别瞎说。"说着话,玉环的脸已经通红了。

纯儿紧紧地盯着玉环,眼中闪动着邪恶的光芒:

有问题啊,好,这下子,自己又有的玩儿了。

玉环刚给纯儿上完药,端木和无影就走了进来,纯儿无奈地翻了个白眼:

"你们一定要选这个时间来看我吗?"纯儿有些气恼,因为她知道,自己现在涂抹着一脸墨绿色的草药,实在是不够美观。

可是纯儿却没想到,现在端木和无影谁都没有想她是否美观的问题,看到纯儿脸上厚厚的草药,他们的心中唯有心疼和歉疚。

"对不起,纯儿,我不是故意要现在来的,主要是我马上就该走了,所以特意来跟你道别。"无影说道。

"怎么,无影大哥,你要走了?"

"嗯。这段时间我在西域奔走,效果不错,而回鹘部也已经赎回了一部分土地,让族人有了田地和家园,王城也快修筑好了,我得回去看看了。"

"是这样,那你就回去吧。毕竟你现在也算是一国之君了,肯定会很忙的。"

"对了,纯儿,我跟端木王子说好了,再过一段时间回鹘部有一个庆典,到时候,你和端木王子一起来我们回鹘部看一看,如果你愿意,还可以在我们回鹘部住一阵子。行吗?"这是无影第一次主动邀请纯儿,所以,心中非常紧张。

纯儿倒不以为意:

"好啊。只要有好玩儿的地方我肯定想去,我还没去过回鹘部呢,就是不知道端木大哥有没有时间。"

"我没问题,刚才少主已经邀请我了,到时候,我带你一起去,可能国主还会去呢。"端木落落大方地说道。

"真的?那是什么庆典啊,这么热闹。"

"是我们回鹘部一个传统的节日,而我们,也想趁着这个机会,广邀西域各个城邦,重新构建起回鹘部和各地的联络。"

"行,那我一定去。"

该走了,无影深深地望着纯儿,眼中心中全是不舍。几番犹豫又开口了:

"纯儿,我这就走了,你一定要注意安全,不要随便冒险。"

"知道了。"纯儿回答得极快,以至于在场的每一个人都清清楚楚地看出了纯儿的不真诚。

千言万语，万语千言，可是多少次话到唇边，无影却又不知道该如何开口，如何表白。

“纯儿，我走了。”酝酿了半天，结果说出的还是这一句。

无影现在心中真的很气自己——自己可以持一把长剑纵横江湖，夺下西蜀国第一高手的名头，自己可以义无反顾地登上回鹘部少主的宝座，承担起复兴回鹘部的重任，可是为什么自己一旦面对着纯儿，就会莫名地失掉所有的勇气，不知道该如何吐露自己的心声。

“纯儿，我在回鹘部等你。”无影说道，他的态度万分郑重，因为此刻他的心中想的是：我在回鹘部等你一辈子！

无影走了，因为纯儿脸上都是草药，必须静卧，所以没办法送无影出去，只好在房中和无影告别，然后由端木来为无影送行。

端木和无影一起朝着孔雀城外走去，一次次龙潭虎穴闯过来，已经让这两个男人越发地惺惺相惜，他们在彼此的身上，都找到了自己的影子，也找到了吸引自己的东西，所以，现在他们已经成了至交、兄弟。

一路上，端木一直想着跟无影说一件事情，但是他几番酝酿也不知道该如何开口，眼看着两个人已经走出了孔雀城，再往外，就是茫茫的大漠了。端木终于下定了决心。

在无影即将上马的那一刻，端木开口喊了一声：

“少主。”

“端木王子，还有什么事情？”无影牵着马转过身来。

“我……”端木又有些踌躇了，迟疑了一下才说道，“这一次，圣域为你和纯儿带来这么大的麻烦，我很抱歉。”

无影哂然一笑：

“那也是圣域在作恶，又和你有什么干系？”

端木微微摇了摇头，眼中充满了一层让人难以明了的痛苦：

“纯儿可能没有告诉过你，圣域的主人，可以说是我的哥哥。”

“什么？！”这一下，无影真的吃惊了，他也知道端木王子和圣域主人之间可能会有某种关联，但是真没想到竟然会是这么深的纠葛：“这么说，圣域主人是波斯人？”无影本能地推测道。

端木表情混乱地撕扯着手边的一丛树枝：

“他不是波斯人，这里面很复杂，一言半语很难说清楚。也许，有机会你去问纯儿，她还能讲得明白一些。总之，圣域主人一直希望我能够和他一起做这些事情，但是我不答应，所以，他就总是给我找麻烦。”

无影心底磊落，既然端木这样说，他也就不再追问了，只是说道：

“这也没什么，就算是嫡亲的父子兄弟，也有思想不同的时候，既然道不同，你不与他往来也就是了。”

看到无影如此地理解自己，端木心中感激，艰难地说道：

“其实，关于圣域的底细，我知道一些。这次，圣域给你们带来这么大的麻烦，我也知道，我应该把这些都告诉你们，好让你们早日剿灭圣域，但是，我……”

“端木王子，你千万不要这么做！”端木的话已经说得万分艰难了，可是不等端木说完，无影就打断了他：“你和圣域的主人毕竟是兄弟，即使他做得再不对，也不能由你来出手对付他。在这件事情上，你只要保持沉默和中立，就等于是已经很帮我们了。”

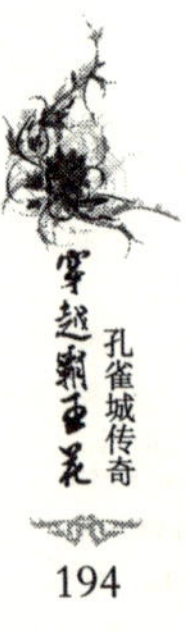

“少主，你为人太宽厚了。”端木由衷地说道。

无影摇了摇头：

“倒也不是我有多宽厚，只是将心比心，如果，圣域的主人是我的哥哥，我也会像你这样做的。帮他肯定是不可能，但是，剿灭他，又有重重障碍，所以，可能一心盼着他能改邪归正，是最好的结局了。”

端木心中感慨：

“是啊，很多年了，我最大的愿望，就是他能够明白自己所做的这一切是错误的，及早放手，可是，哎……”端木长叹了一声，没有再说下去，但是无影也能明白他要表达的意思，而且这也是无影心中所想的——让一个像圣域主人这样的人弃恶从善，实在是太难了，几乎就是不现实的奢望。

“好了，时候不早了，上路吧。”端木忽然精神一振，脸上又洋溢起了他那固有的阳光和热情，“谢谢你信任我。”

无影含笑摇头：

“我想我能明白你的痛苦，眼看着纯儿遇到生命的威胁，却不能直捣贼巢，你的心中，一定也在经受着更重的磨难，毕竟，你那么爱她。”

无影沉静地说出了心中最真实的想法，可是说出后，两个男人之间，却突然出现了一种让人压抑的沉默，因为，自从相识以来，他们还是第一次这样公开地提到彼此对纯儿的感情。

端木一直以为，如果他们两个人之中，要是有一个人主动提起这件事，那一定是自己，因为无影太矜持，太沉默了，他真没想到，无影竟然会率先说出这个话题。

看出了端木的错愕，无影淡淡一笑：

“我只是不善于表达，但从来都不会不敢于说出真实的状况。”无影的目光有些变深了，他注视着远方的沙海说道，“端木王子，你对纯儿的真情，让我感动。”

听了这话，端木不禁也笑了：

“你对纯儿的深情，又何尝不让我动容。”

两个男人的脸上都涌起了一层暗红色。

“这样吧，少主，”端木目光清朗，“可以说直到今天，纯儿还只是把我们两个都当成了朋友、兄弟，没人知道未来会有什么变化，如果有一天，纯儿做出了选择，那不管她选择了谁，我们都还是兄弟，好吗？”

无影也笑了：

“好！”顿了一下，无影又接着说道：“端木王子，我真佩服你的这份胸襟和气魄。”

“我也很佩服你。既然我们是兄弟了，那以后，我也不叫你少主了，你也不要再称呼我什么王子了。我喊你无影兄，你就直接叫我端木或者臻华，可以吗？”

“行！”无影爽朗地应道：“端木贤弟，一定不要忘了，我们在回鹘部的王城，还有一个约定。”

“放心吧，大哥，我不会忘记的，我们一定会早早赶到。”

岭南，一座平凡的小院落中。

这是一所岭南最普通的民居，外面绕着篱笆，房前屋后都种植着当地所特有的、那种亦花亦菜的菜蔬。院子中央，有一排三间的房子，房子不大，和岭南所有的房屋一样，房屋都是前后开窗——相对着的两面墙上，各有一扇方形的窗子，窗上的竹帘都卷了起来。屋子里一片通明透亮。

此刻，屋子中站着两个男人，这两个人相对而立，一个面容冷峻，一个冷汗直流。

“岭南的这种房屋布局真好，这样，如果想在屋子里商谈什么机密，就把两边的窗子都打开，就再不会有人能在外面偷听了。”那个面容冷峻的男人感慨道。淌冷汗的男人，只是听着，并没有说话，似乎他的心中正经受着极大的恐惧。

过了半晌，那个面容冷峻的男人才轻叹了一声，又开口了：

"如果，王爷在和那个人密谈的时候，像我现在这样打开着窗子，那你就不可能在外面偷听，也就不可能把这件事情传递给我，也就不用死了。"

听到这个死字，那个流冷汗的男人干脆发起抖来：

"大，大人，不，不要……"他现在已经语不成调了。

那个冷峻的男人笑了一下，笑容却比哭还要惨淡：

"不要什么？不要让你死？可是，自从我们出京的那一天，更准确地说，自从我们被皇上挑选出来的那天起，你就应该知道，死，是我们唯一的结局。不光你会死，我也会死，只是比你晚几天而已。"

"以前，我也曾经给皇上传递出过很多有用的消息。"

"没错。"

"所以我有功劳。"

冷峻的男人又是一声惨笑：

"哎，你当然有功劳，身为大内密探，在岭南王府卧底多年，为皇上传递出来无数重要的情报，你不仅有功劳，而且功劳还很大。可是这是两回事，你怎么就不明白呢？即使今天让你死，也不是因为你犯了错，而是因为你今天传递出来的这个消息太重大了，知道了这个消息的人，是绝不可能再活在世上的了。"

流冷汗的男人面如死灰：

"那如果当时我不把这个消息传递出来呢？那我就不用死了！"

"你不传递，自然会有别人传递，皇上能派你监视岭南王，就能派人监视你，到时候你不还是一样会死吗？"

"可是，这是为什么？"

"因为我们知道了我们不该知道的东西。"

"皇上骗了我们！"

"皇上没有骗我们，这一切都是我们自愿的。"面容冷峻的男人疲惫地说道："当初我们接受皇上指派的时候，谁不是想着，终于得到了一个能够为皇上尽忠的机会，然后来岭南好好为皇上效几年力，等回去后，就可以得到高官厚禄，荣华富贵。"

"可是我们什么都没有得到！皇上当初承诺我们的，我们都没有得到！"

"如果，没有今天这件事，也许再过几年，我们的任期满了，将要换任的时候，我们会平平安安地回到京中，会得到这些东西。但是，我们却遇到了这件惊天的秘密，所以，只能怨我们自己的命不好了。"

流冷汗的男人已经站不住了，干脆坐到了椅子上：

“那你呢？我死了以后，你会怎么样？接着把消息传递到下一站？然后再让下一站的人处死你？”

面容冷峻的男人微微摇了摇头：

“不会的，我不会把这个消息再告诉任何人了。这个秘密太大了，知道的人都会死。所以我要直接把这个消息送回京去，直接告诉皇上，这样，可以少造成一些无谓的死亡。”

流冷汗的男人狞笑了一声：

“你倒是心善！可是凭什么，都是来做卧底，我们就得死，他们就可以活着！”

“佛言，救人一命，胜造七级浮屠。只当我为来世种一些善果吧。”

“我不甘心，不甘心！”流冷汗的男人眼中射出绝望的光芒：“我不甘心就我一个人死！”

“怎么会就你一个人死呢？我不是也要死了吗？”

“可是他们都没死！”

“唉，”面容冷峻的男人叹息了一声，“人之将死，其言也善。你都是将死之人了，心中何苦还有这么大的仇恨呢？把一切都放下吧。”

流冷汗的男人突然“扑通”一声跪倒在了面容冷峻的男人面前：

“大人，我们逃吧，逃得远远的，逃到西域去，逃到一个谁也不认识我们的地方，不再管这些事情了。”

面容冷峻的男人摇了摇头：

“我不能逃，我的一家老小，都在京城，在皇上的掌控之中，如果我逃了，他们就都会死！”顿了一下，他的声音突然变得分外低沉了，“这个消息是你送出来的，你应该很清楚这个秘密的分量。天下没有不透风的墙，这个秘密既然你我都知道了，那么很快，就还会有别的人知道。现在我们得到了这个消息，并且把它送回去，也只是能起到一个让皇上提前做准备的作用，我相信，天下大乱的那一天已经为时不远了。到时候，恐怕任何一个人就都无法掌控自己的命运了，我们不过是先走了一步而已。”

“你真的要回京城？”

“对，”面容冷峻的男人点了点头：“送你上路之后，我马上就走。”

“这是你逼的我！”流冷汗的男人突然大喊了一声，扑向了那个面容冷峻的男人，不知何时，他的手中已经握住了一把尖刀。

面容冷峻的男人一动不动，他充满同情地看着眼前这个垂死挣扎的男人，淡淡地说道：

"你这又是何苦？"

说完后，也不知怎么的，他身形一动，那个流冷汗的男人手中的匕首，竟然就插到了自己的胸口上。流冷汗的男人当场气绝身亡。

当流冷汗的男人死了以后，那个面容冷峻的男人开始迅速而有条不紊地料理一切。

他先处理了那个流冷汗的男人的尸体，然后又把房屋收拾了一遍，抹去了所有一切可能会暴露行踪的痕迹。等把这一切都收拾完以后，男人最后望了这个小小的院落一眼，就扬长而去。

虽然他走得毫不拖泥带水，但是他的心中却远没有这么洒脱。

曾经，一心想着去追逐高官厚禄，追逐荣华富贵，为了这些目的，他不惜牺牲一切。可是，到了生命即将完结的时候，他才发现，如果能一辈子都和家人一起平安祥和地生活在这样一个小院落中，已经是最大的幸福了。

如果真的有来生，他一定不再选择这种腥风血雨的生活了。

西蜀国后宫中，怡娃住在了皇后赐给她的一处临时的宫苑中，焦躁不安地等待着皇上的到来。自从端昊寿诞那天，怡娃在端昊的寝宫侍寝之后，她就再也没有见到过端昊。

每天所能看见的，只有这满屋子的太监宫女，而且，这些太监和宫女还都一个个木着脸，一副心不甘情不愿的样子，这让怡娃愤恨不已。

其实这真的不能怪这些太监和宫女，怡娃从住进这座宫苑的第一天开始，为了立威，也为了宣泄心中的烦躁，就开始不停地责罚太监和宫女，这些太监和宫女已经基本被她打了一个遍了。

怡娃现在毕竟是皇贵妃了，所以这些太监和宫女们是敢怒不敢言，天大的委屈也只有忍着。心中唯一的盼头，就是皇后赶紧把自己调离这个人间地狱。

其实怡娃的日子也很难过。本来，以为自己这就算是一步登天了。当上了皇贵妃，在这后宫中，除了皇后就属自己了。可是，她真没想到，后宫中的生活竟然是这样的。

每天，早早的她就得起来，梳妆打扮，然后去给皇后请安。每天的请安可以说是怡娃最痛苦的事情了。

因为，怡娃现在的衣服首饰还只是皇后暂时赐给她的那些。现在怡娃才知道，原来，在这后宫之中，嫔妃们固定的月银并没有多少。别说维持日常用度了，光是打点那些管事的太监和管事姑姑都不够用。妃嫔们的衣装首饰，基本都是来自于娘家的供给，和皇上偶尔的赏赐。

怡娃没有娘家，所以，也就没有什么可以穿戴的衣服首饰，连胭脂花粉都不多。

每次晨起梳妆，她都恨不得把所有的衣服首饰都穿戴在身上，可是和其他的嫔妃比起来，她还是太寒酸了，寒酸得让她自己都不敢抬头。

而且，每当嫔妃们聚集在一起的时候，其他的嫔妃不管心里面是怎么想的，表面上都是你恭我爱的，一派祥和，可就是没有人答理怡娃，每次都让怡娃倍感冷落和尴尬。

平日里，怡娃连自己的宫苑的大门都不出，因为她觉得到处都是异样的目光，和对她指指点点的议论声。

她害怕面对这一切。

“知道今晚皇上去了哪处宫苑吗？”

夜色阑珊，怡娃坐在自己的卧室中问道。询问皇帝的行踪，已经成了她每天唯一可干的事情：

“回贵妃娘娘，皇上去了景华宫鹂妃娘娘那里。”

“去干什么？”怡娃愤怒地问道。

宫女哑口无言：

去干什么，这还用问吗？

但是宫女知道，如果自己不回答贵妃娘娘的问题，那么马上就要迎来一顿责打，所以，宫女硬着头皮说道：

“说是去看望鹂妃娘娘，因为，鹂妃娘娘有了身孕。”

一听说那个叫鹂妃的怀孕了，怡娃不禁怒火中烧：

“这个大胆的贱人！”

宫女吓了一跳，赶紧屈膝跪下了，跪下之后，她才明白，贵妃娘娘是在骂鹂妃。

“鹂妃这个贱人，我非要找个机会好好教训教训她不可！”怡娃心中的仇恨一下子都抛到了鹂妃的身上。

景华宫中，端昊正在和鹂妃一起用晚餐。因为鹂妃怀了龙种，所以御厨房格外的巴结,专门给景华宫的小厨房里送来了很多时新的菜蔬和珍贵的补品。

鹂妃带着一脸温柔醉人的笑意,专心地服侍着端昊用餐。

鹂妃也算是一个比较聪明的女人,很早以前,她就感觉出来,皇帝对于自己的感情发生了变化。在过去的时候,皇上对于自己还是怀有一些爱怜之情的。但不知道为什么,突然之间,皇上就变了,变得很陌生很遥远。

虽然,皇上还是会来看自己,也会每隔一段时间就宠幸自己一次。但是,皇上看自己的眼神,再也没有了往日那种温情和甜蜜。

鹂妃知道,皇上现在到自己这里来,只不过是还有些碍着过去的情面而已。这不现在,皇上虽然人坐在这里,但是心已经不知道跑到哪里去了。现在的皇上经常就会这样,动不动就神游物外,然后就会变得莫名的伤怀。

鹂妃其实也是爱皇上的,就因为心中在爱,所以,她才更敏感。她敏锐地意识到,皇上爱上了一个女人。

在过去的日子里,虽然后宫中三宫六院,而皇上也尽量做到雨露均沾。在这些嫔妃中,也能分出三六九等来,有的似乎能格外受到皇上的宠爱,而有的,皇上只是略微敷衍一下而已。

但是,鹂妃看得很清楚,这些女人,都不是皇上真正爱的人。因为,自从鹂妃进宫那天第一眼看到皇上开始,她就知道,这个男人心中没有牵挂着任何女人,纵然他妻妾成群,但是没有一个人可以称得上是他爱的女人。

也正因为这样,鹂妃的心中还是踏实的,只要没有一个女人能够独占住皇上的心,那么她就可以一直保持住皇上对自己的这一份怜爱。

可是忽然之间,皇上就变了,心中就装上了一个女人。鹂妃经过多方刺探,也弄不清楚这个女人是谁。唯一能让她感到一丝安慰的就是,那个女人似乎并不在后宫之中。

就在鹂妃整日里心神不宁的时候,一件天大的喜事发生了——她怀上了龙种。这真是让鹂妃大大地松了一口气。如果自己的肚子争气,能够让自己一举得男,那么,自己在后宫中的地位就算是真正的稳固了。

看端昊一个劲儿地在出神,鹂妃扬起了嘴角,摆出了一副温柔可爱的笑脸:

"皇上,您尝尝这道菜,他们说这是用核桃仁做的,很新鲜的法子呢。"鹂妃声音婉转动听。

端昊微微一笑:

“你吃吧，你现在怀了身孕，应该多吃些核桃。”

“哦？为什么？”

“多吃核桃，孩子生出来以后会更聪明的。”端昊无心中脱口而出。

“真的？”鹂妃惊喜地喊了一声，“我还真不知道，皇上懂的东西真是多，吃核桃能让孩子聪明，您是怎么知道的呀？”鹂妃时刻不忘做出小女儿的崇拜情态。

端昊听了鹂妃的话，心中不禁一疼：

我是怎么知道的……

不期的，端昊的心又回到了洪泽湖畔的星空下：

“纯儿，你怎么会这么聪明呢？”端昊仰躺在旷野中，问身边的纯儿。

“我妈妈生我的时候吃核桃吃得多呗。”方子纯心不在焉地回答道。

“你说什么？”端昊翻身坐了起来，直视着纯儿，他是真没听懂纯儿在说什么。

“哎呀，就是说，如果一个女人有了小孩子，就一定要多吃些核桃，这样呢，小孩子生出来就会很聪明的。”纯儿解说道，同时还在心中翻了个白眼：这些古人真是的，随便一点常识他们都当新闻听。

“你呀，知道的古怪花样真多。”端昊笑道，还有一句到了嘴边，他又咽回去了，他想说：如果这是真的，等我们有了孩子，我就天天不停地让你吃核桃，好让你给我生出一个全天下最聪明的太子来……

端昊的眼睛有些湿润了，和纯儿在一起的那段日子，是自己这一辈子最幸福的时光。

纯儿，你现在在哪里啊？今生，你还会为我生下太子吗？

端昊为了掩盖自己的异样，站起来踱到了窗前，负手而立。

鹂妃聪明地并不发问，只是含笑说道：

“那我可得多吃点儿核桃，好生一个和皇上一样聪明的小皇子。”

端昊听见了鹂妃的话，他也觉得，自己因为想念另一个女人而冷落了鹂妃，有些愧疚，毕竟鹂妃已经怀了自己的孩子。于是，端昊强压住心中的伤感，回过头来，问道：

“怎么，爱妃想生一位皇子？”

“当然了，难道皇上不想吗？”鹂妃娇憨地问道。

望着鹂妃那和纯儿有些相似的容貌，端昊脱口而出：

“爱妃，给朕生一位公主吧，生一位最聪明，最美丽的公主。”就和我的纯儿一样。

端昊难以自持，再次转过了头去。

屋内一时静到了极点。

这时，屋外忽然传来了内侍的声音：

“皇上，您还回宫吗？”

“不，今晚朕在这里安歇。”

而内侍竟然走了进来，端昊一愣，诧异地望着内侍，刚要发问，内侍就上前一步，低声说道：

“回皇上，岭南那边回来人了，要连夜觐见。”

岭南来人，要连夜觐见！难道，岭南有变！端昊的脸色霎时大变。

岭南梨氏，一直是端昊心头的一块重病。前段时间岭南王蠢蠢欲动，虽然被端昊安抚住了，但是端昊的心中已经开始对岭南梨氏万分戒备了。现在一听说，岭南那边回来的卧底，竟然要连夜闯宫觐见，端昊的心当下就提了起来。

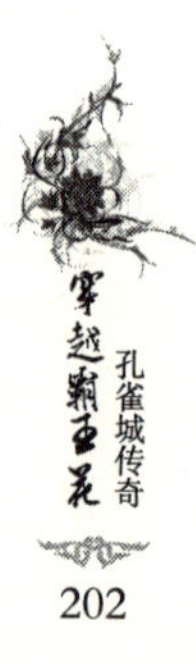

“爱妃，你休息吧，我有国事要处理。”

说完话就头也不回地走了出去。鹂妃心中失望之极，但是也无可奈何。

端昊直接回到了御书房，那个面容冷峻的男人，已经等候在了这里。他今晚才回到京城，到了京城以后，他连家都没敢回。因为他心里很清楚，自己知道的这个秘密太严重了，皇上为了继续埋葬这个秘密，会不惜一切代价，如果让皇上知道了，自己曾经和家人接触过，那么恐怕自己的家人都不能逃脱厄运了。现在，他只希望，能够以自己一个人的死，来了结这一切。所以，他回到京城后，连饭都没吃，就凭借着皇上赐给自己的金牌，直接闯进了宫中见驾。

看见是他，端昊不禁一愣：

“你怎么回来了？”因为这个男人是统领岭南卧底的最高长官。端昊一听说岭南来人，最直观的反应就是岭南王要造反了，或者已经起兵了，但这样的消息，是不用他亲自送回来的，所以，端昊的目光也凝重了起来。

面容冷峻的男人先是一丝不苟地行完礼，然后才淡定地说道：

“回皇上，因为事关重大，所以，我不敢让任何人知道，就自己把消息带回来了。”

端昊意识到了事情的严重性，他稳稳地坐在了龙案的后面：

“好，你说吧。”

面容冷峻的男人又一躬身：

“请陛下调侍卫把守御书房，不得有人靠近御书房三十丈之内！”

端昊的脸色愈加阴沉：

“到底出了什么事？”

“请陛下先做布置，以防万一。”面容冷峻的男人又重复了一遍。

这时，一个念头涌过了端昊的脑子：

“难道，他要刺杀自己？”因为他实在想不出，岭南会有什么消息，隐秘到这种程度。

端昊认真地审视着那个男人，看到那个男人的目光坦然清澈，沉吟了一下，端昊下定了决心，迅速地按照这个男人的要求做好了布置。

当这一切都安排妥当了之后，那个男人又重新跪下了：

“我要说的事情，会干系到皇家的一些名讳，情况紧急，我就不加避讳了，还请皇上恩准。”

“准！”

面容冷峻的男人，这才站起身来，开始详详细细地叙述那些关于宇文端昊的往事……

男人一字一句地叙说，端昊一个字一个字地听到心里，时间一分一秒地过去，随着心底的秘密被倾诉出来，那个男人的表情越来越解脱。而端昊的神情却表明，他在一点点地坠入地狱……

随着那个大内密探的讲述，端昊似乎回到了三十几年前，自己在岭南王的监视下降生，然后连夜被抱进皇宫。而自己的生身父母，还有整个一个家族的人，都被杀害殆尽，这一切，只是因为自己的降生。就因为梨家需要一个婴儿来冒充皇子，自己的所有亲人就惨遭不幸！

最让端昊心中混乱的还是，如果大内密探带回的消息都是真的，那自己——宇文端昊究竟算是什么！？曾经以为，自己是西蜀国名正言顺的国君，自己也励精图治要做一代明主。可是今天，却突然有人告诉他，他连宇文家的人都不是！他根本就是一个连姓氏都找不回来的孤儿！

多年来，在端昊的心中最重要的事情，就是皇权。为了皇权，他牺牲了自己的一切——自由、个性、爱情，所有的这一切，他都放弃了，只为了能够维护这个至高无上的皇权。可是，这个皇权竟然根本就不该属于自己！

而且，多年来，为了绵延皇家的血脉，他广选嫔妃，遍施雨露，只是为了能够为宇文氏多生出一些优秀的继承人，为此，他甚至还深深地伤害了纯儿——这个他一生中最爱的女人！而现在，他突然发现，他自己的身上都没有宇文氏的一滴血液，自己却这么苦苦地坚持着为宇文氏传宗接代，简直是荒唐至极！

一串串惊雷在端昊的脑海中炸响，这些惊雷最后连绵成了一句话："你不是皇帝，你根本就不是皇帝！"

端昊突然发现，既然自己不是皇帝，那自己忽然之间就什么都没有了。皇位、江山、满朝文武、后宫众多嫔妃，一下子就都没有了，因为这些人和这些东西都是属于皇帝宇文端昊的，而不是属于他这个人的。一旦，证明了他并不是皇帝，那么，他就一无所有了。

端昊颓然地跌坐到了椅子上，只觉得整个世界都已经离自己远去了。

忽然，一个精灵般聪慧美丽的女子闯进了端昊的脑海——纯儿！

是啊，自己还有纯儿！

纯儿是那样的聪明，那样的纯洁，她和后宫中所有那些女人都不同，她在还不知道自己真实身份的情况下，就爱上了自己，并且爱得那么深，爱得那么真！

如果，自己当时肯像她所说的那样，放弃其他的一切女人，心甘情愿地在感情上成为她的专属，那么她一定会留在自己的身边的。

可是，自己却愚蠢地为了那些并不是真心爱自己的女人，为了给所谓的宇文氏绵延血脉，而狠狠地伤害了纯儿。结果到头来，自己竟然连宇文氏的人都不是，还谈什么为宇文氏绵延血脉！

此刻，端昊突然涌起了一种想要大笑的冲动，因为他突然之间觉得自己这三十多年活得好荒唐！活到了今天，连自己是谁都不知道。

端昊现在心中只有一个念头，放弃这一切，去西域，找纯儿！

对，去找纯儿，找到她之后，和她一起隐姓埋名，比翼天涯，做一对真正的神仙眷侣！

什么王位，什么西蜀国，什么宇文氏，让他们都见鬼去吧，这一切又和自己有什么关系?!

端昊"腾"地站了起来，恨不得马上就走，一步就飞到纯儿的身边。

而此时，皇太后的宫中，烛光幽然。皇太后卸去了妆奁，半倚半靠地躺在床上，眼睛半闭着。平日里看皇太后，是那样的威严，那样的雍容华贵，不可仰视。可是今天，洗去了所有铅华之后的皇太后，完完全全就是一位普通的老妇人。脸上已经有了很多皱纹，头上也已经有了很多白发。眼神也像是一位操劳了大半生的妇人应该有的眼神——那样的劳累，那样的疲惫。是啊，她当然会是劳累和疲惫的，她这大半生中，虽然没有亲手做过什么劳动，没有为衣食奔波过，但是她所操的心，劳的神，恐怕比这个世上所有的老妇人都要多！

今天黄昏的时候，皇太后的宫中忽然传进了太医，说是皇太后心口疼，太医来了以后，详细问了病因，原来，皇太后黄昏时觉得疲倦了，就睡了一小会儿，结果，被噩梦惊醒了，醒来后，就非常的不舒服。

太医给皇太后开了安神的药，并且告诉来探望的皇帝：人如果年纪大了，就容易发生这样的情形。药物固然能够安神，但是如果能让一位皇太后最喜欢、最信任的人，陪她住几天，一直守在她的身边，效果会更好。

太医既然这么说了，端昊当然欣然应允。在这后宫里，最被皇太后喜欢和信任的，当然就是皇太后的亲侄女，皇后梨宫月了。所以，端昊传命，让梨宫月搬到皇太后的宫中住几天，陪伴皇太后。

现在，夜已经深了，梨宫月去偏殿关照宫女熬药了，大殿中空无一人。皇太后缓缓地睁开了眼睛，只有她自己心里清楚，她今天并没有做什么噩梦，但是却有一个比所有的噩梦都要可怕的梦魇闯进了她的世界。

她的兄弟，梨氏岭南王，让自己的亲信为她送来了一封信。

“太后，王爷说，最近几天总是会想起您和皇后娘娘，昨天看见咱们家花园里的花开了，就又想起了你们在家时的情景，所以，写了一首诗，让我给您送来了。”

皇太后虽然脸上在笑，但是她的心已经在不停地下沉了，因为她知道，自己的兄弟，没有那么好的闲情逸致。写诗——是他们约定好的暗号，当到了万分危急的时刻，他们就用诗来传递消息。

皇太后接过信笺，用心地看着，诗写得很简单，第一遍读，没觉得什么，可是当她读到第二遍的时候，皇太后差点晕过去。

只见信笺上写着：

“一山一水一田园，三十年前旧梦来。为使南疆添锦绣，曾入瑶池移仙葩。仙人有心责凡客，不许神枝入凡尘。”

说实话，这首诗写得文理极不通顺，但是，皇太后看懂了，岭南王要说的是：

“三十年前，偷梁换柱，假换皇子的事情，已经被揭穿了，为了保护梨氏，必须迅速把这根神枝送走！也就是说，快快让端昊离开红尘！”

是啊，只有杀死端昊，让梨宫月的儿子继承了皇位，才能挽回今日的败局！

皇太后从岭南王寄来的诗中，看懂了岭南王的意思之后，她就迅速地行动了起来。首先，皇太后伪装生病，然后就顺理成章地把梨宫月留在了自己的身边。

在这后宫里，她最信任的人是梨宫月，可是她最不放心的人也是梨宫月。因为，自己和端昊这对母子是假的，梨宫月和端昊这对夫妻可是真的。皇太后看得出来，梨宫月其实对端昊是很有感情的。

其实说实话，皇太后对端昊也是有着很深的感情的，她从小把端昊抚养长大，在端昊的身上倾注了自己全部的心血，她一直是把端昊当成自己的亲儿子来抚养的。在她的心中，一直都在期盼着，端昊、梨宫月、自己、还有那两个小皇孙，能好好的生活下去。可是，造化弄人，其实也不能说是造化弄人，从她自己一进宫那天起，或者说，从她进入后宫，不甘心当一个普通妃子的那天起，这围绕皇权而掀起的血雨腥风，就从来没有停止过。

太后早就做好思想准备了，她知道，自己这辈子一定会亲手害死很多人，也许到头来，她也会被人害死，但是她没办法，因为，这是一条不归路。

其实，毒杀端昊这一招棋，皇太后早就有了准备，只不过，她并不想把端昊毒死。她有一种药，如果给人每天服一点儿，一段时间之后，这个服药的人就会变得身体虚弱，似百病缠身一般，可是又不会死亡。而且，任你是多么高明的医生，都查不出问题所在。

皇太后把这个计划也告诉了梨宫月，梨宫月也接受了，因为，现在端昊迟迟不立太子，梨宫月心里也非常着急。

一天不立太子，梨宫月就一天不踏实，毕竟端昊现在正值壮年，万一哪一天，端昊突然深深地喜欢上一个女孩子，而那个女孩子又生下了一个皇子，那么，自己儿子的继承权就会受到严重的威胁。

而如果偷偷给端昊服下了这种药，当端昊发现自己的健康状况正在迅速衰退，那么他一定会抓紧时间立下太子，这样一来，自己的大儿子，就是当仁不让的太子人选，也就是未来的国君！

所以，梨宫月是全心地拥护这个计划的，甚至，她已经找好了去下毒的人，就是怡娃！

怡娃无知、愚蠢、怯懦，却又总希望能够一下子就凌驾于众人之上，这样一个人，是最好控制和利用的。而且怡娃又整天犯错，所以当事情办好之后，很容易就可以再找到一个借口，把她杀掉灭口！

这就是皇太后和梨宫月原本制订下的计划，但是，突然之间，事情发生了这么大的变化，皇太后只好决定痛下杀手了——把原来为端昊准备好的药，换成杀人于无形的毒药！

梨宫月的脚步声传了进来，皇太后又闭上了眼睛，她现在已经下定了决心，尽早毒杀端昊，绝不留情！

御书房中，一片熬人的沉默，那个面容冷峻的男人已经把事情都说完了，而端昊一直都没有说话。

那个男人知道，端昊需要时间来接受这一切。

端昊在听到了自己身世后的第一个想法，就是想要放下一切去找纯儿，但是，当他冷静下来之后，他又犹豫了。

他是宇文端昊，至少他已经顶着这个名字生活了三十几年。他从十六岁登基，成为西蜀国的皇帝，这么多年以来，他一心想要成为一位名垂青史的皇帝。他一心想要吞并大梁国，真正的统一天下。为了这个梦想，他不惜付出一切代价。

现在，他难道真的甘心放弃这马上就要到手的一切吗？不，他不甘心！困兽还要斗上一斗，蝼蚁垂死前还要挣扎一番，何况是人！更何况，他还不是一般的人，他是宇文端昊，一个曾经傲世于天下，曾经自认为无所不能的人！

端昊的目光变得深邃冰冷了，一个压抑却豪情万丈的声音在他的心中回荡：

“我不服输！既然我不是宇文氏的子孙，既然我不是名正言顺的皇帝，那就让我亲手建立一个新的王朝吧！然后再成为一位真正的、名副其实的皇帝吧！

我不能就这么放弃，因为我还有很多很多事情要做！我要亲手杀死那些凶手，为我的生身父母和亲人们报仇雪恨！我要统一天下，重新建立起一个真正属于我自己的王朝霸业！我要继续在这个皇位上坐下去，去继续完成我这些未竟的心愿！”

端昊那性格中与生俱来的不服输、不放弃的特质，在这一时刻又发挥出了重要的作用。他的头脑迅速地冷静下来，并且开始高速运转起来，想要用最快的速度，从现在这一团乱麻中清理出一个头绪来。

而那个面容冷峻的男人，自从说完要说的那些话以后，就默默地立在了一旁，静静地等待着皇帝的裁决。

端昊的心慢慢地平静了，他调整了一下姿势，重新又坐在了龙椅上，然后静静地审视着眼前这个面容冷峻的男人。

刚才当端昊把现在的局势整个分析了一遍之后，他马上意识到，现在自己所面临的最大的问题，既不是梨氏叛乱，也不是自己身世的秘密，而是他身旁缺少肯为他出生入死的兄弟！

虽然，满朝文武官员都还信服他，青衣卫更是只听他一个人的调遣，但是，这些官员和青衣卫所服从的，并不是他这个人，而是皇帝宇文端昊！

一旦让他们知道了，眼前这个人是假皇帝，那么，他们很可能就都会倒戈相向，去拥戴一位宇文氏真正的子孙，然后还要帮助那个真正的宇文氏的继承人，把自己赶下王位。

当端昊把自己这三十多年来所认识的人全部都梳理了一遍之后，他才悲哀地发现，自己在现在这个关键时刻，能够信任的人只有三个——拓跋傲疆、日下无影还有纯儿。只有这三个人，才会不去管他的身份，而且不管到了什么时候都会一心一意地帮助他。

可是，现在拓跋傲疆在镇守着西蜀和大梁两国的边境。边境的战况危急，他肯定不能离开。而日下无影已经成了回鹘部的少主。纯儿更是身陷西域，下落不明。

所以，现在的当务之急，是先快速培植起一批只忠实于自己的中坚力量！

端昊望着眼前这个男人，这个男人有头脑，也有勇气，应该就是一个合适的人选。

“我记得你的名字是叫武陵吧。”端昊声音平静地问道。

那个面容冷峻的男人——武陵的身体微微一震：

武陵这个名字，已经有很多年没有被人叫过了，自从被选上当大内密探的那天起，这个名字就被抹去了，以至于到现在，自己听到这个名字都感到有些陌生了。

武陵愣了一下，才说道：

“回皇上，是。”

“好，武陵，我问你，现在知道这件事的还有谁？”

“回皇上，把消息传递出王府的人，已经被我处死了。而我因为事关重大，就没有把消息继续向下传递，而是直接回来面见陛下，所以，现在除了岭南王和圣域中的人，别的人应该还不知道这件事。”

端昊点了点头：

“你自己亲自把消息送回来，是不是也已经做好了死的准备？”

“是。”

“如果我处死了你，你会恨我吗？”

武陵淡然地摇了摇头：

“不会，作为一个大内密探，为了隐藏秘密而死，是我们的本分，在我成为大内密探的第一天起，我就知道会有这样的一天。”

“那，如果我不让你死呢？”

武陵一愣，他猛地一抬头，望向端昊，发现端昊也正在看着自己，而且端昊的态度从容，脸上甚至还有一丝温暖，丝毫也不像开玩笑的样子。

看着武陵发愣的样子，端昊笑了，笑容真挚：

“你曾经是我亲手挑选出的大内密探，并被派去统领岭南的所有密探，我早就知道你有勇有谋，而通过这一次，我更看出了你对我的忠诚，和对下属的关照。像你这样的人，我如果不好好的委以重任，却要杀死，那我不成了昏君了吗？”

武陵难以置信地望着端昊，他简直不敢确定自己听到的话，愣了一会儿，武陵才说道：

“我自己心里很清楚，我现在知道了这么大的秘密，按说是非死不可的了，如果陛下肯留下我的性命，那就等于对我有救命之恩。”

“那如果我真的救了你的命，你如何报答我？”端昊咄咄地问道。

“粉身碎骨，万死不辞！”武陵认真地说道。

“好！”端昊等的就是武陵这句话。

“可是，陛下，我毕竟知道了不该知道的东西……”武陵还想解释。

可是端昊不容他说完就打断了他：

“既然你现在知道了这个惊天的秘密，那你就应该明白，现在，我们正处于非常时期，如果，你愿意和我一同度过这次危机，那你不仅不会死，还会和拓跋将军，还有当初的无影将军一样，成为我的左膀右臂！”

听了端昊的话，武陵那双已经很久都没有了神采的眼睛中，一下子就迸发出了灼人的热浪——他深深地明白，现在自己这种受命于危难之中的分量，他发现，自己竟然因祸得福，在迎来了杀身之祸之后，紧跟着就得到了一个，自己期盼了多年的建功立业的机会。

此刻，武陵早已经把自己离开岭南时下定的决心——如果能活着，就平平淡淡地做一个普通人——这样的想法，都又抛到九霄云外了。他现在满脑子想的就是，如何紧紧抓住这个机会，去叱咤风云。

“但是，”端昊话锋一转，“现在你的身上，毕竟维系着这个天大的秘密，所以，虽然我坚信你会忠心于我，但是，我就怕那些别有用心的人，会想从你身上下手，妄图从你那里找到攻击我的证据。你身为大内密探，应该知道人们为了从一个人的嘴里挖出情报，会使出多少种手段……”

武陵目光坦然：

“陛下放心，现在我的命都是陛下给的，我一定会不计生死地追随着陛下，必要的时候，我不会吝惜自己的生命，因为我的生命是属于陛下的。”

“那好，我现在就让你去办两件事情。”

“请陛下吩咐。”

“我要写两封信，一封，你要亲手交给现在在边疆的拓跋将军，一定要亲手！”

“是。”

“第二封信，就有些难了，你要去西域的回鹘部，亲手交给回鹘少主。”

“回鹘少主？”

“你可能还不知道，无影将军其实是回鹘部的王子，因为早年回鹘部战乱，他才被忠心的大臣偷偷带到中原，并交给高人抚养长大，现在，他已经回到回鹘部继承了王位。我们需要这个强援。”

“放心吧，陛下，我一定做到！”

“还有，当你见到无影将军后，不管他吩咐你做什么事情，你照办就可以了。”

“是。”

“还有……”端昊犹豫了一下，但还是说了出来：

“如果他安排你，或者带着你去找一位姑娘，而你们又找到了这位姑娘，那你一定要不惜一切代价，护送这位姑娘回来。”

“一位姑娘？”

“对，她有勇有谋，文武双全，而且精通战争器械，如果能找到她，并且让她知道了，我现在身处危难之中，她一定会回来帮我。等她回来了，我就可以放心很多了。”端昊像是对武陵，又像是对自己说道。

这是端昊的真实想法，不知道为什么，他就是有这个自信，相信纯儿一旦听说了他的现状，无论如何，都会赶回到他身边的，他相信纯儿对他的感情。

停了一下，端昊又说道：

“你这一路，万里关山，肯定会遇到很多危险……”

“放心吧，陛下。多年来，我的牙齿中都藏着一颗毒丸。一旦遇到危险，我如果有一线希望都会逃出来，好完成陛下交给我的任务。如果逃不出来，我会当场自尽，也不让敌人从我的嘴中探听到任何秘密。”

端昊满意地点了点头：

“你先下去，我让内侍安排你去休息一会儿，等我写好信后，你马上就走！”

“是。”武陵转身而去。

御书房中又恢复了安静，端昊坐在龙案前，开始进一步整理自己的思路，逐一想着，这朝中百官，还有谁是可以用的。

选着选着，一个人的身影变得愈加的清晰了：

“严丞相！”

端昊的眼中发出了明亮的光芒：

现在，严丞相可以说是和自己的利益纠缠得最深的。他的两个女儿都是自己的妃子——虽然那个纯儿有些怪异，但她毕竟也是从严府进的宫，而且，鹂妃还怀上了自己的孩子。所以，严家和自己的利益就是紧紧纠缠在了一起的，一损俱损，一荣俱荣。

而且，严丞相多年来苦心经营，他的子女个个出色，放眼这满朝文武中的年轻人，几乎不是他的儿子，就是他的女婿，或者总和他有各式各样的牵连。

当初，严丞相这样广泛地培养羽翼，编织关系网，曾经是自己一块很大的心病，可是现在情况不一样了，自己需要严丞相的帮助，如果利用好了，严丞相的那些羽翼，那张大网，就都可以变成自己的力量！

而且，等纯儿回来以后，她就算容不得自己有别的女人，总能容得下自己的亲姐姐吧，这样，自己专宠她们二人，就可以牢牢地拉住严丞相了，还能得到纯儿的帮助……

端昊认真地思索着，全然忘了，就在不久之前，他还在心心念念地想着纯儿对自己的好，想着要一心一意地和纯儿过一生，才过了这么短的时间，他的主意就又改变了。

看到东方已经发白，端昊这才发现天都已经亮了，既然天亮了，端昊索性也就不再迟疑了，他喊来内侍，立刻拟旨：

“因鹂妃贤德淑良，又怀上了龙裔，所以，封为云华贵妃……”

消息传出，后宫震动——云华贵妃，是贵妃中品位最高的一级，也就是说，现在鹂妃已经跃居于众妃之上，在后宫中的地位仅次于皇后梨宫月！

册封鹂妃为云华皇贵妃的消息，梨宫月当然马上就知道了，她不动声色地听完，不动声色地拟完懿旨，不动声色地做完赏赐，等所有的人都散去了的时候，梨宫月的眼中才露出了一丝冰冷——端昊，咱们夫妻一场，我本来不想害你，心中还盼着能和你白头到老，可是，没想到，你竟然先动手了！端昊，谁都不可以威胁到我的地位，也不可以威胁到我儿子的皇位，既然，你这么绝情，那我只好按照姑母的意思，给你下毒了！而且，我还必须得给你下致命的毒药，因为，你如果带病延年，万一能挨到鹂妃的孩子生出来，而立下圣旨，封她的儿子为皇太子，那我不就什么都没有了吗？

"端昊，别怪我，这是你逼的我！"梨宫月心中暗自说道。

正在运筹全局的端昊一点儿也没有想到，致命的危险已经从后宫中蔓延了出来。

第八章　薄命公主

孔雀城里，纯儿脸上的伤已经痊愈了，不知道是那些药物真有神奇的疗效，还是心理作用，反正是怎么看着纯儿脸上的皮肤，都愈加的红润光鲜了，显得格外容光照人。

这段时间，纯儿倒真没有出去乱跑，而是把自己圈在屋里，潜心地研究草药，她对大漠中这些五花八门的草药，产生了浓厚的兴趣，很想从这些草药中提炼出些有用的东西来——当然对于纯儿来说，所谓有用的东西，肯定就是能有效地制敌、杀敌的东西。

纯儿专心地摆弄那些瓶瓶罐罐，玉环心不在焉地守在一旁，不时地向窗外眺望。

纯儿早就看出来玉环不对头了，要知道，平日里，玉环是在屋子关上十天八天都不会嫌烦的。

看着玉环的样子，纯儿心中暗笑，她轻轻咳嗽了一声，故作无心地问道：

“玉环，你今天是不是有什么事情啊？”

“啊？没……，没有啊。”玉环措不及防地被纯儿这么一问，脸当下就红了。

“没有吗？我可不信！玉环，你也知道，我是最鼓励你经常出去走一走的了。但是呢，鉴于现在你好像很迫切地需要出去走一走，我就不许你出去了。”纯儿一脸天真地说出了她心中邪恶的阴谋。

听了纯儿的话，玉环像被烫着一样看着纯儿，而纯儿也正看着她，目光中全是阴谋的光辉。

看着纯儿这副样子，玉环不禁万分疑惑——为什么在端木王子还有无影少主的眼中，自己家的这位小姐简直就完美得如同水晶人儿一样，难道他们就看不出来，纯儿小姐虽然美得就像是水晶雕刻的一样，但有的时候，也许说她是水晶雕刻的小魔鬼更恰当一些。

就在纯儿玩儿玉环，玩儿得不亦乐乎的时候，门外响起了急匆匆的脚步声，伴随着脚步声，一个洪亮的声音响了起来：

“纯儿小姐在家吗？”

“是雅鲁大哥。”纯儿跳了起来，她光顾着跑出门去迎接雅鲁了，却没有看见，站在她背后的玉环，一听到雅鲁的声音，脸立刻就红透了。

纯儿看见雅鲁行色匆匆，神情沉重，不知道又出了什么变故：

“雅鲁大哥，出什么事了？”

“是这样，纯儿小姐，胡杨女手下的那个山阿姐来了。她来找你。”

“找我？她找我干什么？不是说只要走完了天梯，胡杨女和我就恩怨两清了吗？”

“是这样，”雅鲁有些为难地说道：“胡杨女被圣域的魔鬼暗器所伤，危在旦夕……”

“啊！现在胡杨女人呢？”纯儿一听这话，脸也变了颜色。

雅鲁摇了摇头：

“山阿姐不肯说，我想她还是对我们心怀戒备，毕竟上次的事，她们差点害死你。”

“唉，”纯儿叹息了一声，心中暗道，“这人们怎么都这么想不开啊，难道我看上去像是那么心胸狭隘的人吗？”

“那现在山阿姐呢？”

“正跪在孔雀城的入口处，她说了，只要纯儿小姐肯救胡杨女的性命，她可以马上自尽。”

“自尽？为什么？”纯儿发现自己越来越理解不了古人的思维方式了。

“因为山阿姐说了，上次走天梯得罪了纯儿小姐，只要纯儿小姐肯出手救她们首领，她就自杀给纯儿小姐出气。”

“唉！”纯儿重重地叹息了一声——这都是什么跟什么啊？这些古人的头脑真是够让人抓狂的。——“带我去见她！”纯儿说完，就率先闯出了房门。

孔雀城外的小路旁，山阿姐真的就跪在路边，她身上的黑色斗篷支离破碎，上面还带着斑斑血迹，一看就是刚刚经过了一场恶战。

看见纯儿来了，山阿姐一翻手中的钢刀，刀尖直对着自己的胸口，然后昂起头，

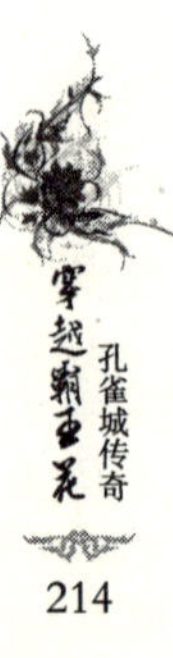

目视着纯儿，眼中没有哀求，只有决绝——这个烈性的女子，是宁可拿自己的生命去交换，也不愿意向别人低头祈求！

纯儿走上前，扶住了山阿姐的手臂，真诚地说道：

“山阿姐，你快起来，我一定会救胡杨女姐姐的，你不用这样。”

“你不用假惺惺的！我知道，让你走天梯，你心里一定会恨我们，我现在告诉你，走天梯这都是我的主意，那些暗箭、飞刀都是我布置的，你要报仇尽管冲着我来！”

纯儿缓缓地摇了摇头：

“我不想报什么仇，我也没仇可报。走天梯之前，我们不是就说好了吗，如果我走过了天梯，那么我和胡杨女姐姐之间的仇恨，就一笔勾销了。现在，我既然走过了天梯，那么，我们之间也就无所谓仇恨了。”忽然，纯儿的眼神一怔：“好了，山阿姐，现在不是我们说这些的时候，胡杨女姐姐在哪里，伤势不等人，我们先救下她，有什么事回头再说，好吗？”

山阿姐盯着纯儿，满腹狐疑：

“你真的不想杀我解气。”

“我不想，我没有那么爱生气。”纯儿有些无奈了。

山阿姐忽然目露寒光：

“我明白了，你是想趁着给我们首领治伤的时候，直接害死她是不是？”

纯儿闻听愕然，她想不到自己一片好心，竟然换来山阿姐如此的猜测。没等纯儿说话，雅鲁已经气愤之极地开口了：

“山阿姐，你这样就不对了。是你来找纯儿小姐，让她给胡杨女治伤的。现在纯儿小姐不计前嫌，答应为胡杨女治伤，你却又要百般怀疑，既然这样，你就请回吧，我们不为胡杨女治伤了，也省得受这种嫌疑！”

说着话，雅鲁就做出了送客的姿势。

山阿姐深深地盯着纯儿和雅鲁，良久无言。多年的人生经历告诉她，人都是坏的，不会有人能主动地放下仇恨去帮助别人。今天，她来向纯儿求救，纯粹是无奈之举。来之前，她就已经做好了准备，要用自己的生命来换取纯儿出手相救。可是她没有想到，纯儿竟然不要她的命，这一下子，山阿姐实在是不敢信任纯儿了。因为她无法相信，世界上还有这样好的人。

纯儿制止住了雅鲁：

“雅鲁大哥，您别这样。”纯儿已经看出来了，这个山阿姐，似乎是受过非常严重的刺激，所以心理有些不大正常，也就不和她计较了，而是说道："山阿姐，我知道你可能有些不信任我，我也不多做解释了，现在我们先救治胡杨女姐姐好吗？在我救治胡杨女姐姐的时候，你可以一直守在身边，看着我，可以吗？"

纯儿的话打动了山阿姐，现在首领确实是危在旦夕，必须要救，那就只好信任纯儿一回了，反正她会一直在旁边盯着，真要纯儿有什么不轨的企图，她就可以马上杀了纯儿为首领报仇。

山阿姐打定了主意，说道：

"好吧。首领现在离这里不远，我去接她过来。"

看着山阿姐走远了，雅鲁有些后悔地说道：

"要知道她是这样的心思，我都不去找你，直接拒绝掉她就完了，省得又给你惹麻烦了。"

"雅鲁大哥，别这样说，胡杨女救过我和四哥，还有端木大哥的命，我帮她也是应该的。而且，我相信，我们之间不会有仇恨，一定是有什么误会，等把胡杨女救活，我们解开了误会，就好了。"

雅鲁张了张嘴，但是没有说话，因为他想说的是：

"什么事情都有风险，万一你要是救不活胡杨女，那这个梁子可就结大了。"

很快，山阿姐就又带着两个人牵着一匹马走来了，马背上，趴着一个人，正是昏迷中的胡杨女。

众人七手八脚地把胡杨女安置在了纯儿的房间中。因为这次有了些准备，所以不像上次救无影时那么匆忙狼狈。

玉环端进来一个火盆，雅鲁为纯儿找来了几把小巧的尖刀，用起来比纯儿的飞刀合适多了。屋子中只有纯儿、玉环、山阿姐和雅鲁。

山阿姐目不转睛地盯着纯儿，而雅鲁则死死地盯着山阿姐，全身都绷紧了。雅鲁已经做好了思想准备，只要发现山阿姐一有异动，马上就出手擒拿山阿姐。而且外面也做好了布置，万一胡杨女命中注定，逃不过此劫。他直接就发兵剿灭了胡杨女的巢穴，省得他们再向纯儿寻仇！

"玉环，帮山阿姐解开这位姐姐的衣服。"纯儿一边用心地烧着尖刀一边吩咐道。

玉环依言走上前，协助山阿姐。胡杨女身上的伤非常重，衣服都破碎在了身上。山阿姐显然不太会照顾别人，虽然心中急得不行，但是手里的动作却显得非常忙乱。倒是玉环心灵手巧，很快就帮胡杨女解开了衣服。

忽然，纯儿就听到玉环发出了一声惊呼声，声音中充满了恐惧。纯儿被吓了一跳，不禁回头望去，这一回头，纯儿也被吓住了。

原来，胡杨女那从不离身的面纱已经被解开了，纯儿惊异地看见，胡杨女的脸上竟然已经被焚毁得看不出本来样貌了。

胡杨女的眼紧闭着，脸上没有眉毛，鼻子也已经模糊得看不出形状，嘴唇也分辨不出来了。能看见的，只有脸上布满的伤疤。

饶是纯儿在上一世见广识多，也不禁被吓住了。

纯儿只看了一眼，就出于礼貌避开了目光，看向了别处。但尽管如此，胡杨女那丑陋恐怖之极的样子还是深深地刻在了她的脑海里。

不难看出来，胡杨女的脸是被某种药物烧毁的。但是，这究竟是什么药物呢？竟然比硫酸、王水还要霸道？

这时，尖刀已经烧好了，纯儿也就不再考虑胡杨女的脸了，赶紧走过来，开始为胡杨女治伤。

可是，当她看到了胡杨女的身体的时候，又愣住了，在胡杨女的脖子上，竟然还有一道深深的伤疤，这道伤疤一看就是，被绞索勒出来的。这个胡杨女，背后究竟有怎样的故事？

胡杨女身体中的子弹，已经全被取出来了。纯儿疲惫地瘫软到了椅子上。看到胡杨女的呼吸平稳了，体温也慢慢地恢复了正常，山阿姐才放松了戒备。她感激地看了纯儿一眼，可是这个孤僻已久的女人，已经不知道该如何表达善意的感情了。

纯儿并没有注意到山阿姐的表情，她的脑海里，全部都被胡杨女脸上还有脖子上，那触目惊心的伤疤填满了。这个看上去年纪不大的女人，究竟受过了多少磨难啊？

三天后，胡杨女彻底清醒了过来，而且也有了一些力气，这三天，一直是玉环和山阿姐一起照顾她。

这天，纯儿刚刚吃过早饭，山阿姐就来到了她的房间：

“纯儿小姐，我们首领请你过去一趟。她想当面向你道谢。”

纯儿愣了一下，她没想到胡杨女刚刚苏醒，就要见自己。纯儿跟着山阿姐来到了胡杨女临时养伤的房间，就见胡杨女已经又遮起了面纱。

“阿山，你出去吧。我和纯儿小姐说几句话。”

屋子中，只剩下了胡杨女和纯儿，还有，就是一屋子浓烈的草药味儿。

胡杨女斜靠在床上，眼睛望着对面的墙壁，过了很久，才低哑而冰冷地问道：

“他……，好吗？”

纯儿被这句没头没脑的话问得愣住了：

“他？谁？”

胡杨女叹息了一声：

“把玲珑鞭交给你的人！”

“我师兄？”纯儿脱口而出，虽然她曾经怀疑过，胡杨女就是拓跋傲疆心中深埋的那个女人，但是，自从见到了胡杨女的容貌以后，纯儿就把这个念头彻底地打消了。可是没想到，胡杨女竟然主动跟她提起了玲珑鞭，难道，她真的就是那个拓跋傲疆口中的大漠第一美女——柯韵琪？

“怎么，他是你的师兄？”胡杨女又问道。

纯儿点了点头：

“他是雕花小箭的传人，我是落蕊神针的传人，所以自打我们偶遇后，就一直以师兄妹相称。”

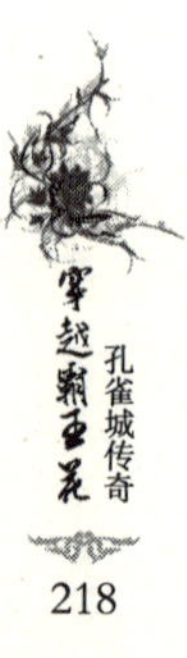

“原来如此。”胡杨女轻轻点了点头：“那玲珑鞭是怎么回事？”看来，她念念不忘的还是纯儿手里那根玲珑鞭。

“师兄说，我没有防身的硬兵器，这样行走江湖太吃亏了，就传授了我这套玲珑鞭。”

“把玲珑鞭给你的时候他没说什么？”

“他就说这根玲珑鞭是大漠第一美人柯韵琪的，至于他和柯韵琪之间的故事，他说等我长大了再告诉我。”

“他，现在好吗？”胡杨女又问了一遍。

“挺好的吧，每天为国事奔波，皇上很信任他。”纯儿尽量平淡地说道，她本能地觉得，现在不能提拓跋的感情状况，免得让胡杨女受刺激，可是纯儿没想到，她这句话，还是把胡杨女给刺激了。

胡杨女怒喝了一声：

“皇上信任他！他现在还那么听那个坏皇帝的话?！”

“坏皇帝!？”纯儿惊愕，胡杨女和端昊之间应该没有交集吧，为什么胡杨女听到了端昊的名字，比听到了拓跋的名字还要激动呢？

“姐姐，你说的坏皇帝是指的哪个皇帝？”纯儿试探着问道。

“还会有谁？就是西蜀国皇帝宇文端昊！那个开天辟地以来最大的混蛋！”

这下没错了，胡杨女确实是在骂端昊。

“姐姐，你认识宇文端昊吗？”纯儿真是觉得这件事情太不可思议了，远在西域的一个被毁了容的女人，竟然会对端昊仇深似海，这也太巧合了吧？

“认识！我太认识了！就算是他化成灰，我也能认出他来！”胡杨女的眼中射出了逼人的寒光。

现在任谁都能看出来，在胡杨女的心里，对端昊的仇恨究竟有多深。

过了一会儿，胡杨女的情绪略为平静了一下，才说道：

“好了，既然你口口声声叫我姐姐，我也就托大喊你一声妹妹。现在，我告诉你，让你走天梯，其实就是因为见你拿着玲珑鞭，我心中气不过，才故意害你的。我当时没想到你会是他的师妹。你还恨我吗？”

纯儿摇了摇头：

“事情都过去了，我早没事了呢。不过，姐姐，你能告诉我你和师兄的故事吗？”

“你先告诉我，他是怎么跟你说的？”

“师兄说得很少，就说是去大漠剿匪，偶遇大漠第一美人柯韵琪，后来柯韵琪送给了他玲珑鞭，没有说其他的。”

胡杨女轻叹了一声：

“真是个傻丫头，西蜀国哪里有沙漠？西蜀国的将军凭什么跑到别的国家的沙漠来剿匪，这里就算有盗匪也不碍他们的事啊？”

纯儿有些不好意思：

“我当时确实没想到，光想着问师兄和柯韵琪的故事了。”

胡杨女淡然道：

“那故事也没什么好听的，无非就是一个傻瓜女人爱上了一个傻瓜男人。”

“姐姐，你能给我讲讲吗？”

胡杨女竟然轻笑了一声：

“人终究骗不了自己的心啊！我还以为，这些往事我都忘了呢。好了，看在你我投缘的分上，我就给你再讲一遍吧。你猜对了，我就是柯韵琪！”

虽然已经想到了胡杨女就是柯韵琪，但是听她亲口说出来，还是让纯儿受到了非常大的震动。可纯儿没想到，今天胡杨女带给她的震撼，还远远没有结束，只听胡杨女接着说道：

"我在西蜀国皇宫中出生，在圣域中长大……"

纯儿被胡杨女的话惊得是目瞪口呆，她想到了胡杨女会是柯韵琪，也想到了，在胡杨女和拓跋傲疆之间，一定有过一段缠绵悱恻，让人荡气回肠的爱情往事。但是，她却做梦也没想到，胡杨女竟然会说出这样一句话来：

她出生在西蜀国的后宫，生长在圣域，那她究竟是什么来历？

看出了纯儿的错愕，胡杨女又发出了一声轻笑，那是一种已经对世间万物都失去了兴趣的笑声：

"小妹妹，来，坐到我身边来，听我给你讲一讲我的故事，在这个世界上，只有我一个人知道这些事情的全部，连他，都不知道。"

纯儿现在已经习惯了，在胡杨女的话语中，这个"他"就是特指的拓跋傲疆。

纯儿点了点头，坐到了胡杨女的身旁。

"小妹妹，我先问你，你对西蜀国的后宫了解吗？"

"知道一点。"

"知道一点，那你听起这个故事来，就容易多了。"胡杨女开始娓娓道来，"我的亲生父亲，是西蜀国的先皇，而我的亲生母亲，就是现在西蜀国的皇太后——梨太后！"

"啊?！"纯儿真没想到，胡杨女竟然有这么大的来头。

"怎么？没想到吧，大漠上的女悍匪，竟然会是堂堂西蜀国的长公主。"

"可是……那为什么你会到了这里？"纯儿现在心中有一肚子的疑问，却又不知道该从何问起。要是照胡杨女这么说，那她不就成了端昊的亲姐妹了？

胡杨女继续说道：

"为什么？还不是为了那可恶的皇位和皇权！"胡杨女的声音变得分外的冰冷，"我的亲生母亲，当时还叫梨贵妃，她一心想生下一个儿子来继承王位，但是，却偏偏生下了我。于是，她就和她的娘家兄弟，也就是我的亲舅舅相勾结，从民间找来了一个男婴，换下了我。"

纯儿愕然：

"那，那个男婴就是……"

"没错，就是现在西蜀国的皇帝宇文端昊——我的仇人！他夺走了我本来会非常幸福的生活！"

"你就是为了这个才恨他的？"纯儿问。

"不，他代替了我这件事，我并不恨他，因为当时他也才是个婴儿，要恨我也该恨那些操纵这一切的人们。我恨他,是因为他毁掉了我再次得到幸福的希望!”

胡杨女长长地吁了一口气:

“这些事情,是我十几岁以后才慢慢知道的,现在我从头讲给你听。”

“本来,把我换出宫后,梨贵妃是想着让她的兄弟把我抚养长大,然后再把我嫁给那个假皇子,但是,她的兄弟却怀着自己的私心,他一心想让自己的亲生女儿来当这个未来的皇后。所以,岭南王就想悄悄把我害死,然后,再告诉梨贵妃我已经夭亡了,可就在这个时候,我却被一个人给偷走了。而负责处决我的人,并没敢说出实话,而且,他很快也就被处死了。所以,直到现在岭南王和梨太后都以为我已经死了。”

“救走我的人,就是圣域的主人,他把我带到圣域,抚养长大,教我武功,教我杀人,也教会了我这一身张扬乖张的性格。我和圣域中其他的人一样,喊他为主人。”

“这些往事,都是圣域的主人告诉你的?”

胡杨女点了点头:

“对。我在圣域长大,从小就跟在圣域的主人身边……”

“等一下,圣域主人抚养你长大,那他得有多大年纪了?”纯儿有些好奇。

胡杨女竟然茫然地摇了摇头:

“我不知道他有多大年纪,只知道,从我记事起他就是那副样子,直到我叛逃出圣域的时候,他还是那副样子。”

“哦……”纯儿暂且压住心中的疑惑,又问道,“你说你叛逃出了圣域,这又是怎么回事?”

“在我十九岁的时候,有一天主人来问我,想不想去西蜀国的皇宫玩儿玩儿,我那时就和现在的你差不多,天不怕地不怕,哪里都想去玩儿,当下就答应了。主人又说,他已经把一切都安排好了,等把我送到西蜀国之后,我会成为一个大官的养女,然后,那个大官就会把我送到宫里,给那个刚刚才登基的小皇帝当妃子,而那个小皇帝和我同岁。我一听,去宫里当妃子,这个游戏还没玩儿过呢,就去玩儿玩儿呗,反正我一身功夫,什么时候不想玩儿了,转身就走,那道宫墙又困不住我。”

纯儿心中苦笑:

这胡杨女进宫时的想法,还真和自己当初一模一样。

“当我到了京城之后,事情很快就安排妥当了,就住在那个大官家里,等着选秀就行了。也是命里该着,”胡杨女忽然悠悠叹息了一声:“那一天,我在屋里待烦了,就溜到街上去玩儿，结果就遇到了他……”

“我师兄？”

“对，就是他，拓跋傲疆。”胡杨女一字字地说道，这是多日以来，纯儿第一次听到，从她的嘴里说出拓跋傲疆的名字。

“他比我大一点儿，年轻英俊，我第一眼看见他就喜欢上了他，然后就去戏弄他，一来二去，我们就成了好朋友。也就是在那个时候，我告诉的他，我叫柯韵琪，是大漠第一美人。谁想到，他就信了，还告诉了你。”话语间，不难听出此时胡杨女心中那一丝淡淡的甜蜜。

胡杨女接着说道：

“既然我找到了自己喜欢的人，当然就不想再进宫了，我只想做他的妻子。所以，我就对送我来西蜀国的人说，我不进宫玩儿了，我找到了自己喜欢的人了，我要嫁给他。”

纯儿随着胡杨女的描述，眼前也出现了一幕幕怡人的画面，一对金童玉女似的璧人，两心相许。

“结果没想到，没过几天，主人竟然在一个深夜出现在了我的卧房里，他是来阻止我的，他要我必须进宫！看我执意不答应，他就给我讲了我的身世，末了，他还告诉了我他的想法，原来，他不仅是想让我进宫做妃子，还想用圣域的力量帮助我，让我一步步把西蜀国的皇权夺到手中。他还答应我，到时候，要让我做西蜀国的女皇！”

纯儿听了这话，不禁吃惊不已：

这个圣域主人竟然有这么大的野心?！他一手养大的胡杨女如果做了西蜀国的女皇，那他还不成了西蜀国的太上皇吗?

“主人走了之后，我越想越气，因为我根本不想当什么女皇，只想做他的妻子，可是主人不允许，我从小在主人身边长大，所以我知道主人的厉害，他不允许的事情我肯定做不成。慢慢地，我的怒火都集中到了宇文端昊的身上，我突然特别想杀死他！因为只要他死了，我就可以不进宫，去过自由自在的日子了。打定了主意，我就去刺杀他了。”

“你真去了？”

“真去了。”

纯儿叹服，这个胡杨女还真有想干就干的脾气。

“结果那天正是他在皇宫中执勤，我刚刚翻进宫墙，我们俩就遭遇到了一起，一见面，他就认出了我，而且皇宫中的守卫全部都被惊动了，到处都是侍卫、火光。在那些侍卫赶到之前，傲疆趁乱把我掠出了皇宫，他一直把我带到了一个僻静的地方，然后对我说，‘我不问你为什么要刺杀皇上，看在往日的情分上，今天我放过你，但是你我自此恩断义绝！’然后他就一路逼我离开了西蜀国的京城。”

“你们就这么结束了？”纯儿已经听得目眩神迷了。

胡杨女冷笑了一声：

“结束？哪有那么容易啊……

我虽然没能杀死那个假皇帝，但是主人却从这件事里，看出了我不愿意进宫的决心，也就不再勉强我了，又把我带回了圣域。后来，我虽然人回到了圣域，但是心却留在了西蜀国，我每天都在疯狂地思念他。

后来，我实在是相思难耐了，就开始疯狂地劫杀西蜀国的商人……”

“等等，你这又是为什么？”纯儿无法理解，相思难耐，就拼命杀人吗？这是犯罪的理由吗？

“我想，他既然是西蜀国的武官，那么既然出现了这样的悍匪，威胁到了西蜀国商人的生命，他总该来剿匪吧。如果，他来剿匪，我就又可以见到他了。”

“天啊！”纯儿在心里哀号了一声，“这应该就算是因爱成狂吧。”

“后来，在我夜闯皇宫的七年之后……”胡杨女继续说道。

“等一下，”纯儿阻止住了她，“这七年你一直在杀西蜀国的商人？”

胡杨女点了点头，纯儿的脸都变了颜色，天生的职业警觉，让她简直无法忍受这种事情。但是屈指一算，这些事毕竟已经发生在好几年前了，现在就算想要追究，也无从追起了，纯儿只好又问道：

“那七年后又发生了什么？”

“那时，一件由波斯送进西蜀国的贵重礼物经过西域，据说这件礼物不仅贵重而且还意义非常。我就截下了这件礼物。这一次，那个假皇帝终于派傲疆来缉拿我了。”

纯儿心中无奈：

“当强盗爱上警察，是不是就注定了是一场搏命的疯狂！”

“我们又相遇了，这一次，是在大漠。再度重逢，他变了，我也变了，但是从他的眼睛中，我能够看出来，他对我的情没有变。

这一次，我们又争执起来了，我让他跟我走，放弃所有的一切，和我一起浪迹天涯。他让我跟他回京，接受那个假皇帝的惩罚，他说，他会为我求情，饶过我的死罪，然后不管我受到什么样的惩罚，他都会照顾我一辈子。我说，我不去，我不允许任何人惩罚我。但是他说，我必须得去，因为我身上的罪孽太重了……”

纯儿无话可说，因为她知道，拓跋傲疆说得对，胡杨女身上的罪孽的确是太重了。他确实没有办法再次徇私放过她了。

“就在这个时候，那个假皇帝又传来了一道圣旨，他说，我罪大恶极，让傲疆抓住我以后，就在当地就地正法，以慰那些被我杀死的西蜀国商人的在天之灵！傲疆竟然接下了圣旨！并且要按照圣旨上的要求执行！

看他这么绝情，我的心死了。我索性放弃了反抗，自从认识他那天起，我就开始只为他而活着，既然他都不再珍惜我的生命，我又何苦自己珍惜。”

“那你……”纯儿已经完全被这个曲折的故事吸引住了。

“我就直接去伏法了。而傲疆则当众绞死了我，这一切都是因为他对于那个假皇帝的忠心！他对皇帝的忠心，已经远远地超过了他对我的感情。”

纯儿低头不语，因为她觉得自己能够理解拓跋傲疆当时的感受，这不仅仅是忠心的问题，还有人心中那道善与恶的分水岭。尤其是，拓跋傲疆本来又是一个疾恶如仇，一身正气的男人。

“然后，我就留下了这道伤疤。”

胡杨女的手轻轻摸过了自己的脖颈。

“那又是谁救了你？”纯儿问道，既然胡杨女没有死，那就一定是有人救她了。

“是主人。他买通了行刑的人，为我留下了一缕气息，然后，又用一个易过容的死人来代替我的尸体，趁着夜色救走了我。”

“圣域的主人倒是对你不错……”纯儿喃喃道。

胡杨女冷笑了一声：

“对我不错？他那是有目的的，花费了二十多年心血养大的棋子，他怎么会轻易地舍弃掉呢？”

“那后来呢？”

“经过了这次事情，我的心意就发生了变化，我发现原来傲疆是那样的正直，那样的容不得一丝一毫的罪恶。我后悔了，我愿意为了他做一个好人，从此不再作恶。哪怕今生我不能再和他在一起，我也要多积些功德，好在来世再清清白白地嫁给他。”

胡杨女说话的声音很平淡，但是不知怎的，听见她说这样的话，纯儿竟然鼻子一酸,眼泪差点落下来——胡杨女对于拓跋傲疆的爱,已经是深入骨髓了——误了今生,许下来世,还有什么样的感情,可以和她这份浓烈的爱相比拟啊。

和纯儿比起来,胡杨女反倒是分外的平静,她接着说道:

“我不肯再做恶事,当然就违背了主人的心愿,他这个人,从来就是只做坏事不做好事的。而他也不允许手下的人,不去做坏事。”

纯儿不禁再次由衷地感到,这个圣域的主人,还真是坏人中的极品。

胡杨女仍旧在诉说:

“主人用了很多手段逼我就范,但是我心意已决,拒不妥协。最后,主人提出来,如果我肯让他豢养的毒虫啃噬我的脸,而且啃噬整整一夜,他就放过我,从此,我和圣域就再也没有了任何瓜葛……”

“啊!”纯儿失声惊叫了出来。

胡杨女声音枯涩地说道:

“阿山说,你给我治伤的时候,已经看见了我的脸,那后来的事你就都知道了……”停了一下,胡杨女又说道:“从圣域出来以后,我就改名叫胡杨女了,因为柯韵琪已经死了,活着的,是胡杨女了。我觉得自己就像是胡杨树一样,虽然还挺立着,但是已经枯死了。”

胡杨女的故事讲完了,她和纯儿都久久地沉默无言。

过了很久,纯儿又问道:

“那你叛离出圣域以后,就一直在这片大漠生活?”

“对。”

“你为什么不去找师兄?”

胡杨女惨笑了一声:

“当年我貌美如花的时候,都没能收住他的心,现在我这副鬼样子,又怎么见他啊?如果是你,被毁了容,你会想让你心爱的男人看到吗?”

纯儿无言以对,胡杨女继续说道:

“再说了,傲疆不能原谅我手上沾满血腥,我就下决心用余下的时光来做善事,以赎回我的罪恶。其实,我自己并不在乎这些东西,我是因为他在乎,我才会这么做的……

真的,让你走天梯,是我这么多年来第一次害人,而我只是因为气不过,你拿着我的玲珑鞭……你能原谅我吗?”

纯儿轻轻地握住了胡杨女的手：

“姐姐，没关系的，你心里的苦我都明白。”想了一下，纯儿又问道：“那，姐姐，你接下来有什么打算？”

胡杨女淡淡地说道：

“我还会留在这片大漠中，继续为了他而赎罪……”

忽然，纯儿好像突然想起了什么似的：

“姐姐，既然圣域已经答应你，让你离开了，为什么又总是要找你的麻烦？”

“这是两回事，他们现在不是在找柯韵琪的麻烦，而是在找胡杨女的麻烦，他们害人，而我在大漠中救人，总会得罪他们的。”

“哦，是这样……”

胡杨女的讲述结束了，整整一天，纯儿的心都还沉浸在这个悲伤至极的爱情故事中。

入夜，纯儿在自己的房间中，辗转难眠，脑子里总是会出现柯韵琪这坎坷的一生，直到天快亮的时候，才沉沉睡去。

而她没有发现，就在她刚一睡着的时候，从她房间的屋顶和墙壁交接的地方，一道道黑色的液体，蜿蜿蜒蜒地流了下来，很快，墙壁上就出现了一条条诡异之极的黑色花纹……

纯儿的卧房中一片幽暗，只有淡淡的月光透过窗上的纱帘洒了进来，稳稳地铺满一地。

床离窗户较远，正处在一块阴影里，床上的纯儿睡梦正酣。她丝毫也没有意识到，死神已经来到了眼前。

墙上那些黑色的液体还在蜿蜿蜒蜒地向下延伸着，每一条黑色的痕迹都像有了生命一样，行走出的印记异样的灵活、诡异。

那些黑色的痕迹沿着墙壁蜿蜒而下，一直流到了地上，仍旧在向前流淌着，而且像是长了眼睛一样，目标明确地就向着床铺的方向蔓延过去，而睡梦中的纯儿，却还似浑然不觉。

那些黑色而黏稠的液体，慢慢地在纯儿的床周围聚合，把那张木床围在了中间。紧跟着，那些黏稠的液体就沿着床腿开始向上攀延！眼看着这些液体已经都爬上床，围聚在纯儿的身边了，就在它们马上就要爬到纯儿的身体上去时，它们终于停住了。

就好像忽然之间，一切都凝固了，屋子中又恢复了无比的静谧。

时间一分一秒地过去，忽然，卧房的门“吱呀”一声开了，月光中，走进来两个纤长的黑色身影，两个身影如同鬼魅一般，悄无声息地靠近了纯儿，其中一个，弯腰托起了纯儿。

而纯儿就像一只昏迷了的天鹅一样，软软地靠在了那个黑衣人的臂弯中。黑衣人用自己那黑色的大斗篷，把纯儿整个掩了起来，然后迅速地走出了房门。

而此时，院子里还有一个人，正屏气凝神地站在端木臻华的卧室窗外，聚精会神地拿着一个小竹筒对着窗户的缝隙，一动不动。

直到发现两个同伴从纯儿的卧室里出来，他才回头眺望，似乎在询问什么。而那个抱着纯儿的黑衣人，则朝着他微微一点头，示意已经得手了。

看懂了同伴的眼神之后，那个站在端木窗外的黑衣人也就不再迟疑，马上就跟随在那两个黑衣人之后，离开了小院，三个人迅速地消失在了黑暗中。

而在纯儿的卧室里，当纯儿被掠走了以后，那些似乎沉睡了的黑色的液体，又开始缓缓地蠕动了起来，它们开始沿着来时的方向，有条不紊地向回退去。退下床，沿着床腿退到地上，然后又沿着来时的路退到墙上，退到墙壁和房顶的交界处，最后，全部都消失在了屋顶的缝隙中。

卧室中，现在真正地恢复了平静，除了少了一个纯儿……

第二天，天光刚刚放亮，雅鲁就按照每天的惯例，开始在孔雀城的各个入口处巡查。

当他走到最僻静的一个入口处的时候，雅鲁的脸色霎时就变了，因为他看见守卫入口的卫士们，都倒在了路边，而且都还在昏睡着。

雅鲁紧跑了两步，来到了侍卫们的身边，蹲下身子认真观察，发现这些侍卫全身上下都没有一点伤痕，呼吸也非常的平稳，就是沉沉的睡着了，任凭你怎么推怎么叫就是不醒！

雅鲁的对敌经验是何等的丰富？所以他当然不会认为这些侍卫是睡着了，他很清楚，他们是着了暗算——而且，是一种非常厉害的，连他雅鲁都看不出端倪的暗算！

雅鲁的目光立刻就变得清冽冷峻了，他从怀里掏出了一只号角，呜呜吹响。随着号角声传遍孔雀城的每一个角落，一队队侍卫立刻就迅速而又有条不紊地出现了。他们都是久经训练的，不用任何人吩咐，就快速地找到了自己应该驻守防御的位置。

雅鲁的号角声，就是孔雀城遭遇到了强敌的讯号，所以，转眼间，整个孔雀城就都戒备了起来。

“关闭所有的门户，迅速清查，看城中是否来了外人，保护好皇宫和国主，还有端木王子和纯儿小姐。”雅鲁沉声发布着一连串的命令。

消息很快就反馈回来了，现在城中没有一个外人，孔雀城附近也没有发现任何人的踪迹，国主安然无恙，但是……

听到这个“但是”，雅鲁的心不禁一路下沉：

“说！”雅鲁声音低哑地发出了命令。

“纯儿小姐失踪了，而纯儿小姐的侍女和端木王子还在昏睡……”

雅鲁飞快地赶到了纯儿居住的小院。纯儿的卧室里一切如常，被子被掀起了一角，就仿佛纯儿刚刚才晨起，正在梳妆，还没有来得及收拾床铺一样。

而玉环则和侍卫们一样，睡得天昏地暗。雅鲁心中一动，赶到了胡杨女养伤的房间，胡杨女和山阿姐也都在昏睡。

唯一不同的，就是端木臻华，只见端木直挺挺地躺在床上，就好像已经失去了生命一样，他现在和死人唯一的区别，就是他的鼻息间，还有一丝若有若无的气息！但是，随便哪个人都能看出来，端木的这一缕气息实在是太虚弱，太缥缈了，他的生命究竟还能维持多久，都是问题。

“天啊，这究竟发生了什么事!？”雅鲁心急如焚，却找不到任何线索。

一间精巧的小屋中，立着三个黑衣人，地板的中央则放着熟睡的纯儿。三个人都目不转睛地盯着纯儿，仿佛是怕纯儿会凭空消失了一样。

“大家都小心点儿，主人说得很清楚，如果不能把这个丫头带回去，我们就可以直接死了。”一个黑衣人说道。

“明白。”另一个黑衣人答应了一声，然后又问道，“为什么还要专门给端木王子用销魂香？难道咱们的虫儿还对付不了他吗？”

这个黑衣人说着话，还从口袋里掏出了一个小盒子，他小心地打开盒盖，往里面看了看，认真的态度就好像是一个女人在看自己心爱的钻石一样。而盒子里，竟然是多半盒黏稠的黑色液体。原来，那些在纯儿的卧室里蜿蜒攀爬的黑色物体，并不是液体，而是一种虫子，这些虫子聚集到一起，看起来，就像是一道道黑色的液体。

听他们说话的这个意思，纯儿，玉环，胡杨女还有侍卫等人，都是被这种怪异的小虫子算计了，才昏睡不醒的。

要大家小心的那个黑衣人又开口了：

“你真是猪脑子，虫儿只能对付一般人，端木王子和咱们圣域是什么关系，这种虫儿怎么会对付得了他呢？再说了，临出来的时候，主人交代得很清楚，端木王子对这个丫头是很在意的，如果他很快的就醒过来，发现这个丫头失踪了，万一再看到虫儿的痕迹，一定就知道是咱们圣域抓走了这个丫头，到时候，他没准儿就会直接闯到圣域来要人。可是主人现在还不想跟端木王子闹翻，所以就想让端木王子多睡几天，这样，等他清醒过来以后，咱们也就已经把这个丫头给杀了，到时候，就算端木王子找来要人，也没有用了。”

一番鲜血淋漓的安排，却被这个黑衣人说得天经地义！就好像，在商量今天的晚餐那么自然。看着这三个黑衣人的表现，实在是很难想象出，圣域究竟有多么邪恶。

孔雀城中，众人果然还都在昏睡，雅鲁已经想尽了所有的办法了，就是唤不醒众人，而且，他也已经亲手把纯儿的卧房检查了不下三十遍，可就是没有一点点蛛丝马迹！

其实，雅鲁也能猜出来，纯儿极有可能就是被圣域劫走了，但是，茫茫大漠，圣域究竟又在何方啊！？

一只信鹰飞进了回鹘部的王城，刚刚建设好的王城到处都是一片欣欣向荣的景象。无影连日来，正有条不紊地处理着部落中各种事物，回鹘部的大臣们欣慰地看到，无影的为人和做事比起老首领来，还要更胜上一筹。看到这样的情景，回鹘部的族人和大臣们无不在心中感谢上苍——他们终于又盼来了一位可以带领着回鹘部重现往日辉煌的英雄首领。

无影正在和各位大臣议事，忽然，侍从急匆匆地走了进来，手中拿着一封信件：

“少主，孔雀城的国主放来了信鹰，而且，据我们部落边境的探子传回消息，孔雀城的信使正在全速赶来，而且他们要传递的是和信鹰传递的同一个消息，孔雀城的国主唯恐消息传递不到，所以才派出了信使尾随信鹰而来。”

回鹘部的大臣们不禁面面相觑，因为像这种用两种方式传递同一个消息的情景太少见了，人们想不出孔雀城究竟发生了什么变故。

无影看完了信鹰送来的信以后，脸当下就变了颜色。

“少主，出什么事了？”一位大臣有些不安地问道。

“孔雀城似乎是遭到了圣域的偷袭，端木王子生死未决，方子纯方姑娘失踪了！”

此言一出，大臣们也都紧张了起来：

“能确定是圣域吗？”一位大臣问道。

“国主在信中说，从种种迹象看，能这样自由出入孔雀城如无人之境的，只有圣域！”

“那少主有什么打算？”另一位大臣问道。

“我要马上带人去孔雀城，汇合孔雀城的人马，救人！现在，你们分头去准备！”无影简略地发布着命令。

大臣们都散去了，只有一个人留了下来，他正是去护龙山寻找无影的那个人。

“有什么事吗？”无影问道。

那位大臣沉吟了一下，说道：

“少主，我能够理解你现在的心情，但是我还是有几句话想说。”

“你说。”

“孔雀城是我们的友邦，对我们帮助巨大；圣域是我们的宿仇，早晚我们都要去铲除它。现在，孔雀城的安危受到了圣域的威胁，我们当然要出手相助，更何况，方子纯小姐还对少主有救命之恩，我们回鹘部永远都不会忘记别人的恩情。所以，不论是从情从理，这一次，我们都应该出手相助的。”

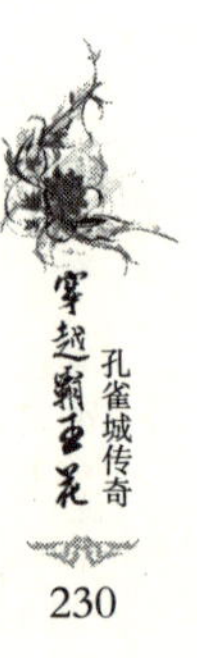

无影看见这位大臣的态度，还以为他是要阻止自己去救纯儿，可他没想到，大臣竟然说出这样一番话来。无影搞不懂大臣的意思，只好耐着性子，继续听大臣说下去。只听大臣接着说道：

“但是，我还是有一句话想要提醒少主。”大臣又说不下去了，好像很难以启齿的样子。

停了一会儿，大臣才又有些艰难地说道：

“方子纯小姐救了少主，就是我们整个回鹘部的恩人，只要能救她，我们回鹘部可以付出一切，这是我们的责任，也是我们的信仰。但是……”大臣的语气突然加重了：“还请少主，不要忘记了这些天我们对你所说的话……”

一听到大臣的这句话，无影那双明亮的眼睛霎时就变得黯淡了，整个人都像是笼上了一层秋雾寒霜，此刻，任何人都能一眼就看出来，无影心中那深深埋藏着的痛苦和悲伤。

大臣也意识到了无影的变化，看见无影这么痛苦，他也心中不忍，不由得低下了头去，低声说道：

“少主,我知道……”

“好了,”无影用力地一振自己的精神:“你什么都不用说了,放心吧,你们所说的话我都记在心里了。我现在可以向真神发誓,只要我活着一天,我永远都不会忘记我的父王,忘记我的族人,忘记我的部落,更不会忘记属于我的责任。”

无影的话语掷地有声。大臣的头垂得更低了,他知道,有这样一位首领,是回鹘部的幸运,但是他更知道,首领的心中此刻正在经受着巨大痛苦的折磨。

夜又来临了,那间小小的竹屋中,三个黑衣人仍旧在目不转睛地盯着纯儿。

“整整一天了,她还在睡,会不会是虫儿放多了?”一个黑衣人审视着纯儿的脸,有些不安地说道。

“多就多呗,反正主人抓她回去也是为了杀掉她,她要是这么着死了,那不正好了吗,还省主人的事了。”另外一个黑衣人说道。

“你懂什么?”一直没有说话的黑衣人开口了:“我们必须得把她活着带回去,因为主人不想让她就这么舒舒服服地死了,在她死前,主人还要折磨她呢!”听他那种天经地义的口气,就好像他们的主人要干的事,是世界上最普通最正常的事情一样。

“那我们现在怎么办?要是抓不住她,我们得死,可是要是不能把她活着带回去,我们也得死啊!”黑衣人左右为难,可能是心里太害怕了,黑衣人竟然狠狠地踢了纯儿一脚:“死丫头,都是你害得!”

“慢点儿,你别踢死她!”另外一个黑衣人赶紧制止,可是已经迟了,那个黑衣人的足尖已经挨到了纯儿的身体,就在他的力道刚要打到纯儿身体的那一瞬间,纯儿忽然惨叫了一声:

“啊……”

那个想要踢纯儿的黑衣人被这一声尖叫吓了一跳,差点儿重心不稳摔倒,心中不禁暗骂:“这个死丫头也太不禁打了,自己还没发出力呢,她就叫这么大声。”

纯儿悠悠转醒,一双寒星似的眸子一下子就射到了那个想要踢她的黑衣人身上,暗自说道:

“还想踢我,害得我都不能再继续装晕了,看我以后怎么收拾你!”

黑衣人哪里看得穿纯儿的心思,为首的那个看她醒了,就尽量声音温和地说道:

“姑娘,你昏睡了一天了,起来喝点水吧。”

纯儿悻悻地爬了起来,一边起还一边问:

“不用把我捆起来吗？”(说实话,这句话问得有点儿不像话,一个被迷昏了劫持的人,清醒后第一句话应该问的一般是——这是什么地方,你们是什么人,为什么要抓我,等等等等。但是没办法,纯儿已经躺在这里听了一天了,这些问题,她早就弄明白了,所以她就直接进入主题,马上就开始问自己最关心的问题。)

黑衣人竟然也没听出纯儿话里的毛病,因为他们平时抓的人,一般早就被吓瘫了,没什么心思跟他们交流,所以,黑衣人在这方面有些经验不足。

黑衣人认真地回答了纯儿的问题:

“不用捆,你一旦想要攻击我们,我们就会马上再把你弄晕的。”

“那我要是直接跑了呢？”

“你跑不了。”

“为什么？我挺厉害的,还是捆起来安全一些。”纯儿循循善诱。

“真的不用捆你,在鬼船上,你再厉害也没有用的。”黑衣人不受纯儿的蛊惑。

“在什么上？”纯儿没听明白。

“鬼船。我们现在是在鬼船上,你是根本跑不掉的。”黑衣人无所谓地说道。

“鬼船真的有那么厉害吗？我能看看吗？”纯儿四下里观望。

“随便你,反正你也出不去。”黑衣人还是那副无所谓的样子。

纯儿一脸天真,可是却在心中偷笑不已:

“呵呵,这么容易就被我骗了,我要是想跑我昨晚就不会跟着你们来,只不过我对于我待了一天的这间屋子太感兴趣了,才故意要看一看的,这都看不出来,哼!”

其实纯儿真不能怪这些黑衣人笨,实在是她太善于骗坏人了,她在上一世的时候,就不止一次地干过这种事情,曾经有一次,她也是伪装被擒,深入毒枭的老巢,然后在漫不经心间,就骗出了他们毒品仓库的地址。

纯儿慢慢地靠近了小屋的墙壁,扒着墙壁的缝隙向外一看,不禁惊呼了一声:

“天啊……”

纯儿用心打量这间小小的屋子,同时,也在心中回忆着昨天的情景。

昨天半夜的时候,纯儿刚刚才陷入到梦乡中,就觉察到空气中有一种异样的感觉在浮动。

这种感觉很奇怪,既不是听到的,也不是看到的,也不是闻到的,甚至不是纯儿身上的任何一个器官感受到了异样。这种感觉是从她的内心深处泛出来的,这是一种经过长期的专门培训之后,又经历了无数次出生入死的考验之后磨炼出来的。

纯儿的眼睛微微地睁开了一道缝，她第一眼就看见了墙壁上蜿蜒而下的那道黑色液体。

任何一个古人，恐怕在午夜梦回时，一睁眼看到这样一幅情景，都会被吓到的。但是很可惜，纯儿不是古人，人类这一千年不是白过的。所以，纯儿在第一时间，从这些黑色液体的那种诡异莫名的运行轨迹上，就断定了，这些黑色的液体是有生命的！

纯儿的头微微一偏，就从枕头旁边衔起了一个绿色的小丸子，吞进了嘴里——她这些天对大漠的草药产生了莫大的兴趣，想要研究出些毒药和解毒的东西来，结果还真被她给琢磨出来了，上一世学会的配方，加上大漠中那些神奇的草药，就成了她枕边的这颗小丸子。

也是造化弄人，如果枕边没有这颗解毒丸，纯儿肯定会在第一时间冲出房间求援，可是碰巧她昨晚睡觉前还在研究这个东西，然后就顺手放到了枕头旁边，所以，这一下子就又成全了纯儿的冒险精神——不管来的人是谁，这么鬼鬼祟祟，偷偷摸摸，就一定不是好人，所以纯儿下决心要跟他们斗上一斗！

解毒丸保护着纯儿，让她没有被那些毒虫儿所害。纯儿则顺势跟着黑衣人混上了鬼船。

在这一天时间里，纯儿一直都在紧闭着眼睛，严格地控制着气息，使自己看上去像是被迷昏了的样子。而黑衣人所说的每一句话，都没有逃过她的耳朵。一听说他们是圣域派出来的，纯儿的心不禁漏跳了一拍——不是害怕了，而是激动的，一听说自己一会儿就要抵达圣域的老巢，去面对那个神秘的圣域的主人，纯儿真的感觉自己是中了大奖！本来嘛，大漠中有这么多强盗，而自己一被强盗抓，刚好就是落到了最凶残最坏的强盗手里，谁能有这么幸运呢？——当然，普天下恐怕也只有她方大小姐，会把这种事当成天大的幸运。

黑衣人的话并不多，所以纯儿所得到的资料非常有限，更多的时间里，纯儿都是在用心地感受自己所处的这个环境。虽然不能看，但是纯儿还是能感觉出来，这是一个狭小的空间，很干燥，而且它还在快速地移动，并且移动的时候，平稳之极，甚至平稳得都让人怀疑，它究竟有没有在动，只有偶尔，纯儿才会感受到一点点起伏。

所以，一听黑衣人说他们现在是在鬼船上，纯儿豁然开朗，这种感觉可不就像是在坐船吗？

而当纯儿开始打量这间小屋子的时候，她简直都被震呆了。

认真地反复端详着这间小屋子，纯儿简直怀疑自己是置身于一件工艺品中，原来这间小屋子，竟然完全都是用竹叶草编成的！竹叶草是这片大漠中一种特有的植物，和竹子近似，但是比竹子轻薄柔韧得多，而且质地极为细密，最能够遮挡风沙，所以，大漠中的人，都用它来制作门窗。

但是，从来没有谁会用竹叶草编成一整间屋子，因为如果这样的话，这间屋子就太轻了，风一吹肯定就会飞得无影无踪。

可是，纯儿所置身的这间小屋子，确确实实是全部用竹叶草编成的，墙壁、地板、屋顶都是竹叶草。纯儿还发现，这个小屋子没有窗子，也看不出门在哪里，而且它的墙壁和房顶基本都是弧形的，没有任何棱角。

直到纯儿被获准走到墙边向外观望，才惊呼出来，心中所有的疑问也都在这一刻迎刃而解了！

纯儿没有感觉错，小屋果然是在飞驰，而且速度极快。而小屋前进的动力，竟然是六只雄鹰！

只见这六只雄鹰都在朝着一个方向飞，顺序井然，身上都有绳套穿在了小屋上，它们竟然就像拉雪橇的狗一样，在拉着小屋向前飞奔——难怪它要叫鬼船！这么一个小巧的东西，在大漠上一闪而过，即使有人看见，都会觉得自己看花了眼，或者是看见了某种神迹！

而最震撼纯儿的还不是这些，纯儿现在手扶着小屋的墙壁，目视着外面的六只雄鹰，心中像被气体充满了一样，只想大声狂喊——“剽窃，这百分之百的是剽窃！这是从古龙的书中学来的！”

早就听端木说过，圣域的主人似乎也来自于现代，但是纯儿一直都不知道圣域的主人究竟来自于哪个时代，现在，至少纯儿可以确定了，他来自于和自己相同的时代，最多前后不会差过二十年！

天啊，难道端木也是来自于那个自己曾经生活了二十四年的世界吗？

无影带领人马飞奔到了孔雀城，距离纯儿失踪已经过去三天了，玉环等人都转醒了，唯有端木还是命若游丝。

“请各位先出去一下。”无影站在纯儿的卧室中，沉声地说道。

跟在无影身后的雅鲁等人，茫然不解地互相看了看，他们都知道无影对纯儿的感情，唯恐现在无影心恸之下，会心神大乱，做出什么事情来。

无影虽然没有回头，但是却好像洞察了人们的心思一样，淡淡道：

“放心吧，我曾经是护龙一族最优秀的护龙使者，从小就接受专门培训，所以我能够感觉到别人感觉不到的事情，我请你们先出去，就是想一个人安安静静地看一看这间屋子。”

听无影解释完，人们的心这才踏实了下来，鱼贯地走出了房间，并且还轻轻地掩上了房门。

无影一动不动，在纯儿的卧房中负手而立，桌子上，赫然摆放着玲珑鞭，和纯儿从不离身的落蕊神针，显然，来的敌人是高手中的高手，不仅一举就制伏了纯儿，而且还捎带着取出了纯儿身上全部的武装。

看到这些兵器，无影的心头竟然微微一松，因为早在洪泽湖的时候，无影就已经知道了，纯儿身上装满了五花八门的暗器。所以，无影很清楚，纯儿身上的武器，绝不止桌子上摆的这些，这也就是说明，纯儿身上多少还带着些防身的东西。无影了解纯儿，纯儿就算是手中只有一根绣花针，或者是只有一颗生了锈的钉子，她也能把这个世界搅得天翻地覆。

无影静静地走到了床边，轻轻地俯下身子，手指滑过床上的被褥，闭着眼睛用心地感觉着。

忽然，不知是真还是幻，一缕幽香飘进了无影的鼻孔，无影只觉得心中一荡，纯儿拥被而眠的倩影，就突如其来地闯入了他的脑海……

一下子，无影差点呻吟了出来，这可是他这辈子第一回这么失控，尽管身边一个人都没有，无影的脸还是霎时就变得血红。

无影心中暗骂了自己一句该死：

“现在是什么时候，纯儿下落不明，端木命悬一线，自己怎么还能有这种心思?!”无影重重地责备着自己。

然后他的手指重新移动了起来，忽然，无影的身体微微一震，他的手指触及到了一个极其微小的硬物。无影睁眼一看，自己的手指刚好移动到了纯儿的枕头下面。

而那个硬物就嵌在了枕头下面褥子的夹缝中。无影轻轻摸到了那个硬物，取出一看，竟然是一颗草绿色的小药丸……

“雅鲁，玉环！”无影忽然高喝了一声。

屋外的人忽然听见了无影的高声喝叫，就都冲了进来。无影朝着众人伸出手掌，掌心中赫然滚动着一颗小小的草绿色丸子：

“你们谁认识这个东西？”无影问众人。

人们都不认得，纷纷茫然地摇头，倒是玉环开口了：

“这个，好像是小姐做的解毒丸。”

“什么？纯儿做出了解毒丸？”这个答案让所有的人都诧异不已，这个纯儿小姐怎么什么都会做啊？

无影的手微微一动，立刻就有一个回鹘部的人走了过来，接过了解毒丸，凑近了鼻端，用心地嗅了一下，然后就迅速地报出了一连串的草药名。还没等他报完，无影就打断了他：

“你不用给我说这些，你就说这种解毒丸的效果怎么样？”

“虽然里面有几味药我还分辨不出来，但是就我分辨出的那些来说，解毒应该很有效果！”

“玉环，这种药你们小姐一共做了多少？”

“就两颗。”

“那就是说，少了一颗！”

无影目光闪动，一下子就扑到了床边，这一次他的手指滑过了木床的边缘，忽然，无影的眼睛一亮，他猜对了，如果纯儿是有心为之，就一定会留下线索——在木床的一侧，不知纯儿用什么东西刻下了六个字——入虎穴，寻虎子……

“入虎穴，寻虎子！”无影一遍又一遍地看着这六个字，心中渐渐地由狂喜转成了深深的忧虑和担心：

“纯儿啊，你也太鲁莽了！你知道你要去的这个虎穴是哪里吗？那是西域，甚至是全天下最恐怖最黑暗的地方。而你要去寻的那个虎子，则是世界上最危险的人。纯儿，你不应该啊……”

这时，一直沉默不语的胡杨女忽然低沉地说道：

“是蜜虫儿。”

“什么？”人们一时没有听明白胡杨女的话，都纷纷回头向她望去。只见胡杨女正伫立在房屋的一角，透过面纱，用心地望着墙壁。

无影走过去，站在了胡杨女的身旁，顺着她的视线望去，但是看见墙壁上一切如常，并没有什么特别之处。

“胡杨女首领，你刚才说什么？”无影问道。

胡杨女轻轻抬起用黑纱蒙着的手指，划过了墙壁。无影惊异地发现，当胡杨女的手指一碰到墙壁，墙壁上立刻就飘落下了一层极细的粉尘，这些粉尘依附在墙壁上，

如果不是胡杨女把它们扫落了下来，肉眼根本无法看见。胡杨女望着这些飘浮在空气中的粉尘，说道：

“这是蜜虫儿走过后留下的痕迹……”

“究竟什么是蜜虫儿？”

“蜜虫儿是圣域豢养的一种非常奇特的小虫子，它们的体积极小，但是具有非常强大的迷惑性，只要它们靠近任何有生命的物体，这些生命体就都会昏迷。”

“这么说，你们都是受了蜜虫儿的算计？”

“没错，”胡杨女有些感慨地说道：“真没想到，这个方子纯年纪不大，竟然就能制造出抵御蜜虫儿的解毒丸来，真是天赋异禀！”其实胡杨女这也是谬赞了，并不是纯儿有多么的天赋异禀，而是她的身上拥有着来自于21世纪的知识，而且是适用于特殊战争范畴的知识！

“那你能不能看出来，端木王子是中的什么毒？”

胡杨女摇了摇头：

“圣域内部各个部门的分工极为细致，也极为清楚，每个人都只了解自己所掌握的这一小部分，所以，我对毒药并不了解，这蜜虫儿，也不过是因为它经常被用到，我才会认识的。”

无影沉吟着自语：

“解毒丸既然能帮助纯儿摆脱蜜虫儿的毒，那么，也许对于端木王子的伤也会有用处……”

无影忽然声音一振：

“来人，给端木王子服下解毒丸！”

人们撬开了端木紧紧咬合着的牙齿，用水把解毒丸送进了端木的嘴里。随着时间一分一秒的过去，每一个人的心都越提越高。因为他们都知道，所谓的解毒丸其实和毒药之间的距离只是一步之遥。

万一端木臻华所中的毒的毒性和蜜虫儿相反，那么，这一颗小小的解毒丸，足可以要了端木臻华的性命。

忽然，一直紧紧盯着端木脸庞的雅鲁发出了一声呼叫：

“你们快看！”

众人围聚上去，只见端木臻华仍旧双目紧闭，面如死灰，但是，他的气息却明显的比刚才强健了一些，众人心中大喜——解毒丸，起作用了。

端木臻华的脸还是那么的平静，但是他的意识却开始一点点的复苏了，本来他的思维意识中只剩下了白茫茫的一片，就像一团浓雾一样，而端木就陷在其中，什么都看不见，摸不着。

可是突然之间，这团浓雾中就出现了一个明亮的光点，光点越来越大，也越来越亮，端木下意识地就被这个光点吸引着，向它走去。

这个光球明亮耀眼，正中心处，渐渐出现了七彩光华。光华旋转闪动，逐渐凝聚成了一个人影，这个人影也飞快地旋转着，渐渐的，人影越来越清晰。端木臻华感觉这个人影对他有着莫大的吸引力，他一步步向前走着，想着靠近这个人影。

随着一点点的靠近，端木看清楚了，这个人影是一个正在舞蹈着的盛装女郎。只见这位女郎身上穿着一件色彩艳丽之极的长裙，长裙的上半部分非常的合身，而下摆却非常的宽大，此刻裙裾随着女郎热辣的舞步飞扬开来，被舞成了一朵绮丽的大花，浓烈的色彩，几乎都能刺盲了人的眼睛。

女郎的舞姿泼辣、完美，充满了激情，一头及腰的卷曲的黑色长发也随着节奏飞了起来，唯有女郎的那张脸还隐在了浓雾中。

女郎舞蹈着，似乎已经忘掉了身边的一切，也忘掉了整个世界的存在！耳中只有旋律，心中只有澎湃激荡的情感。

端木被她的舞姿深深地迷住了，更被她通过舞蹈所表现出来的坚韧与狂傲征服了，他痴痴地望着这位女郎，浑然忘记了自己现在身在何方……

忽然，这位女郎猛地一扬手，手中竟然出现了一把小巧精致的手枪，女郎连瞄准都没有，就直接挥手射击，在她射击的同时，她的舞蹈仍旧在继续，而她射出的子弹，竟然还颗颗命中目标。女郎的子弹就好像是命令，随着她的枪声，周围一时枪声大作，激烈的交火声响了起来。

而这时，最不可思议的一幕发生了，在枪声响起的那一瞬间，端木竟然也下意识地把手伸向了怀中，现在，如果在这团浓雾中，还有一个现代人的话，那他一眼就能看出来，端木现在所做出来的，是一个专业之极的掏枪姿势……

围聚在端木床边的无影等人，都面色沉重，焦虑万分地望着端木，他们都能看出来，端木的呼吸已经变得越来越急促了，就好像正在面对着什么突如其来的变故！

“端木王子是不是做噩梦了？”玉环小声地说道。

“应该是，”雅鲁沉声回答，“不知道是不是端木王子所中的迷药，还能控制他的神智和梦境，如果是那样的话，问题就更严重了。”

忽然，就见端木的右手突然重重的一动，紧跟着，端木的双眸“刷”地一下就睁开了，他的目光雪亮，充满了面对强敌时那种本能的戒备和严厉。

无影果断地抓住了端木的右手，一股纯正的真气，缓缓地注入到了端木的体内，端木只感到一阵热流融进了自己的身体。这股热流温暖、干燥，让他的身体倍感泰然，心也随之放松了下来。

端木又重重地闭上了眼睛，同时还长长地吁了一口气。

而无影在为端木注入真气的同时，也已经检查了端木的气息身体，发现端木并没有受到任何明显的损伤，无影的心情也略为放松了一些。

“臻华，你是不是做噩梦了？”无影轻声问道。

端木臻华又睁开了眼睛，只不过这一次，他的眼神是平和却迷茫的，他回想了一下，微微地摇了摇头：

“好像是，但是我不记得了，什么都不记得了。”

“不记得就算了。你中了迷药，刚刚才苏醒过来，神智正处于比较脆弱的时候，不要太刻意地去想那些不愉快的事情了，免得邪魔入侵。”无影见端木还要回忆刚才的梦境，就阻止住了他。

端木臻华又摇了摇头，不过这一次他是为了能让自己的头脑更清醒一些：

“但是，那些梦中的情景好像对我很重要，非常重要，我就是想不起来了。”

端木又长出了一口气，这时他才发现自己的身边聚集了这么多人，端木不由得有些惊异：

“出什么事了，无影兄，你怎么又回来了？”

无影的脸色变得有些阴沉了：

“似乎是圣域的人乘着深夜潜入了孔雀城，迷昏了很多人，纯儿……也失踪了。”

一听纯儿失踪，端木一下就翻身坐起，眼中精光爆射：

“什么？纯儿失踪了？那你们还在这里干什么？还不快去救她！”

虽然端木的态度有些狂暴无礼，但是因为人们都知道他对纯儿的感情，所以也都并不介意，雅鲁解释道：

“我们清晨才发现了侍卫被迷晕和纯儿小姐失踪的事，追踪已经来不及了，也不知道圣域在什么地方，而当时王子您似乎伤得更重，万般无奈才传书请来了少主。”

端木站了起来，此刻他的全身都已经充满了杀气：

“迷晕侍卫的是什么毒药？”

胡杨女接道：

“我认出来了，应该是蜜虫儿。但是给你下的药，则严重得多，我也不知道是什么？”

“我昏迷时是什么症状？”

“几乎就和死了一样，只是有一丝若有若无的气息。”

听到这里，端木那双俊美之极的漆黑眸子里，射出了两道冰冷的寒光：

“是销魂香！他还真是看重我，竟然舍得给我用这么珍贵的迷药！”

停了一下，端木忽然露出了分外惊异的神情：

“既然我中了销魂香，你们怎么可能救醒我呢？”

无影沉声答道：

“是纯儿制出了一种解毒丸，一共有两颗，她自己好像也服了一颗，所以在圣域中的人带走她的时候，她并没有被迷昏，她是故意要被他们劫走的。”

一听说纯儿是故意被劫走的，端木不由得顿足：

“她怎么能这么大意？圣域哪里是她能闯得过去的地方！”

“所以，我们现在的当务之急，就是去圣域。”无影声音沉稳中却也带着隐隐的急切。

端木的眼神也冰冷严酷：

“对，去圣域！”

在孔雀城的王宫中，无影以回鹘部少主的身份居中而坐，孔雀城国主则面色凝重地陪坐在一旁。此刻，国主正一脸肃穆地向无影介绍着事情：

“少主，其实近年来，圣域已经对孔雀城有了觊觎之心。孔雀城中的财富吸引着他们，如果不是因为圣域多年来的习惯，都是在极度不对等的情况下取得胜利，他们早就对孔雀城下手了。”

“在极度不对等的情况下取得胜利?这句话怎么讲?”无影对国主的话不太明白，就又询问了一句。

“哦，也就是说，圣域从来不会去展开势均力敌的战争，哪怕是在他们占有一定优势的情况下，他们都不会轻易出手。圣域的主人似乎有一项很大的癖好，就是喜欢用尽各种手段，然后以最小的代价，取得最大的成果。例如当年他们征服回鹘部就是一个很典型的例子。

当时，他们首先勾结回鹘部内部的奸佞之臣，然后再暗害了老首领，这样，轻而

易举地就拿下了回鹘部的大片土地和财富。

后来，圣域在占领几个小城邦的战争中，也是用的这种方式。”

无影微微点头：

“如果这么说起来，这个圣域主人，要的不仅仅是土地和财富，似乎他还有一个很重要的需求，就是在用各种手段去残害和掠夺别人的过程中获得乐趣。”

“没错，圣域主人的行为，的确是给人这样的印象。”

就在国主和无影两个人展开详谈的时候，端木臻华则把胡杨女叫到了一旁。

不等端木发问，胡杨女就径直说道：

“端木王子是想问我和圣域的事情吧？”

端木微微一颔首：

“这么说，你真的是从圣域中出来的？”

胡杨女轻叹了一声：

“看来我对纯儿说的话，她一点都没有告诉你。她还真是个讲义气的姑娘。”胡杨女声音忽然一正，说道：“事到如今，我也就不再隐瞒了。具体的情况，如果你想知道，回头我再详详细细地告诉你，现在时间紧迫，我先简单地跟你解释几句。这么说吧，我在圣域中长大，是主人抚养教育了我，等我长大后，我不想再做害人的事，所以就自毁容貌，叛出圣域。”

“原来是这样，难怪你能认出蜜虫儿。”端木一阵欷歔：“而且，也真难为你，从小在他身边长大，还能保持住一份正义之心。”

胡杨女无语，因为她自己心里清楚，并不是她保持住了正义之心，而是对拓跋傲疆的爱唤回了她的正义之心。

胡杨女又接着说道：

“虽然，我一直就知道，主人做的事很不对，但是他毕竟抚养我长大了，如果没有他，我肯定早就死了。所以多年以来，我都尽量不和圣域发生冲突和敌对。但是这一次……”胡杨女有些犹豫了。

端木却不等她说完，就毅然打断了她：

“你什么都不用说了，这一次，你仍旧不要去和他敌对。”

“可是纯儿……”

“救纯儿，自有我和少主。我们会去的，你不要去。”端木说得斩钉截铁，说完后，又问了一句：

“你知道我为什么不让你去吗？”

胡杨女答道：

“是怕我面对他的时候会为难，毕竟他对我有养育之恩。”

端木点了点头：

“这是其一，但还有一个非常重要的原因。我了解他，他是一个极具迷惑性的人，圣域中的很多人都把他的思想和做法奉为金科玉律，当成世界上最正确的道理。而他一直以来，也不主张用武力去让别人屈服，而是热衷于从思想上去控制别人。所以，改变他人的思想，进而控制他人的行为，已经成了他的一大乐趣，他把这称之为向人性的至高难题挑战，并且乐此不疲。

而他从小把你养大，你竟然不惜毁掉容貌也要叛离圣域，他肯定心中有所不甘。如果，你这次自己送上门去，我想他倒不见得会直接杀了你，但是，他恐怕又会迷惑你的思想了……”

“端木王子是怕我会再次被改变了善恶观念，而陷落到圣域中？又开始过那种到处害人的日子？”

“没错，为了弃恶从善，走上正途，你已经付出了这么沉重的代价，我不希望看到你前功尽弃。”

胡杨女想要辩解，她想告诉端木臻华，因为她心中还在深爱着一个叫拓跋傲疆的男人，这个男人太正直太善良，所以，为了他，她也不会再走上歧途。

但是胡杨女转念一想，端木毕竟是个男人，他不见得能够理解女人的这万种柔情，而且他这么劝阻自己，也是出于一片好心，自己不应该让他为难，所以，胡杨女改变了原本要说的话，而是真诚地问道：

“那就请端木王子安排吧，看看在救纯儿的这件事上，我能做些什么，只要我能帮上忙，我一定竭尽全力。”

“好，”端木重重地一点头：“能有你帮助，我们肯定会实力大增。我想请你和雅鲁一起，看守好孔雀城，我怕这一次圣域劫走纯儿的真实目的，就是想调虎离山，好让孔雀城中的人都出来救纯儿，而造成孔雀城守备空虚，这样，圣域就可以乘虚而入了。”

“没问题。”胡杨女爽快地答应了。

“那好，我们现在就去面见国主，说说我的打算。”

两人一起进入宫殿，开始和无影、国主进行详细的安排布置。

国主一听说要把雅鲁等人都留在孔雀城，马上就表示反对：

"这绝对不行，圣域根本就是刀山火海，龙潭虎穴，我们倾巢而出，都不见得会是他们的对手，端木王子竟然还要和少主孤身犯险，这太危险了。"

这时，无影开口了：

"我倒觉得臻华的布置很有道理。取圣域，兵在精而不在多，如果，圣域只是一座孤城，那么恐怕等不到现在，它就早已被西域各个城邦的联军剿灭了无数回了。所以，它之所以能多年来立于不败之地，凭的就是诡异和邪门功法，对于这些东西，大部队并没有什么作用。而且，正如臻华所说，现在，圣域劫走纯儿的目的我们还不太清楚，万一他们真的就是为了调虎离山，那我们就更不能中他们的圈套了。

现在，就让雅鲁和胡杨女首领把守好孔雀城，也正好解除了我们的后顾之忧。"

听无影这样说，国主也就不再坚持了。无影转而问端木：

"臻华，我们什么时候上路？"

端木臻华的目光很深很沉，似乎此时他心中正在负荷着无数的重量：

"马上就走。"

无影没有再说话，因为从端木的眼神中，他已经看出，因为纯儿这次被劫，危在旦夕。端木臻华已经下定决心走上了和圣域对抗的道路。

无影把自己带来的精锐卫队全权交给了端木指挥：

"臻华，你也不用推辞谦让，因为相比较起来，你对圣域更加了解一些，所以，这里理所当然就交给你指挥了。"

听无影这样说，端木也就不再推辞了，简单吩咐了几句之后，就和无影一起率队出发，踏上了去往圣域的路途。

第九章　疯癫美人

黄河口岸。曾经的西蜀国大内密探，现在西蜀国皇帝宇文端昊的亲信信使武陵，正快马疾驰在驿道上。

武陵的目光沉稳而刚毅，面容冷峻。现在他的口中有一颗毒丸，怀中揣着两封关系到宇文端昊生死存亡、关系到西蜀国未来命运、关系到宇文皇族未来命运的信件。而武陵的心中，已经燃烧起了那久已熄灭的，想要建功立业的希望和野心。

他知道，每个人都需要机会，而现在，一个千载难逢的机会被他等到了。此刻，宇文端昊的皇位已经岌岌可危，如果自己能够力助皇帝渡过这个难关，那么，位极人臣的功勋，就等于已经攥到了自己的手中。

虽然，武陵很清楚，自己现在正在干着的事情，是危险之极的。一旦被人窥破了他的秘密，那他就必须马上自尽死亡！但是，武陵一点儿也不后悔自己的选择，一个男人，就是应该在有生之年建功立业，好好成就一番事业，才算得上没有辜负生命，没有辜负年华。

在拓跋傲疆的行辕中，武陵见到了这位名震天下的西蜀国第一将军。往日，像拓跋傲疆这样的人物，武陵是只能远远眺望的，每次见到拓跋的身影，他的心中都会充满了羡慕！而拓跋傲疆的英雄事迹，则像神话一样，在大内密探中传说。此刻，武陵自己也变成了一位和拓跋傲疆一样重要的人，风云际会之中，他很有可能就成为下一个拓跋傲疆！

拓跋傲疆看着眼前这位信使，心中充满了狐疑，因为在他和皇帝之间，是有一批专门的信使，在为他们往来奔走的，他不知道，皇帝怎么会突然起用了新的信使。

拓跋打开了信件的封口，拆信的时候，他有意留心了一下，看出封口没有被动过的痕迹。

拓跋开始用心地读信。端昊的心机极深，即使是在这样的危急关头，想着一心依仗拓跋傲疆来保护自己的皇位，他都没有把真实的情况如实地告诉拓跋。

他只是用非常严肃的词藻说明了：

据最新接到的密报，岭南梨氏已经动了谋反之心，并且会在近日起兵造反。而朝中的很多重要的大臣也都出现了异动，估计都是受到了梨氏的蛊惑和买通。恐怕，梨氏如果真的起兵谋反，他们都会倒戈去帮助梨氏。

而后宫中，太后和皇后因为都是梨氏的人，所以端昊也不能不防，总之，现在西蜀国的政局非常的不稳定，在这个非常时刻，皇帝希望拓跋务必镇守好边疆，千万不要让大梁国再趁机作乱，进而得逞。

这是其一，其二就是，皇帝号令拓跋所掌握的这支军队的兵符更改了。因为正处于非常时期，兵符的事情，不能不特别小心，所以，端昊已经废除了现在正在用着的所有兵符。但是，端昊也并没有说明新的兵符究竟是什么样子的，只是在信件的最后写到——还记得纯儿留下来的那块美玉吗?不管什么时候，你见到它，就如同见到了朕。

拓跋心念闪动，马上就明白了端昊的意思，所谓纯儿留下的那块美玉，一定指的就是端昊送给纯儿的那块定情的信物——九龙玉佩，后来，纯儿在黄河口岸被劫走，玉佩也被抛在了荒草丛中，又被端昊收了起来。

看来，这块玉佩现在就成为了端昊直接号令拓跋手中这千军万马的新的兵符了。

“看来，皇上终究还是记挂着纯儿的。”拓跋这样想到，同时，心中也不禁感动。

虽然端昊并没有把真正致命的危机告诉拓跋，但是，他信中所说出的这些情况，也足以让拓跋傲疆明显地感受到时局的危险了。

拓跋看完信，抬眼望向武陵，虽然是第一次见面，但是拓跋一眼就能看出，武陵也是一位既有才干，且极有心机的男人。

“武将军。”

“拓跋将军。”武陵听到拓跋喊自己，赶紧就站了起来。

“陛下的意思我都清楚了，不知道陛下还有没有什么其他的交代，需要我写回信吗？”

望着拓跋，武陵心中暗暗感叹，难怪陛下这么倚重拓跋傲疆，这位拓跋将军真不愧是人中之龙！虽然武陵不知道皇帝的信中究竟写了些什么，但是，有一点他能够确定，那就是信中的内容一定非常的关键。而拓跋傲疆在看完了这封信以后，竟然还那么脸色平静，一切如常，就这一份沉着，就足以让人佩服。

“回将军，陛下说，只要把信交给将军就可以了，不用写回信了。”

“哦。”拓跋点了点头，然后问道：“那么你呢，是回京，还是另有任务，需不需要我派人配合？如果有什么需要我做的，还请将军不要客气，尽管说就行了，我们现在都是在为陛下效力，互相帮助是理所应当的。”

武陵点了点头：

“谢谢将军。我还确实有事，想要将军帮助。”

“武将军请讲。”

“我这里还有一封皇帝的亲笔信，是送给回鹘部少主的，不知道将军对于去回鹘部的路途是否了解。”

拓跋暗暗点头：

看来自己没有猜错，形式果然已经非常危急，以至于陛下都要联络无影了。

“从这里去回鹘，我还确实是有一条路途，是我军专门用来传递情报的路线，可以让将军一用，这样，你可以节省很多时间。”

“真的?！”武陵大喜，“那多谢拓跋将军了。”

“不用客气，我会派人带你去的，并且一直把你送到回鹘部。”

“那就不用了，我自己走就可以了。”

“还是送你的好，因为这一路上匪患太多，又正处于战争时期，大梁国中的大量探子，也会经常在这附近游弋，如果让他们窥破了你的行踪，继而耽误了陛下的大事，就不好了。”

听拓跋傲疆这样说，武陵也就不再推辞了。

“不知道武将军准备什么时候上路？”拓跋又问道。

“我马上就走。”

“那好，将军还有重要的任务，我就不留将军了。等来日时局稳定，有了机会，我们再好好叙谈。”

当下两人分别，武陵又踏上了奔赴回鹘部的路途。

可以说，拓跋傲疆安置好的这条传递情报的途径已经是非常快捷的了，可是，武陵还是没能见到无影。因为当他来到回鹘部的时候，无影已经带人去了孔雀城。

回鹘部的大臣也知道,他们的少主和西蜀国皇帝之间的渊源极深,所以,一听说是西蜀国皇帝专门派来的信使,态度也都非常恭敬:

"武将军,真是不巧,我们少主这次出门,不知道什么时候才能回来,将军如果还有急事,可以把信交给我,等少主回来后,我一定会转交给少主的。"

武陵说道:

"我这趟来就是来送信的,并没有什么其他的事情,陛下吩咐我,一定要亲手把信交给少主。这样吧,如果方便的话,我就在这里住几天,等少主回来,可以吗?"

"当然可以,我这就为将军去安排住处。"大臣热情地说道。

"对了,大人,敢问少主这次出去是有什么重要的事情吗?"武陵问道,他想判断出,无影究竟需要多长时间才能回来。

"哦,是这样。我们的一个属国被怀有不良企图的敌人窥视,少主带领军队去帮助他们了。"

"是这样,那战况严重吗?会不会不好解决?"武陵有些担心了,原来无影是去打仗了,这时间可就没准了。武陵已经在考虑是不是要把信送到阵前去了。

大臣笑道:

"不严重,就是普通的匪患,只是因为我们有保护属国的义务,少主才去的,很快就会回来的。"

因为并不十分了解武陵的来历,所以大臣在说明无影去向的时候,非常含糊地一带而过,并没有把圣域、方子纯这些细节,说得那么清楚。

听到大臣说得合情合理,武陵也就没有再多问,他却没有想到,这一个一带而过,就为日后纯儿和端昊之间,造成了无法弥合的矛盾——也许这就是天意弄人!

在西蜀国中,皇帝宇文端昊仍旧是一如既往地威严稳重,任何人都想象不到,在他的身上竟然隐藏着这样一个惊天的秘密。

他每天照例上朝、议事,一切都和过去没有区别。而后宫中,也是一片祥和安乐。现在,每天早晨,宫中众妃去给皇后请安的时候,都会看到,在皇后御座的下手,多了一把椅子,刚刚被册封为云华贵妃的严鹂儿,就盛装坐在皇后的身旁。

严鹂儿现在真是春风得意,肚子里怀着龙种,又成为了后宫中除皇后之外的第一贵妃,这份荣耀,可是她以前想也不敢想的啊。

严鹂儿做人非常圆滑,她当然不会像那些没有头脑的蠢女人那样,一旦得势,就飞扬跋扈，四面树敌，弄得每个人都痛恨自己，都恨不得亲手撕碎了她。

此时的严鹂儿并不是这样，她现在把所有的得意和野心都压在了心底，表面上，对每个人都呈现出了一副分外谦逊贤良的样子。竭尽全力地平息着人们心头已经聚集得太重的怒火。

梨宫月也仍旧是一如往日的雍容端庄，一如往日的态度从容，现在，后宫中任何人看到她，都还是会认为皇后仍旧是过去的那个皇后，仍旧是群星中的那一轮明月，不管身边的星星如何的闪亮，都分不去她一丝一毫的光辉。

梨宫月的明眸一一扫过大殿中的各位嫔妃，最后，她的目光定格在了怡娃的身上，时候不早了，到了该动手的时候了。

前日，她已经以皇太后身体不适为由，把自己的两个皇儿都召回到了身边，这样，端昊一旦死亡，她的儿子就可以立刻继承皇位了。

岭南梨氏也已经安排妥当，只等端昊一驾崩，新帝登基，他们就立刻起兵勤王护驾。而京城内的几支军事力量和政治力量，也都是皇太后多年来所积攒的，完全听命于皇太后和皇后。所以，可以说，端昊死后的一切，梨宫月都已经布置好了。现在，她唯一需要考虑的，就是毒杀端昊的时候如何下手，才能够真正做到瞒天过海，天衣无缝！

岭南王府中。

就在圣域使者离去后的这短短的一段时间里，岭南王就像是老了二十岁一样。圣域使者直接就揭穿了他深深埋藏在心底的秘密，让他措不及防。说心里话，他并不安心于只在岭南这一小块地方为王，早在多年前，他的目标就已经是要做西蜀国的皇帝了。多年来，他也一直在为了这件事做准备，可是，就在他马上就要准备好了的时候，圣域竟然忽然派人来干预他的行动了。

而且，圣域中人还这么来势汹汹，一出现就揭开了他心头最大的伤疤！

端昊在京城中一系列的安排布置，也没有逃过岭南王的眼线，为此，他不得不怀疑，端昊是不是已经知道了他自己的身世——这一个天大的秘密。

既然，端昊已经开始采取行动了，那梨氏也就不能再等了，恰在这个时候，梨宫月传来了消息，想要一举毒杀端昊，然后立自己的长子为皇帝，请岭南王配合。这时的梨宫月，还在认为岭南王是自己的亲生父亲，所以，她信任岭南王，到了这种关键时刻，她一丝一毫也不向岭南王隐瞒自己的计划。

只可惜，岭南王现在已经不这么想了，既然打定了主意要谋权篡位，改朝换代，那为什么不由自己来做这个皇帝呢？这样，等自己死后，皇位还可以传给自己的儿子，而西蜀国也就彻底变成了梨家的！

这就是岭南王的计划。当然，这个计划是深埋在他的心里，只有他的儿子知道。他也不会告诉梨宫月，他已经传书给了梨宫月，让梨宫月放心，只管放手去做自己想做的事情。他一定会把勤王护驾的事情做好。

梨宫月对于岭南王的野心一点儿都不知道，她还在一心一意地等待着，在自己杀死端昊之后，岭南王来帮助自己的儿子稳固住皇位，而自己，年纪轻轻，就可以成为西蜀国新的皇太后——真正的掌权者——因为她的儿子年纪还小，肯定会由她来摄政掌权！

梨宫月丝毫也没有想到，螳螂捕蝉，黄雀在后，就在她为宇文端昊设下了死亡陷阱的时候，她自己的背后，也张开了一张准备置她们母子于死地的大网！

而这场围绕皇权展开的斗争的旋涡最中心处，首当其冲会丢掉性命的，就是宇文端昊。

西域，大漠。

端木和无影正在并辔而行，两个人都面色沉重，但是他们却都绝口不提纯儿，因为他们都深深地知道对方对纯儿的感情，在这个时候，提起纯儿，只会徒乱人意，不会有任何的帮助。而现在强敌在前，他们不能出现一丝一毫的差错。

大漠中忽然卷起了风沙，似乎在预示着，这是一趟多有磨难的旅途。

夜深了，今天的夜晚，没有星星也没有月亮，天地间尽是一片茫茫的黑色，在这样的夜色中，是不能在沙漠中赶路的，所以端木他们尽管心中焦急，但还是不得不先安营休息。

端木和无影围坐在一堆点燃的篝火旁，各自想着自己的心事，忽然端木认真地问道：

"无影兄，我知道你掌握了有关圣域的很多资料，那你能不能告诉我，按照你的理解，圣域应该会在哪里？"

无影深深地思索着：

"资料所显示出的情况很怪异，让我难以琢磨。因为如果是看资料上所说，圣域根本就不在大漠，甚至不在西域，而更像是在中原、在江南！因为所有的关于圣域的准确地点的资料中，都用上了绿意盎然，山清水秀这样的词藻，而这样的地方，只能在江南啊。”无影的眼睛中充满了困惑：

“我们在回鹘部也讨论过，有的大臣们认为，圣域是藏在一处绿洲中，可是根据我们所掌握的情况，大漠中并没有一块那么大的绿洲，而且绿洲中是肯定没有山的。那么有山有水，而且山青水绿，这又会是什么地方呢？”无影自语道。

端木微微点了点头：

“其实，我也不认识去圣域的途径。”

“啊！？”无影闻言大惊，他一直以为端木总会知道圣域究竟在哪里。

“你也不认识，那我们怎么救纯儿？”

“无影兄，你先别急，听我说完。我以前每次去圣域，都是到一个特定的地方，然后亮明我的身份，自然就会有人带我去的。这次也不会例外。”

“可是，圣域主人肯定能想到你是去救纯儿的，他又怎么会让你进去呢？”

端木微微一笑，笑容有些无奈：

“圣域的主人为恶人间，其实既不为名也不为利，就是为了征服。去征服一切他认为难以征服的东西，就是他的兴趣所在，也是他活着的全部意义。对他而言，我也是一个难题，因为我一直不同意和他一起做坏人，他就特别想改变我的念头，所以对他来说，这次抓住纯儿，也许又是一个可以借机征服我的机会。既然他想征服我，就不会避而不见我。他会很想见我的，因为多年来，他想方设法地作恶的目的就是为了能把我引到圣域中去。”

无影听着端木的话，实在是感到匪夷所思，难以理解，却又无可奈何，也许要怪只能怪老天吧，为什么要生下像圣域主人这样一个怪物！

无影犹豫了良久，终于开口了：

“臻华，有一句话，我一直想问你，说实话，你觉得纯儿这次有危险吗？”无影知道自己这句话问得很傻，真不像堂堂的西蜀国第一高手、现在的回鹘部少主应该问出来的话，但是他确实是无法控制自己的情感，现在，他的心中全是对纯儿的牵挂和担忧。如果能听到端木说纯儿会没事，哪怕只是在安慰自己也好。他的心情也会放松一些。

听了无影这个问题，看着无影那恍然无依的神情，端木臻华的心中也感慨良多，真是情到深处，英雄也断肠啊，像无影这样人如冰山，心如钢铁的男儿，也已经化作了绕指柔。

端木淡淡一笑：

“无影兄，你放心吧，纯儿短时间内不会有事的，我这不是在安慰你，我说的是真话。”端木停了一下，拨弄了一下篝火，又解释道：

“就像我刚才所说的，圣域主人只喜欢征服，除此之外，权利、财富、美色都打动不了他。如果，纯儿只是一个单纯的美人儿，那么，他也许会出于一个男人去征服一个女人的心理，而去征服纯儿。但是，你我都知道，纯儿并不是一个简简单单的女孩子，她天资聪慧，身上似乎蕴涵着无数的聪明才干和无穷的力量，尤其是，纯儿正直善良、疾恶如仇，这样的人，是圣域的主人最想征服的那一种。

圣域主人平生的一大志向，就是想让全天下所有聪明的人、有才干的人、有能力的人都去当坏人，去为害人间。所以，不管圣域主人究竟是为了什么而抓走纯儿，在他见到纯儿以后，都一定会放弃原本的一切目的，只想着改变纯儿的思想，让纯儿和他一起去作恶。

而纯儿值得他花大把的时间去征服，所以，他不会轻易地害了纯儿。也就是说，我们还有足够的时间。”

忽然，端木突然古怪地一笑：

“凭纯儿的天分，一定能够得到圣域主人的厚爱，我相信，如果纯儿真的同意留在圣域，和圣域主人一起作恶，那么，圣域中第三个主人的位置，一定会非纯儿莫属。”

无影对于端木的这个假设大感意外，问道：

“怎么，圣域中的主人还有好几个吗？”

“也没有好几个，目前挂名的就两个。”

“两个？”

“对。”

“我知道有一个是圣域主人，那还有一个呢？”无影问道，也难怪无影吃惊，他从来没有听说过，圣域中还有一个主人。

“第二个主人就是我。”端木苦笑着说道。

“你?!”无影吃惊地喊了出来。

“对，是我，这个位置一直都在给我留着，只不过我从来不承认，也不去圣域，即使偶尔被逼无奈去了，也是马上就走。圣域中所有的事情，我一概不闻不问。”

无影也有些无奈：

“你们这对兄弟，还真是都很有耐性。他就这么坚持多年地要改变你，而你就这么一直坚持着不让他改变。”

“对，我们现在比的就是耐性！”

无影想了想，就又换了话题：

“臻华，你觉得，纯儿这次究竟是为什么会被劫持？”

端木摇了摇头：

“我反复想过，但还是不得要领。她会治疗魔鬼暗器的伤的事并没有传出去。而圣域主人劫持纯儿，也不会是为了要挟我，因为在他的思想中，女人从来都是最不重要的，而且他也认为全天下的男人都和他想的一样，所以，他永远都不会拿女人来胁迫别人，我还真想不出他这么做究竟是为什么。”

“胡杨女既然是出自圣域门下，你们怎么会相互不认识呢？而且，既然她从小就在圣域长大，肯定认识圣域的路径，你为什么不问问她呢？”无影忽然想起了一个很重要的问题。

火光映红了端木的脸庞：

“圣域中的人和事我基本都不清楚，我一直都在刻意回避。而胡杨女可能认识我，但是，她既然叛离了圣域，隐姓埋名，想着彻底跟过去的日子一刀两断，那么对我当不认识也很正常。

再说了，她毕竟是被圣域主人抚养长大，圣域主人虽然无恶不作，但是平心而论，他对于身边的人，尤其是他看重的人，还是很不错的。所以不管怎么说，圣域主人对胡杨女都有养育之恩，我如果非让胡杨女告诉我去圣域的路径，那不是摆明了让胡杨女为难吗？我如果问，她很可能告诉我，但是她却为此背负上了对圣域主人的愧疚之心，那又是何苦。”

无影感慨道：

“你总是这么为他人着想。”

端木微微一笑：

“也不算是为他人着想吧，举手之劳而已，毕竟我找到去圣域的路也很容易，索性就不问她了。否则，为了救纯儿，我还真是什么事情都干得出来！”端木的话语中，隐含着丝丝杀气。在这一刻，无影忽然感觉到，端木如果真的要想加入圣域的话，那一定可以当之无愧地做他的第二号圣域主人。因为端木虽然在平时总是很随和，很随意，但其实在他的内心深处，也深埋着一股强大的力量！

这种力量，是与生俱来的，属于王者的力量！

“那说了这么多，在你心中，对于圣域的位置，到底有没有概念呢？”无影又回到了他比较关心的这个问题上。

端木点了点头：

“有。”

“那是在哪里？”无影急切地问道。

“天山之阴！”端木一字字地说道。

无影的全身都绷紧了：

“你能确定！？”

端木态度肃然地说道：

“我也去过几次圣域，而且每次都是从不同的联络点进入的，把我每次从不同的地方进入圣域所花费的时间比较来看，这个地点应该就在天山！”

无影沉吟着：

“天山之阴，难道在天山的背后，还真的有这样一个酷似江南的世外桃源吗？”

“对了，臻华，就算是圣域中人肯带你去圣域，那会让你带着我和军队一起进去吗？”

“当然不会。”端木平静地说道，显然，他已经想到了这一点。

“那怎么办？”无影有些急了，不让带军队，那不就是说，端木要一个人去闯圣域吗？

“这个问题我已经想过了，正好现在也趁这个时间，跟你沟通一下。我的计划是，咱们兵分两路，你带着军队隐去踪迹，悄悄靠近天山之阴，看有没有可能找到圣域，并且在外面接应我们。而我，就自己跑一趟圣域。争取劝圣域主人放了纯儿。”

“如果他不放呢？”无影认为端木去和圣域主人讲道理，无异于与虎谋皮。

“那我就用自己来交换纯儿。我相信，在他的心目中，我还是要比纯儿重要一些的。”

“什么？”无影真没想到，端木心中竟然打的是这个主意。

“那我和你一起去呢？他们会允许我进入圣域吗？”无影又提出了一种可能性。

端木笑了：

“他们当然允许，我说了，圣域主人的一大爱好就是征服和改造全天下的英雄，而你恰恰又是一位非常正直的英雄，所以，他不仅会同意你进入圣域，甚至还会想办法把你留下来。但是，我们不能那样做，因为如果那样做，你很有可能会被困在圣域，那样我们得不偿失。”

“那……”

“好了，无影兄，我们就不要再争了。我现在给你画一幅图，这幅图虽然不尽详细，但是圣域，应该就在这幅图中，你尽管带着部队按照图中的标志去寻找圣域，记住，一定要隐去行踪，否则，如果让圣域的主人知道有军队正在靠近他，我和纯儿的生命就都会有危险……”

鬼船载着纯儿他们四人一路疾驰，很快就走出了沙漠，在快走到沙漠边缘的时候，三个黑衣人又把纯儿围到了中间，纯儿也不害怕，只是有些无聊地看着他们，问道：

“你们又想干什么了？不过不管你们这次想干什么，拜托你们都做得技术含量高一些，否则我又会失望的。”

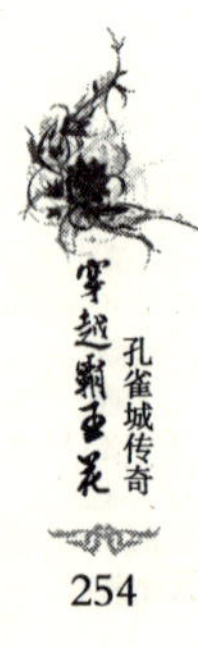

纯儿这也是话出有因，这一路上，她从最开始的好奇，到了后来的百无聊赖，再到后来的开始惹是生非，已经让这三个黑衣人头疼不已。但是，每当黑衣人想着教训一下纯儿的时候，都被纯儿直接打回原形。

举一个简单的例子，大家就都能真正理解这三个黑衣人和纯儿共处时的痛苦了。纯儿在一次吃饭的时候，竟然突如其来地，折断了手中的竹筷，然后用三截断了的筷子，射伤了三只驯鹰的翅膀。一时间，鹰群大乱，三个黑衣人费尽力气，才把剩下的三只鹰安抚好，但是由于另外三只驯鹰的翅膀受伤了，所以行进速度确实大受影响。

而对于黑衣人的愤怒，纯儿竟然嗤之以鼻：

“说起来，你们的主人也是看过《楚留香》的，那应该和我活在同一个年代啊，怎么连出门带备胎都不知道啊？”

黑衣人既不知道什么叫楚留香，也不知道什么叫出门带备胎，他们也不想知道这些。他们现在只想知道一件事——什么时候，才能摆脱掉这个要命的魔星！

“我们现在已经走出沙漠了，所以不能再用鬼船了。”为首的黑衣人说道。

“我无所谓，反正随你们。”纯儿摆出一副我管不着的架势。

“所以，我们得换乘别的交通工具。”

“好了，你就别废话了，要换什么就快点儿换，我还等着赶紧去圣域呢。”

看着纯儿的样子，黑衣人心中暗恨：

死丫头，你还当是去观光游玩吗？等到了圣域，让你好好尝一尝求生不得，求死不能的滋味！

“可是你太诡计多端了。”黑衣人压下了心中的怒火，接着说道。

“过奖了。”纯儿竟然还和他客气了起来。

“我不是要夸你！”黑衣人狠狠地说道。

“那你是要干什么？”

“我是要告诉你，因为你太诡计多端了，所以为了安全起见，我们得再把你迷晕了，这样，我们才能保证不出意外地把你带到圣域。我们可不想在路上出什么岔子！”

“好吧。”纯儿痛快地答应道。

“怎么，你答应了？”黑衣人有些意外，他还以为纯儿为了不被迷晕，不定又会使出什么花样呢。

“我除了答应还有什么别的办法吗？毕竟现在人为刀俎我为鱼肉。”纯儿有些叹息地说道。可其实她现在心中最真实的想法是，谁让我一门心思地想去圣域呢?那也就只好受点儿委屈了。

“你准备给她用什么迷药？”另外一个黑衣人问道。

“肯定不能用太厉害的，这个丫头虽然刁钻古怪，可是对迷药却一点儿抵抗力都没有，上次用的蜜虫儿，她都昏迷了那么久。这次怎么也得用比蜜虫儿药效轻的，否则，要真是一时大意，把她给迷傻了，主人会怪罪我们的。”

纯儿心头冒火：

迷傻了？我有那么容易傻吗？

就在这时，只见那个为首的黑衣人的手中，忽然多了一块淡粉色的帕子，黑衣人举起丝帕向着纯儿的脸一挥，一阵淡淡的脂粉香，就扑面而至。

“这家伙是不是五毒教的，怎么身上装着这么多迷药？”纯儿心中暗想，同时，也在迅速地分辨着这种香气，“月季红，石兰花，迷月草，翠条儿……嗯，看来这个黑衣人还真是手下留情了，竟然给我用这么轻微的迷药，可是用这些原料做成的药怎么可能迷倒我呢？所以说，人不要总担心对手会变傻，虽然人想变聪明了不太容易，可是如果想变傻了也没那么容易。”

纯儿一边胡思乱想的同时，身上的动作也没闲着，当那淡淡的脂粉香扑到她脸上的那一瞬间，纯儿当下就跌倒了下去，同时，身体也就变得软软的了。

黑衣人吃了一惊，蹲下来摸了摸纯儿的鼻息：

“这个死丫头怎么这么禁不住迷药，这么快发作了？不应该啊。”说着话，黑衣人还轻轻地拍打了几下纯儿的脸颊。

嘿！动作太快了，这可真是阴沟里翻船，算了，下回注意吧。

黑衣人又把纯儿抱了起来，然后用自己的斗篷紧紧地掩住她，托着纯儿下了鬼船，纯儿透过斗篷的缝隙偷眼观瞧，就看见当黑衣人们都下了鬼船之后，打头的黑衣人呼啸了一声，那六只驯鹰——三只完好的，三只残了的，就一起振翅飞了起来，拉着鬼船，向着大漠的深处飞去了。

“这些鬼船准备去哪里呢？”纯儿不得其解。

鬼船究竟去了哪里，是一个需要研究的问题，而现在，黑衣人究竟要把纯儿带去哪里，则是一个更严重的问题。虽然，纯儿知道她要去圣域，但是圣域究竟在哪里呢？这一路上，任凭纯儿百般引诱，这三个黑衣人对于圣域的事却一点都不肯透露，这让纯儿愤恨之极。

只见黑衣人裹挟着纯儿，来到了沙漠旁的一条大路上，路旁，已经有一辆外形普通的马车在等着他们了。

黑衣人小心地把纯儿放进了车厢里。车厢中铺着厚厚的毯子，躺在上面倒也算舒服。

纯儿临上车时，只偷偷看了这辆车一眼，就不打算再看了，因为她已经看见了自己想要看的东西——这辆车的木头轮子上，也裹着一层厚厚的皮革！

当初，纯儿远嫁大梁国和亲的时候，大梁国用来接她的，正是这种马车！这辆马车证明了一个萦绕在纯儿心头已久的猜想——圣域的主人，和大梁国之间一定有着千丝万缕的联系。从做工略显粗糙的枪械，到这种经过改良的马车，每件事都说明，很可能是同一个现代人在背后，为大梁国和圣域提供着现代的科学技术。

如果真是这样的话，那这个现代人还真是挺不简单，他竟然能够同时和一个国家，还有一个最神秘的帮派，达成某种合作关系，这样的行为本身就值得研究。

既然是这样，那么纯儿这趟圣域之行，就显得尤为重要了。因为，她梦寐以求的，就是去见一见这个和自己来自于同一个时代的人。

料准了，不管自己在这一路上如何胡闹，那三个黑衣人都不会过分地难为自己，所以，纯儿干脆趁着刚才被黑衣人裹在斗篷中的时候，施展空空妙手，从黑衣人的怀中摸出了好几个小瓶子和小纸包，顺手塞到了自己的怀中。联系到平时里黑衣人的所作所为，纯儿不用想都知道，这些个瓶瓶罐罐和纸包，一定都是各种迷药和毒药。

马车已经奔驰了起来。三个黑衣人也靠坐在车厢中开始假寐。

“机会来了！”纯儿一看到这样的情景，不禁心中大喜，她一直就是蜷着身子侧身躺在车厢上——因为这样的姿势，比较有利于她搞小动作。

纯儿用自己的身体挡住了黑衣人的视线，然后从自己手腕上的那只精巧的手镯中掏出了一个小小的锯条。其实说这个小东西是锯条，也不太确切，因为它的刃是极不规则的锯齿状。纯儿用这根“小锯条”，轻而易举地就割开了车厢中铺着的毯子，又飞快地在车厢底的木板上割开了一条小缝，这一系列行动都进行得飞快。从她取出锯条，到她再把锯条塞回去，都还不足二十秒钟。

等干完了这一切以后，纯儿就又闭起了眼睛，开始静静地养起神来。只是，每隔一段时间，她就会轻轻地沿着车厢上的这个缝隙，向外撒出一些颗粒或者粉尘。

因为纯儿相信，救自己的队伍肯定已经从孔雀城出发了，而如果他们用心的话，一定就会在路上发现这些粉尘，然后沿着自己撒下的路标，追踪而来！这样，他们就可以轻而易举地找到圣域的所在地了。

端木和无影也在一路疾驰，一路上，无影都紧紧跟随着端木，忽然，无影扬鞭打马拦住了端木的马头，同时，他的喊声，透过越来越猛烈的风沙传进了端木的耳中：

“臻华，你不是说去天山吗？可你现在是在朝相反的方向走？”

端木目光冷峻：

“圣域主人行为太过于诡异，圣域的真实地点是在天山之阴，这只是我的猜测，其实圣域在外面的每一个联络点，都在和天山相反的方向。”

无影听了端木这样说，也不禁摇头：

“这个圣域主人的用心也太过于辛苦了。”

就在两个人交谈的时候，忽然就听见端木低喝了一声：

“鬼船！”

“什么？”无影没听明白。

但是端木已经来不及解释了，他一边用手朝前方一指，一边就已经打马追了上去，同时口中还飞快地说道：

“那是鬼船，是圣域在大漠中的交通工具。”

无影顺着端木手指的方向望去，现在大漠中已经狂风大作，狂风掀起的浓浓的黄沙遮天蔽日。饶是无影目力极佳，也只看见了一个模糊的影子，在远处一闪而过。

其实无影只是看见了一个模糊的影子，其他的什么都没看出来，但是他一听端木说，这个影子是圣域在大漠的交通工具，就毫不迟疑地舍弃了战马，纵身而起。因为就凭刚才那惊鸿一瞥，无影就已经看出来，在这大漠中，就算是跑得再快的马，肯定也追不上刚才那个所谓的鬼船。

“大哥小心！”端木一看无影竟然舍弃了战马，要凭借着轻功去追鬼船，不禁大喝了出来：“现在风沙太大，你一个人运用轻功太危险了。”端木的喊声被狂风吞没了，无影已经追踪鬼船而去。端木无奈，只得迅速地调整队伍，也朝着无影消失的方向紧追而去。

如果有人看见了此时的无影，当下就能明白了，他那个日下无影的名号到底是什么意思。只见他此刻完全展开身形，就好似一缕青烟，在狂风黄沙中闪转而过，身形比起那艘鬼船来，还要快捷。这样一个人，别说是在风沙之中，就算是在盛夏的正午施展轻功，别人都休想看见他的影子。眨眼的工夫，无影就把端木和卫队远远地抛在了后面。

鬼船终于再次出现在了无影的视线中，这让无影精神大振，他目测了一下自己和鬼船之间的距离，然后气运丹田，整个人“刷”地一下就飞了起来。

无影在半空中看清楚了，原来在鬼船的斜上方，还有六只被驯化的雄鹰，它们此刻正展开翅膀，在狂风中艰难地飞行着，尤其是其中的三只驯鹰，它们的身体明显地倾斜着，要不是被另外三只驯鹰拖拽着，恐怕它们已经坠落下去了。看这六只驯鹰的角度和速度，无影马上就断定，是它们在拖着鬼船飞驰。

无影也无暇细想这究竟是什么道理，只是从怀中掏出了几片雪花铁打制的叶片似的东西，扬手就朝着那六只驯鹰抛了出去。

这六枚铁打的叶片呈扇面状飞出，准确地落在了每一只雄鹰的右侧，几乎就在同一时间，六只雄鹰各自右侧的翅膀被齐刷刷地削落了下来。六只驯鹰也都在哀鸣声中坠入了狂沙之中。

可怜这六只驯鹰，在一天之内，先遇到了方子纯，又遇到了日下无影，它们这一生中的不幸可能都在这一天当中爆发了。

当端木带领军队赶到的时候，无影已经在认真地检查这艘鬼船了。

看见端木赶来了，无影不禁感慨道：

“这个圣域主人，真正是天纵英才，竟然能想出这样的法子来……”

端木也深有同感：

“他的确是一位难得的人才，只可惜，他把自己那些足以傲视群雄的才华都用到了犯罪中。”

无影认真地检查着那几只驯鹰：

“臻华你看。”无影把自己手中托着的一只驯鹰送到了端木的面前。

端木低头一看，只见这只驯鹰的翅膀根处，羽毛显得分外的凌乱，他拨开羽毛以后，轻而易举地就看出来，它的翅膀被人伤过。

“从伤口上看，这类似于纯儿施放飞刀时的手法，也就是说，纯儿极有可能就是被这艘鬼船带走的。”

正在这时，只听得鬼船中传来了一个侍卫的呼喝声：

“少主，端木王子，你们快来看。”

无影和端木听见这呼喝声都不禁心中一动，也不顾鬼船中空间狭小，就都钻了进去。

只见一名侍卫正在认真地望着鬼船上，那用竹叶草编成的墙壁。

“发现了什么？”无影问道。

“少主请看。”侍卫用手指着墙壁。

无影定睛一看，只见在竹叶草的纹路之间，竟然隐藏着一个个简单却独特的符号。这些符号一看就是用极细的东西刺上去的，而且痕迹很新，只是无影不知道这些符号究竟是什么意思。

无影回头望向端木，端木的脸上也一片茫然，显然，他也不认识。

“这应该是纯儿留下的，她想要说明什么，只可惜我们都不能理解她的意思。”

无影和端木都万分懊恼。

不过能截到这艘鬼船也算是一个惊人的发现了，无影安排专人把这艘鬼船送回到孔雀城去，以便于日后好好研究。然后又细心地复制下了那些符号：

“纯儿既然在这里留下了暗号，肯定也会在其他地方留下记号，我们把它记下来，也许以后会用到。”无影这样解释道。

端木暗自心服：

护龙一族的高手，果然是不同凡响，每时每刻，每一步走来，都自成章法。

“从鬼船驶回的方向来看，他们应该是带着纯儿到了距离这里最近的那条大路后，就改换成马车了。”端木沉吟道：“在这条路的附近，正好有一个接应的站点。我们不如也就从这里兵分两路，我去接应的站点，要他们带我去圣域，而你，就带着人沿着大路追踪，我也相信，既然纯儿都能在鬼船上留下标志，那么，她一定也会在路上做下标志的。”

无影对端木的计划也表示赞同：

“好，就按你说的办。”无影顿了一下又说道：“还有，臻华，你这次是孤身一个人深入虎穴，而且是为救人而去，等于是亮明了要和圣域主人作对，所以一定要特别小心，纯儿要救，你自己的性命也要保住。”

面对着无影的殷殷嘱托，端木朗然一笑：

“大哥，你放心吧，圣域的主人对我还是很有感情的，也许我们曾经真的是兄弟，只是我失忆忘记了，这么多年来，不管我有多么违背他的意愿，他都没有真正伤害过我。”

“那就好。”

“倒是你，大哥。”端木的眼神变得深刻了：“你是回鹘部的少主，是被他害死的老首领的儿子，就凭这一点，他就不会轻易放过你的，所以，你一定要小心。”

无影点了点头，两兄弟就此惜别。

纯儿一直就蜷缩在车厢里假装昏迷，直到有一个冷冰冰的硬东西触到了她的鼻子，紧跟着一股辛辣的气息钻进了她的鼻孔。纯儿措不及防，忽然就打出了一个喷嚏。这一下，又把那个黑衣人吓了一跳：

“哎，你这个丫头，怎么什么药都禁不住啊，给你闻一点儿解药，你就闹出这么大的动静。”

纯儿心中气恼：

废话，解药是给昏迷的人用的，我又没有昏迷，在这里躺得好好的，你来给我闻解药，这不成心让我难受吗？

不过话虽然是这么说，可是纯儿的心中也在反省——要是放在现代，自己乔装被擒，深入敌穴侦查的时候，肯定不会犯这样的错误，说来说去，还是太不把这几个黑衣人当对手了。

“你弄醒我干什么？”纯儿蛮横地问道。

“你昏迷的时间不短了，该吃点东西了。”黑衣人被她这突如其来的质问弄得有点晕，竟然好言好语地解释了起来，可是等他解释完了，又觉得这件事很让人愤怒——明明这个丫头是自己的俘虏，她凭什么这么喝问自己？

黑衣人越想越气：

“死丫头！敢戏弄老子！”说着话，他抬手就要扇纯儿的耳光。

纯儿见状，柳眉一竖：

“我警告你，你对我客气点，否则我一有机会就自杀，看你回去怎么交差！”

所以说对非常的人就得用非常的办法，纯儿这一番虚张声势，倒还真镇住了这个黑衣人。

“算了，好男不跟女斗。吃东西。”说着话，黑衣人就把一块挺硬的粗饼扔给了纯儿。

纯儿掰下一块儿尝了尝，这块饼吃起来倒不像看上去那么糟糕。

“哎，这就是西域的那种馕吧？”纯儿其实想说的是，这就是古代的馕吧，当然这话是不能说出来的。纯儿一边吃一边好奇地研究：吃着还不错，不过如果你们能够改良一下的话，肯定会更好吃的。

看没人理她，纯儿又开始不甘寂寞地自言自语：

“我说的是真心话，你们经常会出来执行任务，而每次肯定都是带这种干粮，如果能够改良得更好吃一点的话，那你们自己也会舒服一些啊。”

还是没人理她。

“这样吧，等我到了圣域以后，如果有时间的话，就帮你们改良一下，真的，别不相信我，我对做糕饼这种事，也挺有研究的呢。等我替你们改良出新的馕了，你们别忘了谢谢我就行了。”

三个黑衣人简直快疯了，虽然他们一直都知道，他们的主人总是对各式各样的怪人都有着异乎寻常的兴趣，但是这个方子纯也太奇怪了吧？她到底有没有弄明白，她现在是作为俘虏被抓到圣域去的，而不是邀请她去做客的。有俘虏还惦记着到了监狱以后，替监狱看守改良伙食的吗？

其实，纯儿的这一番作为，也是对敌的策略之一，在特警的专业培训中说得很清楚，在对敌的过程中，心理战的作用很重要，在某种特定的时刻，心理战的作用甚至是决定性的，例如现在就是。

现在，他们四个人被困在这样一个狭小的空间中，如果纯儿能够一点点地瓦解了这些黑衣人的心防，那么，她就很有可能，从他们的口中，套取到非常重要的情报。

所以，现在方子纯就是要千方百计地让黑衣人放松警惕，让黑衣人肯和她交流，只要黑衣人肯同她说话了，那么纯儿就等于已经成功了一半。

而且，很显然，纯儿的攻心战术取得了效果。因为黑衣人觉得自己很有必要提醒一下方子纯，她此时的身份了。

“丫头，你到底知道不知道我们是什么人？”

“听你们提到过啊，你们是圣域的人。”

“那你知不知道圣域究竟是什么地方？”

“不知道。”纯儿睁大了一双天真无邪的大眼睛。

“圣域是一个非常可怕的地方，”黑衣人用一种分外严肃的语调说道，“那里比地狱还要可怕。等你到了那里，会把你活剐三千六百刀，还不让你死，还会把你的眼珠挖下来，舌头割下来，还会……”

“行了，行了！”黑衣人还要继续说下去，却被纯儿不耐烦地打断了，她满不在乎地说道，“留着你这些话去吓唬别人去吧。”

“怎么，你不相信？”

“不是不相信，”纯儿认真地说道，“你所说的这些，可能都是真实存在的，但是那是圣域对付别人的做法，对我，肯定不会这样的。”

“为什么？”这次换作黑衣人奇怪了。

纯儿似有意似无意地卷起了自己脸颊边的一缕长发：

“这还用问为什么吗？我先问你们，你们到底知不知道你们的主人为什么非要抓我回去，而且还非要活的不可。”

“因为主人要亲手杀死你。”

“他是怎么跟你们说的。就说——你们必须把这个人完好无损的带回来，我要亲手杀死她？”

黑衣人愣住了，被纯儿这么一问，他还真吃不准主人到底有没有这么说过了，不过主人确实是说过一定要活的，这一点不会错的。

所以，黑衣人一仰头：

“没错，主人就是这么交代的。”

“唉，你们真笨，这都不明白，你们的主人是故意骗你们呢。”

“骗我们？”

“对啊，其实你们的主人并不想杀死我，他抓我回去是另有目的的。”

“另有目的？什么目的？”

“唉，说你笨你就还是真笨，还非让我把话说明白了。你们自己想一想，我这么貌

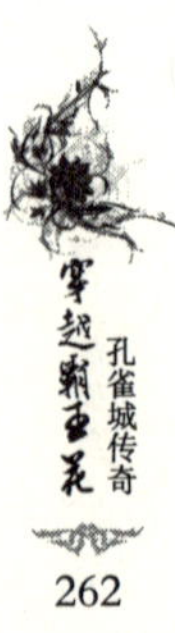

美如仙,他非要把我活着抓回去,还能是为什么?”

纯儿一边说还一边柔美地忽闪着眼睛，就好像她的面前现在真的就有一面镜子,而她正在对着镜子欣赏着自己天仙般的容貌。

纯儿没有想到,她这番话一说出口,三个黑衣人竟然同时哈哈大笑了起来。

“你们笑什么?”纯儿不解地问道。

“小丫头,你真是太自以为是了,你竟然还以为我们的主人看上了你?你做梦吧!我们的主人从来不近女色,圣域中美女如云,多少美人都为了主人而倾倒,可是,主人却从来没有多看过她们一眼。不仅如此,这么多年以来,主人就没有和任何一个女人接近过!放心吧,我们的主人是不会为了美色和女人而动心的。”

纯儿心念急转:

听他们的意思,这个主人是真的不近女色了,嗯,这也算是一个有用的情报。不过,他为什么会不近女色呢?是年纪大了,还是因为练功而把自己给练成了东方不败?

纯儿继续打探:

“那是不是因为你们的主人太老了,所以才会不近女色呢?”

“我们的主人一点儿也不老。”黑衣人说道。

纯儿暗暗点头:

这倒和胡杨女说的契合上了，这个主人似乎多年来一直都保持着同样的样貌,让人猜不出他的年龄来。但是衰老是任何人都无法抗拒的自然规律,那主人究竟是怎样躲过这个自然规律的呢?

“既然不近女色,那你们的主人平时都做些什么消遣呢?”

“我们主人很忙的,尤其是最近这十来年,他几乎都不怎么在圣域。”

“最近这十来年他都不怎么在圣域!”纯儿听了这句话,不由得心头一震——又是十年?!十年前大梁国开始突然间飞速发展,而圣域主人也是从十年前就开始不怎么留在圣域了,难道,自己猜错了,不是有一个现代人在背后支撑着圣域和大梁国,而是,这个现代人本身就是圣域的主人?!

如果,真是这样的话,那么这个圣域的主人,可真是自己生平所见的最危险的一个敌人了。

因为当这个人来到了一个不属于自己的世界以后,他不仅生存了下来,还创立了一个势力庞大的圣域,还获得了一个皇帝的信任,改良了一个国家,而且,还亲手做下了种种恶行。

不仅如此，根据胡杨女所说的情况，这个圣域主人还早在三十年以前，就开始插手梨氏和西蜀国的事务！这个圣域的主人，他的野心究竟有多大？难道，当他发现自己回到了古代以后，就开始变得野心膨胀，想着改变历史，控制天下了吗？

纯儿的心开始变得沉重了，因为她意识到了，这个圣域主人很有可能也是现代人，如果真是那样的话，纯儿在他的面前，恐怕是一点儿优势都没有了。

马车还在辚辚前行，靠坐在车厢中闭目养神的纯儿，忽然眉峰微微一动，因为她敏锐地觉察到，车厢外的空气发生了明显的变化。一直以来，车厢外面的空气都是极其干燥的，甚至在空气中还蕴涵着沙土所特有的腥咸味儿。可是忽然之间，车厢外的空气就变得湿润了，甚至还带着细微的花草和泥土的芬芳。

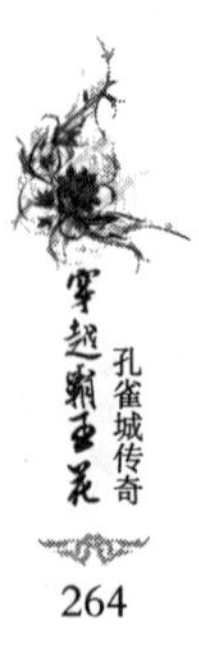

恍然间，纯儿似乎又回到了西蜀国，回到了怡琴小筑。因为她现在感受到的，是江南所特有的气息，让人沉醉，让人心旷神怡。

纯儿当然不会认为自己是被五鬼搬运法在一眨眼之间搬回了西蜀国，现在，要想弄清楚外面究竟发生了什么变化，那唯一的办法就是——

纯儿忽然一翻身就跳了起来，一拳就砸在了车厢壁上，这一拳她用尽了自己全身的力气。但是不知道这车厢壁到底是用什么材料做成的，承受了纯儿如此猛烈的攻击之后，它竟然没有任何反应，不过还好，她这一拳还不算全无效果。车厢壁上被钉死的车窗，应声被震开了。

车外的情景一下子就扑入了纯儿的眼帘。纯儿看见车外的景致，整个人都呆住了。

而那三个黑衣人也呆住了，他们没想到纯儿竟然会突然做出这样的事情来，所以他们最直接的反应就是，同时掏出了佩刀，指向了纯儿的后心。纯儿听到了背后的风声，也不回头，只是淡淡地说道：

“你们不用这么紧张，我只是想看看窗外的风景。”

说完话，也不管三把尖刀都对准了自己的后心，又认真地朝着窗外看了起来。

不知何时，马车外面已经彻底换了一个世界。这里没有了沙漠，也没有了戈壁，更没有了风沙。天是蓝的，而且是那种仿佛刚刚用清水洗过的蓝，蓝得纯净，蓝得透彻。蓝天上朵朵白云飘浮着，一缕缕，一方方，一团团，各具形态，而且彼此都相距甚远，姿态各异地点缀着这一片蓝天，这些云朵唯一的相同之处，就是它们都是一样的洁白，一样的柔软，让人情不自禁地就想去拥抱，去亲吻，去触摸。

而地上，则是一望无际的碧绿草原，盈盈的碧草高及人的膝盖，迎风摇曳着，如绿色的水面般荡漾着，五颜六色的野花点缀其间。

书上所描写的那种，山花烂漫，碧草蓝天，指的就是眼前的这幅景致吧。

一阵微风拂过，花草都被吹得弯下腰来，一群群黄羊就适时地显现了出来，这些黄羊姿态优雅，神情悠闲。就宛如置身于属于自己的王国中似的，那样怡然自得，那样从容自信。它们或伫立，或漫步，或奔跑嬉戏，身上金黄色的皮毛在阳光的照耀下，闪动着美丽的光芒，就好像是一群群来自于仙境的精灵。

稍远一些的地方，还有一个很大的湖泊，湖泊中的水，把整个蓝天白云都映了下来，让湖泊充满了梦幻般的色彩。

而在湖泊的那一边，是一座姿态优美的山峦，这座山很高，上面还能看见皑皑的白雪，而山脚下，却是碧草连绵。

纯儿彻底被这人间仙境迷醉了。

而她身后的三个人，也看出来纯儿确实是只想看风景，并不是又想搞什么恐怖的花样，所以，也就纷纷收起了钢刀。

“哎，丫头，你喜欢这里吗？”为首的那个黑衣人问道。

“喜欢。”纯儿头也不回地说道。

“要是喜欢，你就下车吧。”

“下车？”纯儿这才回过头来，不解地问道：“我下车干什么？”

“圣域到了，你不下车干什么？”黑衣人反问道。

“什么？这里就是圣域？”纯儿有些难以置信。

“怎么，你不相信？”

“我不是不相信，我是说，即使这里已经进入了圣域的领地，你们也该把我带到某一处地方，或者把我交给某一个人啊，你们总不能就这样把我扔到这荒郊野外吧。”纯儿又开始啰唆了。

“少废话，我们就只管把你送到这里，把你送到这里，我们的任务就已经圆满完成了。”黑衣人不耐烦地说道。

纯儿可没那么好打发：

“那可不行，你们就把我放到这里，万一来了坏人欺负我怎么办？跑出一只野兽来吃了我怎么办？”

纯儿问得一本正经，可是那个黑衣人却被气得咬碎钢牙：

“来了坏人只会被你欺负，来了野兽也只会被你吃掉。”黑衣人恶狠狠地说完，才开始正式回答纯儿的问题：“放心吧，这里是圣域的领地，没有坏人，也没有野生的猛兽。”

“我明白了，”纯儿点了点头，“这里没有其他的坏人和野兽，只有圣域中的坏人，和圣域豢养的猛兽。”

黑衣人不想再跟纯儿啰唆，他现在只想赶紧甩开这个魔星：

“行了，我还忙着呢，快下车，要不然我就丢你下去。”

纯儿反倒靠近了车厢壁，一字一字地说道：

“不可能，除非你们亲手把我交给下一站的人，否则，我决不下去。谁知道这里究竟是不是圣域，万一你们是故意把我骗到这里，想丢掉我怎么办。”

黑衣人又急又怒，却又无可奈何，半晌，他重重地一跺脚：

“好，死丫头，算你狠，我跟你说实话吧，这里已经到了圣域的最核心处，以我的地位，只能走到这里了。我们三个都不能再往前走了，也不能再在这里逗留了，否则后果将极其严重。你赶紧下车，让我们离开，不要再害我们了。”

看着黑衣人气急败坏的样子，纯儿知道，这一次他说的是真话：

“那好吧，你们走吧。”说完，纯儿悻悻地下了车。

就当纯儿的脚刚刚一着地，那辆马车就像离弦的快箭一样，奔驰而去。

看着这三个黑衣人逃命似的样子，纯儿不禁心中感叹：

圣域主人对下属的严厉，从这件事上就能看出一斑了。

马车一转眼就消失不见了，空空荡荡的人间天堂中，只剩下了纯儿自己。

既来之，则安之，这是方子纯一贯的行为准则，所以，她也不多想，径直就走到了那个湖泊的旁边。

“好美啊，”纯儿望着湖水，不禁赞美了出来，对面的整座山峦都倒映在了湖水中，亦真亦幻两座高山交相辉映，一座巍然不动，一座波光流转。在这动静之间，凝固了时间，超越了历史的界限。让瞬间变成了永恒，让永恒化作了瞬间。

“你现在已经见到了从古至今，这个世界上最大的秘密。”一个深沉至极的声音在纯儿的背后响起，纯儿全身一颤，因为她一点儿也没有感觉到有人来到了她的背后，更因为——这个声音太熟悉了，这个声音不管她回归几世她都不会忘记。曾经，这个阴森的声音对她说过：

“我要送你回古代，让你再受一世的折磨！”

是他！

纯儿在水边犹自望着湖水出神，那波光粼粼的水面，让她几乎沉溺于其中，仿佛无数人生的经历都在这里折射了出来。

这一实一虚，一真一幻的两座山峦，仿佛就是方子纯这两世生命的具体呈现，这山，这水，都在形象地告诉着她，人生的无常，世事的变幻。

而就在这时，一个熟悉的声音在她背后响起，这个声音在告诉她，这湖水中隐藏着这个世界上从古至今最大的秘密，而最让纯儿动容的还不是这句话，而是这个说话的声音，竟然是上一世，在她临死之前听到的那个声音！当时，那个声音对她说："我要送你回古代，让你再受一世的折磨。"然后，她就莫名其妙地回到了这个世界，莫名其妙地变成了严纯儿。继而发生了一长串莫名其妙的经历。

而现在，这个声音竟然又在她背后响起来。纯儿自从来到了古代以后，每当想念父母，想念战友，想念现代所有的一切的时候，她就会分外地仇恨那个毒枭——那个把她送来古代的男人！但是一直以来，她都对于这件事情的本身将信将疑——难道这个男人真有能力去改变历史，去改变一个人的命运吗？纯儿总是这样问自己，或者这一切只是巧合？

但是，此刻，背后响起的这个声音，却向她证明了一切——果然是这个男人亲手操纵了她的命运！

正所谓仇人相见，分外眼红，一听见他的声音，纯儿只觉得一瞬间所有的热血都冲向了头顶，她瞬然转身，双掌运力，就要扑向那个说话的人，可是她一转身，却发现身后竟然空空如也，一个人也没有！

纯儿极目远眺，从近到远，依旧是蓝天、白云、碧草、野花，悠闲的野生牛羊，一切都那么悠然自得，宛如仙境，没有一点可以让人感受到血腥的地方！而那个经常会出现在纯儿噩梦中的毒枭，也根本就不见身影。

纯儿一时间有些茫然，这个反差太大了，以至于，她一下子都无法分辨出，刚才到底是确实有人在讲话，还是她的意识出现了错觉。

尽管身后空无一物，可是纯儿却再也没有了那份悠然自得的心境，她聚集起了精神，专注于身边的一切，等待着将要发生的变故。

可是，半晌的时间过去了，这个山谷间，依旧是一片平静。过分的平静压抑着纯儿的心脏和血液，纯儿的目光中都好像蒙上了一层血光！两世的宿仇突然现身，纯儿的整个身心都已经做好了决战的准备。

"姑娘,你干什么这么紧张啊?"

就在纯儿全神贯注地盯着眼前的山谷的时候,背后的湖面上忽然传来了一个动听之极的声音,在水声的衬托下,这个声音真的就像是明珠叩响了玉盘一般,清脆悦耳,绕梁有声。

纯儿又一转身,只见在湖面上,不知何时竟然荡来了一个翠绿的竹筏,竹筏上,立着一个艳装的俏佳人!

这是纯儿见到的第一个不穿黑衣的圣域人,只见这个女子二十五六岁的年纪,年龄虽然不小了,可是她却显得很稚嫩,因为她天生一副小巧玲珑的身段,而且玉润珠圆。丰腴的身子上裹着华丽的绫罗绸缎,衣裙还略略有些紧绷。粉团似的圆脸上,两道柳眉,一双杏眼,悬胆似的鼻子,樱桃小口,怎么看,这个女子都像是对着唐代的仕女图做过整容的——长得实在是太标准了,典型的古代仕女图的传统造型。而且她还梳着一个式样简单的堕马髻,沉沉的垂着,堕马髻上插着一根粗大的金钗,奢华却不俗艳。纯儿不得不怀疑,这个女子是不是根本就是从唐朝给穿回来的,怎么连打扮都是唐式的呢?而且最主要的是她的气质,在中国古代历史上,只有唐代的人才会这么打扮——毫不掩盖,毫不羞涩地张扬着自己的一切。从来不懂得什么叫含蓄,什么叫造作。真是让人费解。

女子看着纯儿在审视自己,不禁抬起腕子来,掩口轻笑:

"你干吗这样看着我?"

纯儿心念急转,可是一下子还真想不好,该怎么应对这个故作天真的女人。

就在纯儿愣怔的时候,那个女人所踏的竹筏已经离岸很近了。女人朝着纯儿招呼道:

"上来啊,我带你去见他们。"

"你要带我去见谁?"纯儿不解。

"见那些西蜀国的人啊?"

"西蜀国的人?"这次,纯儿真的吃惊了,"什么西蜀国的人?"

"就是西蜀国皇帝派来找你的人。"那个女子很有耐心地解释着。

一听到端昊的名字,纯儿的心怦然一动。经过了这么久的时间,她以为自己已经放下了曾经的那一切爱恨情仇。毕竟在她听胡杨女讲述端昊身世的时候,心底都还是平静的,觉得那是非常遥远的往事,与自己无关。

可是,突然之间,竟然在一个陌生的地方,听一个陌生的女人说,端昊已经派人来找她了，而且自己马上就可以见到那些人，马上就可以了解到端昊近况的时候，一种莫名的慌张却情不自禁地油然而起。

尽管心中百味杂陈，可是纯儿表面上还是那么清冷，她淡淡地说道：

“我听不懂你在说什么。”毕竟不知道这个女人究竟怀揣的是什么心思，纯儿当然不能显现出真实的心境，所以，她冷淡地把女人挡了回去。

可是那个女子却没有被纯儿的态度给吓住，她又掩口轻笑了起来：

“哎，我说你就别藏着掖着的了。我们都知道了，你叫严纯儿，是西蜀国宰相的女儿，西蜀国皇帝的御妻，后来被册封为和亲公主，去大梁国和亲，结果在路上你给跑了。不过你还真是能跑，竟然一跑就给跑到西域来了。还改了个名字叫方子纯。”

听着这个“唐代仕女”竟然一五一十地说出了自己的经历，纯儿的心中愈加的冰冷，不过，转念一想，很有可能，那个把自己送回古代的毒枭现在就在圣域，那他们还会有什么不知道的呢？

这个“唐代仕女”没有直接说出“你来自二十一世纪，是个女特警……”就已经够不错的了。

“恭喜你，答对了。”纯儿冷冷地望着那个“唐代仕女”，说道。

听见纯儿这么说，那个“唐代仕女”又掩着嘴轻笑了起来：

“你真有趣，说话这么风趣。你看这样好不好，等你去见了西蜀国的人以后，如果还能活下来，就留在圣域好不好，我很喜欢你呢。”

纯儿没答理这个“唐代仕女”，因为她已经看出来了，这个“唐代仕女”不是在故作天真，而是天生的心理年龄就没长大！所以，她也懒得跟她废话了。只是冷冷地问道：

“你刚才所说的，的确就是我的来历，既然你已经把我的底细摸得这么清楚了，那你可不可以告诉我，找我的到底是什么人，跟你们又有什么关系？”

“和我们其实是没什么关系，只不过，我们和西蜀国皇帝之间有合作的关系，所以经常会互相帮一些忙。现在，他们既然让我们帮助他们找你，我就帮助找了。然后找到以后，把你带到这里来，他们正在等你，有什么事，就由你们自己去解决了。”

“唐代仕女”解释得轻描淡写，可是纯儿却听得暗暗心惊：

“这么说，真是端昊派人来找自己了？可是，圣域什么时候又和端昊有了合作关系呢？胡杨女不是说，圣域的主人还想着通过胡杨女控制端昊，控制西蜀国吗？”不过纯儿转念一想，觉得这件事倒也不是说不通，胡杨女叛离圣域已经有好几年了，在这些年里，圣域很可能又和端昊建立起了某种合作关系，毕竟圣域主人的目的是整个天下。既然如此，那么他当然会想方设法地和一切政治集团发生联系。

现在的问题是，端昊为什么要找自己呢？在黄河口岸，他不惜派出青衣卫千里追杀，一心就是要置自己于死地。刚才“唐代仕女”又说，等自己见到西蜀国的人以后，如果能不死，那就如何如何。难道，端昊真的绝情至此，非要把自己除之而后快？

难道真像是四哥所说的那样，古代男人的所谓的自尊心就这么狂妄到了变态的程度，只有把那些脱离开自己身边的女人，都一一杀死，才能够维持住他们所谓的尊严？

纯儿越想越怒——潜移默化中，纯儿已经把自己曾经爱上端昊这件事，当成了一个致命的错误，甚至是一个污点！

方子纯心中有些后悔，当初只想凭着自己一身的本事，去闯一闯圣域这个人间魔窟，可是却没有想到，在这里等着自己的竟然是端昊的人，如果是这样的话，自己还有几分把握能够逃出呢？

想到这里，纯儿决定，在去见西蜀国的人之前，先办一件事情。

“我想先见见你们的主人。”纯儿尽量平静地提出这个要求，因为她不想引起这个“唐代仕女”的戒心。

谁曾想，一听到她这句话，“唐代仕女”的头立刻就摇了起来，幅度之大，让纯儿都不得不担心，她头上的堕马髻马上会被摇散了：

“这可不行，主人没说要见你，所以，你是不能见他的。”

“我必须见他。”

“没用的。主人没有说要见你，只说你来了之后，让我带你去见西蜀国的人。”

纯儿望着这个“唐代仕女”，悲观地发现，这又是一个被圣域主人洗过脑子，而且洗得很彻底的人，在她的脑子里，似乎就不存在独立的思维，只有主人的思想。

现在，纯儿越来越确定了，这个所谓的圣域主人一定就是亚马逊河畔的那个大毒枭，恐怖组织首领。因为，他在现代的时候，就是一个非常具有迷惑性的人，总是能骗得很多人，心甘情愿地充当他搞恐怖活动的牺牲品。

而且，就像端木所说的，他是一个天生的罪犯，他活着的目的就是去挑战法律，去犯罪。不管是在现代，还是在古代，他都本性难移。

“我必须得去见西蜀国的人吗？”

“是，必须去。”

碰上这种跟机器人差不多的人，纯儿也无计可施。

纯儿暗暗一咬牙：

“算了，去就去，有什么大不了的。龙潭虎穴自己见的还少吗？置之死地而后生，我就不信这个世界上还有闯不过去的鬼门关！”到了最后抉择的关头，方子纯骨子里那从来不服输的劲头又冒了出来。

“好吧，我跟你去。要上竹筏吗？”纯儿昂首说道。

“对。”

纯儿和那个“唐代仕女”并肩立在竹筏之上。纯儿盯着水面，可是她的手中却已经蕴起了力道，随时准备着应付不测。因为按照她的经验来说，这种上不着天下不着地的处境，是最危险的。相比起来，倒是那个“唐代仕女”依旧是一副很悠然的样子，一点儿也没有因为和纯儿共处在一只小小的竹筏上，而心生戒备。

“你也是被主人收养的吧？”纯儿忽然间开口问道，她的态度非常随便，就仿佛是两个碰巧遇到而一起渡船的人在闲聊一般。方子纯是不会放弃一切机会的，既然现在和这个“唐代仕女”在一起，她就要尽可能多地挖掘出有用的情报。

“是啊。”“唐代仕女” 随口答道，可是答完了又觉得不大对劲儿，“你怎么知道的？”

“猜的。”纯儿不再多说，因为她是从胡杨女的身世中推断出来的。

“那你还记不记得，你家乡是哪里的？”纯儿又问道。

这一次“唐代仕女”不说话了，过了一会儿才说道：

“我很小就来到圣域了，是主人养大了我，教育了我。要不是主人，我早就死了。”

纯儿听了“唐代仕女”的话，只觉得无可奈何。这个“唐代仕女”倒是和胡杨女的口径非常一致，她们都执著地认为，如果没有圣域主人，她们根本就活不到现在。这是非常典型的思想控制手段，在现代恐怖活动中，经常会被用到。方子纯永远也忘不了自己的专业，时时刻刻都会总结典型案例。

“那你叫什么名字？”

“唐婉云。”

这是一个普通之极的名字，就和柯韵琪一样，本身没有任何意义。但是，纯儿知道，这个唐婉云一定也和胡杨女一样，身上也埋藏着一个惊世震俗的秘密，有朝一日，一定可以成为圣域主人争霸天下的过程中的一枚棋子！否则，凭圣域的主人的为人，他是绝不会去收养那些没有用处的女人的。

“西蜀国的人究竟在哪里？”纯儿问道。

这时，竹筏已经到了山的近前，纯儿还是没看到任何房舍之类可以住人的痕迹。

就在这时，忽然就见唐婉云手中的细竹竿轻轻一撑，竹筏灵巧地掉了一个头，竟然就钻到了山腹中，直到竹筏已经进入山腹了，纯儿才看明白，原来，这里是一个山洞，只是洞口在层层叠翠的掩映下，很难被人发现罢了。

“这个地方到底是你们的主人发现的，还是你们的主人自己建设的。”纯儿继续不动声色地打探着消息。

“这个地方一直就是属于主人的，已经有好几千年了。”唐婉云自自然然地回答道，一点儿也没觉出来，她所给出的答案，有多么让人难以接受。

“几千年?！”果然，纯儿惊喊了出来：“你们的主人难道已经有几千岁了？”

“那又怎么了？”唐婉云白了纯儿一眼，似乎在责怪她少见多怪。

“不怎么，就是觉得你们的主人如果真的活了几千岁了，那他一定是妖精！”纯儿仍旧是一派少女的好奇心大作的架势。她需要一点点地卸去唐婉云的心防，好让她再多透露出一些情报来。

“哎呀，你真是的，谁能活几千岁啊？”

“刚才你不是这样说的吗？”

“我不是那个意思的。算了，我不跟你说了，反正你也听不懂。”唐婉云竟然就转过头去不理纯儿了。

这下弄得纯儿无可奈何了，这是不是就算是一报还一报，方子纯的一大特长就是伪装得很稚嫩很天真的样子，去套取情报，可是，这一次，竟然让她碰上了一个真稚嫩真天真的女人，明明都活了二十五六岁的年纪了，做起事情来，却像是一个十五六岁的小姑娘，真是让纯儿又好气又好笑却又无计可施。

既然如此，纯儿索性也就不再答理这个唐婉云了，而是转而打量起这个山洞来。

山洞中很宽敞，光线也不算太暗，山洞的顶上，可能有些岩石的缝隙，能够让阳光透进来，所以在山洞中，有很多细长却笔直的光线。足以让人看清楚眼前的一切。在山洞的顶上垂挂下来一根根姿态各异的钟乳岩。

一看这些钟乳岩的形状，就能知道，这些钟乳岩已经有了千万年的历史。

忽然，唐婉云用手一指：

“到了，你上去吧，西蜀国的人就在那里等你……”

“上去？”纯儿有些茫然地抬起头，再往上抬，直到她的头已经和脖子成九十度角的时候，她才看到了她要去的地方：

"啊！去那里！？"

纯儿听见唐婉云招呼她抬头向上看，就顺着她手指的方向仰头向上望去，可是纯儿的头却一直上扬，上扬，一直扬到了头和脖子成了直角，才看见，在三根巨大的钟乳岩的中间，搭着一间六角形的小屋。

因为距离远，而且洞内光线昏暗，所以，纯儿看不出这间小屋究竟是用什么材料搭建成的。但是，不管它是用什么材料搭建的，在没有吊车的时代，在那么高的半空中，在这极难攀缘的钟乳岩上，搭出这样一间屋子来，都够让人震撼的。

"好了，你快上去吧，我就不跟你去了，我得回去了。"唐婉云催促道。

纯儿有些艰难地收回了目光，问道：

"问题是，我怎么上去呢？"

听见纯儿这么问自己，唐婉云竟然笑了，笑容很天真：

"你别问我，我不知道，真的。"望着她那副事不关己的笑容，纯儿第一次真切地感受到，什么事情都要有度，因为不管是什么事情，一旦突破了这个度，就都是灾难——即使是天真也不例外。

纯儿用心地盯着唐婉云，让唐婉云都不得不怀疑，纯儿是想扑上来打自己一顿，可是纯儿盯着盯着，忽然笑了，笑容比唐婉云的还要天真、无邪：

"我肯定上不去，所以，我就不上去了。"纯儿说完，干脆就坐在了竹筏上。

唐婉云的眼睛瞪圆了：

"你不上去了？那怎么可以？"

"那怎么不可以呢？"

"主人说了，你必须得上去，因为你们西蜀国的人在等你。"唐婉云认真地说道。

"如果你们主人想让我飞，就必须得先给我安上翅膀。"纯儿悠然地坐着，可是话里的意思，却是寸步不让。

唐婉云瞪着方子纯：

"你快点儿离开竹筏，我必须得走了，我还有别的事情呢，没有时间在这里跟你瞎耗着。"

"我再告诉你一遍，我上不去。所以，我只能留在你的竹筏上，因为我没地方可去。"纯儿仍旧一动不动。

"谁说你没地方可去了，就算你上不去，你也可以下去啊。"唐婉云理直气壮地说道。

“下去？下哪去？”

可是还没等纯儿问出来，就觉得脑后一阵风声掠过，纯儿一惊，闪身躲过。

避过了脑后的风声，纯儿抽空回头一望，原来唐婉云正在用手中的竹竿攻击她。看纯儿躲过了第一下，唐婉云毫不手软，第二下紧跟着就又扫了过来，这样紧密的攻击，三下两下，就把纯儿逼到了竹筏的边缘。

“你疯了?！”纯儿一边躲避着竹竿一边出言呵斥。

“谁疯了！”唐婉云也不甘示弱。

“要是我掉到水里淹死，我看你怎么交差？”纯儿一脚蹬空，差点真的掉进水里，她赶紧又重新站上了竹筏。

“你死不死跟我没关系，主人只说要把你送到这里，并没说是让你死着还是让你活着！”

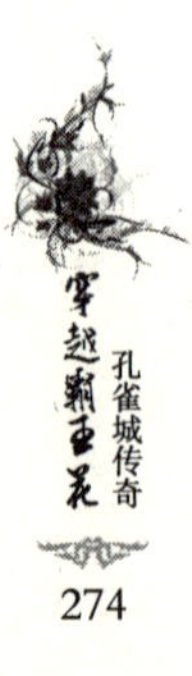

这下子纯儿心头绝望了，看来这个唐婉云和抓自己的那三个黑衣人并不是接受的一样的命令。既然如此，那自己这一招也就不灵了。

就在纯儿这一转念间，唐婉云的竹竿再次打来，这次纯儿躲不过了，只好凌空跃起。看见纯儿终于不再紧紧地黏在竹筏上了，唐婉云心中大喜，趁着纯儿跃起来的空当，用手中的竹竿轻轻一点旁边的钟乳岩，竹筏立刻就轻盈地一转身，像离弦的快箭一样，朝着洞外驶去。

而半空中的纯儿却失去了落脚点，真气一卸，“扑通”一声就落进了水里！

在纯儿落水的那一刹那，远处还传来了唐婉云清脆的笑声。

纯儿一直就潜入到了水底。

“好凉啊。”这湖泊里的水，是从山顶上融化下来的雪水，本身就已经冰冷刺骨，再加上在这山洞里面，终年不见阳光，所以，越发显得寒彻心肺。饶是以纯儿这种久经考验的身体和精神的双重承受能力，都差一点儿就坚持不住，按说现在应该是先找个地方，先上了岸再说。

可纯儿现在是无论如何也不能上岸的，她好不容易才骗走了唐婉云，潜入到了水中，可以说，自己的计划才刚刚开始，要是现在受不住冷，那可就白忙活了。

正像过去纯儿曾经对端木臻华说过的那样，作为特警，虽然艺高人胆大，从来不懂得退缩，但是他们绝不鲁莽。所以，自从纯儿决定了要和这三个黑衣人来圣域以后——其实在路上，她有很多次机会，可以逃脱的——她就已经在一步步地制定出了自己的行动规划。

虽然，当她到了圣域之后，先是听见了毒枭的声音，又知道了竟然是西蜀国的人正在等着自己，这一连串的变故都不在纯儿的预计之内。但是，对纯儿来说，这些都是枝节，并不影响她的行动计划，而她的行动计划就是趁机隐去行踪，好好在这个圣域中转一转，彻底揭穿圣域的真面目。

后来，当纯儿跟着唐婉云进入山洞，她就已经打定了趁机水遁的主意。尤其是当她看见了那个高高在上的六角形小屋的时候，纯儿的计划就更完善了。

因为六角形是建筑学上的一个特定的形态，又称为蜂巢形，而蜂巢形建筑的特点就是吸音性和扩音性都极强。也就是说，当一个空间中有一间六角形的房子，那么不管这个空间的哪一个角落发出声音，房子中都能听到。同样，在房子中说话，外面也能听到。而且，这个山洞上面是钟乳岩，下面是水，这些本身就有很强的传音性。

所以，纯儿就故意和唐婉云一番吵闹，再做出一副被逼落水的样子来。

这样一来，纯儿就彻底从人们的眼中消失了。

纯儿潜在水底，慢慢地向前滑动着，她的目标，是一组巨大的钟乳石的背面，那里应该是山洞中的一个死角。这里的水极为清澈，里面还有一种极小的鱼儿。纯儿认得，这是一种专门生活在高寒的冰水中的鱼，别看它们个子极小，可是因为一直生活在极其寒冷的环境中的缘故，它们的身体里都是极醇的脂肪，而且生食起来还不算太难吃，是他们这些经常会在野外遇险的人的恩物。

看见了这些鱼儿，纯儿的心里就又放松了一些：

有它们在，那自己就算是在这个山洞里多耗些日子都没关系了。

纯儿慢慢地靠近了那组巨大的钟乳岩，这组钟乳岩非常的庞大，由七八根巨大的石笋组成，就好像一群巨人的孩子们在游戏，纯儿像一条灵活的泥鳅一样，钻到了两根钟乳岩的中间，然后悄悄地从湖水中浮了出来，贴在钟乳岩上，用心地朝着那个小屋观望。

纯儿高兴地发现，自己的判断没有出现一点误差，这里的确就是那间小屋视觉上的死角，可是，小屋中的一切，却可以尽收入她的眼底。

纯儿清楚地看见，此刻，小屋中正伸出几个脑袋，使劲儿向下望着。看来，正如纯儿所愿，刚才的打斗，已经惊动了屋中的人。

随着纯儿浮出水面，她的听觉也就随之恢复了，一阵嗡嗡的说话声，从高处传了下来：

“这两个疯婆子到底在搞什么鬼?”果然是西蜀国的口音,西蜀国人口音绵软,即使是男人,即使是在骂人,说出话来也都是斯文有加的。

另外一个声音说道:

“她们发疯没关系,可是这会连累咱们的啊,如果我们不能把严纯儿活捉,就交不了差了。”

这时第三个声音响了起来:

“那就别在这里说废话了,快去救人吧。”

“谁去?”

“你们两个去,我在这里看着。”

另外两个人嘴里嘀嘀咕咕的,大概的意思就是说,这里并不用看着什么的,但是看起来,好像第三个讲话的人是他们的头目,所以,第三个人说了话,那两个人也不敢不听,只好悻悻地接受了命令。

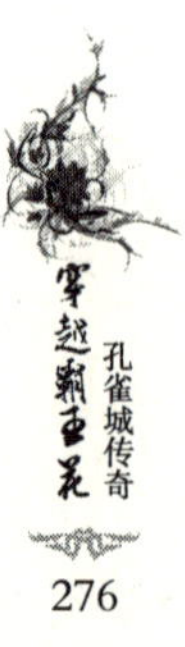

“他们怎么下来呢?”纯儿正在狐疑的时候,忽然就看见小屋中突然抛出了一道长长的绳索,绳索一直坠落下来,纯儿这才看清楚,原来这是一道用绳索结成的,简易之极的软梯。

原来他们是沿着软梯攀上了小屋,然后又把绳梯给提了上去,所以说,一切看似玄妙之极的东西,一旦被拆穿了,都一文不值。

眼看着那两个男人沿着软梯溜了下来,纯儿也就开始行动了。

她从怀里摸出了一叠软软的像是手帕似的方形布料,这是纯儿在孔雀城时闲着没事做出来的,那天晚上被劫持的时候,也就顺手塞到怀里了。

只见纯儿麻利地把这几块帕子分别包在了自己的手和脚上,然后,纯儿用手轻轻一摁钟乳岩壁,好,贴住了。纯儿心中狂喜,亲切啊,终于又可以重新做蜘蛛人了。

纯儿立刻就躲在钟乳石后面的阴影里,悄无声息地朝着那间小屋攀爬而去。

纯儿的速度极快,在那两个西蜀国人落到了水面的时候,她就也已经爬到了小屋的外面。

离近了看,纯儿更觉得不可思议了,这间小屋真的就是架在了几块钟乳石的中间,就好像在搭好了屋子之后,有一只巨人的手,把小屋拎起来,随手往这里一放,就撂在这里了一样。

不过这样的构造也好,纯儿就可以一直贴在钟乳岩上来窥望屋中的情况,而不用碰到小屋,这样就可以避免弄出声音来,打草惊蛇了。

纯儿顺着缝隙向里一望,整个人就如同被雷击了一般!

她真没想到,西蜀国派来找她的人竟然会是他们!

屋子中是一个相貌普通之极的男人,也是一袭黑衣,只不过他穿的是一身黑色劲装。这个男人的打扮,纯儿太熟悉了,因为他们和在黄河口岸奉旨追杀纯儿的青衣卫一模一样。难道,这些人也是端昊的嫡系杀手——青衣卫?

纯儿也顾不得多想了,她腾出一只手来,在怀里摸出了从黑衣人那里偷来的迷药,也不管用法用量这些问题。随手一抛,就丢进了屋里。

那个男人正在聚精会神地望着下面的情景，措不及防背后竟然传来了响动,他猛一回头,但是已经太迟了,一阵异香钻进了他的鼻孔,那个男人勉强抵抗了一下,就昏倒在了地上。

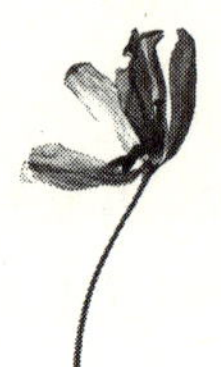

第十章　毒酒断魂

纯儿心细如发，没敢马上进来，而是又等了一会儿，才轻盈地钻进了小屋。

那个男人已经昏昏睡去，纯儿毫不迟疑地开始翻捡他的全身，先把他身上的兵器和暗器都收到了自己的身上。

然后，纯儿才开始一点一点地研究这个人，其实也不用怎么研究，这个男人的腰上，悬挂着一块碧绿色的玉佩。这个玉佩的形状很独特，是一个蚯蚓的形状，并且被磨制成了一个近似于圆环的钩形。纯儿记得很清楚，在黄河口岸，那些青衣卫的身上也悬挂着这样的玉佩，西蜀国的人都知道，这种玉佩所到之处，就等于是皇帝的圣旨到了，生杀予夺，就将全部由青衣卫做主。

纯儿又把手探到了这个昏迷了的青衣卫的怀中，然后又认真地摸遍了他身上所有的衣服，终于，在他腰带的接缝处，有一处特别硬的地方。

纯儿毫不迟疑地扯下了他的腰带，从接缝处撕开，一块黄绫子显现了出来。

虽然想到了，在青衣卫的身上会有这样的东西存在，但是当真正看到了的时候，纯儿的心还是开始变得紧张了。

她深深地吸了一口气，然后展开了黄绫子，首先映入她眼帘的，就是西蜀国的玉玺——这块黄绫子果然是一道密旨！而黄绫子上的内容则非常简单，大意就是说：

“鸿雁公主勾结大梁国，故意制造遇害的假象，以便大梁国拥有了发动战争的借口，鸿雁公主叛国重罪难逃，特派遣青衣卫，将鸿雁公主就地正法！”

看完了这道圣旨，纯儿不禁遍体生寒：

“叛国？勾结大梁国？假死？故意为大梁国制造发动战争的借口？”一连串莫须有的罪名涌进了纯儿的眼帘，纯儿的心一下子就仿佛坠入了千年冰谷之中，她觉得现在自己的身体比刚才浸在水中的时候还要冷，冷得她都要情不自禁地发起抖来。

“宇文端昊，你就这么对我？”纯儿在心底嘶吼——

曾经在洪泽湖畔的两心相知，曾经在奉先殿外的生死离别，这一切到头来，难道就换来你给我定了一个叛国的罪名！？

你不愿意为我舍弃三宫六院，无数嫔妃，我虽然痛苦，虽然怨恨，但我还只是痛恨造化弄人，因为是老天没有安排你我在正确的时空相见。让你生在了帝王家，而让我来自于现代。所以只能错过。

黄河口岸，你派人千里追杀，当时我心已死，但是后来，无影大哥告诉我，你发出圣旨就后悔了，又带着他和师兄千里追踪而来，想着要从刀口下夺回我的性命。

不管怎么样，既然我没有真死，这些我也就放下了，因为毕竟恨一个人是很痛苦的事情，我恨你，而你远在万里之外，那这份恨所折磨的还是我自己。更何况，你也确实是有你的苦衷，毕竟是生在古代，受的是这种教育，想问题，做事情，难免会有些偏执。

正是鉴于这一切，我愿意放下，我想把什么都放下，放下我和你曾经的情，曾经的爱，曾经的一切仇怨和伤痛，自此后，天各一方，我们都好好过自己的生活。毕竟生命宝贵，人生苦短，你我两个人的身上又都背负着比一般人要多得多的曲折经历，所以，我不想再在那些无谓的怨恨上浪费时间。

可是，宇文端昊，我真没想到，你竟然会这么对我？

想把我留在后宫，我可以理解为那是爱。

黄河口岸千里追杀，我也可以理解为，那是一个古代男人因爱而生的愤怒！

但是，现在呢，我曾经一次次地在心中为你的无情而开脱，那现在你来告诉我，这一次我该如何为你来开脱？！

因为，现在，你已经不是在为爱而做什么了，你现在是在怀疑我的品德和人格。在你的心目中，我方子纯就会去叛国，就会去和敌国相勾结？

宇文端昊，你到底懂不懂，虽然我来自于现代，虽然西蜀大梁两国对我都没有意义。但是，我的心，我从小所受的教育也绝不允许我去做这样的事——去助纣为虐，去心甘情愿地成为争权夺利的帮凶，去帮助挑起战争，去让万民涂炭！

宇文端昊，你这是对于一个特警最大的侮辱，你这是对于我方子纯最大的伤害！

纯儿感到自己的心仿佛在一瞬间就从冰海又坠入了炼狱，炙热的仇恨之火在灼烧着她，让她全身的血液都在澎湃，士可杀不可辱，宇文端昊，你这样侮辱我，我必须要让你来加倍偿还！

就在这时，突如其来的，圣域主人闯入到了纯儿的脑海中，在这一刻，纯儿觉得自己似乎有些能够了解圣域主人的所作所为了。因为，现在方子纯也想组织起一股强大的力量，去直捣西蜀国，和宇文端昊决一死战！

纯儿只觉得自己的心中气血翻腾，她发现自己这一次再也无法原谅端昊了。以前，她最恨的人是那个亚马逊河畔的毒枭，而现在，她最恨的人已经变成了宇文端昊。因为，那个毒枭不管对纯儿做了什么恶行，但是都有一个前提存在——那就是，他和纯儿是敌对的双方，在你死我活的战场上，再怎么样残酷，也都算是情有可原。

可是端昊不同，他是她的初恋，是她在这两世生命中爱上的第一个男人，而他也曾经对纯儿一往情深。可是，就是这个曾经和她海誓山盟的男人，竟然对她做出了如此残酷，如此决绝的事情！

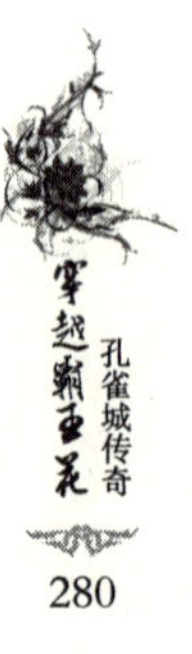

恨吧！如果直到现在，自己还不把宇文端昊当成最恨的人，那恐怕上天都无法原谅自己！

纯儿又望了一眼趴在地板上的那个青衣卫，该怎么打发他呢？其实纯儿也明白，最好的办法，就是趁他昏迷着的时候，一刀结果了他的性命。但是，在纯儿的思想中，真的没有滥杀这个概念，即使是罪大恶极的罪犯，只要他失去了反抗能力，特警就不能再杀死他，而应该把他移交给司法机关处理。

但是纯儿也知道，如果不杀他，那自己就会有生命危险。刚才，这个青衣卫被自己用迷药迷倒，只是一时大意，放松了警惕，估计他很快就会醒过来的。而纯儿在黄河口岸已经见识过了青衣卫的本事，所以一旦他苏醒过来，又是在这么狭小的空间里，纯儿肯定不是他的对手。更何况在下面，还有两个他的同伙，到时候，三对一，纯儿再想逃命就难了。

就在纯儿犹豫难决的时候，忽然外面传来了响声，原来，那两个青衣卫在下面没有找到纯儿，就又攀着绳梯上来了，想再商量出个别的办法来。

事到如今，纯儿也没时间多想了，她从门口向外面探头一望，看见那两个青衣卫已经爬到了绳梯的中间位置了，纯儿一咬牙——既然被逼到这个分上了，也就不得不痛下杀手了。

纯儿麻利地举起了从那个昏迷的青衣卫身上夺来的钢刀，隐身在门口，专注地望着那两个正在沿着绳梯往上爬的青衣卫。眼看着，前面的一个青衣卫，还差着不到一米的距离，就要爬到小屋了，纯儿忽然探身出来，挥起手中的钢刀就狠狠地朝着绳梯砍了下去。

绳梯本来就制作得非常简单粗糙，只靠着两根绳子和屋内相连。纯儿这么一砍，绳梯就剧烈地摇晃了起来，那两个青衣卫都被吓了一跳，但是他们毕竟都是身经百战的高手，而且非常具备应对这种突发情况的经验。现在眼看着绳梯马上就要被砍断了，青衣卫也不慌张，而是提气运功，就想着纵身跃到屋子里来。

纯儿当然不会给他们这个机会，她手中的刀又重重地砍了下去，绳梯被砍断了，绳索连带着后面的那个青衣卫一起朝水中坠落而去，而那个已经纵身跃过来的青衣卫，功夫实在是不错。这一跃之间，竟然就到了纯儿的眼前，可是，现在纯儿是待在屋里面，而青衣卫是悬在半空中，所以，纯儿已经占据了优势。

纯儿现在也是痛下杀手，因为她很清楚，在这个时候，对敌人的仁慈就是对自己的残忍。她手起刀落，一刀就砍在了那个青衣卫的小腿上。青衣卫惨叫一声，也朝着水中坠落而去。

打发了两个青衣卫，而且又毁去了绳梯，纯儿暗自松了一口气，这样一来，至少一时半会儿的，是没人能够进入这间小屋了。

纯儿直到这时，这才腾出时间来认真看一看这间屋子。这一看纯儿才发现，一直觉得它很小，只是因为它和钟乳岩相比较的缘故，在那些庞大的钟乳岩的衬托下，这间屋子的确是显得非常的小巧。可是，当现在真正地置身于其中的时候，纯儿才发现，这间屋子其实并不小。

屋子大概得有二十多平米大，空荡荡的，靠里面的半间屋子的地板上铺着厚厚的毯子，毯子上面有被褥，这三个青衣卫可能晚上就睡在这里，而没有铺毯子的那一半地板上，放着一张桌子和几把椅子，这就是屋子中全部的摆设。

“真不知道，这个圣域的主人造这么一间屋子，究竟是有什么用途，也想不明白，他为什么要把青衣卫安置在这里。”纯儿在心中暗暗地琢磨，却想不出答案。

纯儿看到在屋子的门口，还余着一截绳索，略一沉吟，就又有了主意。她三下两下就把绳索拆了下来，然后把这个昏迷着的青衣卫五花大绑起来。要论起绑人，那绝对是特警的专业。

纯儿把青衣卫绑好以后，推到了房角，然后利用那点儿有限的家具——桌椅、被褥，在青衣卫的身边摆设布置了一番。在外人看来，纯儿所做的这些摆设并没有什么意义，只是让屋子显得比刚才凌乱了而已。可是内行人都明白，纯儿是利用这些有限的材料，为青衣卫设置上了重重的陷阱和障碍！

这也是特警们看家的本事，为了执行任务，他们总是会深入险境，而且也不可能每次身边都带着武器库，很多时候，甚至连适手的武器都没有。所以，他们必须得学会因地制宜的，用现有的材料，制作出威力极大的陷阱和障碍，以期达到牵制敌人，保护自己的目的。

现在，纯儿做完了这一番安排，即使青衣卫苏醒后能够挣脱绳索，一时半会儿也冲不出纯儿所设置的障碍，而这一点儿时间，就足够让纯儿先发制人的了。

当这一切都布置完了以后，纯儿就静静地坐到了青衣卫的面前，耐心地等待着青衣卫醒来，因为她还有很多问题想要问他。既然有俘虏在手，当然要把所有的事情都弄清楚！

纯儿估计得没有错，迷药对青衣卫的确没有太大的作用，时间不长，青衣卫就悠悠转醒了过来。

他一清醒，立刻就发现自己已经被五花大绑了，接着，他就看见有一只美丽至极的，犹如美玉雕刻成的纤纤玉手，伸到了他的面前，这只手上还托着两件东西——一块碧绿色的玉佩，一块黄绫子，黄绫子还面朝上放着，鲜红的玉玺印章，赫然露了出来，而那块碧绿色的玉佩，正是青衣卫行使权利的象征——青衣玦。

看到这两样东西，青衣卫就知道自己什么都不用说了，他再往上看，就看见了一张美丽的面庞。

“严纯儿？”青衣卫脱口而出。

“你认识我？”纯儿有些奇怪。

“出发前，我看过你的画像。”

“原来如此。”纯儿的心头有些惨然，又有些新添的怒火——宇文端昊，为了置我于死地，你还真是挺下工夫的。

“我问你几个问题，如果你如实回答了我，我也许可以放你一条生路。”纯儿冷冷地说道。

可是纯儿没想到，她的话刚一说出口，青衣卫竟然立刻就满不在乎地说道：

“你别费力气了，直接杀了我吧，我什么都不会告诉你的。”

纯儿有些无奈，她轻轻地摇了摇头：

“你真不怕死？我不相信，蝼蚁尚且偷生，何况是人呢？”

青衣卫闭上嘴，干脆不再说话了。

纯儿真觉得无法理解，怎么这个世界上，会有这么多被洗过脑的人呢？那个黑衣人唐婉云是被圣域主人洗了脑，而眼前这个青衣卫则是被端昊彻彻底底地洗了脑。

这究竟是因为古人的头脑比较简单呢，还是因为古代的心理攻坚战技术，要高于现代呢？纯儿情不自禁地又进入了专业研究的状态。

看纯儿一直不说话，那个青衣卫又开口了：

“严纯儿，我的确没想到，竟然会着了你的算计，我一直以为，凭我们三个，一定可以马到成功，一见面，就能直接擒拿你，然后处决你。这么看起来，我那五个兄弟死得也不算冤。”

“你五个兄弟？”纯儿一时没反应过来，他的五个兄弟是谁。

“在黄河口岸，为了杀你，而遇害的五个兄弟。”青衣卫淡淡地说道。

“这么说来，你真是青衣卫？”纯儿喃喃道。

“怎么，对于这一点，你还有什么可怀疑的吗？圣旨，青衣玦。既然这两样东西你都看到了，你应该早就确定了我们的身份了啊。”青衣卫的态度很从容。

“原来，它叫青衣玦，这个名字倒是挺好听的。”

青衣卫又不说话了。过了一会儿，纯儿才又悠悠地说道：

“你应该已经知道了，你口中的毒丸，已经被我取出来了。”

青衣卫点了点头：

“我刚一醒过来时就发现了，否则，我早就咬破毒丸自尽了。”

纯儿此刻目光清冷，声音冰冷：

“所以，你现在好好回答我几个问题，我就给你一个痛快，否则，我会让你求生不得，求死不能的。”

青衣人不再说话了，可是当他的颌骨刚刚一用力，纯儿就已经扣住了他的下颌：

“在我的面前，你休想能咬舌自尽。”

“妖女，你到底想干什么？”青衣卫恨恨地问道。

“我说了，想问你几个问题，你回答了我，我就直接一刀杀了你，否则，我用刑的手段，不会比大内侍卫差的。”

青衣卫咬了咬牙，说道：

“那好，你问吧。但是我也告诉你，也许你的问题是我宁可被凌迟，都不能回答的。”

“我知道，你放心吧，我也不想问那么要紧的事情，我只是想问几个简单的问题。到底是谁派你们来的？”

“废话，当然是皇上，你也是西蜀国的人，难道你不知道，普天下，能够调动青衣卫的，只有陛下吗？”

“青衣卫不是应该尽量不动声色地去处决人犯吗，你们却为什么这么大张旗鼓？这不像是秘密杀手的所作所为吧？”纯儿的心思果然缜密，任何一点可疑的迹象都不肯放过。

“如果是执行别的差事，我们会根据情况，来决定我们要不要隐去行踪，但是这一次，我们是在圣域中执行任务，所有的一切，不会有人知道，而你，更是一个早就该死了的人。就算我们不能成功，又让你逃脱了，你也不敢去西蜀国公开这件事情。”

纯儿无言，她不得不承认，青衣卫说得也有道理。

“看来，果然是端昊一手策划了这一切。”纯儿的心中已经变成了一片灰烬，曾经和端昊的感情，都一点点地化成了灰，随便一阵风，就能把这些灰吹得无影无踪。

就在纯儿一愣神的工夫，忽然背后一道风声响起，纯儿一惊，本能地想要躲避，可是她马上就发现，后面的风声不是来攻击她的，就见一柄尖尖的匕首，裹着风声，直接没入到了那个青衣卫的胸膛。

青衣卫连声音都没有发出来，当下就气绝身亡。纯儿一眼就看出，这把尖刀直接洞穿了青衣卫的心脏。

纯儿慢慢地回过头，毫不意外地看见，一个艳丽的俏佳人正伫立在门口，还是那副唐代仕女的打扮，还是那样的玉润珠圆，还是那样，一脸让人上火的天真。

“你的飞刀练得真不错。”纯儿说道，她有些恼火唐婉云的突然出现。

听了纯儿的话，唐婉云的脸上浮现出了开心的笑容：

“真的？我的飞刀真的练得很好吗？你说的是真心话吗？”

“当然是真心话。”

唐婉云笑得更开心了：

“那你可不可以去把这句话再给我们主人说一遍。”

啊?！纯儿有些晕：

“为什么？”

“因为主人总是嫌我的飞刀练得不好，你去告诉他，其实你觉得我的飞刀已经练得很好了啊。”

纯儿强压住想把唐婉云一脚踹下去的冲动，问道：

“那你可不可以先告诉我，你为什么要杀死他？”

“不是你说的吗？”

“我说什么了？”

“你说如果他如实地回答了你的问题，就给他一个痛快啊。我看你问完了，所以就替你给他一个痛快。怎么，难道我做错了吗？”然后，不等纯儿回答，唐婉云就忽然显出恍然大悟的样子：“哦，我明白了，其实你并不是真打算在问完后给他一个痛快，你是骗他的！天啊，你真阴险。”唐婉云望着纯儿，一边说还一边摇着头，嘴里还啧啧有声：“真是人不可貌相，看你长得挺漂亮的，怎么做起事来，却又骗人，又歹毒呢？”

纯儿一阵阵心头火起，她真想马上找到圣域的主人去问一问：

他闲得没事培养出这么一个弱智加神经的女人，到底是干什么用？

“可是我的问题还没有问完，你就把他给杀了?！”纯儿低吼了出来。

可是唐婉云听了她的话，一点也没有因为自己犯了错而愧疚，反而是狠狠地白了纯儿一眼，简单地说出了两个字：

“借口！”

“你说什么？”

“我说你说的都是借口，别以为我什么都不懂，我早看出来了，你就是想慢慢折磨他，狠毒的小魔女！”

纯儿决定不再跟这个唐婉云纠缠了：

“你上来干什么来了？专门为杀他来的。”

“主要是来找你。”

“你找我干什么？”纯儿奇怪。

“主人说，天已经很晚了，而且看这个意思，西蜀国和你之间的问题也算解决清了，就让我来告诉你，你今晚就在这里睡就行了，明天主人要见你。”

“明天要见我？真的！”纯儿心中一阵狂跳：这么说，明天就可以和那个毒枭见面了。

唐婉云不屑地斜睨了纯儿一眼：

“看看你那个德行，一听说明天能看见我们主人了，就兴奋成这样，花痴！”

“嗨，你还没完了！”纯儿终于被这个长不大的女人给激怒了。从魔女到花痴，这倒好，纯儿两辈子都没摊上过的称呼，在这一瞬间都戴在了头上。

“好了，你折腾了这么久，也累了吧，咱们早点睡吧。”唐婉云说道。

“咱们？”纯儿又不明白了。

"我和你啊。"

"你为什么也睡在这里？"

"看着你啊。"唐婉云天经地义地说道。

"你看着我干什么？"纯儿恼火。

"废话，你这么狡猾，简直比狐狸精还要狡猾，不看着你行吗？"得，又一个头衔。

纯儿已经忍无可忍了：

"唐婉云。"

"哎。"她答应得倒是挺脆生。

"你会用好一些的词来形容别人吗？"

"会啊。但是你不是别人。"

"我有什么特殊的地方吗？"

"当然有。"

"我什么地方特殊了？"

"你抢了我的丈夫！"

这回，纯儿真的呆住了：

"你丈夫是谁？"纯儿觉得这个罪名太莫须有了，她从来没有抢过别人的丈夫啊。

"我还不知道呢。"唐婉云理直气壮地说道。

"那你又说我抢你丈夫？你现在都不知道你丈夫是谁，凭什么就说我会抢你丈夫！？"纯儿又快喊出来了。

"我是说，你以后可能会抢我的丈夫，所以我得预防一下。"

纯儿再次下定决心，一定不再理这个很傻很天真的疯女人了。

一切都等到明天吧，明天就能见到他了，那个圣域主人——亚马逊河畔的毒枭，纯儿的两世宿仇！

方子纯仗着自己一身本领，先潜入水中，又摸上了那间搭建在巨大钟乳石之间的小屋，再一举除掉了两个青衣卫，又把剩下的一个青衣卫生擒活捉，还进行了审问。而最终审问的结果，却让方子纯万念俱灰，心意冰凉——她真没想到，端昊竟然会对自己无情至斯！

可是，老天似乎不想再让纯儿为了端昊而伤心了，就在纯儿的心沉浸在了无边的伤痛和绝望中的时候，一个足以让人抓狂的女人——唐婉云突然从天而降。

而紧接着，她那一系列的作为，让纯儿忘记了端昊、忘记了痛苦、忘记了伤心，总之方子纯被唐婉云搅和得几乎把什么都忘了。眼前和心里，都只剩下了这个天真到了让人疯狂的女人！

方子纯冷眼望着唐婉云，眼前的唐婉云衣饰风流，容颜美好，尤其是她那身段儿，穿在那薄薄的，还略显狭窄的衣裙里，格外显得丰满性感，惹人遐思。

纯儿记得，在现代的时候，电视剧和小说中总是会提到一个理论，说是如果女人具备了魔鬼的身材、天使的容貌，再加上一副像婴儿一样纯真的头脑，这将是男人永远也无法抵御的诱惑。

那么如果按照这个逻辑来说，眼前这个唐婉云应该就是具备了吸引男人的这一切要素。

难道，这个唐婉云就是传说中的，那种能让世界上所有的男人都为之疯狂，为之颠倒神魂的女人?！如果，真是这样的话，那纯儿真不知道这些男人们究竟是什么嗜好了！

一想到，如果这个唐婉云到了现代，会成为全世界男人争相追逐的对象，纯儿就觉得，自己过去真的是太不了解男人了，原来男人们好的是这一口儿！

"你老看着我干什么?"唐婉云轻笑道，一笑，右边的腮上就出现了一个美丽小巧的酒窝，而这个酒窝也长的太标准了，就好像是用美容手术刀割出来的一样。

纯儿现在是一听见唐婉云那娇滴滴的声调，就觉得烦，于是没好气地说道：

"我是想问问你，今晚是不是准备和这个死人一起睡觉?"

"真的耶，这里还有一个死人呢，你要不说我都忘记了。"唐婉云忽闪着眼睛，仿佛听到了什么新鲜事一样。

纯儿无语问苍天：

这个主儿还真是管杀不管埋，上来就把人家给宰了，前后还不到十分钟呢，就又把人家给忘了。

"你也真是的，这么点小事都处理不了，还来问我。"唐婉云一边说，一边站起来，两手轻轻一提，就抓住了那个青衣卫的身子，轻盈地一转身，就把青衣卫的尸体从门口抛了出去。然后唐婉云拍了拍手：

"好了，这不就解决了。"

纯儿心中暗惊：

真没想到，这个唐婉云的功夫还真是不浅，就这一提一扔之间，没有千斤之力，根本做不到。而且，看她那种处理死尸的态度，实在是冷血之极。这样的一个女人，真是让人不能不防。

“你现在可以睡觉了吗？”唐婉云问纯儿。

“我睡不着。”

“为什么？”唐婉云歪着头，一脸天真。

“废话，守着我我能睡着吗？”纯儿暗咬银牙。

“因为我不困，所以我不睡觉，要不这样，咱俩聊天吧。”纯儿突然热情地提出了建议。

“我就不信我收不服你！”纯儿暗下决心。

“聊天，好啊。”唐婉云也欣然同意。

于是，这两个素昧平生的女子，就兴高采烈地聊了起来。

无影和端木分开以后，就带着侍卫队走上了那条唯一的大路——不久之前，纯儿他们刚刚从这里走过。

无影等人已经经过了乔装改扮，换作了商旅的模样。可是，一路走来，他们都没有发现任何蛛丝马迹，这条路本来就人烟稀少，更因为这两天狂风大作，路上几乎就没有了任何行人，想要询问个消息都打探不到。无影越来越焦急不安，因为，晚找到圣域一天，纯儿的危险就又加重了一分。

大路眼看着就走到尽头，前面就出现岔路了，该怎么走呢？无影停在岔路口，踌躇难决。此刻，无影真切地体味到了，什么叫关心则乱。想他日下无影，自从出道以来，一直就以冷静过人，意志顽强而受到众人的钦佩，可是现在，因为他深爱着的女人身陷虎穴，无影怎么也不敢轻易做出任何一个决定，因为他生怕自己一个失误，就会害了纯儿。

越是难下决定，无影越是心焦，也越是为纯儿担心，可是他越担心，就越不敢轻举妄动。无影真恨自己，怎么竟然会变得这么无能，这么没用！

就在这时，跟随在无影身边的那个医官，忽然像是发现了什么似的，翻身下了马，开始认真地沿着大路寻索了起来。

无影心中一动，他知道，医官一定是发现了什么，无影的心都提了起来，他真怕医官会给他带来什么噩耗。

忽然，就听见医官喊了一声：

“少主，这里有迷香的气息。”

“什么？”

“我在这里发现了圣域迷香的气息。”医官也兴奋地喊了出来。

无影眼前一亮，紧走两步就来到了医官的身边：

“你能确定吗？圣域迷香究竟在哪里？”

医官答道：

“我能确定，一定是圣域迷香的气息，但是具体地点却不太好说，现在风太大，即使是把迷香撒到了哪里，很快也就会被风吹散了。”

“那你还能不能找到迷香落地的地方？”

“能。”医官朝着左边的那条路走了两步，肯定地说道：“圣域迷香就是从这里落的地。”

一线光明出现在了无影的心中：

“也就是说，他们拐上了左边的岔路？”

“迷香是出现在左边，但是也有可能是他们故布疑阵。”

无影沉吟了片刻之后，极有把握地说道：

“不会的，既然纯儿和他们在一起，就一定有办法留下线索，如果这些圣域迷香是圣域人布的圈套的话，那么纯儿一定会有办法破坏掉他们的路标，然后留下新的路标。”

出于对纯儿的爱和欣赏，让无影的心中对纯儿的能力充满了信任，他果断地一挥手：

“沿着左边的路走。”然后无影又看向了那个医官：“你在最前面，随时关注路上的迷香的气息。”

“是。”

无影一行人又开始飞速前进了，走了十五里路之后，医官又停住了：

“这里又有新的气息出现了。不过这次不是迷香，而是一种迷药。”

无影点了点头：

“好，继续前进。”

无影他们在这些迷药的气息的指引下，一直就又走出了五十里路。这一路上，每到一个岔路口，或者每走一段距离，就会有一种迷药的气息出现。

忽然，无影勒住了马头：

“等一等。”

众人不解其意，都纷纷掉转马头，围聚在了他的身边：

“少主，出什么事了？”

无影把医官喊了过来：

“刚才那些被撒在路上的迷药，出现的次序是不是有某种规律。”

医官想了一下，恍然道：

“被少主这么一说，我倒也发现了，它们出现的次序还真是有规律。”

“你好好想一想，究竟是什么规律？”

医官思索了一下：

“是每隔三种其他的迷药，就会出现一次圣域迷香。”

“确定吗？”

“确定。少主，你怎么想起问这个了？”

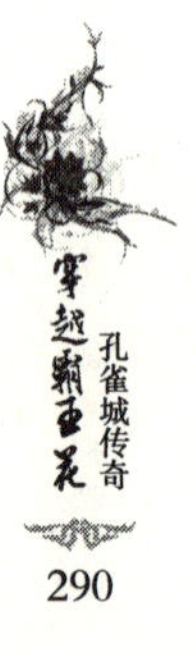

无影没有马上回答他，而是从怀中摸出了一张纸，这张纸上，有一些奇怪的符号，正是无影在鬼船上复制的那些，纯儿留下来的古怪符号。

无影认真地看着这些符号，虽然他还是不认识这些符号，但是他却明显地看出来，在这一组符号中，每隔三个不同的符号，就会出现一个固定的符号。也就是说，暗号规律隔三见一，这就是纯儿刻意要告诉他们的！

无影心中一阵狂喜：

“没错，这些迷药一定是纯儿留下的，快，全速追踪。”

一群烈马狂奔了起来，在这暴虐的狂风和急促的马蹄声中，无影的心中却充满了柔情：

纯儿，我的爱，你好聪明……

无影没有想错，纯儿在鬼船上留下的那个符号，的确就是这个意思。在现代，特警在行动中，为了保持彼此之间的联络，必须得随时留下暗号。可是，如果这些暗号一旦被敌人发现了，就极易发生危险。敌人也许也会沿着这些暗号追踪而至，更有甚者，他们也许会故意更改了这些暗号，把其他人引到错误的地方去。

所以，特警战士们在每次行动前，都不会提前明确联络暗号，而是在行动中，临时制定暗号，并且他们还有一套完整的策略，好让后来人破译出他们临时制定的暗号。

这一次，纯儿也是不得已而为之，才用起了这个方法。没想到，无影竟然参透了她的良苦用心。所以说，护龙一族的武士们，心机手段，都足以和现代的特警相媲美。

西蜀国后宫中，夜色也慢慢降临了，端昊处理完了政务，又独自来到了怡琴小筑中。

这个幽静美丽的小院，仍旧保持着纯儿在时的样子，仍旧被收拾得一尘不染。端昊独自一人坐在房内，面前的桌子上，摆放着那一小箱颜色绚烂的幸运星。

端昊一一地抚摸过这些美丽的小星星，一如在抚摸纯儿那娇美的容颜。

纯儿，你现在究竟在哪里啊？拓跋傲疆寄回来的信上，说武陵已经去了回鹘部。他见到无影了吗？无影他们去找你了吗？你看到我给你写的那封信了吗？你现在明白了我的心意了吗？我相信，等你看到了这些之后，你一定会马上飞回到我的身边，和我共渡难关。因为你是真心爱我的，不为皇权，不为名利，不为荣华富贵！只是在爱我这个人。纯儿，快点回来吧，我们两个一起携手，重新收拾河山，重新缔造一个属于我们自己的王朝，建立起属于我们自己的丰功伟业！

端昊在这里一心等着纯儿归来，为了纯儿饱受着相思的煎熬。他又哪里想得到，皇后梨宫月，已经假冒他的名义，让梨氏的杀手冒充青衣卫，远赴圣域，去杀害纯儿了。而且，这一系列的作为，已经把纯儿逼到了端昊的对立面上。

所以说，嫉妒的女人是最可怕的，自从梨宫月意识到，端昊对纯儿不是一时的迷恋，而是真正的一往情深以后，一个恶毒的计划，就开始在梨宫月的脑海中形成。过去，她只是想杀死纯儿，好不让纯儿威胁到自己的地位，而现在，她不仅要杀死纯儿，她还要在纯儿死前，彻底地粉碎她和端昊的爱情！

她就是要让纯儿带着痛苦去死，要让纯儿带着恨去死！这样，才能一解她心头的怒气！这样，即使到了阴曹地府，即使转世来生，纯儿都会恨端昊的。梨宫月就是要达到这个目的，她不仅要在今生拆散纯儿和端昊，还要生生世世，都让纯儿和端昊不能再相爱！

真的无法想象，如果端昊知道了，和他同床共枕了十几年的那个女人，竟然做出了这样的事情，他会作何感想。

这时，一阵诱人的香气飘了进来——现在，端昊每次来到怡琴小筑，除了静静地坐一会儿之外，又多了一件事情。他每次都要在这里吃一样点心。

这是因为，有一次端昊在怡琴小筑中漫步的时候，发现在怡琴小筑里的那间小厨房中，竟然碗盏俱全。端昊对此大感好奇，叫来宫女一问，才知道，原来纯儿住在这里的时候，闲来无事，总是喜欢自己做东西吃，而且每次做好了，都要招呼大家一起吃。

听到这些，端昊不禁想起，在洪泽湖的时候，纯儿曾经做过的烤肉和炖肉。过去那些美好的时光，一次次冲撞着端昊的心灵。

于是，端昊吩咐宫女，每次他来的时候，都要做一样纯儿常做的那些菜肴，他要在那醉人的香气中，去思念纯儿。

今天，宫女们为端昊做的是纯儿拿手菜之一——沙锅墨鱼滑。

沙锅端上来了，那浓郁的香气瞬间就包围了端昊，端昊情不自禁地闭上了眼睛。透过那蒸腾的白色雾霭，他仿佛看见了，纯儿一身轻衣，正在厨房和居室之间往来忙碌着，亲手为他，还有他们的孩子烹饪出一桌佳肴，然后一家人共享天伦。

“纯儿，你什么时候才能回来啊？”端昊的眼睛湿润了。

不知过了多久，端昊的耳边传来了内侍一声轻轻的呼唤：

“皇上。”

端昊睁开了酸痛的眼睛，眼前的沙锅已经慢慢变凉了，热气都已经消散了：

“什么事？”

“刚才皇后娘娘传过话来，说今天是怡娃贵妃娘娘的生辰，刚才皇后娘娘已经领着怡娃贵妃娘娘去给太后行过礼了，现在，后宫中各个宫苑的贵主儿们，正聚在皇后娘娘那里，给怡娃贵妃娘娘过生日呢。皇后让我提醒皇上一声，说是按照后宫里的规矩，今晚皇上是应该翻怡娃贵妃娘娘的牌子的，请皇上千万别忘了。”

“知道了，告诉皇后，我一会儿就到怡娃贵妃的宫里去。”端昊淡淡地答道。

“是。”内侍转身要走。

“等一等，”端昊仿佛想起了什么似的，又叫住了内侍：“你刚才说各宫贵主儿们都聚在了皇后那里，现在还在吗？”

“都在呢，看样子，她们还得热闹一会儿子呢。”

“那好。”端昊从自己身上系着的卧龙带上取下了一串璀璨的明珠璎珞。璎珞中的颗颗明珠都有龙眼大小。“你去把这个给皇后送过去，就说我说了，这串璎珞是东海进贡来的，我现在专门把这个赐给她。难为她事事都想得这么周到，真是我朝第一贤后。”

“是。”内侍应了一声，接过璎珞转身离去。

看着内侍走远了，端昊用调羹舀起了一勺已经温凉了的汤，慢慢地放进了嘴里。心中想到：

不管梨宫月究竟怀着什么样的心思，但是作为皇后而言，她确实是无可挑剔的。她从不嫉妒，懂得替我去照顾这后宫中所有的嫔妃。唉，纯儿，你如果能够做到不嫉妒，能够做到和后宫中的这些嫔妃们好好相处，像梨宫月这样，管教她们，帮助她们，照顾她们，让她们都能更好地服侍我，你就堪称是一个完美的女人了。

纯儿，你这次出走西域，经过了么多的变故，也该长大了，也该懂得珍惜我们之间的感情了，等你回来后，会像梨宫月这样，做一个合格的皇后，做好我的贤内助吗？

纯儿，你真的应该懂得了，什么是皇帝——皇帝就是要有三宫六院，有无数嫔妃，我需要靠这些嫔妃们，来均衡朝中各个政治集团的力量。我需要靠这些嫔妃来培植起自己的亲信。而且，我也需要这些嫔妃来为我绵延血脉，让我的家族兴盛发达，这样，我的江山，才可以一代代地传递下去。

纯儿，快点儿长大吧，我在等着你回来。

端昊站起身来，又重重地抚摸了一下箱子中的那些幸运星，然后扬长而去。

这个夜晚，在皇后梨宫月的宫殿中，一片莺歌燕语，灯火辉煌。

居中的那座大殿中，往日里，每到清晨，各宫的嫔妃都会早早地来到这里，向皇后请安，听皇后处理宫中事务，可是平时这个时辰就很少会这么热闹了。

而在这个夜晚，各宫嫔妃又都齐聚在了这里。这也是梨宫月执掌后宫以来，订立的一条规矩。只要有御妻过生日，梨宫月都要在这里约齐了所有的嫔妃，为她庆贺。

这个规矩是为了后宫中所有的御妻而制定的，所以上至贵妃，下至美人，无一例外。而且不论你现在是正宠冠后宫，还是已经被冷落了多年，梨宫月从来都是一视同仁。也正因为如此，后宫中的诸多嫔妃，对梨宫月还都是怀有尊重之心的。

今天一早，梨宫月就让宫女给各个宫苑传下话去，说今天是皇贵妃怡娃的生日，要各宫嫔妃在晚饭后，都集合到中宫去，为怡娃庆生。

怡娃因为自己的愚蠢，在这后宫中非常的不得人心，而且自从那一次，端昊生日酒醉时让她侍过一次寝以后，就再也没有宠幸过她。所以，现在怡娃在后宫里，已经成了一个让所有人都不屑一顾的笑话。但是尽管如此，她毕竟还是站在贵妃的名分上，该有的礼节是不能忽略的。

所以，各宫嫔妃都早早地用过晚饭，收拾停当，纷纷朝着皇后的宫中聚合而来。

皇后更是早就做好了准备，往日里，她的正殿中都是居中放着一张宝座，两侧摆着两排椅子，各宫嫔妃按照品位高低分别落座。

而每次到了给人庆贺生日的时候，梨宫月都会刻意打破这种格局，好让大殿中看起来不那么严肃，今天当然也不例外。

只见在大殿的正中，摆放起了一个宽大的长条桌，在长条桌的两侧，已经摆好了几十把椅子。桌子上堆满了各式各样的奇珍异果，名点香茶。

梨宫月也早已经打扮好了——她一贯都是最注重衣饰的，而在今天这样的日子里，她当然更是会穿着得体。今天梨宫月穿了一件银粉色的锦缎长袍，外面罩上了一层薄薄的粉色纱衣，纱衣是用一朵朵粉红色的薄纱织成的牡丹连缀而成的。

灯火映在她的纱衣和锦袍上，泛起了一层迷人的光华，而梨宫月整个人则都被包裹在了光芒中。

梨宫月的颈上戴了一串璀璨的明珠，每一颗明珠都有手指肚般大小，手腕上也各戴着一串明珠，明珠比她颈上所戴的略小，但是光泽却和她颈上所戴的非常一致，一看就是来自于同一批名贵珠宝。而她的两个耳垂上，也坠着两串更小一些的明珠。这一身的华服首饰，让梨宫月显得富贵却不失雅致。

梨宫月今天梳了一个全新的发式。她把所有的头发都拢到了脑后，在快靠近后颈的地方，梳成了一个沉沉的发髻，发髻的两侧对应插着八根玲珑纤细的金簪。这个式样毫不张扬，却更加凸显出了梨宫月那傲视群芳的端庄与尊贵。让人难以仰视。

嫔妃们陆续来了，纷纷在宫女的引导下入座。皇后一直就坐在正中间，带着一脸温暖的笑意，望着下面这诸多佳丽。

看着大殿中这一个个美若天仙的女子，梨宫月的心中不禁感慨万千。

记得少女时在娘家的时候，在她马上就要和端昊大婚前，她的娘亲（现在，梨宫月还不知道，她那个所谓的父王和母亲都是假的）曾经单独把她叫到房内，语重心长地教导她：

“阿月，你马上就要出嫁了，你父王专门嘱托我，让我给你讲一讲女人吃醋的道理。”

那时的梨宫月也不过才十四五岁的年纪，而且，她从一记事起，就受到严格的作为皇后的教育，所以，一听到母亲这样说，梨宫月不禁睁大了一双眼睛：

“吃醋的道理？女人不是不能嫉妒，更不能吃醋吗？”

听了她这句话，岭南王妃的脸上不禁浮现出了一丝苦笑：

“傻孩子，女人怎么会不嫉妒不吃醋呢？等你嫁了人就明白了，随便你嫁给哪个男人，他这辈子都不会只有你一个女人，更何况，你要嫁的，还是未来的皇帝。”

“这我知道啊，但是，从小，娘和先生还有姑母不是就教育我说，女人不嫉妒是一种很重要的德行和优秀的品质吗？”

王妃脸上的笑容愈加的苦涩了：

“哎，教育是教育，但是，当你真正地爱上了一个男人之后，看到他又有了别的女人，去和别的女人恩爱缠绵，你不嫉妒，是不可能的啊。”

“哦。”少女梨宫月似懂非懂地点了点头，她现在情窦未开，也确实搞不懂这些事情，所以，只能王妃说什么，她就听什么。

“阿月，今天娘对你说的话，很重要，你一定要牢牢地记住。”

“知道了。”

“首先，每个女人都会嫉妒，会吃醋，这一点是不会错的，但是，并不是每个女人都懂得应该怎样去吃醋的。究竟会不会吃醋，到底该怎样吃醋，就很重要了。不会吃醋的女人，只会去哭去闹，可是这样只会让男人更心烦，更快地讨厌你、冷落你，甚至抛弃你。”

“那我就当做什么都不知道，不哭也不闹，随他们去。”梨宫月天真地说道。

王妃继续说道：

“不哭不闹，那也只能算是一般的会吃醋，一般的贤德，可是如果是真正会吃醋的女人，会把醋吃得更好，更让人佩服。”

梨宫月茫然了：

“那我就不懂了。”是啊，已经不闻不问了，还不算是贤德，那得怎么样才能算是贤德呢？

王妃又接着解说道：

“真正会吃醋的女人，不仅要自己服侍好丈夫，还要不断地去为丈夫寻找新的美人，当把这些美人找来以后，你要比你的丈夫还疼她，还宠她，她的衣食住行、喜怒哀乐，你都要放在自己的心上。她有了错，你要教她，要管她。等她有了孩子，你要当成自己的孩子一样，去爱他，去教育他。这样的一个正房妻子，才能得到大家的敬服，才能一直保持住丈夫的爱和尊重。

还有，等你进了宫以后，一定要不断地去为皇上寻找新的美人，因为男人都是喜新厌旧的，只要不断有新鲜的美人出现在他的面前，他就会不断地去追寻新的目标，这样，就没有一个女人能够长久地拥有他，而只有这样，才能保证你地位的稳固。

阿月，你记住了吗？”

梨宫月似懂非懂地点了点头。王妃又说道：

“你是要做皇后的人，所以更要牢牢记住娘的这些话，只有你做到了这些，你的皇后的位置才会是稳固的，是任何人都不能动摇的。”

梨宫月的确记住了母亲的话，入宫以后，她也的确是这么做的，而且也确实见到了效果。她的恩威并重，让后宫中所有的人都无不叹服。她的宽容和贤德，也让端昊的心中在敬爱之余，还常怀着一缕亏欠之情，所以这么多年以来，端昊的身边虽然美人如云，但是，却他却从来没有忽略过梨宫月，从来没有冷落过中宫的床帏。

按说，作为一个皇后，能够得到皇上如此的厚爱，也就该知足了，可是，偏偏，在他们夫妻之间，有的不仅仅是情，是爱，还有高悬在他们头顶的皇权！

为了这一个宝座，为了这锦绣江山不落到别人的手里，梨宫月现在必须出手了！眼看着，鹂妃的肚子一天比一天大，梨宫月知道，自己不能再等了！

今天，其实并不是怡娃的生日，怡娃只是一个自小就被卖到了乐坊的穷苦女孩子，鬼才知道，她的生日到底是哪一天。但是，梨宫月一早就派人制作出了她的户籍，于是，怡娃的生日就变成了今天。

就在这时，一个宫女走了进来：

“回皇后，皇上派内侍过来，说是要给皇后传句话。”

不说传旨，却说要传句话，这让梨宫月也有些不解，于是说道：

“哦？叫他进来。”

“是。”

内侍走了进来，手中还托着一个托盘，托盘上铺着明黄色的缎子，缎子上放着一串华丽的明珠璎珞。

内侍用唱歌一般的声音，宣读了端昊让他传给皇后的话，皇后一直含笑听着，她明白了，这就是端昊的细心所在，专门挑众人都在的时候，这么夸奖她、赏赐她，要的就是给梨宫月这个脸面。而这也正是端昊的体贴之处，毕竟梨宫月是她的结发妻子，所以，他今晚虽然去宠幸别的女人，但是也要用这种方式，向梨宫月，也向众人表明了，他和梨宫月是真正的夫妻。他们之间的往来交流不是皇上和皇后之间的，而是夫妻间的。

听到了皇上如此的赞美皇后，又赐给了皇后这么名贵的宝物，尤其是通过这件事，看到了端昊和皇后之间的那种别人无法比拟的亲近。很多嫔妃的脸上，都露出了又妒又羡的神情。

梨宫月看见了嫔妃脸上的神情，不禁在心中微微一笑。她不得不承认，自己也虚荣,能够被这么多女人嫉妒,自己也的确觉得挺骄傲的。

皇后打赏了内侍,等内侍退出去以后,大殿中重新又恢复了刚才的热闹。

梨宫月似乎有意无意地望了一眼窗外,明月已经高高地挂上了中天。梨宫月从人群中找到了怡娃的影子,看着怡娃,她的唇边绽开了一朵美丽的笑容:

"怡娃妹妹,时候不早了,你早些回宫去候着皇上吧。"

其实怡娃早就已经心不在焉了,她真恨不得一步就冲回自己的宫苑去,去等着皇上,可是被皇后这么一说,她又有些扭捏不安了:

"皇后真是的,您看您……"怡娃故作娇羞地说道。

有几个平时就比较刁蛮霸道的妃子,看见怡娃这种轻狂的样子,都不禁微微了蹙起了眉头,还不屑地撇了撇嘴角。

"行了,这没什么不好意思的,"皇后笑道,"你是刚入宫不知道规矩,这么多年来,我们姐妹们都是这样,该着谁服侍皇上了,谁就早走一步,其他的姐妹们再陪着我热闹一阵子。你就去吧。"

听见皇后这么说,怡娃也就不再假意推辞了,她都没顾上跟其他嫔妃们打招呼,就匆匆忙忙地跑了。

看着怡娃如此兴高采烈地去侍寝,众位嫔妃的心中都不禁感到有些酸涩不平。

梨宫月就好像什么都没有看出来似的,嫣然一笑,又开始重新招呼各位妃子们继续谈笑。

现在梨宫月的样子还是那么沉稳如常,暖如春风,没有人能够想到,其实,随着怡娃走出大殿的脚步,梨宫月的心中已经化作了一片冰冷,因为她知道,杀戮马上就要开始了!

怡娃迫不及待地回到了自己的宫中,匆匆忙忙地又重新梳妆打扮了一番,然后,对着镜子认真地审视着自己的容貌。

她现在打扮得也很美,发髻梳得光可鉴人,上面插着式样时新的花钿,脸上涂着红得醉人的胭脂。为了能够更吸引端昊,怡娃还特意穿了一件低胸的衣服,露出了白花花的一片胸脯,指甲上也染上了红红的凤仙花汁。

按说,怡娃的这一身打扮,是无可挑剔了,可是不知道为什么,她就是觉得自己和皇后,还有宫中的其他嫔妃比起来,总是显得少了些什么。可是,怡娃又实在想不出来,究竟是少了点儿什么。

这是因为,怡娃实在是不懂得,女人的身上,除了容貌以外,还有一种叫做气质的东西。

怡娃对着镜子看了自己半晌，有些气馁地转过了身，拉开了首饰匣上的一个小抽屉，从里面取出了一个小小的桑纸包，打开纸包，里面是三颗淡红色的药丸。

“这可是现在外面市面上最好的春药。吃一粒就能让男人高兴起来，要是一下吃三粒，那你马上就能怀上皇子了。”乐坊的教习把药给她的时候，这样告诉她。

要是想弄清楚怡娃为什么会去求取春药这件事，那还得从头说起。

自从怡娃一朝侍寝，被封为了贵妃以后，就再也没见到过皇上的面，圣眷冷落，再加上怡娃实在不会做人，那她在宫中的日子也就可想而知了。

怡娃心中痛苦不堪，整日愁眉不展，她那种郁郁寡欢的样子，终于引起了皇后的关注。有一天，皇后特意把怡娃叫到了自己的宫中，对怡娃好言相劝。最后，皇后说道：

“妹妹，你不用着急，这些姐妹们，刚一入宫的时候，都是这样的，慢慢的就好了，咱们的皇上是最圣明的了，他绝对不会冷落任何一个嫔妃的，更何况你现在贵为贵妃，皇上更不会冷落你的。”

怡娃几乎都要哭了，皇后又含笑劝道：

“好了，我知道你心里委屈，没事的，你现在毕竟已经是贵妃了，等过上一年半载，你再怀了龙裔，在这后宫之中，谁还不得都高看你一眼。”

皇后的一番话，又点燃了怡娃心中的希望：

对啊，怀个孩子，自己就可以真正风风光光的了。

可是转念一想，怡娃又发了愁：

“现在，皇上都不到我的宫里去，我怎么会怀上孩子呢？”

皇后微微一笑：

“放心吧，皇上总会到你的宫中去的，这件事我来帮你，但是，怎样才能赶紧怀上龙裔，那就得看你自己了。”皇后的态度意味深长。

因为怡娃出身乐坊，所以对于那些乌七八糟的事情，本来就知道的要比一般的大家闺秀多得多。

因此，怡娃一得到了皇后的提示，立马就想到了春药这种东西。但是春药，在后宫中是被禁的，如果发现了谁给皇上用春药，立刻就以淫乱罪处置，所以，怡娃必须得找到一个可靠的人，来为自己做这件事。而怡娃能找的人，只有乐坊的教习。

而现在乐坊的教习，正不知道该怎么巴结怡娃好呢，所以，一接到怡娃的指令，立刻就马不停蹄地去找来了三颗春药，交给了怡娃。

怡娃拿到春药以后非常的高兴，她丝毫也没有意识到，自己早已经一步步地走进了皇后为她设下的圈套。

皇后跟她说那些话，就是为了让她去找春药，而当怡娃找来春药的第二天，她的春药，就已经被皇后的心腹，换成了剧毒的药丸！

至于该怎样让端昊服下春药，怡娃则早就想好了。明说肯定不行，所以只有骗。

于是，今天一早，怡娃就遣人从御厨房里要来了梅子酒。梅子酒颜色深红，口感酸甜浓郁，正好可以遮盖住春药的颜色和气息。

怡娃拿过了一个小小的酒壶，这个酒壶非常小，正好能装下两杯酒，怡娃特意选择了这样一个小酒壶，就是想让端昊多喝些春药，好让自己如意。

然后，怡娃把三颗春药都放进了酒壶中，轻轻地摇动了几下，春药都融化了。怡娃又在桌子上摆了两只杯子，现在，万事俱备，就等皇上来了。到时候自己就可以和端昊一人一杯，一起喝下这含着春药的酒，然后，两个人好共度良宵……

怡娃坐在桌边，守着那壶放了春药(毒药)的酒，等待着端昊的到来。怡娃的脑海中现在全都是一幅连一幅的旖旎画面，尽情幻想着过一会儿，端昊来了以后，他们两个人会如何的疯狂和陶醉，想得怡娃禁不住一阵阵浑身燥热。

梨宫月的宫中，此时已经恢复了平静，各宫的嫔妃都散去了。梨宫月也在几个宫女的服侍下，逐一卸去钗环，脱去华服，现在她的身上只穿了一件月白色的软缎夹袄，腰上系上了一条月白色软缎的罗裙。罗裙很长，裙幅一直拖到地上。这套衣服的质地非常的轻薄柔软，温柔地贴在梨宫月的身上，勾勒出了梨宫月那姣好的身段。

虽然，明知道端昊今晚不会来了，但是梨宫月还是坚持自己多年以来的习惯，用心地做好了晚装。

梨宫月换好了这套晚服以后，又重新坐回到了妆台前，由着宫女给她梳了一个，形状好像是堆着云朵般的发髻，然后只在发髻上，插了一根汉白玉的竹节形发簪。

然后，再在脸上薄薄地涂了一层脂粉，双唇上淡淡地点了一点胭脂。

装扮完了之后，梨宫月用心地望着镜子中的自己，看着看着，情不自禁地微微一笑：

真是人凭衣装。自己这么一打扮，就再也不像是母仪天下的皇后了，倒像是一个普通富户人家的太太——衣饰虽然讲究，但是却不奢华，整个人都充满了一种小富而安的满足和安乐。

梨宫月就这么久久地看着自己，看着看着，她的心中忽然涌出了一种久违的，或者说她从来就没有感受到过的柔情！

如果，当初她没有进入皇宫，没有嫁给端昊，没有成为当朝皇后，而是嫁入一个普通的王公豪门，那她现在是不是就会真的像此时镜子中的这个女人这样，那么满足，安乐。

如果，她只是嫁入了豪门，也生了两个儿子，那她现在恐怕就该一心地为儿子选择未来的妻子，替儿子操心前程，等着早点儿抱孙子了吧。

如果是那样的话，她就可以不用杀人，不用发动这场血腥的夺权政变。

现在，梨宫月才深深地体味到，原来，不用去杀人，不用整天戴上一张虚假的面具去生活，是如此的幸福。

可是，再怎么想也没有用了，她的命运是从一出生就注定了的，因为她是梨家的女儿，所以在她刚一出生，就注定她必将走上这条充满了血腥的，毫无亲情可言的不归路。

梨宫月的目光慢慢地从镜子移到了梳妆台上，她晚上佩戴的那些明珠首饰，都摆放在妆台上，还没有来得及收入匣中。

梨宫月的手指慢慢地滑过这些名贵的珠子，虽然，早在自己还没有出嫁的时候，就已经懂得了，一定要做一个聪明的会吃醋的女人，而且，这么多年以来，她也确实做到了。

但是，遇到像今天这样的日子，自己的心中还是难免酸涩啊！

自己得亲手安排好一切，让自己的丈夫去上别的女人的床。在端昊不住口地称赞自己贤德的时候，他可曾想到过，自己也是个女人，自己的心也会疼！

所以，每到这个时候，梨宫月总是会下意识地佩戴珍珠，因为她需要这些清凉的珠宝，来缓解自己心中的烦躁，冰凉自己心中的溽热。在这个烦闷的时候，为自己送来些许淡然，些许清风。

是不是，做了这么多年的夫妻，端昊也窥知了自己这个秘密呢？否则，他为什么会突然为自己送来这串明珠的璎珞？

梨宫月轻轻地托起了端昊刚刚赐给她的那串璎珞。这串璎珞匠心精巧，做工华美。一共六颗大小一致的龙眼大的明珠，排成一竖排，用赤红、金黄、翠绿、湛蓝、墨黑五色丝线精心编缀而成。拿在手中，玲珑精巧，放在灯下，宝色照人。举在指尖轻轻地一旋，点点光斑，霎时就充满了整个房间。握在掌心中，明珠特有的清凉，再配上丝线那独有的光滑和细密，就一起沁入到了人心深处。

梨宫月用心地把玩着手中的明珠璎珞，心中全是端昊的影子。是啊，端昊一定是也看透了她心中的苦，所以，才特意送来了这串明珠璎珞。

成亲这么多年了，平心而论，端昊还是能够称得上是一个好丈夫的，虽然他在后宫中广置美色，但这也是出于一个帝王的无奈啊。而不管后宫中如何的美人如云，其实，端昊真的从来都没有冷落过自己，他一直都给予了自己相应的尊重，而且，梨宫月能够感觉出来，端昊的心中对自己还是怀着爱恋之情的。

至少，这么多年以来，端昊从来没有冷落过中宫，不管新进的美女如何的可人，端昊都会记挂着定期到中宫来，以尽丈夫的义务，不让梨宫月觉得委屈。就凭这一点，端昊就已经做得比很多很多男人、很多很多皇帝都强了。而且，每次深夜，端昊和她在一起的时候，那份柔情万种，是做不得假的。从这里，就能够体现出来，端昊的心中还是有自己的。

梨宫月想着想着，端昊的种种好处，都不由自主地涌上了她的心头。

怡娃的宫室中，端昊带领着内侍走了进来。一听到内侍的传唤声，说皇上来了，怡娃立刻就慌了手脚。她一下子就变得慌乱无依了，都忘了该如何按照规矩行礼，竟然就扑通一声跪在了地上，声音颤抖地喊了一句：

“皇上。”

现在的端昊对怡娃已经没有了任何兴趣了，今天来到这里，纯粹就是为了尽责而已。因为端昊也知道这后宫中生活的不易，如果，自己过分地冷落怡娃，那么怡娃在后宫里的日子就太难了。再怎么说，怡娃也是自己亲口册封的贵妃，和自己也有过一夕恩爱缠绵。所以，端昊不想让怡娃的日子太不好过了。总之，说到底，端昊还是一个多情的人。

所以，不管怡娃此刻究竟是美丽的，还是丑陋的，是紧张的，还是从容的，端昊都不会有太大的感觉。

他只是用一种很公式化的口吻说道：

“爱妃平身，朕来迟了，让爱妃久等了。”端昊说着话，就自顾自地绕过了怡娃，坐到了桌边。

怡娃丝毫也没有感受到端昊的冷淡，反倒是那一声爱妃，让怡娃整个身心都陶醉了——爱妃！这是多么动人的字眼，多么诱人的称呼啊！这个称呼中，彰显出了自己的地位，说明了皇上对自己的爱！皇上果然还是爱自己的。

一个后宫中通用的称呼，却因为加上了怡娃理所当然的想象，就变成了端昊对怡娃一往情深的明证。怡娃一点儿都没有想起来，其实，端昊是这样称呼后宫中的每一个女子的。

看见端昊坐到了桌边，怡娃也赶紧爬了起来，也坐到了端昊的身边。桌子上空空荡荡的，只摆着一个小小的，细颈圆肚的白瓷酒壶，和两只白瓷小杯——恐怕这是端昊在后宫之中，见到过的最为寒酸的摆设了。

端昊坐在桌边，有些兴趣索然，因为他实在提不起跟怡娃说话的兴趣来。

怡娃坐在端昊的身边，用两只手反复揉搓着衣角，扭捏不安。刚才她曾经设想了千百遍，等皇上来了，她就用多少种手段去迷惑皇上。可是现在皇上真的来了，她却连看都不敢看皇上一眼了。

端昊望着怡娃的这个样子，心中感到有些厌烦，现在他越来越觉得，怡娃实在是一点儿也不像他的纯儿了。纯儿永远都是那么洒脱自然，即使在知道了他是皇帝以后，在龙辇上，还是敢那么大胆地质问他，毫不退让地和他针锋相对！

哎，真是分别的日子越久，相思的折磨就越重，现在端昊的心中，越来越想不起纯儿有什么缺点了，剩下的全都是纯儿的好，纯儿的美，纯儿的迷人，纯儿的可爱……

宫室中一时静到了极点，怡娃很不知所措，而端昊则在想着自己的心事。

时间一分一秒地过去了，怡娃终于意识到，自己不能再等了，看现在这个状况，如果自己一直不说话的话，皇上可能就会在这里坐一夜了。于是怡娃鼓足了勇气，拿起了酒壶。

梨宫月仍旧僵坐在梳妆台前，就像端昊在思念着纯儿一样，在这个时刻，端昊对她的好、对她的情、对她的爱，也一点点地在梨宫月的脑海中翻腾了起来——而且，愈加清晰。

他是自己的丈夫，是和自己拜过天地的男人，是自己这辈子唯一的男人，是自己两个儿子的亲生父亲。难道，自己真的要亲手害死他吗？这么多年了，他对自己还是恩爱有加的啊！

难道，非这样做不可吗？难道，就再没有其他的解决方法了吗？也许，自己可以先和端昊好好谈一谈，看他到底是不是想夺走两个皇儿的皇位。一直以来，端昊都是很喜欢这两个皇儿的啊。而且，他对于鹂妃又从来都没有特别的宠爱过，没有理由，现在就下定了决心，要把皇位传给鹂妃腹中的孩子啊！事实上，大家现在连鹂妃所怀的孩子是男是女还不知道。如果，鹂妃生下的是一位公主呢?那皇位不还是自己儿子的吗?

就算是鹂妃真的有可能生下一位皇子，那么，以端昊的英明睿智，他也肯定不会立刻就册封鹂妃的儿子为太子，因为事关西蜀国的未来，所以，他一定会在观察多年之后，才会做出决断。

而自己的两个皇儿都是天分聪明，文武双全，懂孝道、知礼节的好男儿，鹂妃的儿子就算是长大了，也不见得就能超过他们，进而威胁到他们的皇位啊。

再说了，如果鹂妃真的是无比的幸运，生出来的皇子就是一位天生的帝王，处处都比自己的儿子强。那么，作为端昊而言，从自己的所有儿子中，选择一个最优秀的，来继承皇位，也不算是什么错误啊?!

梨宫月越想，越觉得自己犯了一个严重的错误——事情究竟是怎样发展到眼下这一步的呢，为什么，自己会这么意志坚定地非要杀死端昊不可呢?

"皇上，请您喝杯酒吧。"怡娃站了起来，把瓷瓶中的酒缓缓地倒入了两只酒杯中。

怡娃这个突然的举动，让端昊感到很莫名其妙，不禁随口问道：

"这是哪里来的酒？"

"是我让人从御膳房里取来的。"怡娃随口回答道。

这一下，端昊更觉得奇怪了。虽然在往日里，当他临幸其他妃子的时候，有时妃子也会摆出美酒，但那往往是有原因的。比如说，妃子的娘家送来了什么新颖的美食，或者是妃子自己新近学会了制作什么特别新奇的佳肴或者点心，需要佐一点儿美酒，好便于品尝美食。可是现在，桌子上分明空空如也，除了酒瓶和酒杯什么都没有。

再或者，干脆就是，宫外送来了特别稀有的美酒，或者是妃子自己亲手酿的酒，想请陛下尝一尝，好讨陛下的欢心，但是，也不会就这么突兀地拿出瓶酒来，妃子一定还会费尽心思地针对这种酒的特性，准备一些下酒的美食。

可是，现在怡娃的举动就有些奇怪了，她巴巴地到御膳房里要了一点儿酒，又没有准备其他的任何东西，就想这样和皇上对饮，这样的事情，端昊还真从来没有遇到过。

"这是什么酒？"端昊望着深红的液体，问道。

"梅子酒。"怡娃飞快地回答。

"果然是梅子酒。"这一下，端昊的心中疑惑更深了。因为所谓的梅子酒，就是在每年四五月份，杨梅正熟的季节里，精心挑选出来上好的梅子，泡在白酒里，密封上一段时间，就成了梅子酒。在江南，这梅子酒并不是什么稀罕物，一到季节，每家每户都会制作这种酒。因为这种酒不仅非常好喝，更是解暑去热的妙物。也正因为如此，梅子酒基本上都是夏天饮用的。

但是，梅子酒的用途也就仅限于此了，可现在正是早春时节，在饮食极为讲究的后宫中，别说每个季节吃什么，就是每个月每一天吃什么，都是极有讲究。所以现在是不可能会喝梅子酒的。更何况，现在这个时候，今年的梅子还没有成熟，所以，这酒肯定是去年酿制的，梅子酒又不同于别的酒，愈久愈醇，而且恰恰相反，时间一久，梅子酒还会产生沉淀，怎么能让皇上喝这种陈年的旧梅子酒呢？

这种种不可解释的行为连起来，就化作了端昊心中的满腹狐疑。

"为什么会突然想起来喝梅子酒？"端昊望着酒杯，不动声色地问道。

被端昊这么一问，怡娃的脸一下就变得通红了：

"因为它的颜色好看，不是……，因为我喜欢喝，不是，因为我想让皇上喝……"怡娃变得语无伦次了。

可也正是她这一番语无伦次，打消了端昊心中的疑虑。因为在端昊看来，如果是存着不轨之心的人，那是不会有怡娃这样的举动的。现在怡娃的模样，一点儿也不像要干坏事被人抓到，反倒像是做了什么难为情的事情，而被人看到了一样，充满了不安和娇羞。

看着怡娃的这副样子，端昊的心中微微一松，也许，是自己太多疑了。这个怡娃出身贫苦，所以不太懂得这些讲究的细节，想到这里，端昊也就不想再追究了，只是轻轻地举起了酒杯，准备送到唇边。

而端昊却不知道，怡娃的娇羞当然是因为酒中有春药，但是连怡娃自己都不知道，春药已经被换成了致命的毒药！恐怕，如果她知道了的话，被端昊这么一问，早就吓得瘫软了。

而此刻，在中宫里，梨宫月已经坐不住了，她烦躁不安地在卧室中来回走动着，步幅越来越大。入主后宫十几年，她还从来没有这么失态过。

她在一点点地回忆，在这段日子里，究竟发生了什么，为什么，自己就非要杀死端昊不可！而一番回忆下来，梨宫月竟然惊恐地发现，在这段日子里，她的思想和意识竟然已经不属于自己了，而是完全被父王和姑母所控制了。而端昊会辜负了她们母子的话，都是姑母和父王暗示给自己的。

也就是说，端昊其实并没有什么太大的变化，如果说有，那也就是他似乎爱上了那个严纯儿，但是现在严纯儿已经远在天边了，而且，恐怕已经被自己派出的人杀死了，她根本威胁不到自己。

所以，现在自己的地位还是非常稳固的，并没有到了非得杀死端昊，发动政变的地步！

梨宫月越想越惊，她终于明白了，自己已经在不知不觉之间，走进了父王和姑母设下的圈套！

父王这么做，也许是有他自己的野心，那姑母这么做，是为什么呢？端昊是她的亲生儿子啊！

但是，梨宫月现在没有时间想这些了。她现在需要做的，是马上赶到怡娃的宫殿去，去阻止端昊，不让他喝下毒酒！因为梨宫月终于想清楚了，自己的命运，儿子的命运，其实是和端昊紧紧地联系在一起的！

怡娃并不知道，放在梅子酒中的是毒药，她还一心以为，自己放进去的是春药。所以，当端昊追问她的时候，她并没有感到有多么恐惧，而更多的却是感到难为情。毕竟，她还是一个才刚刚受到了一次宠幸的十几岁的少女，尽管从小在乐坊长大，但是，面对着男女情事，仍旧难免会觉得很不好意思。

所以，在被端昊这一问之下，怡娃的害羞和窘迫也就可想而知了。面对着端昊那双明亮如电，就好像能洞察一切的眼睛。怡娃的心不禁狂跳了起来，似乎端昊已经窥破了她心中所有的秘密。甚至于，怡娃都觉得，连她心中所藏的，那关于她和端昊如何欢好的激情画面，也都被端昊看到了。

越是这样想，怡娃就越是慌乱，现在她的脸已经红透了，甚至连脖颈和裸露着的半个胸脯上，都泛起了一层红晕。而怡娃的眼神更是透露出万分的娇羞，整个人几乎马上就要难负其荷，跌倒在一旁了。

望着怡娃这副典型的小女儿的情态，一直对她都没有任何感觉的端昊也不禁心中一动，不管怎么说，情到浓时，春心荡漾的少女，总是诱人的。

端昊望着怡娃，眼睛中情不自禁地浮现出了一丝微笑。

端昊这一笑，怡娃的心一下子就更乱了，仿佛马上就要跳出胸膛了。怡娃再蠢笨，也能看出来，此刻端昊的眼神中多了些许情意，而就这淡淡的一层柔情，已经足够让怡娃难以消受了。

可是怡娃越这样，端昊越觉得有趣，他眼神中的笑意也就愈加的浓烈。

怡娃实在受不了了，她一下子把什么都忘记了，把一切都抛到了九霄云外，也顾不得什么规矩礼仪了，不依地嘤咛一声，扭动着身子，说道：

“皇上，坏死了，干吗这么看着人家……”

端昊看见她这个样子，不禁哈哈大笑。

端昊的笑声，让怡娃更加的手足无措，实在不知道自己该干点儿什么了。忽然，怡娃看见了桌子上，那杯深红色的酒浆，她抓起酒杯，就在端昊的大笑声中一饮而尽。她想用喝酒的动作来掩盖自己的窘迫，可是，由于酒喝得太猛了，怡娃被呛到了，不由得咳嗽了起来。

这一咳嗽，怡娃的身体也跟着剧烈地颤动了起来，她今天穿的衣裙本来就分外的单薄，这再一颤动，其效果也就可想而知了，看着她这副样子，端昊也有些把持不住了，情不自禁地走了过来，搂住了怡娃那柔软的腰肢……

端昊的贴身内侍们，此刻都远远地站在院子里执勤，忽然，他们就见宫外的小路上，亮起了一片火光——仔细一看，原来是有人举着两排宫灯，朝着这边走来了。

内侍心中奇怪，看这宫灯的规模，应该是皇后宫里的人来了，可是这个时候，皇后宫里的人怎么会到这儿来了呢？难道是皇后有什么急事，派人来请皇上了吗？可是，皇后从来没有在皇上宠幸其他嫔妃的时候，遣人来叫过皇上啊，难道，是皇后得了急病？反正，肯定是出大事了，内侍心中不禁一片狐疑。

就在内侍胡思乱想的时候，宫灯已经来到了近前，内侍定睛一看，不禁吓了一跳，因为在宫灯的照耀下，赫然站立的，不是别人，竟然就是皇后梨宫月。

只见梨宫月此刻不顾夜已深沉，露重风寒，穿的衣服非常的单薄，只是在一身月白色夹袍的外面，披了一条蛋清色的斗篷。头上也几乎没有珠翠，只插着一根汉玉的竹节簪——梨宫月都没有来得及换衣服，穿着自己在寝宫中的晚服，闯宫而来！

不知道是宫灯的光亮太过于清寒，还是梨宫月这一身打扮太过于素淡，反正映衬得梨宫月的脸颊分外的惨白，没有一丝血色。

由于梨宫月出现得太过于突兀了，以至于内侍都忘了行礼，直到梨宫月声音略显嘶哑地问道：

“皇上呢？”

直到听见了梨宫月的问话，内侍才清醒了过来，赶紧行礼，同时回答道：

“在里面。”内侍服侍端昊也已经很多年了，真还是头一回见到梨宫月像这样的态度神情，听到她这样说话，所以，内侍不禁有些慌乱。

一听说端昊就在里面，梨宫月就不再理会旁人，举步就要进入怡娃的宫室。

梨宫月的这个举动，可把内侍给吓坏了——皇上正在里面宠幸妃子，皇后却要闯宫觐见，这种只是被当成前朝故事来听的事情，怎么今夜就发生了呢？

而且，前朝流传下来的那些故事，无非也就是皇后吃醋吃急了，所以才要半夜闯宫，来坏皇帝的好事。可是眼前这位皇后主子，可是最贤德不过的了，怎么会因为吃醋而做出这种事情呢？

内侍站在这里胡思乱想，而梨宫月已经急不可耐了，她现在是心急如焚，唯恐再耽误一刻工夫，端昊就要喝下那致命的毒酒了。

刚才，在中宫中，梨宫月反复思量，越想越觉得自己做错了，在这场权利的角逐中，她只有牢牢地和端昊站在一起，才能最好地保护好自己，保护好自己的儿子！

所以，梨宫月才会不顾一切地闯宫而来，可是没想到，在门口却遇上了阻拦自己的内侍。

"你让开！"梨宫月语带威严。她盯着怡娃宫室的窗子，看着上面透出来的灯光，真希望自己的目光能够穿透这层窗户，好看见里面现在究竟发生了什么，是不是大错已经铸成。

内侍扑通一声跪倒在了地上：

"主子娘娘，请您体谅，现在您不能进去啊，因为……"内侍说不下去了，因为什么不能进去，这还需要明说吗？

"让开！"梨宫月真急了。

而就在这时，宫室内，忽然传出了端昊沉稳的声音，只是不知道为什么，端昊的声音中带着一种莫名的疲惫：

"外面出什么事了？"

一听到端昊的声音，梨宫月只觉得自己的身体一阵虚脱，险些跌倒在地上，一直跟在她后面的一个宫女，眼明手快，一下子就扶住了她。梨宫月靠在那个宫女的肩头，感觉到自己全身的力气都好像被抽光了一样：

"谢天谢地，他还活着，他还活着……"梨宫月在心中喃喃着，经过了这转瞬间的生离死别，梨宫月才真切地意识到，原来，她对端昊的感情竟然是如此之深！

这时，那个跪在地上的内侍，已经站起来，几步走到窗前，说道：

"回皇上，是主子娘娘来了，她说要见您。"

皇上的贴身内侍口中的主子娘娘，特指的就是梨宫月。

屋内的端昊沉吟了半晌，然后才淡淡地说道：

“请皇后进来吧。”

“是。”

“还有，”端昊又补充道：“就请皇后一个人进来，其他的人都远远地站在宫门外，再由你把守宫门，闲杂人等，一律不得靠近，否则，杀无赦！”

一听端昊的这一番布置，内侍的心就是一沉！皇后突然深夜闯宫，而皇上竟然要单独和皇后密谈，看来，在这层层宫禁之中，又要不太平了。

梨宫月也听见了端昊的话，一听端昊的布置，她就知道，很可能是她一手安排的计划已经败露了，但是现在梨宫月已经不在乎这些了，只要端昊能活着就行，其他的她都不会再放在心上了，哪怕是自己的生命也不例外。

梨宫月走进了宫室，一进门，就见端昊背对着门口，直挺挺地站立着。

“皇上……”

梨宫月刚要说话，端昊就头也不回地打断了她：

“你先把门关上。”

梨宫月依言，转过身，紧紧地闭上了房门。然后又望向了端昊的背影，端昊直到这时，才转过了身子，他面无表情地望了梨宫月一眼，而就这一眼，就让梨宫月的心里一激灵，因为端昊此时的表情和眼神都极其的僵硬，没错，那不是冰冷，而是僵硬，是一种酷似万年岩石般的，毫无生命色彩的僵硬。

“皇上……”梨宫月被他这种神情给吓住了，喃喃道。

端昊望着梨宫月，没有说话，而是轻轻地让开了身子。梨宫月朝着原本被端昊挡住的地方一望，差点惊呼了出来，怡娃，正脸色铁青地仰躺在地上，已经气绝身亡！

梨宫月勉强镇定住了自己的精神，望向了端昊，她想知道端昊现在究竟了解了多少真相。

而端昊却没有看她，端昊正在望着桌子上，怡娃为他所倒的那杯毒酒，回忆着刚才那惊心动魄的一幕：

怡娃把她自己杯中的酒一饮而尽，然后就被酒呛到了，剧烈地咳嗽了起来，身体也随着颤抖了起来，她的胸脯剧烈地起伏着，颤动着，勾起了端昊的欲火。端昊索性放下了已经举到了唇边的杯子，走过去拥住了怡娃，可是，就在他刚刚拥着怡娃走到了床边的时候。端昊忽然发现，已经瘫软在了自己臂弯中的怡娃，竟然重重地向下跌去。端昊一把扶住了怡娃，低头一看，不禁大惊失色——怡娃的脸已经变成了青色，嘴角也流出了一丝黑色的血液——端昊最直接的反应就是，酒中有毒！

端昊刚刚想到了这一点，怡娃就已经停止了呼吸。

从怡娃喝下了毒酒，到她气绝身亡，前后还不到两分钟——好霸道的毒药！

端昊离开了怡娃的尸体，重新走到了桌边，望着桌子上那杯差一点儿就被自己喝下去的毒酒，额头上不禁浮出了一层冷汗——自己刚才等于已经迈进了鬼门关。那时，这杯酒已经被他举到了唇边，而看现在怡娃毒发身亡的情景，恐怕这毒酒只要有一滴沾到了他的唇上，他就已经和怡娃一起，横尸在这里了。

端昊的心中一阵阵后怕，只觉得一阵冷风沿着他的脊柱直撞头顶。端昊活了这么大，头一次体会到了，什么叫做害怕！

看着怡娃的尸体，望着端昊那无边的沉默，梨宫月的心反倒慢慢地平静了下来，现在，端昊没有死，而且也不会死了，梨宫月的心中也就坦然了，她久久地望着端昊，而端昊则一直望着那杯毒酒。

终于，梨宫月打破了沉默，她低低地说道：

“没错，这都是我安排的。”承认了吧，亲手布置下了圈套，一心要置自己的丈夫于死地，这本身就已经是难以饶恕的大罪了，也许，直接认罪，还能让自己的心中好过一些。

而端昊听到了梨宫月的话，并没有显出意外来，只是淡淡地问道：

“为什么？”

“本来是为了保住我皇儿的皇位，可是后来，我又后悔了，所以，我才闯来，就是想阻止这一切的发生。”

“你为什么又后悔了？”端昊的表情依旧那么疲倦，不知道是不是因为刚刚从地狱打了一个来回的缘故。

“因为……”梨宫月的声音变得低沉了，“因为你是我的丈夫。”

端昊沉默了，很久之后，他才轻轻地喊了一声：

“宫月。”

梨宫月一怔，她没想到端昊还会这样称呼她，因为太意外了，所以，她一下子都不知道说什么好了。

端昊并没有想让她回答，而是自顾自地接着说道：

“宫月，我们是十几年的夫妻了，我相信在你我之间，还是有很深的感情的，今夜，你能闯宫而来，就更说明了这一点。所以，我不相信，这一切会是你的主意。宫月，告诉我真相，可以吗？”

这一次换做梨宫月长久的沉默了，她的心中在犹豫挣扎：

真相？真相就是，自己的父亲和姑母亲手操纵了这一切，但是，这个真相能说吗？当然不能，如果说了，那自己的父亲和姑母，还有梨氏满门，可能就都要遭受灭顶之灾了。

看着梨宫月沉默不语，端昊深深地叹息了一声，又开口了：

“宫月，你还是在维护他们，他们对你而言真的就那么重要吗？”

听着端昊提到“他们”时，那种不屑的口气，梨宫月再也按捺不住，忽然脱口而出：“可是他们也是你的亲人啊。”话一出口，梨宫月就后悔了，因为她这样一说，无异于就承认了，是岭南王和皇太后在背后指使着这一切。

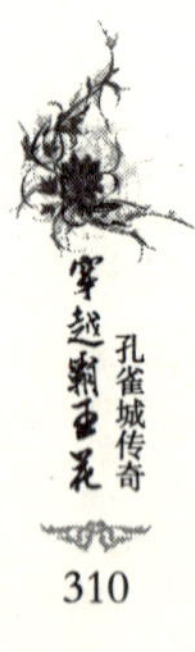

梨宫月心中一慌，刚想反悔，端昊突然淡淡地惨笑了一声，笑容里的那份凄凉和悲惨，会让所有的人动容。

“宫月，看来你比我还可怜，因为直到现在，你还被蒙在鼓里。那好吧，宫月，你坐下，我现在就把发生在三十多年前的那些往事，都告诉你。”

梨宫月不明所以，但是端昊既然这样说了，她也就只好木然地坐到了桌边，端昊也坐了下来，这两夫妻，就对着那杯毒酒，守着怡娃的尸体，开始讲述起了三十年前的往事。

终于，端昊讲完了，到最后，他的声音中已经充满了疲惫，眼睛中也出现了淡淡的血丝。而梨宫月，整个人都像被雷击了一样，就剩下了呆呆地坐着，一个字都说不出来。

“宫月，现在你明白了吧，太后并不是我的母亲，岭南王更不是我的舅舅。而你也一样，岭南王既不是你的父亲，太后当然也就不是你的姑母。你我，只不过是两个倒霉的孤儿，为了他们的野心和权欲，被塑造成了宇文端昊和梨宫月！而最残酷的，是我们的亲生父母和家人，他们只不过因为生下了我们，就惨遭屠戮！整整两个家族，除了你我，无一生还！这简直都不是一个残酷可以说尽的了。”

“你说的这些都是真的？”梨宫月的声音中还有一丝丝的怀疑，“也许，是有人在编造谎言，恶意中伤我们？想破坏我们和父母之间的关系？”

端昊又是一声惨笑：

“如果说，今夜之前，我对这件事还有一丝怀疑的话，那么，当我知道了，他们竟然唆使你对我下毒手了之后，就一点儿怀疑都没有了。你想想，在这个世界上，怎么会有一位母亲，会唆使儿媳去谋杀自己的儿子。又怎么会有一位父亲，会唆使女儿去谋杀自己的女婿。这足以说明在他们的心中，只有他们自己，而没有他们的儿女！或者说，你我从来就是他们去获取权力的工具，而他们从来就没有把我们当成过自己的儿女。"

梨宫月说不出话来了，她已经无话可说，因为就在不久之前，她还在不解，太后怎么会对端昊这么狠毒，而现在，一切——当她知道了这些往事以后——一切就都有了答案！

梨宫月沉默了，端昊也没有说话，因为他知道，这件事情太惊人了，梨宫月也需要时间去消化和接受。

过了很久很久，梨宫月才问道：

"那我们现在该怎么办？"

端昊的眼中闪过了一层冰冷：

"既然，他们给了我们这个身份，那我们就用这个身份好好活下去，做好我们的皇帝和皇后，去开创一个属于自己的王朝！宫月，你愿意帮我吗？"端昊这番话虽然意思慷慨激昂，但是语调却压抑之极。

梨宫月怔怔地点了点头：

"行，我听你的。"